À PROPOS DE L'AUTEUR

Tombée dans les fresques et les frasques historiques dès son plus jeune âge, Penny Watson Webb a grandi entourée de héros, depuis les chevaliers de la Table ronde jusqu'à Surcouf le corsaire, en passant par Ivanhoé. Elle aime la petite histoire qui fait la grande histoire, et adore remettre en lumière des périodes ou un patrimoine oubliés. Maman de quatre filles, elle tient à leur faire découvrir la richesse du passé tout en leur laissant la liberté de rêver.

L'épouse ennemie

Collection : VICTORIA

HARPERCOLLINS FRANCE
83-85, boulevard Vincent-Auriol, 75646 PARIS CEDEX 13
Service Lectrices — Tél. : 01 45 82 47 47

www.harlequin.fr

ISBN 978-2-2803-6711-0 — ISSN 2493-013X

PENNY WATSON WEBB

L'épouse ennemie

Victoria

HARLEQUIN

À Théoxane, Zénaïde, Athénaïs et Olympe, mes quatre soleils.

Prologue

Saint-Aubin-du-Cormier, 28 juillet 1485

Conan de Ker Glenn, fils du seigneur du Mont Dol, regardait, hagard, les cadavres de ses compagnons joncher le sol.

Ils avaient perdu.

Devant lui s'étendaient sur la plaine les corps mutilés ou transpercés qui jamais plus ne se relèveraient. Ils s'étaient battus pour leurs terres, leur comte, pour la Bretagne, et la pointe des épées françaises avait eu raison d'eux. Les plaintes des blessés et des mourants s'élevaient en une vague redondante et funeste qui s'atténuait à mesure que la mort faisait son choix parmi ces braves.

Le froid transperçait sa cotte de mailles et ce qui restait de son tabard déchiré. Son souffle saccadé dessinait des volutes de fumée dans l'air glacé du jour finissant : il était transi. Ses yeux humides et brillants cherchaient quelqu'un en vain, jusqu'à ce qu'il aperçoive deux hommes se battre, seuls au milieu du champ de bataille.

Six mille d'entre eux avaient trouvé la mort, et pourtant son père ne s'avouait pas vaincu.

Messire Guirec de Ker Glenn se battait pour l'honneur, préférant la mort à la reddition. Tétanisé, Conan vit son adversaire, Robert de Montgomery, le pourfendre de son épée. Son cri de rage resta bloqué dans sa gorge : son père était vaincu. Il courut jusqu'au lieu du combat, poursuivi par des soldats ennemis qui avaient ordre de rattraper les fuyards.

Leur voisin normand et ennemi de toujours regardait, satisfait, les soldats du roi de France encercler ce qui restait de la coalition de François de Bretagne et de Louis, duc d'Orléans.

— Grâce aux prisonniers ! Le roi l'ordonne ! cria le duc de La Trémoille, général des armées françaises.

Messire Robert sentit un mouvement sur sa droite et avisa un jeune garçon, un écuyer, sans doute, vu son jeune âge. Il l'observa retirer son casque et essuyer de sa manche son arcade qui saignait. Le garçon se pencha sur le corps de Guirec de Ker Glenn et posa sa main gantée de cuir sur sa poitrine immobile.

— Tu as entendu ? Remercie ton roi de te laisser la vie sauve.

— Ce n'est pas mon roi ! cracha l'adolescent, les yeux rougis par les larmes.

— Ce n'est qu'une question de temps, s'esclaffa Robert.

La haine qu'il lisait dans les yeux de l'écuyer le fit sourire. Il l'étudia plus attentivement. Il semblait bien bâti pour son âge, et ferait sûrement un fier chevalier… S'il survivait au séjour qui l'attendait dans un cachot.

— Quelqu'un que tu connais ? demanda-t-il, pointant le cadavre du menton.

— Mon père, répondit le garçon en se redressant et en le défiant du regard.

— Ainsi, messire Guirec avait un fils, quel dommage ! Et moi qui pensais avoir tué le dernier de son espèce. Je vais rectifier ça, le nargua Robert, en le pointant de son épée rougie de sang.

— *Kit d'an ifern* ! Allez en enfer ! cracha Conan en sortant sa dague.

— Une dague contre une épée, tu es fou ou stupide, gamin ?

Conan bondit, passa derrière lui et, percutant du pied l'arrière de son genou, fit basculer en avant le géant normand, déséquilibré par la lourdeur de son armure. Il profita de sa surprise pour lui planter la dague à la pliure de l'aisselle, là où l'armure avait une faiblesse. L'homme jura de douleur et roula sur le côté pour éviter le coup qui allait sûrement suivre.

— Il suffit, Montgomery ! cria le général de La Trémoille. Vous, attrapez-moi ce garçon et mettez-le avec les prisonniers, ajouta-t-il à l'attention de ses soldats.

Robert jura de nouveau comme un charretier, se redressa, blessé et humilié. Il envoya son poing dans la figure de Conan, lui éclatant la pommette droite et lui ouvrant la joue de son gantelet de fer.

Conan s'écroula sur ses camarades vaincus, qui amortirent sa chute. Le goût métallique du sang et le sel de sa propre sueur se mêlèrent sur ses lèvres. Le souffle court, à deux doigts de perdre connaissance, il se redressa malgré tout et défia Montgomery.

Le comte inspecta d'un air étonné sa blessure, qui saignait abondamment. Lui, dont l'épée avait fait trembler plus d'une meute de combattants aguerris, venait d'être touché par un écuyer !

— On appelle ça la vipère, c'est un Breton qui me l'a enseigné, jeta l'adolescent en se moquant ouvertement, tout en s'approchant de lui. Vous allez perdre votre bras, prophétisa-t-il, avant que les soldats ne l'arrêtent et ne l'emmènent rejoindre les prisonniers déjà encerclés.

Le duc François de Bretagne n'avait pas dit son dernier mot au roi de France et se battit encore trois ans. Conan resta enfermé dans les geôles de Saint-Aubin pendant tout ce temps, jusqu'à ce que le traité du Verger soit signé.

De sa prison, il apprit le contenu du traité qui scellerait le destin de la Bretagne. Charles VIII y imposait son faire-valoir sur la péninsule, et y avait inclus une clause stipulant qu'Anne, fille de François, ne pourrait se marier sans son accord. Saint-Malo, Dinan, Fougères et Saint-Aubin-du-Cormier devenaient des garnisons françaises comme garantie de la bonne foi du duc François.

Comme si l'humiliation n'était pas assez grande, le roi Charles entra à Dol avec son armée avant la fin du conflit et confia le pillage de la ville au comte Gilbert de Montpensier.

Impuissant, prisonnier, Conan enrageait contre les Francs, qui lui avaient tout pris. Le roi avait fait arrêter le duc d'Orléans et le maintenait prisonnier au château d'Angers. Tout espoir semblait perdu pour eux.

À son grand désarroi, le duc de Bretagne mourut peu de temps après. La jeune Anne devint alors duchesse.

Sachant qu'elle était à Rennes, l'odieux roi Charles n'hésita pas à assiéger la ville pendant deux mois, pour l'en faire sortir. Il lui proposa le mariage et lui garantit qu'il n'exercerait de représailles ni sur son peuple ni sur les nobles qui avaient combattu aux côtés de son père.

Ce fut à cette seule condition que la duchesse Anne, qui n'avait guère le choix, accepta d'ouvrir les portes de la cité et de se sacrifier en devenant reine de France. Le prix à payer était élevé pour elle : elle perdait son titre de duchesse de Bretagne et toute autorité sur ses gens.

La sœur aînée du roi, Anne de Beaujeu, ancienne régente du royaume, devint sa tutrice. C'était apparemment ce qu'on pouvait souhaiter de pire à la jeune reine. Si l'enfer des combats était fini, celui de la cour du château d'Amboise ne faisait que commencer.

Même graciés, les nobles bretons gardaient le souvenir amer

de leur défaite et la honte de n'avoir pu défendre leur duchesse contre l'envahisseur français.

— Vous êtes libres, annonça le geôlier aux prisonniers.

Conan et ses compagnons d'infortune se regardèrent sans y croire ; trois années à croupir dans les cachots de Saint-Aubin auraient eu raison de n'importe quel homme.

Les plus vieux étaient morts de froid, de maladie, ou de lassitude. Les survivants étaient maigres et faibles : une triste compagnie d'hommes décharnés et malades, qui ne se souvenaient plus de la couleur des rayons du soleil, enfermés dans des cachots infects qu'ils partageaient avec les rats et la vermine. Traités comme des animaux et pire encore, ils avaient vécu l'horreur des geôles royales et subi tous les sévices et privations avec courage, malgré l'acharnement de leurs geôliers à vouloir les envoyer en enfer.

Conan et deux autres jeunes hommes se fixaient, perplexes. Ils avaient rêvé de cet instant sans penser le voir venir un jour.

— Aide-moi à le mettre debout, Pierre, dit Conan, montrant le plus frêle de leurs compagnons.

— Guillaume, viens, c'est fini.

L'adolescent malade avait le regard vitreux et absent. De ces regards qui appartiennent à ceux qui ont presque perdu la raison. Il se mit à trembler, violemment secoué par le froid, la faim et le vide qui dévorait son cœur meurtri à tout jamais.

— Viens, c'est fini, répéta Pierre en l'aidant à se relever.

— J'aurais mieux fait de mourir ici, souffla le malade. Il n'y a plus de place pour moi là-bas.

— Personne ne te trahira, et je jure sur le nom que je porte de venger chacun d'entre nous, répondit Conan avec conviction.

— Tu nous as, nous, ajouta Pierre en soutenant Guillaume,

après lui avoir passé un bras autour des épaules. Nous sommes frères pour toujours, tu te souviens ?

— Jusque devant l'Éternel, balbutia Guillaume, qui s'accrochait à ses frères d'armes pour ne pas tomber.

— Jusque devant l'Éternel, répéta Pierre.

Conan hocha la tête pour attester lui aussi de ce serment. Nulle parole n'était nécessaire pour que tous trois se comprennent.

Les torches installées par des soldats illuminaient les cellules crasseuses d'une lumière jaune aveuglante, la misère des trois compagnon étant ainsi exposée aux yeux de leurs libérateurs.

Conan vit entrer un homme d'une quarantaine d'années, fort comme un bœuf et d'une grande prestance qui lui rappela celle de son père. Il le reconnut d'emblée : le duc de La Trémoille.

— Je me souviens de toi, commença ce dernier, visiblement étonné de trouver des prisonniers ayant si peu de barbe. Pourquoi ces jeunes gens ont-ils été incarcérés comme des hommes ? s'indigna-t-il. Ils n'étaient qu'écuyers au moment de la bataille. On aurait dû les relâcher après une semaine de détention tout au plus !

Le geôlier à qui il s'était adressé baissa les yeux et répondit gauchement que c'était le comte de Montpensier qui en avait donné l'ordre.

Le cousin du roi était connu pour sa cruauté et son amour du pouvoir, ainsi que pour ses vues sur la Bretagne. Les ravages qu'il avait faits sur Dol n'étaient un secret pour personne.

Derrière le duc de La Trémoille arriva un jeune chevalier dont le blason sur le tabard ne laissait rien présager de bon pour Conan.

— Ker Glenn ? demanda le jeune seigneur à l'armure reluisante, en entrant dans la cellule de la prison.

— C'est moi, répondit Conan en se redressant davantage.

Le nouveau venu s'avança au milieu des prisonniers et le

toisa. Il était arrogant, agressif, et bousculait les uns ou les autres sur son passage pour arriver devant lui.

— Mon père est mort, et moi, c'est ta tête que je prendrai ! le menaça le jeune Normand, la bouche déformée par une grimace de haine.

— Jacques de Montgomery… Voyez donc ça, les gars ! fanfaronna Conan, à qui il ne restait plus que l'orgueil et les bravades, devant le fils de son ennemi vaincu.

— Je te ferai regretter d'être encore en vie, tu payeras pour ce que tu lui as fait ! gronda Montgomery.

— Me faire payer ? Montpensier et sa horde de Normands ont déjà ravagé Dol, il me semble ! Sans doute était-ce dans l'unique but de vous venger ? On peut dire que vous avez le bras long ! persifla Conan, en le provoquant délibérément sur la blessure qu'il avait infligée au meurtrier de son père.

Il reçut aussitôt un coup de poing sur le menton qui l'envoya au sol.

— Il sait cogner, le Normand, les bras m'en tombent ! Il n'est pas manchot, pour un Montgomery, poursuivit Conan, sous le regard hilare de ses compagnons.

— Messires chevaliers ! les fustigea le duc de La Trémoille, le roi vous attend à Nantes dans la quinzaine. D'ici là, allez donc reprendre possession de vos fiefs.

— Ou plutôt ce qu'il en reste, railla Jacques de Montgomery. À ce que j'ai pu en voir, nous n'avons laissé que des cendres. Montpensier s'est personnellement occupé de ton château… Ça faisait un joli feu de joie en arrière-plan, sur les ruines de Dol.

Conan laissa exploser sa colère et se jeta sur Jacques. Il l'aurait probablement tué si deux soldats ne l'avaient pas retenu à temps et plaqué contre les grilles de la geôle dans un bruit sourd.

— *Bastard bons !* Sale bâtard ! On se recroisera, Normand, sois-en certain, le menaça Conan. Je te ferai payer tout le mal que tu nous as fait au centuple, et n'aurai de répit qu'une fois tous les Montgomery morts et enterrés !

— Lâchez-le et laissez-les sortir, réitéra le duc de La Trémoille, visiblement pressé d'en finir.

Conan passa la porte en soutenant son jeune compagnon et en bousculant Jacques d'un coup d'épaule. Le regard noir qu'ils se lancèrent montrait à tous ceux qui étaient présents que Français et Bretons étaient loin d'avoir enterré les armes.

Ils furent escortés par les soldats à travers la forteresse, se traînant les uns les autres, éblouis par la lumière. L'air pur au-dehors leur faisait mal aux poumons, l'odeur fraîche du printemps et de la nature contrastait avec leur propre puanteur. Ils allaient renaître, ils devaient renaître et se venger. Conan, en tout cas, y était déterminé.

Marqués dans leurs terres et dans leur chair, les fils de Bretagne étaient aussi assoiffés de vengeance que des animaux blessés.

Ils quittaient ce lieu maudit, mais leur purgatoire s'étendait au-delà des murs de Saint-Aubin.

Chapitre 1

Décembre 1498, Bretagne,
à quelques lieues du Couesnon

— Aux armes ! On nous attaque ! cria un soldat pris de panique à travers le campement, avant d'être fauché par une flèche qui lui transperça la poitrine.

Conan se leva d'un bond et tira son épée. Il eut tout juste le temps de parer les premiers coups de l'homme qui s'était jeté sur lui. Une fois débarrassé de son adversaire, il prit son bouclier et se jeta dans la mêlée pour en découdre.

À leurs tabards ornés d'un blason d'azur au lion d'or, il reconnut les hommes des Montgomery. Qui d'autre serait assez vil pour attaquer leur campement par surprise au lever du jour ?

Écumant de rage, Conan fit voler la tête d'un Normand d'un coup d'épée. La veille, alors qu'il était venu avec dix de ses hommes pour patrouiller entre Dol et le Couesnon, il avait découvert un hameau incendié. Il n'y avait que peu de survivants ; les granges avaient été pillées, les greniers à sel et les saloirs, vidés, et tout ce qui présentait de la valeur avait été volé. Ces pauvres gens s'étaient battus jusqu'à la mort pour protéger le peu de biens que la guerre leur avait laissés.

Un cavalier fonça soudain droit sur lui. Conan se jeta sur le côté pour esquiver sa lance, planta son épée dans le flanc de l'animal, qui se cabra dans un hennissement de douleur et désarçonna son cavalier en retombant. Conan acheva l'ennemi d'un coup de lame dans la gorge.

Deux autres soldats engagèrent le combat avec lui, avant que ses amis Pierre de Flouville et Guillaume Le Gallays ne viennent à sa rescousse. Les jeunes seigneurs du comté de Dol s'étaient tous unis sous sa bannière après la guerre, pour défendre leur terre des agressions des Normands. Ils ne faisaient pas de quartier et rendaient œil pour œil, dent pour dent. Des deux côtés de la frontière, les tuniques flanquées de l'écu caractéristique — écartelé d'argent et de gueules barré de sable — des hommes du Bro Zol, le pays dolois, étaient connues et craintes.

En représailles, face aux granges bretonnes vidées, aux hameaux ou villages brûlés, les seigneurs de Dol pillaient sans scrupule de l'autre côté du Couesnon, chez les Montgomery, disant aux Normands qu'ils n'avaient qu'à s'en prendre à leur maître : « Nous n'arrêterons nos raids que lorsque vos maîtres plieront. »

Plus de dix ans s'étaient écoulés depuis la libération des prisons de Saint-Aubin, et Conan avait toujours la même rage au ventre. Ceux qui s'interposaient mouraient, son glaive n'épargnait personne, ni soldat ni paysan. Seuls les femmes et les enfants étaient épargnés : il n'y avait aucune gloire à tuer des êtres faibles et le seigneur du Mont Dol était loin d'être un lâche.

Conan savait que sa capacité à rassembler et sa détermination faisaient de lui le chef naturel des seigneurs du comté, et il mettait un point d'honneur à se montrer digne de leur confiance. L'évêque se reposait sur lui pour maintenir l'équilibre sur ses terres ; il dirigeait son ost et avait réussi à unir tous les nobles et les guerriers que le Bro Zol pouvait compter.

Une fois le silence revenu sur le pré où ils avaient établi leur campement, Conan et ses amis firent le compte des morts : neuf chez les Normands, quatre chez eux. Ils avaient fait quatre prisonniers, et deux assaillants avaient pris la fuite.

— Laisse-les courir, dit Conan à Pierre, qui voulait les rattraper. On va leur faire passer l'envie de traverser la rivière !

Il s'épongea le front de sa manche et s'aperçut qu'il saignait. Son avant-bras était entaillé.

— Cet enfant de catin ne traverse donc jamais la rivière ? jura-t-il, déçu de ne pouvoir affronter Jacques de Montgomery sur ses terres.

Il s'était juré de faire payer aux Montgomery toutes les souffrances de son peuple au centuple. Le roi n'avait pas levé le petit doigt pour arrêter les raids normands, et des fiefs entiers avaient été ravagés, comme celui de Pierre, qui avait perdu femme et donjon il y avait encore peu de temps. Il ne lui refuserait pas sa vengeance : les Normands devaient payer le prix du sang.

— Il envoie ses soudards ! répondit Le Gallays avec mépris, en regardant les prisonniers. Des chiens galeux qui n'ont rien dans le ventre.

— Nous allons rendre leur salutation aux Normands, dit Conan entre ses dents.

Pontorson, la même année

— Ne refuse pas sans savoir qui a demandé ta main ! lança Jacques de Montgomery, agacé par la réaction de sa petite sœur.

— Je ne veux pas de prétendants ! Qu'on me laisse, à la fin ! protesta celle-ci.

— Un point pour Brune, renchérit Wandrille.

Brunhilde de Montgomery regardait rageusement ses frères, ses longs cheveux de jais tombant sur ses bras croisés. Retenant à grand-peine une diatribe des plus vertes, elle préféra détourner le regard vers la fenêtre de la chambre de Jacques. Dehors, ses gens s'affairaient dans la cour du château.

— Crois-tu que je consente à te faire épouser n'importe qui ? se défendit son frère. C'est un jeune seigneur de bonne naissance et il est un de nos voisins : Arthus de Valcoudray, seigneur de Saint James, ajouta-t-il, pensant sans doute faire son petit effet.

Le seigneur de Valcoudray était en effet l'un des meilleurs de sa génération, et beaucoup de familles normandes espéraient l'avoir pour gendre. Pour autant, elle n'avait pas la moindre intention de le prendre pour époux !

— Mauvaise pioche, mon frère, glissa le benjamin devant le silence hostile de Brune.

— Par le sang du Christ ! s'emporta finalement celle-ci. Jacques, tu n'es pas sérieux ? Ce paon enfariné a peut-être gagné le dernier tournoi de Normandie, mais je n'en voudrais comme mari pour rien au monde ! Il est fat, mesquin, et si imbu de lui-même !

— Ah, Brune, ne jure pas ! la coupa Jacques. Il est un peu vantard, c'est vrai, concéda-t-il, radouci, mais il est jeune. Ça lui passera.

— Comme l'envie de séduire tout ce qui porte une robe ? Je devrais tolérer qu'il papillonne ?

— Il est jeune, répéta son frère, ça lui passera. Vous n'êtes pas encore mariés, de toute façon ! Et puis un mari plutôt vert présage de beaux enfants, non ?

— Et une jolie paire de cornes..., ajouta Brune, mordante. Non, merci !

Elle se mit à bougonner et détourna le regard. Son aîné s'approcha d'elle et lui prit le bras. Il devait se réjouir de l'avoir convoquée en privé ; autrement, tout le château aurait été témoin de cette scène familiale.

— Brune, il va bien falloir que tu te maries un jour, même si nous te garderions bien ici avec nous. La vie à Pontorson sera bien triste sans toi. Wandrille me le répète chaque jour.

— En effet, te supporter est une torture quotidienne, cher frère, mais depuis le retour de Brune mon purgatoire s'est diablement allégé, railla Wandrille, avec une œillade pour sa sœur.

Brune adressa un sourire de connivence à son petit frère, puis fronça de nouveau les sourcils, en prenant place dans un fauteuil confortable devant l'âtre.

— Est-ce si urgent que je me marie ? J'ai besoin d'un peu de temps, Jacques, s'il te plaît. Je ne suis pas encore une vieille dame... Et puis vous m'avez tellement manqué, Wandrille et toi... Laisse-moi profiter un peu de notre maison.

Le cœur de Jacques, peu armé contre les désirs de sa sœur, se contracta douloureusement. Il avait toujours veillé aux intérêts de sa fratrie depuis la mort de leur père. Très jeune, il avait dû s'imposer sur le comté, faire valoir ses droits et montrer sa valeur. Il se flattait d'avoir réussi et voulait un brillant avenir pour ses benjamins. Mais où trouver la force de résister à la moue boudeuse et au regard suppliant de Brune ? On aurait dit un chaton avec de longs cils...

— Allons, oublions cela pour le moment, concéda-t-il, en caressant tendrement la joue de sa sœur. De toute façon, tu découragerais le plus entreprenant...

Il agita une missive sous son nez et Brune, visiblement curieuse d'en connaître le contenu, se redressa sur son siège.

— Voici une nouvelle qui devrait te réjouir davantage, sœurette. Nous sommes tous attendus à la cour. Le roi nous invite à le rejoindre, ainsi que d'autres familles, à Nantes pour son mariage. Tu viens avec moi !

— Et moi, je suis consigné ? se lamenta Wandrille.

— Quelqu'un doit garder notre château et, comme tu commences ton entraînement de chevalier, j'ai pensé que je pouvais te faire confiance pour gérer nos affaires en mon absence.

— Tu ne le regretteras pas, Jacques, répondit-il, honoré de la confiance de son aîné.

Brune regarda son grand frère comme s'il venait de lui ouvrir les portes du paradis.

— À la cour ? Pourquoi ne pas l'avoir dit plus tôt ? Je serais si contente de revoir la reine de France !

Elle se leva d'un bond et s'élança jusqu'à la porte, filant plus vite que le vent dans ses appartements. Jacques soupira et reprit place sur son siège. Qui sait, peut-être trouverait-elle un mari à la cour ? Il restait cependant sceptique. Elle avait passé cinq ans à Amboise, comme demoiselle de compagnie de la reine Anne, et en était revenue sans la moindre demande en mariage.

Nombre de demoiselles de son âge étaient mariées et donnaient déjà une descendance à leur famille. La seule chose que sa sœur avait rapportée de la cour l'été précédent était une pétulante servante, Hélène, qui lui servait de chambrière. N'avait-elle pas découragé volontairement des prétendants ?

Peut-être Leurs Majestés elles-mêmes feraient-elles des suggestions. Après tout, il était dans les intérêts du roi que les jeunes nobles fassent de beaux et judicieux mariages.

*
**

— Hélène, Hélène ! On part à la cour ! cria Brune, en entrant précipitamment dans ses appartements.

— Vous voilà bien gaie, demoiselle, dit sa suivante en souriant.

— Je ne pensais pas y revenir si tôt, je l'avoue. J'ai tellement hâte de revoir Sa Majesté ! Je suis si heureuse pour elle !

— Et pour quelle occasion ?

— La reine se marie à Louis d'Orléans !

— Sainte Vierge, quel heureux dénouement ! Son second mariage sera plus gai que le premier, s'enhardit à commenter la servante, qui connaissait tout de l'échec du premier mariage de leur reine.

— Il y aura une grande fête, paraît-il, et de nombreuses familles sont conviées. Jacques doit être très fier que les Montgomery en fassent partie !

— Il ne saurait en être autrement, Sa Majesté a envers vous une très grande affection.

Brune jubilait et tournait sur elle-même, faisant voleter ses cheveux noirs autour d'elle. Ses frères la taquinaient souvent à cause de cela. Il était vrai qu'elle était très différente d'eux, avec leur stature massive et leurs cheveux châtain clair, presque blonds. Elle était un peu plus grande que la moyenne des femmes, mais de silhouette délicate et d'une beauté éthérée. Sa peau blanche était rehaussée par des pommettes roses et par l'éclat doré de ses grands yeux. Ses prunelles fauves avaient quelque chose de particulier, et intriguaient les gens. Elle feignait de jeter des sorts à ses camarades et à ceux qui l'agaçaient, juste pour le plaisir de les voir reculer, effrayés, ou s'éloigner un peu. La plupart des gens étaient crédules et superstitieux, si bien que personne n'avait jamais osé la prendre pour cible de railleries. La reine avait beaucoup ri en la voyant œuvrer avec les suivantes de sa belle-sœur, et lui avait dit que, lorsqu'on n'avait pas la force, il fallait avoir la ruse.

À Amboise, la cour était si triste que Brune avait fait tout son possible pour égayer le quotidien de la reine.

Anne de Beaujeu, l'ancienne régente, tyrannisait tout le monde, et Brune avait été réprimandée plus d'une fois en raison de sa spontanéité et de sa bonne humeur qui n'étaient pas du goût de l'austère sœur du roi Charles.

Mais à présent tout allait changer : Anne de Bretagne, leur reine bien-aimée, allait épouser Louis d'Orléans, fait roi de France peu de temps auparavant. Les Bretons se réjouissaient de ce mariage, car le jeune roi avait pris fait et cause pour la Bretagne lors du conflit qui avait opposé le duché au royaume de France. Enfin, l'oppression franque allait cesser ! Et Anne retrouverait sans doute ses droits sur son duché et son peuple.

Bien que de famille normande, Brune avait été bouleversée par le sort de cette jeune duchesse arrachée aux siens à l'âge de dix-neuf ans, dépossédée de sa dot et de son titre, contrainte par un époux qui exigeait un héritier le plus rapidement possible. Elle avait porté et perdu plusieurs enfants, recluse à Amboise sous la coupe de sa sinistre belle-sœur.

Malgré tout, la jeune reine avait courageusement tenu tête, en dépit de sa tristesse et de son enfermement. Comme elle devait être soulagée de reprendre sa vie en main ! songea Brune, le regard rêveur, perdue dans ses pensées.

Le roi Louis lui accorderait-il ce à quoi elle pouvait prétendre : respect, honneur, titre et terres ?

Brune trépigna d'impatience jusqu'au départ et ce fut avec fébrilité qu'elle monta dans sa litière, suivie d'Hélène. Le convoi prit la route de Nantes, bannière au vent, aux couleurs des Montgomery.

Janvier 1499, Nantes

Brune était émue aux larmes. La cathédrale vibrait au son des carillons et aux cris de liesse de la foule nantaise, venue en grand nombre pour célébrer l'événement : le roi Louis venait d'épouser la reine Anne, et lui rendait officiellement son titre de duchesse de Bretagne.

Toutes les grandes familles bretonnes reprenaient espoir que justice leur soit rendue et que la paix règne enfin.

Leurs Majestés sortaient en cortège du saint édifice, le roi tenant la main de la reine et n'ayant d'yeux que pour celle qui, depuis quelques minutes, était devenue son épouse.

Brune affichait un sourire radieux. Quel bonheur de voir celle qu'elle admirait tant renaître aujourd'hui au bras d'un homme qui saurait la respecter et faire valoir ses droits !

Le couple royal descendit les marches du parvis en grande pompe, monta dans un bel attelage, puis prit la route qui menait au château.

Une foule bigarrée dans laquelle se mêlaient gens du peuple, soldats, bourgeois et nobles se joignit à leur suite.

— Vive le roi ! Vive la reine !

Dans la bise hivernale, les cris du peuple s'élançaient, joyeux, et emplissaient le ciel gris, qui semblait plus clair.

— Tiens-moi bien ou tu vas te perdre, recommanda Jacques à sa cadette, en lui prenant le bras. Tu monteras avec moi.

Brune ne put s'empêcher de tiquer. Elle n'aimait pas les chevaux ; leur silhouette noble et imposante leur conférait certes une certaine beauté, mais ils ne l'attiraient pas du tout. Elle avait fait un jour une chute de cheval qui l'avait contrainte de garder le lit plusieurs jours et, si son corps s'était remis de ses blessures, son esprit, lui, craignait toujours d'affronter ses peurs.

— Je ferai attention et nous irons au pas, lui assura-t-il

encore, connaissant son aversion. Il y aura tant de monde à faire rentrer au château que nous pourrons prendre tout notre temps.

Une fois en selle, Brune se cala contre le large buste de son frère et se laissa guider.

— Ne rejette pas Arthus d'emblée, reprit Jacques, revenant à la charge, laisse-lui une chance. Il sera là et voudra que tu lui accordes une danse ou deux, ce soir.

— Faut-il vraiment que tu me gâches cette journée avec tes idées de mariage ? se rebiffa Brune, fronçant les sourcils.

Il se mit à rire.

— Bien, bien, je te laisse un peu de répit, concéda-t-il. Qui sait, tu seras peut-être sensible au charme de quelques seigneurs pendant le banquet ?

— Cela m'étonnerait ! J'espère surtout voir la reine, ce soir. Crois-tu qu'elle rappellera ses anciennes dames de compagnie pour l'escorter à la chambre nuptiale ?

— Tu l'aimes beaucoup, n'est-ce pas ? Regrettes-tu que je t'aie fait revenir à Pontorson ?

— Non, bien sûr que non ! Tu sais comme je vous aime, Wandrille et toi. C'est juste que j'ai passé toute mon adolescence à la voir brimée sous la coupe de cette sorcière d'Anne de Beaujeu, alors…

— Ne médis pas, Brune, tu parles d'une grande dame !

— Grande dame ou pas, elle a été la pire tutrice pour notre reine. Si tu savais tous les coups bas qu'elle lui a faits, toutes les humiliations, tous les reproches qu'elle lui a jetés au visage ! Sa Majesté a tout enduré sans jamais rien laisser paraître de sa peine. Comment ne pas l'admirer ?

— Et le fait qu'elles portent le même prénom ne facilitait certes pas les choses…

— Madame de Beaujeu l'attaquait sans cesse : « Tiens,

voici notre Anne ! » disait-elle en imitant la voix stridente de la belle-sœur de la reine. Mais elle appuyait tant sur la lettre *a* que ça sonnait comme « voici notre âne… ».

— Sa Majesté a pu compter sur les amis fidèles, comme toi.

— J'étais bien plus jeune que toutes celles qui l'entouraient, mais la reine a toujours pris le temps de me faire participer aux conversations et à toutes les activités auxquelles elle s'adonnait avec les dames de compagnie. Elle ne laisse jamais personne derrière.

Il leur fallut une bonne heure avant de passer les portes du château, tant il y avait d'invités au banquet. Noyés dans la foule, ils s'installèrent entre Normands pour le dîner. À son allure altière et ses saillies méprisantes, on reconnaissait aisément Arthus :

— Inutile de saluer l'autre côté de cette table, fit celui-ci en regardant la tablée bretonne à une dizaine de mètres de la leur.

— Mets-toi près de moi, Brune, lui ordonna Jacques, afin qu'elle reste dos aux indésirables.

Le roi et la reine s'installèrent après que l'évêque de Nantes eut béni le repas, puis les membres de la famille royale vinrent saluer et honorer les nouveaux mariés.

Le regard curieux de Brune s'attarda sur le côté gauche de la salle, là où Arthus avait regardé un instant auparavant. Elle ne distinguait pas grand-chose, gênée par les Angevins et les Tourangeaux venus eux aussi fêter la noce. Défilèrent nombre de grands du royaume, Bourbon, Artois, Orléans, Savoie, ainsi que des invités illustres venus d'Italie, de Castille, d'Autriche et d'Angleterre.

Elle arrêta presque de respirer quand le seigneur de Beaujeu et son épouse vinrent aussi faire signe d'allégeance. Le roi allait-il accepter leur présence ? La reine les ferait-elle chasser ?

Le silence plana sur la salle un instant, puis la reine se leva et vint embrasser sereinement son ancienne belle-sœur en un geste de tendresse fraternelle.

Comme le reste de l'assistance, Mme de Beaujeu en resta sans voix et baisa la main de la reine, avant de reculer d'un pas. Le roi s'avança à son tour, prit le bras de son épouse et balaya la foule d'un regard.

— Les insultes faites au duc d'Orléans et à la duchesse de Bretagne, le roi et la reine de France ne les vengeront pas.

Brune, le cœur battant, regarda sa reine pardonner publiquement à sa tourmenteuse. Touchée par tant de noblesse, elle cria :

— Vive la reine, vive le roi !

Acclamation reprise aussitôt par toute la salle. Puis les musiciens commencèrent à jouer un air très enjoué. Brune avait le cœur en fête. Les flûtes, violes et tambourins s'accordaient à merveille avec sa joie.

Elle adressa un sourire radieux à son frère, qui la regarda avec affection : elle savait qu'il était fier de la femme qu'elle était devenue, et qu'il prendrait le temps de lui trouver un parti idéal. Si la reine la prenait sous son aile de nouveau, elle pourrait faire un beau mariage. Qui sait, peut-être finirait-elle duchesse ou marquise ?

Arthus, venu s'asseoir à côté d'elle, se montra entreprenant et bavard tout au long du repas. Il lui décrivit ses récits de combats et de joutes avec tant d'emphase qu'on aurait pu croire qu'il allait sauver le royaume de France à lui tout seul… Dieu, qu'il était vantard, et si sûr de lui ! S'il existait un tournoi d'arrogance, il en sortirait sûrement vainqueur !

Lassée des bavardages de son voisin et voyant les hommes en grande conversation à propos de la situation houleuse en Italie, Brune laissa son regard errer à travers la salle bondée de courtisans. La fête était vraiment somptueuse. On sentait que le roi voulait offrir à la reine des noces royales dignes de ce nom. Rien n'avait été économisé : vaisselle d'or et d'argent, nappe de lin blanc, mets onéreux et vins capiteux, ménestrels et bardes en tous genres, jongleurs, cracheurs de feu…

Enfin, leurs regards se croisèrent. Brune sourit à la reine, qui lui rendit son sourire. Elle leva alors sa coupe à l'intention de Sa Majesté et but à sa santé. Elle vit sa protectrice chuchoter quelques mots à sa voisine, laquelle se leva de table et se dirigea vers elle. Brune, aux anges, reçut l'invitation tant attendue.

— Jacques, pardonne-moi, dit-elle, interrompant la conversation.

— Qu'y a-t-il ?

— La reine m'appelle à ses côtés, ce soir. Je serai reconduite à nos appartements par un page, ne te fais pas de souci.

— Je vous escorterai, damoiselle, déclara Arthus, toujours heureux de se mettre en avant.

— Je vous remercie, messire Arthus, mais ce ne sera pas nécessaire. Comme je l'ai dit…

— Voyons, votre frère ne saurait tolérer que je vous laisse errer dans les couloirs du château à une heure tardive en présence d'hommes imbibés de vin et à la recherche de quelques agréments…, railla-t-il, comme s'il parlait à une petite fille capricieuse, tout en dévorant du regard ses formes généreuses.

Agacée par tant de familiarité, Brune se fit plus sèche.

— Je sais me défendre.

Arthus éclata de rire, se moquant manifestement de sa naïveté. Heureusement, la dame de compagnie de la reine intervint pour répéter son invitation à voix haute, venant ainsi à son secours.

— Demoiselle Brunhilde, la reine vous fait mander dans ses appartements, afin d'être préparée pour sa nuit de noces.

— C'est un grand honneur, dame Élise, que je me fais

une joie d'accepter. Je vous suis de ce pas, conclut Brune, se débarrassant enfin de l'envahissante présence d'Arthus.

Elles firent quelques pas vers la porte, conscientes des regards envieux des femmes et appréciateurs des hommes.

— Je pensais que vous nous aviez déjà toutes oubliées, dit dame Élise.

— Comment le pourrais-je ? Malgré ma joie de retrouver mon foyer, Amboise me manque, je l'avoue.

Sans plus prêter attention aux hommes qui la regardaient, Brune suivit l'escorte de la reine. Cinq dames de compagnie avaient été choisies pour l'aider à se préparer. Les retrouvailles avec ses anciennes amies furent incroyablement chaleureuses. Louise de Savoie et Louise de Bourbon-Montpensier avaient sa préférence. Elles étaient pétillantes et gaies et, bien qu'elles fussent de naissance supérieure à la sienne, elles ne le lui avaient jamais fait sentir, et elles s'étaient tout de suite entendues.

— Comme je suis heureuse de vous revoir, Majesté, dit Brune en plongeant dans une gracieuse révérence.

— Moi aussi, Brune, je suis bien aise de vous avoir à mes côtés ce soir. Le roi et moi nous entretiendrons demain avec vos frères, à la demande du comte.

— Jacques sera honoré, Votre Majesté. Cependant, Wandrille est resté à Pontorson. Jacques craignait qu'en son absence certains incidents se produisent, expliqua-t-elle, en rougissant.

Ses frères lui avaient narré les derniers événements sanglants survenus dans le comté, en lui épargnant les détails les plus sordides.

— Laissons cela pour ce soir, la coupa la reine, je veux être tout à la joie de profiter de mes chères amies !

Comblée par cette marque d'affection, Brune embrassa la main de la reine.

— Me permettez-vous de vous brosser les cheveux ? lui demanda-t-elle en montrant un siège confortable.

Un bruissement de tissu attira leur attention. Les deux Louise, rejointes par deux autres dames, jouaient les conspiratrices. Que dissimulaient-elles derrière leur dos ?

— Votre Majesté, certaines d'entre nous ont brodé cela pour vous…

Dame Élise déplia alors une chemise diaphane brodée de fils d'argent et d'or et d'une dentelle arachnéenne.

— Mes très chères, je suis si touchée ! dit la reine en prenant le tissu aérien pour l'admirer de plus près.

— Que c'est joli ! Vous serez merveilleuse avec, s'exclama Brune avec enthousiasme.

La reine lui fit signe de venir l'aider à s'habiller. Seuls ses familiers étaient autorisés à l'approcher de façon aussi intime. Brune se sentit donc honorée et s'appliqua à sa tâche. Puis, assise sur un tabouret décoré de velours pourpre, la reine se laissa brosser les cheveux par les mains délicates de sa jeune amie.

— Ne serait-il pas mieux de les coiffer en tresse, en couronne, ou en chignon ? proposa dame Élise, en voyant Brune arrêter son office.

— Oh non, vos cheveux brillent et sont si beaux. Le roi ne pourra qu'apprécier, protesta celle-ci en rougissant.

La reine sourit de son malaise ; dans la pièce, Brune était la seule qui ne connaissait pas les félicités du mariage.

— Brune a raison, Louis m'aime comme je suis, je ne suis pas obligée de faire semblant.

La reine rougit à son tour d'avoir parlé si passionnément et les femmes eurent la délicatesse de changer de sujet.

— En parlant de nuit de noces et de mariage, reprit-elle en s'adressant à Brune, j'ai cru comprendre que votre frère vous cherchait un prétendant…

— Eh bien, oui… Votre Majesté. Il doit être pressé de se débarrasser de son encombrante petite sœur !

— L'hymen ne semble pas vous inspirer ?

— Disons que je voudrais attendre un peu, ou du moins prendre le temps de connaître celui que mon frère aura choisi.

— Et si, moi, je vous laissais le choisir ? demanda la reine en souriant.

Un silence surpris envahit la salle et tous les visages se tournèrent vers elles.

— Que je choisisse mon époux ? Mais, Votre Majesté, Jacques désapprouvera sûrement…

— Il se pliera à notre volonté. J'ai toujours eu un faible pour vous, Brune, alors acceptez ce cadeau. Nombreuses sont les demoiselles de la noblesse qui voudraient se voir offrir pareille chance. Ne vous précipitez pas, réfléchissez, le mariage, c'est *jusqu'à ce que la mort vous sépare*, insista la reine en récitant les paroles consacrées.

— J'essaierai de vous faire honneur en choisissant un époux digne d'être votre défenseur, Votre Majesté.

— Je n'en doute pas, mon enfant.

La reine l'embrassa sur le front et toutes partirent bientôt en cortège jusqu'à la chambre du roi, où elles firent entrer la reine.

— Anne, vous êtes de toute beauté, dit celui-ci en apercevant son épouse. Merci pour vos bons soins, mesdames… Vous pouvez disposer.

Les dames d'honneur se retirèrent après avoir souhaité une bonne nuit aux époux. Dame Élise et les autres reprirent le chemin de leurs appartements respectifs. Brune héla un page et lui demanda de la raccompagner jusqu'à ceux de son frère, comme elle le lui avait promis. Le jeune garçon la précéda dans les couloirs sans fin et la fit traverser le jardin du cloître pour gagner du temps.

Brune laissa son imagination vagabonder ; la reine trouvait certainement amour et bonheur dans les bras du roi, à cette heure.

L'amour… Elle était convaincue que ce mot si attrayant et mystérieux ne se trouvait pas sous les traits d'Arthus de Valcoudray !

Un mari à sa convenance ? Mais comment être sûre de bien choisir ? *Jusqu'à ce que la mort vous sépare*… Elle n'avait pas le droit à l'erreur. Il lui fallait être prudente et réfléchie, pour prendre la bonne décision.

Le cœur léger, elle fit une pirouette gracieuse sur elle-même. Elle avait tout son temps, après tout, rien ne pressait.

Le ciel ne lui avait jamais paru aussi serein et plein d'espoir.

Dans la salle du banquet, la fête était à son comble. Conan de Ker Glenn observait avec plaisir les invités se dérider, maintenant que le vin coulait à flots et que les cérémonies officielles étaient passées.

— Belle cérémonie et belle table ! dit Guillaume Le Gallays en mordant dans une cuisse de poulet rôti.

— En effet, la reine semble heureuse, répondit Conan, perdu dans ses pensées. Je serai reçu demain en milieu de matinée. Et, en tant que sergent du comté, tu es convié aussi.

— C'est toi qui as demandé audience ou est-ce qu'on t'a convoqué ? Sais-tu de quoi il retourne ?

Guillaume tendit son verre à un serviteur, qui s'empressa de le remplir.

— L'évêque a demandé audience pour nous… Nous verrons, fit Conan en haussant les épaules.

— Tant que tu y seras, profites-en pour te trouver une riche veuve ! Le Mont s'écroule…

— La faute à qui ? lâcha Conan, sarcastique. Je ne vais pas saigner mes gens avec des taxes sous prétexte que j'ai quelques fuites dans mes toitures !

— Quelques fuites ? J'aime ton enthousiasme. Tu as besoin de beaucoup d'argent, l'ami, et, une riche veuve, ça peut aider.

Conan repensa avec colère aux horreurs que sa mère et ses gens lui avaient racontées au sujet de la mise à sac de Dol, suite à leur défaite.

Rien n'avait été épargné aux habitants de la ville : incendies, pillages, viols, meurtres… L'armée du roi Charles, conduite par le diabolique Montpensier, avait dévasté le comté.

— Nous devons trouver une perle rare…, poursuivit Guillaume, toujours sur sa lancée.

— Nous ? souligna Conan en levant un sourcil. Soit ! Choisis pour moi, nous verrons si tu es bon juge de la nature humaine !

— Ton alliance aura des répercussions sur le comté entier, puisque tu es le bras droit de l'évêque et nous sommes tes vassaux. Il faut te trouver une châtelaine digne de ce nom, et Flouville autant que moi, qui sommes tes amis d'enfance et tes compagnons d'armes, voulons te savoir bien marié.

— Tant de sollicitude, que c'est touchant ! railla Conan, qui cachait toujours ses émotions derrière une boutade ou une pique. Il me faudra donc supporter une péronnelle ou une bossue sous prétexte qu'elle est richement dotée, pendant que Pierre et toi pourrez courir la lande et trousser tout ce qui vous plaira ?

— Pierre joue au chevalier chaste et, toi, tu vas te marier… Remercie-moi de conter fleurette aux belles, elles vont se morfondre de ton absence ! Je serai là pour les consoler et, toi, tu me fustiges ? Quelle ingratitude, Conan, tu me fends le cœur, vraiment.

— Encore faudrait-il que tu en aies un, s'esclaffa Conan devant l'air faussement pitoyable de son ami.

— J'en avais un, mais une belle blonde me l'a pris et a oublié de me le rendre. Ou était-elle rousse ?

— Quel impénitent tu fais ! Cesse de boire, ou bientôt c'est une vieille chèvre que tu me choisiras comme épouse.

— Bien, bien, je me concentre, alors… Faut-il te choisir une femme dotée en terres ou en écus ? En écus, c'est mieux ! se reprit Guillaume, sans attendre sa réponse. Et il la faut jolie, au visage agréable, en tout cas, ou tu finiras par fuir sa couche et n'auras pas de descendance… Tu es sûr de ne pas vouloir devenir moine ?

— Va au diable ! Pierre, lui, semble prendre cette voie, je ne l'ai pas vu en galante compagnie depuis…

— Rien ne semble le consoler de la mort sa fiancée, commenta Guillaume, qui connaissait l'atroce fin qu'avait connue l'innocente jeune fille. Mais revenons à toi, veux-tu ?

— Allons, essaye encore !

Pendant une heure, Guillaume passa en revue toutes les veuves connues et les jouvencelles richement dotées, pour le plus grand amusement de Conan. Cependant, le tableau était souvent noirci : dettes de jeu, tares physiques, différend foncier avec un voisin, vassalité douteuse de leur père ou leur frère, tempérament acide ou colérique… Rien ne fut laissé au hasard.

Le dos plaqué à son siège de bois, Conan allongea les jambes et finit par écouter d'un air distrait. Il intervenait uniquement pour s'enquérir de la fortune de la demoiselle.

— Assez, Guillaume, tu me déprimes ! finit-il par dire. Est-ce si difficile de se trouver une épouse digne de ce nom ? Je ne demande pas la lune, quand même ! Toutes ces dindes sont-elles affublées de difformité, de stupidité ou d'un caractère exécrable ?

— Ton enthousiasme est admirable, dit Guillaume en riant. Tu ne t'intéresses pas à elles mais à leur dot. Peu importe, après tout, si tu ne trouves pas ton contentement avec une épouse, tu le trouveras avec une maîtresse. Au fond, ce qu'on te demande, c'est de lui faire un enfant, pas de vivre avec elle ou lui faire la conversation !

— Jument poulinière et vache laitière ? ironisa Conan, tu as une piètre opinion des femmes, Guillaume ! Et dire que je te pensais courtois !

— C'est vrai qu'aucune ne m'a marqué au point que je veuille la garder ! L'amour est si passager, si fugace ! plaisanta Guillaume avec une œillade taquine pour la servante qui se trouvait derrière lui.

— Je me moque de l'amour, assura Conan. Tout ce que je veux, c'est une femme obéissante, docile et richement dotée. C'est simple, non ?

Et surtout une qui ne hurlera pas en voyant son dos, et toutes les cicatrices qui lui rappelaient des souvenirs désormais impossibles à oublier.

Il détourna la tête en voyant la reine escortée de ses suivantes sortir de table et quitter la salle.

— Quelle beauté ! dit Guillaume en désignant une jeune femme aux cheveux de jais et à la peau blanche.

Conan laissa son regard se fixer sur l'apparition et dut reconnaître que son ami n'avait pas menti. Les sens aux aguets, il apprécia la manière dont la robe ajustée soulignait sa taille et la courbe de sa poitrine.

— La connais-tu ? demanda son second, visiblement très intéressé.

— Une suivante de la reine ? Non, je n'ai pas mis les pieds à Blois ni à Amboise, sous le règne de Charles. Je dois avouer qu'elle est plutôt jolie, répondit évasivement Conan.

— Plutôt jolie ? Conan, tu es désespérant ! Elle est magnifique ! Je vais me renseigner sur elle, si tu veux.

— J'irai demander une épouse à la reine demain, intervint Conan. Elle saura sûrement quel genre de châtelaine convient à Dol. Tu es un piètre marieur, Guillaume !

— Tu as raison, mon ami, je suis meilleur une épée à la main.

— Quel courtisan déplorable tu ferais !

— Je ne suis qu'un modeste chevalier sans grand mariage à faire, moi…

— Chanceux !

— Je sais, fit Guillaume avec un sourire insolent. Petit détail tout de même : pense à faire sortir Gwen de ton lit avant d'accueillir ton épouse au Mont. Installe-la dans un autre logis.

Conan laissa ses pensées dériver vers sa maîtresse, la fille d'un bourgeois de Dol, veuve et sans enfants. Elle était l'amante idéale : passionnée, disponible et ne cherchant pas à légitimer leur union. S'il devait jurer fidélité à une femme, autant la choisir avec soin, en effet, et sa liste de critères était assez claire : bretonne, dotée, obéissante, jolie et féconde, bien entendu.

Ils passèrent une soirée agréable, entourés de chevaliers et de barons bretons amis et voisins. La Bretagne était à l'honneur, ce soir-là, et les querelles, enterrées pour la nuit, bien qu'aucun échange n'ait eu lieu entre les tables bretonnes et les normandes. Conan avait remarqué la présence de Jacques de Montgomery, arrivé avec sa suite en grande pompe, quand il avait prêté allégeance au roi avec les grands du royaume, mais ne lui avait pas montré le moindre intérêt. Ce n'était ni l'heure ni l'endroit de régler ses comptes.

Ton heure viendra, Montgomery, sois en certain, songea-t-il, en avalant avec peine une gorgée de vin.

Pendant le reste du banquet, Conan assista aux tentatives de Guillaume pour séduire la jolie servante aux courbes pleines qui gloussait à la moindre de ses plaisanteries, et dont les œillades friponnes étaient sans équivoque.

— Je vais marcher un peu. J'irai me coucher dans une heure ou deux, annonça Conan, délaissant la tarte qu'il avait dans son assiette pour laisser le champ libre à son ami séducteur.

Il quitta la pièce bondée et bruyante pour aller respirer l'air froid de la nuit. Il avait beau se moquer de son ami, il savait que Guillaume disait vrai : il lui fallait une riche épouse. Le moindre écu était dépensé en armes et denrées alimentaires ou fourrage, or, le château du Mont avait besoin de travaux d'envergure. Arpentant les interminables corridors, il finit par sortir dans le jardin. Il se retrouva bientôt dans un cloître joliment décoré de sculptures murales. Seules quelques torches éclairaient les abords. La lune était pleine et brillait fort dans le ciel, inondant les lieux d'un voile argenté.

Il s'adossa à un pilier et ferma les yeux quelques instants. Ses pensées s'envolèrent jusque chez lui, en Bretagne. Il était conscient de ses responsabilités et de l'espoir que ses gens et ses vassaux avaient placés en lui. Il n'était ni comte ni baron, mais tous pouvaient compter sur lui pour la direction militaire et judiciaire du comté.

Il avait failli tout perdre à sa sortie de prison ; le comte de Vannes avait tenté de lui ravir ses terres, profitant de son incarcération et de son jeune âge pour lui dérober son héritage. Sa mère, dame Katel, s'était battue bec et ongles contre ses voisins trop gourmands et contre les Normands, qui rêvaient de les voir passer de vie à trépas. Elle avait obtenu du roi Charles, en réparation aux dommages faits à Dol et au Mont, que les terres de la chapelle du Lys leur soient données.

Les Montgomery ne leur avaient pas pardonné cet affront,

car dans cette chapelle se trouvaient les restes de Françoise de Montgomery. Malgré les suppliques des Normands, le roi avait donné à la mère de Conan ce qu'elle demandait. Depuis, l'hostilité entre les deux familles n'avait fait que s'accroître. Conan haïssait les Montgomery ; il avait juré de venger la mort de son père et ne connaîtrait le repos que lorsque cette infâme lignée serait éteinte.

Il savait que nombre de ses ennemis étaient présents au banquet et il comptait bien plaider sa cause auprès du roi, lors de son audition du lendemain. Les raids normands devaient cesser : leurs réserves de vivres s'amenuisaient grandement depuis l'incendie des quatre grandes granges domaniales. Ses gens auraient du mal à passer l'hiver, si le roi ne les aidait pas. S'il en avait le cœur et le courage, il n'avait cependant pas la fortune pour résister éternellement à un ennemi comme Jacques de Montgomery.

La marque dans son dos ne lui avait jamais paru si lourde à porter qu'en ce moment. Enfermé dans les prisons du roi Charles, il avait entendu ses geôliers lui décrire avec mépris le pillage de Dol. L'évêque avait eu beau supplier le roi de n'en rien faire, les hordes de soldats avides de biens et de sang avaient dévasté la cité.

On lui avait rapporté les détails les plus sordides sans l'épargner. Son château aussi avait été mis à sac et partiellement brûlé. Sa mère avait miraculeusement réchappé du carnage, cachée par des villageois dans les marais qui bordaient la côte, d'après ce qu'elle lui avait dit. Il était rongé de culpabilité. Il avait enduré sans mot dire les privations de nourriture, le froid, les humiliations de son état de prisonnier, mais la plus grande douleur qu'on lui ait infligée, il la portait au cœur…

Il n'avait pas pu protéger les siens. Le comte de Montpensier et Jacques de Montgomery étaient venus les narguer dans leur geôle, à la veille d'entrer triomphalement dans Dol. Il se souvenait mot pour mot de ce que lui avait dit Montgomery pour se venger, au nom de son père, de la disgrâce que lui avait value l'amputation de son bras. Quant à Montpensier, il s'était léché les babines comme un fauve avide de chair humaine à l'idée des richesses que renfermaient les caisses du comté breton.

Il portait sa colère et sa haine depuis tant d'années qu'elles étaient devenues ses compagnes, tout spécialement les nuits de longues insomnies.

Mais ce soir il ressentait une étrange paix. Bien que froide, cette nuit avait quelque chose de spécial, sans qu'il sache dire quoi. Peut-être était-ce ce jardin encore ensommeillé par l'hiver et qui n'attendait que la chaleur des premiers rayons du soleil pour s'ouvrir au printemps ? Le ciel était clair, et la lune, pâle ; il régnait une douce quiétude et un grand silence. C'était le genre d'endroit parfait pour réfléchir, à l'écart du brouhaha des courtisans.

Un bruit attira son attention et il faillit pester contre l'importun qui perturbait sa retraite. Il aperçut alors une dame en compagnie d'un jeune page. Celui-ci se précipita sur un portant du cloître pour tenter de décrocher une torche.

— Tu as besoin d'aide, petit ? lui demanda-t-il, voyant qu'il était en peine.

— J'ai besoin d'une torche pour escorter une dame car on n'y voit rien… Elle pourrait déchirer sa cape ou sa robe, ou se tordre une cheville.

— Qui est-ce ?

— Je ne sais pas, messire, mais elle est de la suite de la reine. Elle est brune avec des jolis yeux dorés, répondit le jeune garçon, qui n'avait pas ses yeux dans sa poche.

— Une robe bleu nuit et des mancherons rouges ? demanda

Conan, reconnaissant de loin la silhouette vantée plus tôt par Guillaume.

— Oui, messire.

— Tu peux disposer, je vais la raccompagner.

— Mais, messire, elle m'attend et…, bredouilla le page.

— Il ne lui arrivera rien de fâcheux, je t'en donne ma parole de chevalier.

— Bien, messire, capitula le garçon. Elle est un peu plus loin, derrière le bassin.

— Je sais.

Une fois le page reparti, Conan observa la jeune dame qui avançait sur le bord du cloître en prenant garde de ne pas marcher dans une flaque. Sa démarche peu assurée n'était pas dénuée de grâce et il se surprit à sourire dans la pénombre.

Chapitre 2

Brunhilde avançait avec prudence dans l'obscurité du jardin. Elle arrêta soudain son guide.

— Attrape une torche, sinon, je risque de me blesser dans le noir. Ça fait déjà deux fois que j'accroche ma cape aux buissons.

— Alors, attendez-moi sur ce banc, madame, je reviens vite, répondit le page avec empressement.

Brune s'emmitoufla dans sa cape de laine et frémit sous le vent de la nuit. Elle attendit de longues minutes dans la pénombre, sentant la brise nocturne lui caresser le visage. Le page ne revenant toujours pas, elle leva les yeux pour observer le ciel.

Il est si beau, ce soir, pensa-t-elle en regardant la lune. Elle chercha du regard ses constellations préférées et sourit en apercevant Cassiopée au-dessus d'une toiture. Elle recula davantage pour avoir un meilleur point de vue et percuta alors quelqu'un de plein fouet. Deux bras l'enserrèrent alors qu'elle chancelait, puis, d'une pirouette, la firent pivoter.

— Seigneur Jésus ! cria-t-elle en se retrouvant contre le corps musculeux d'un inconnu. Pardonnez-moi ! Je suis navrée. Je ne vous ai pas fait mal, au moins ?

Cette avalanche d'excuses bégayées fit rire l'inconnu, qui la garda contre lui.

— Non, madame, vous ne m'avez pas fait mal, répondit-il en l'entraînant sous la lumière d'un flambeau.

Brune observa le visage de l'homme qui se tenait devant elle.

Il avait dans les trente ans. Grand, massif mais élancé, les cheveux noirs ; foncés, en tout cas. Quant à ses yeux, la lumière du flambeau s'y reflétait, et elle n'aurait su en donner la couleur exacte.

Elle aurait dû reculer, se défendre de ce contact intime, reprendre ses esprits et une attitude décente, plus digne de son rang, mais elle n'aspirait qu'à prolonger ce moment. Son regard s'attarda sur la bouche de l'homme, qui souriait toujours. Elle battit des paupières, entrouvrant les lèvres sans pouvoir dire pourquoi. L'homme, en revanche, sembla y voir un signal, car il fixa à son tour ses lèvres avec une intensité sans équivoque.

— Je suis désolée, vraiment, bredouilla-t-elle, troublée.

— Ne soyez pas désolée, belle dame, dit-il en passant son pouce sur ses lèvres fines et bien dessinées. Je serais bien tenté de vous montrer à quel point, moi, je ne le suis pas !

Très lentement, il approcha sa bouche de la sienne, lui laissant l'opportunité de refuser ce qui allait suivre. Le cœur battant, Brune savait qu'elle s'apprêtait à recevoir son premier baiser des lèvres d'un parfait inconnu.

Quand la bouche de cet homme se posa sur la sienne, elle eut du mal à respirer, car une étrange chaleur envahissait sa gorge et sa poitrine. Des frissons très agréables la parcoururent tout entière, et elle se sentit dépossédée d'elle-même quand le baiser s'approfondit. L'inconnu l'embrassait avec art, la faisant défaillir dans ses bras, et elle n'aspirait qu'à s'accrocher à lui, à se laisser guider. Surprise de sa propre attitude, elle se rendit compte que ses mains agrippaient déjà sa large nuque. Elle sentait la force de ses bras, l'ardeur de sa bouche, et tout son corps semblait parler un langage qu'elle ne comprenait pas vraiment, mais qu'elle suivait malgré tout.

L'homme semblait lui aussi savourer la douceur de leur baiser. Il se pressa contre ses hanches minces et fragiles, et enserra sa taille fine. Les courbes de Brune épousaient à merveille les lignes sculpturales de son corps. Elle sentait ses petits seins se presser contre son torse. Soudain, il en empauma un de sa large main, tandis que l'autre tenait sa nuque captive. Surprise plutôt qu'effrayée, Brune recula devant ce geste passionné et resta interdite. Elle balaya le cloître des yeux, cherchant un appui, mais ils étaient véritablement seuls dans le jardin. Quant au page, il semblait avoir disparu.

— Je ne voulais pas vous faire peur, belle dame, pardonnez ma hardiesse, dit-il avec un sourire désarmant. J'ai pour seule excuse votre beauté, qui m'a enivré comme le ferait le plus suave des nectars.

Cette fausse excuse la fit sourire malgré elle. Elle se sentit rougir et secoua la tête. Après tout, il ne l'avait pas forcée : elle avait accepté ce baiser. Pourvu que Jacques ne l'apprenne jamais ! Jusqu'ici, elle avait toujours tenu les hommes à distance et se vantait d'avoir une tenue et une morale irréprochables. Pourquoi s'était-elle comportée avec autant de légèreté avec celui-ci ?

— Je suis désolée, vraiment, je n'aurais pas dû… vous permettre de…, se prit-elle à bégayer, incapable de finir sa phrase.

— De vous embrasser ? acheva l'inconnu. Pourtant, quelque chose me dit que, si je recommençais, vous ne vous défendriez pas plus.

Brune éclata de rire devant son audace et rougit de plus belle. Cet homme était un tentateur, mais elle savait pertinemment que ce qu'il disait était juste. Que lui arrivait-il, par tous les saints ? Était-ce le vin qu'elle avait bu au dîner ou ses retrouvailles avec la reine qui la rendaient aussi gaie et insouciante ? Elle se comportait en petite effrontée ! Une vraie fille des remparts ! Se laisser embrasser par un inconnu, quelle idée saugrenue…

Elle était censée se trouver un mari digne de son rang, pas batifoler sous la lune avec le premier venu !

Soudain, une étrange idée lui traversa l'esprit. *J'ai le droit de décider qui partagera ma vie…*

Leurs regards étaient à présent soudés, comme si un lien étrange s'était tissé entre eux. Peut-on connaître quelqu'un après un seul baiser ? Son futur mari l'embrasserait-il aussi de cette façon ? Elle l'espérait du fond du cœur.

Des pas précipités la firent sursauter.

— Brune ? C'est vous ?

Arthus de Valcoudray se tenait devant elle. Il s'était exprimé d'une voix sèche, qui ne lui plaisait pas.

Pour qui se prenait-il, en employant le surnom que lui donnaient ses frères ?

— Bonsoir, messire Arthus, dit-elle, respectueuse mais froide, pour le remettre à sa place.

— Quelqu'un de votre connaissance ? demanda l'inconnu en se plaçant entre Arthus et elle.

— Son fiancé ! répondit Arthus en bombant le torse. Je vous ai dit que je viendrais vous chercher après le coucher de la reine. Je n'ai pas pour habitude de courir après les demoiselles à travers tout le château ! la fustigea-t-il, ignorant de façon très peu courtoise l'homme à qui il venait de s'adresser.

— Personne ne vous le demandait, messire, répliqua Brune. Et vous précipitez bien les choses en disant à qui veut l'entendre que je suis votre fiancée. Nul accord n'a été signé, il me semble, et je n'ai pas encore donné mon assentiment à ce projet.

— C'est tout comme, fit Arthus en haussant les épaules. Votre frère, lui, consent à cette union.

— Eh bien, pas moi ! rétorqua-t-elle en se détournant pour le congédier.

Se souciant apparemment peu de son avis, Arthus s'en prit à présent à l'homme qui se tenait près d'elle.

— Que faisiez-vous avec cette demoiselle en pleine nuit ? demanda-t-il sur un ton qui ne présageait rien de bon.

— Rien qui vous regarde, semble-t-il. Belle dame, je suis bien aise d'apprendre que vous n'êtes pas engagée, ajouta-t-il, bravache, en lui faisant un baisemain.

Brune en resta interdite et leva les yeux vers son interlocuteur. Ce diable d'homme souriait et elle fit de même, gagnée par son audace et ravie de piquer l'orgueil de son envahissant prétendant.

— J'espère vous revoir demain, ajouta-t-il d'une voix grave et chaude.

— Qui êtes-vous ? le coupa Arthus, agressif.

— Conan de Ker Glenn, seigneur du Mont Dol, répondit celui-ci en se redressant.

Le cœur de Brune manqua un battement. Le seigneur du Mont Dol ! Non, ce n'était pas possible…

— Un des démons de Dol ? siffla Arthus, plaçant une main sur son épée, l'autre sur l'épaule de Brune pour la faire reculer. Et vous osez vous adresser à elle ?

Conan vit la jeune femme qu'il serrait un instant plus tôt entre ses bras pâlir et écarquiller les yeux. Pétrifiée, elle ne faisait pas un mouvement, mais le regardait comme s'il était Satan en personne.

Qui pouvait-elle être, pour passer de la passion à la frayeur à la simple évocation de son nom ? Il secoua la tête, agacé. Leur prétendue réputation de diables passait bien des frontières !

— Je vous raccompagne, Brune, venez ! déclara Arthus.

— Oui, chuchota-t-elle en se laissant conduire, non sans un dernier coup d'œil incrédule pour Conan, qui la regarda partir sans tenter de la retenir.

Remontant le corridor, Arthus conduisit Brune en silence, avant de revenir à la charge.

— Quand je pense que ce Ker Glenn vous rôdait autour dans le noir ! Jacques sera heureux de savoir que je vous ai sauvée des griffes de cet odieux personnage. Je vous avais dit de ne pas vous promener la nuit… Une femme seule dans le château ! Ridicule ! Je peux vous protéger, Brune, et vous apporter la sécurité. Épousez-moi.

Il la prit dans ses bras d'autorité. Si le baiser de Conan de Ker Glenn l'avait totalement bouleversée, celui d'Arthus la gênait, voire lui répugnait.

— Lâchez-moi immédiatement, messire, ou Jacques entendra parler de ça, le menaça-t-elle d'une voix froide.

— Quand vous serez à moi, je vous apprendrai à m'aimer comme il faut. J'ai une grande expérience des femmes, je saurai vous donner du plaisir.

— Cessez immédiatement !

Elle se débattit, outrée.

— Je ne serai jamais votre épouse, Arthus, poursuivit-elle. Tenez-vous-le pour dit !

— Je ne rends pas les armes si facilement. Vous représentez un défi bien trop alléchant.

Il essaya à nouveau de lui voler un baiser. Brune le repoussa des deux mains et courut devant elle pour lui échapper.

— Vous apprendrez à obéir, Brunhilde ! cria-t-il au loin, tandis qu'elle s'éloignait.

Échauffé par sa rencontre avec Ker Glenn et le désir qu'il éprouvait pour Brune, Arthus se sentait toutes les audaces. Il n'avait jamais rencontré les démons de Dol, bien qu'il soit déjà passé sur leurs terres deux ans auparavant environ. Un rictus mauvais lui étira les lèvres. L'accord qu'il avait passé avec les Montpensier s'était révélé rentable : ravager une seigneurie modeste avait été payé aussi grassement que s'il avait pris une ville fortifiée. Aucun combat, aucune résistance, leur assaut avait été un massacre en règle et il ne s'était pas privé ! Il pouvait enfin mettre un visage sur le nom de Ker Glenn, et il finirait bien par rencontrer Flouville aussi… Pour l'heure, il se concentrerait sur ce qu'il désirait plus que tout : Brunhilde de Montgomery.

Le cœur battant à tout rompre, Brune sentait les larmes lui monter aux yeux. Quelle horrible fin de soirée !

Elle arriva devant les appartements de son frère et tambourina à la porte.

— Jacques, ouvre-moi, s'il te plaît !

— Que t'arrive-t-il ? dit-il en apparaissant derrière la porte. Je pensais que tu logerais avec les suivantes de la reine, ce soir.

— Je dois te parler, répondit-elle d'une voix plus assurée, à présent qu'elle était en sécurité. J'ai… Écoute, Jacques, je ne veux pas épouser Arthus !

— Mais tu trembles ! A-t-il été inconvenant avec toi ? s'inquiéta son frère.

— Ça n'a pas d'importance, je ne veux pas de lui, c'est tout. Ce soir, la reine m'a offert la liberté de décider de mon avenir : elle m'a octroyé le choix de celui à qui je confierais ma vie et mon cœur.

Il la tint à bout de bras et fronça les sourcils.

— Et moi, je n'ai pas mon mot à dire ?

— Non, répondit-elle franchement. Ne m'en veux pas, Jacques, essaie de me comprendre.

— C'est ce que je fais depuis la mort de notre mère, répondit-il en poussant un soupir exaspéré.

— Tu es un frère aimant et merveilleux, dit-elle en pressant la tête contre son torse. J'ai promis à la reine d'épouser un homme qui sera digne d'être son défenseur. Je choisirai bien, tu verras.

— Belle idée ! Promets-moi quand même de me donner son nom avant d'entrer dans l'église, capitula Jacques, qui savait qu'un ordre royal ne se discutait pas.

— Promis, dit-elle dans un doux sourire. Merci, Jacques.

Inutile de mentionner sa rencontre avec leur ennemi dans le jardin du cloître. Elle avait eu son lot d'émotions pour ce soir, et n'aurait pas supporté une réprimande de plus. Elle lui demanda néanmoins de la raccompagner dans le quartier des dames où elle avait sa chambre.

Brune ne trouva le sommeil que tard dans la nuit, car ses pensées revenaient sans cesse à *lui*. Comment un être aussi fascinant pouvait-il être le monstre qui ravageait les abords normands du Couesnon ? L'un des démons de Dol…

Elle avait entendu tant d'horreurs à leur sujet ! Peut-être que tout cela était exagéré. Quoi qu'il en soit, cet homme avait blessé son père. Elle avait vu l'homme qu'elle chérissait perdre un bras, à la suite de cette mauvaise blessure, ce qui avait précipité sa mort. Elle se souvenait encore du cri de rage et de désespoir qu'il avait poussé, quand on l'avait amputé. Cette maudite famille lui avait aussi pris la tombe de sa mère. Voilà six ans qu'elle n'avait pu s'y recueillir ! Une grande tristesse envahit alors son âme, ses souvenirs heureux se mêlant aux malheureux.

Et ce baiser ?

Elle en avait encore la chair de poule, et son cœur battait la chamade. Les yeux de cet homme, surtout, étaient fascinants ; elle était curieuse d'en connaître la couleur en pleine lumière. Dans le jardin, ils lui avaient semblé noirs, profonds comme les eaux d'un lac, et doux comme du velours.

Se retournant dans son lit pour la quinzième fois au moins, elle essaya de le chasser de son esprit. Il fallait qu'elle arrête de penser à lui en tant qu'homme. Il n'était pas pour elle, il incarnait tout ce qu'un Montgomery se devait de haïr. Et elle ne voulait pas que ses frères aient honte d'elle.

Cependant, elle devait bien avouer qu'elle était curieuse d'en savoir plus sur lui. Accepterait-il seulement de lui parler, une fois qu'il saurait qui elle était vraiment ? Une Montgomery et un Ker Glenn faisant la conversation ? Autant mettre un lion et un ours dans la même cage !

Et pourtant elle voulait savoir.

Le lendemain, le temps joua en faveur de Brune. Leurs Majestés décidèrent de reporter toutes les audiences, et d'offrir à leurs invités une journée de fauconnerie au bord de la rivière, au sud de la Loire. Tous les nobles y assistaient et Brune était sûre d'y croiser le seigneur de Dol. Le tout était d'éloigner son frère pour être libre de ses faits et gestes.

Rusée, elle avait rapidement conçu un plan.

— Je chevaucherai près de dame Élise, nous accompagnerons la reine, annonça-t-elle à son frère en lissant ses jupes, juchée sur une jument grise.

— Bonne chasse, petite sœur ! lança Jacques en partant avec les rabatteurs.

Tu ne peux pas mieux dire, mon frère.

Elle chevaucha près de dame Élise quelques instants, puis, laissant à Jacques suffisamment d'avance, elle s'écarta de la meute des courtisans et finit par trouver celui qu'elle cherchait.

Il trottait en compagnie d'un autre seigneur, un épervier sur son poing ganté. Ils étaient armés d'arcs et semblaient décidés à marquer des points dans cette chasse.

Brune sourit ; le gagnant se verrait octroyer une faveur par le roi, qui était friand de chasse. Elle fut prise d'un doute : est-ce qu'il savait qui elle était, à cette heure ? De toute façon, elle serait vite fixée.

Conan s'enfonçait dans le sous-bois, suivant un sentier. La journée était idéale pour une partie de chasse. Voilà qui lui convenait mieux que toutes ces mondanités sans fin ! Il avait revêtu un pourpoint de cuir marron sur des chausses de toile épaisse vert foncé, qu'il jugeait bien plus confortables que ses habits de cour un peu défraîchis.

— Je croyais que c'était la veuve riche que tu devais chasser…, demanda Guillaume en lui lançant un clin d'œil.

— Mais j'y compte bien ! En attendant, je vais chasser de quoi garnir la table du roi, rétorqua Conan.

— Pour chasser ensuite l'oiselle qui garnira ton lit ?

— C'est ça ! Justement, je suis tombé sur un bien bel oiseau de nuit, hier, ou plutôt c'est elle qui m'est tombée dessus, s'esclaffa-t-il, en se souvenant du joli corps qui avait percuté le sien. Viens, le maître fauconnier m'a indiqué une clairière plus au sud, laissons ces amateurs courir après le petit gibier, moi, je vise plus gros !

— Hé là ! Tu vas me laisser sur ma faim ? Raconte ! exigea Guillaume.

— Toi d'abord, l'ami. C'est à ta ligne que le poisson a mordu le premier, le taquina Conan.

Il savait son ami bavard sur ses prouesses galantes. Comme il s'y attendait, Guillaume ne résista pas à la tentation et chanta les louanges de l'accorte servante, dont il avait troussé les jupes la veille.

— Et ses cuisses si douces, si rondes, ah, Conan, comment résister à tant de beauté ?

— Mon pauvre ! Que pouvais-tu faire d'autre avec une telle tentatrice ? plaisanta Conan devant l'air faussement contrit de son ami.

— J'aime les femmes, Ker Glenn, toutes les femmes !

Conan le laissait faire le fier. Il le connaissait mieux que quiconque et savait ses blessures.

Quelle importance si Guillaume trouvait de la consolation dans les bras des femmes de petite vertu ? Ce n'était pas un grand crime, par rapport à ce qu'il avait subi en prison... L'humeur de Conan s'assombrit à cette pensée.

— Nous t'avons vengé, mon ami, et je n'hésiterai pas à recommencer, dit-il à voix basse, en repensant à la façon dont ses compagnons d'infortune et lui avaient massacré les geôliers, en représailles de leurs crimes.

Ils les avaient retrouvés des années après les faits, traqués et exterminés. Aujourd'hui, son dos marqué de séquelles et celui de Pierre de Flouville demandaient aussi réparation : les Montgomery payeraient jusqu'aux derniers. Montpensier pouvait rôtir en enfer. Quant à son fils, Conan se jura de le garder à l'œil. Charles de Montpensier semblait n'être qu'un imbécile imbu de lui-même, mais même les paons pouvaient se révéler dangereux.

*
* *

Brune vit sa proie bifurquer sur un sentier à l'écart des autres chasseurs, accompagnée d'un cavalier, et elle la suivit sans être vue. Elle coupa à travers bois pour leur barrer la route, débouchant sur une clairière paisible, et lâcha son oiseau de proie, qui se mit à voler vers le soleil.

— Ne pars pas trop loin, dit-elle tout bas, en entendant les deux cavaliers arriver sur sa droite.

Un grand sourire apparut sur le beau visage de Conan de Ker Glenn, et une lueur aussi appréciative qu'amusée sur le visage de l'homme qui l'accompagnait. Malgré elle, Brune sentit son cœur se réchauffer.

— Le maître fauconnier vous aurait-il donné quelques indications, à vous aussi ?

Conan la dévisageait d'un air enchanté. Brune se savait à son avantage, avec ses cheveux noir de jais brillant au soleil, ses yeux dorés et sa peau d'albâtre dont la lumière du jour accentuait l'éclat. Elle feignit la surprise et porta son regard de Conan à son compagnon.

— Je suis désolée si je dérange votre chasse, mais…

— Regardez, madame, votre épervier ! fit le chevalier qui accompagnait Conan.

— Il a repéré une proie, chuchota-t-elle en voyant le rapace dessiner des cercles au-dessus d'un bosquet.

Mutine, elle posa son doigt sur ses lèvres et son œillade complice fit sourire les deux hommes. Elle prit une flèche dans son carquois, puis fit avancer lentement son cheval jusqu'à une vingtaine de mètres de sa proie. Elle fit alors signe aux cavaliers de s'approcher sans faire de bruit : une horde de chevreuils paissait dans les fenaisons.

Gibier inespéré !

Ils étaient très bien placés, le vent de face, aussi la horde ne les avait-elle pas sentis, ni entendus venir. Galamment, Conan lui fit signe de tirer la première flèche. Sans émettre un son, elle pointa son doigt sur sa cible, puis sur lui, et crocheta les deux doigts pour dire : « ensemble ». Conan acquiesça en souriant, reprenant son geste. Il choisit l'un des plus beaux mâles en le pointant du doigt, puis ils bandèrent leur arc d'un mouvement synchronisé et tirèrent.

Brune se redressa brusquement pour voir le bel animal s'écrouler. La horde se dispersa à la vitesse de l'éclair, disparaissant dans les fourrés avec un bruit de cavalcade.

— Belle prise, madame ! s'exclama Conan.

— Je vous retourne le compliment, messire. Vous êtes très habile. C'est votre flèche qui a atteint le cœur, la mienne n'a fait que le blesser à l'épaule.

— Acceptez que je vous offre les honneurs : je ferai monter ces bois pour vous.

Elle acquiesça poliment et regarda les deux cavaliers attacher le chevreuil par les pattes à une branche afin de le vider.

— La suite n'est pas très agréable à regarder, damoiselle, dit le second chevalier. Conan, emmène-la se promener… Je serai plus à l'aise pour éviscérer ce pauvre animal sans vous deux. Pardonnez mon manque de courtoisie, madame… Je ne me suis pas présenté : je suis Guillaume Le Gallays, vassal de l'évêque de Dol et de messire Conan.

Il la salua d'une révérence.

— Merci pour votre délicatesse, chevalier, je préfère en effet m'éloigner, dit Brune d'un air un peu dégoûté, sans pour autant répondre à sa question muette.

Elle ne lui avait pas rendu sa salutation, afin de ne pas révéler son identité. Elle questionna Conan du regard et s'éloigna de quelques pas, l'invitant à la suivre. Ils firent le tour de la clairière en marchant doucement et en bavardant.

— Vous ne m'avez toujours pas dit votre nom, belle dame, que dois-je faire pour le connaître ?

— Quelle importance ? tenta-t-elle, espiègle, en haussant les épaules. Disons que je suis Brune.

— Pourquoi tant de mystère ? Êtes-vous une meurtrière, une voleuse, un bandit de grand chemin ?

— Non, bien sûr, quelle idée ! Oh ! vous vous moquez…

— Si peu ! Récapitulons. Je vous ai volé un baiser, nous avons chassé ensemble, et à présent je vous tiens la main en flânant dans les bois. Ne croyez-vous pas que Brune soit un peu court ? Pourtant, je dois avouer que vos parents vous ont justement nommée.

À l'évocation de ses parents, son cœur se serra. Conan dut le sentir car il changea de sujet.

— Vous habitez au palais ?

— J'y ai habité de nombreuses années, mais je suis revenue dans ma famille depuis un an, et mon frère cherche à me marier, expliqua-t-elle avec une moue boudeuse.

— Ah, ma chère, soupira-t-il, si seulement vous étiez une riche veuve, je vous épouserais sur-le-champ !

Brune éclata de rire devant ce cri du cœur.

— Pourquoi souhaitez-vous que je sois veuve ? Je ne suis pas encore mariée.

— Ni fiancée, apparemment, la taquina-t-il en référence à leur rencontre de la veille.

— En effet. Je crains d'avoir blessé l'orgueil de messire Arthus…, fit-elle, mi-malicieuse, mi-repentie.

— Ce Normand est un… Ce n'est pas vraiment le genre d'époux que je vous conseillerais.

— Et quel genre d'époux me conseillez-vous ?

— Eh bien, il vous faudrait un homme honorable, de parole et défenseur du royaume… Quelqu'un qui sache vous protéger et qui serait heureux de vous tenir dans ses bras, ce qui est chose aisée, je dois dire.

— Me tenir dans ses bras ? répéta-t-elle en fronçant les sourcils, piquée. Insinuez-vous que ma conduite est légère, messire ?

— Ne froncez pas les sourcils, Brune, se moqua-t-il gentiment. Il est facile d'être heureux quand on vous tient dans ses bras, c'est juste ce que je voulais dire.

— Mmm…

— N'oubliez pas que je sais ce que ça fait…

Elle le regarda en haussant un sourcil.

— Je ne risque pas de l'oublier !

— Ce baiser sera-t-il un mauvais ou un bon souvenir ?

Elle se tourna face à lui et sourit. Ses yeux brillants et le rose qui lui colorait les joues constituaient déjà une réponse.

— Avez-vous l'habitude d'embrasser toutes les jeunes femmes que vous croisez ?

— Uniquement celles qui se perdent la nuit, dans les cloîtres…, répondit-il en riant.

Brune reprit sa marche et consentit sans mot dire à ce qu'il lui reprenne la main.

— Vous avez eu l'air terrifiée, hier soir, quand je vous ai donné mon nom. Pourquoi ? demanda-t-il de but en blanc.

— Eh bien, disons que j'ai entendu parler de certaines choses assez troublantes…

— Les démons de Dol, c'est ça ? Sobriquet ridicule que Montgomery et sa clique d'assassins nous ont donné ! N'y croyez pas un seul instant, aucun de mes hommes ne se risquerait à adorer le malin. Pas plus que moi. Nous sommes chrétiens, fiers de l'être, et n'avons que Dieu pour maître.

— Et Leurs Majestés, bien entendu.

— Bien entendu.

— N'avez-vous pas des rites païens, vous, Bretons h? questionna-t-elle encore, tout en piquant du nez de peur de le fâcher.

— Nous respectons certaines traditions, c'est vrai. L'Église de Bretagne s'est approprié quelques fêtes païennes ou lieux de culte païens et en a fait des rites chrétiens.

— Parlez-moi un peu des vôtres.

— Nous sommes trois seigneurs directement sous les ordres de l'évêque de Dol : Guillaume, que vous avez déjà rencontré, Pierre de Flouville et moi-même.

— J'ai entendu parler de l'Éventreur…

— C'est le surnom qu'il aime le moins. Pierre est un compagnon et un vassal fidèle. Il est mon homme de main. Je suis le bras droit de l'évêque et je rends justice pour lui. Quand on m'attaque, je réponds.

— En pillant ?

— En reprenant ce qui nous a été volé, corrigea Conan d'une voix grave et sérieuse.

— Et les victimes, dans tout cela ? On dit que vous exécutez à tour de bras…

— Racontars ! Les voleurs et les pillards sont pendus, c'est vrai, mais je ne fais pas la guerre aux femmes et aux enfants, moi !

— Je suis bien aise de l'entendre. Pensez-vous qu'un jour tout cela finira ?

— De quoi parlez-vous ?

— De votre hostilité envers les Montgomery. Il y a de bonnes personnes dans cette famille, savez-vous ? À la cour, certains sont très appréciés par Leurs Majestés.

— Je ne serai en paix que lorsque j'aurai vengé la mort de mon père et que plus aucun Montgomery n'habitera cette terre !

Il y avait tant de haine dans sa voix que Brune frémit et retira sa main de la sienne.

— Je n'aime guère votre discours, messire.

— Pardonnez-moi, ma douce, dit-il d'un ton sincère. Il n'est pas galant de parler des choses de la guerre en si belle compagnie. Les armes ne sont pas affaire de femmes.

— Oh que si, messire, détrompez-vous ! Les armes volent la vie des hommes dont nous, femmes, sommes mères, épouses, sœurs et filles.

— Amantes ?

— Aussi, je suppose.

Elle détourna le regard, gênée par l'intensité de celui de Conan.

— Avez-vous perdu un ami cher à votre cœur, jolie Brune, un fiancé, peut-être, pour que votre visage soit soudain si triste ?

— Ni ami ni fiancé. Mais des membres de ma famille, certains de maladie, d'autres de blessures de guerre…

— Je sais ce que c'est de voir son univers basculer, répondit-il avec un pli amer sur les lèvres. Ne parlons plus de choses tristes. Cette journée est merveilleuse et je suis heureux de vous avoir croisée, ainsi j'ai de nouveau l'occasion de faire cela…

Il la prit dans ses bras et lui donna un baiser ardent. Immédiatement, elle ouvrit les lèvres et y répondit. Ses doigts fiévreux parcouraient les épaules de Conan et lui enserraient la nuque. Elle gémit et sentit une douce chaleur lui irradier le ventre et la poitrine. Elle se plaqua à lui davantage, recherchant la chaleur et la force que diffusait son corps masculin.

Sentant la réaction toute virile de Conan, Brune se pressa davantage contre lui. Elle savait qu'elle aurait dû mettre fin à cette dangereuse étreinte, mais elle en était incapable. D'abord hésitant, Conan capitula alors et l'étreignit avec passion. Il dévora ses lèvres avant de parcourir, impatient, la ligne délicate de son cou et de son épaule.

Brune s'émerveillait de sa puissance tout en retenue. Il était assez fort pour la briser en deux, mais n'était que douceur et volupté. Elle lui offrit sa gorge, basculant la tête en arrière et gémissant sous ses baisers, les mains accrochées à ses épaules pour ne pas tomber.

— Ah, madame, vous faites de moi un pécheur, dit-il en s'éloignant un peu d'elle.

Brune mit quelques secondes à comprendre de quoi il parlait. Néanmoins, elle était comme dans du coton, un peu rêveuse, un peu ivre. Elle savait qu'elle jouait avec le feu, mais il la fascinait trop pour qu'elle adopte une attitude raisonnable.

Autant prendre ses baisers et ses caresses tant qu'il te les donne, car une fois qu'il saura la vérité il voudra probablement te tuer.

Cette pensée lui fit monter les larmes aux yeux : il n'y avait aucun avenir possible entre eux.

— Je crois que vos baisers me perturbent aussi, messire Conan, dit-elle à voix basse, un doigt sur ses lèvres.

— Vous êtes visiblement une gente demoiselle et méritez mieux que de perdre votre vertu au beau milieu d'une clairière. Votre réputation ne s'en remettrait pas.

La voix de Conan se fit un peu sèche, sans doute pour rétablir entre eux une certaine distance.

Brune garda les yeux baissés et sentit ses joues rougir, signe que ses paroles l'avaient atteinte.

— J'ai dit cela non pour vous blesser, ma mie, mais pour vous prouver mon respect.

— Oh… J'ai cru que vous pensiez… Que vous me preniez pour une…

— Non, Brune, je vous prends juste pour une jeune femme qui expérimente la sensualité… Pour la première fois, peut-être ? demanda-t-il, pour avoir confirmation de ce qu'il supposait.

— Je suis plus pondérée, d'ordinaire, et personne ne m'avait embrassée avant vous. Vous avez un troublant pouvoir sur moi, je crois.

— Vous parlez comme si vous me prêtiez des pouvoirs maléfiques, à présent, dit-il, moqueur.

— De la magie ? Dans un baiser ? C'est peut-être cela, dit-elle en riant, plus légère.

Il lui reprit les mains et posa un baiser sur chacune de ses paumes.

— Pourquoi êtes-vous venue ici ?

— Je voulais savoir qui vous étiez. Enfin, je veux dire, qui vous êtes vraiment.

Conan haussa des sourcils interrogateurs et lui prit le bras pour continuer la promenade.

— Vous vouliez savoir si j'étais vraiment un démon ?

— Eh bien, oui. Pardonnez-moi ma franchise, mais je crois qu'il est plus sage de se faire sa propre opinion sur les gens plutôt que de croire aux racontars, de résumer quelqu'un au nom qu'il porte ou à la personne qu'il sert. Vous n'êtes pas d'accord, Conan ? demanda-t-elle en l'appelant pour la première fois par son prénom.

Cette soudaine familiarité ne fut manifestement pas pour déplaire à son compagnon.

— Je n'aurais pas dû venir seule, je sais. Mais comment vous parler franchement, si je suis escortée d'une suivante ou d'une dame de la cour ?

— Un point pour vous, reconnut-il.

— Et je ne regrette pas cette entorse aux usages, car je passe une très agréable matinée en votre compagnie !

— Je vous retourne le compliment, jolie Brune, vous égayez cette chasse et vous m'avez porté chance. Je compte bien offrir le chevreuil au roi. Qui sait ? Cela le mettra peut-être de bonne humeur… Je dois le voir demain en audience privée.

— Vraiment ? Avez-vous une requête à lui soumettre, ou est-ce qu'il souhaite vous récompenser de quelque service rendu ?

— Qui vous dit qu'il ne veut pas me jeter au fond d'une geôle ? la taquina-t-il.

— Allons, messire ! On ne jette pas ainsi ses invités au cachot !

— Plus sérieusement, je ne connais pas le motif de cette convocation. Mais je vais en profiter pour demander à Sa Majesté une épouse dotée, une riche veuve, expliqua-t-il avec peu d'enthousiasme. Si seulement vous étiez une riche veuve, Brune, mon cœur serait comblé !

— Ça fait deux fois que vous enterrez mon futur mari, je le lui dirai, le jour où je vous croiserai ! rétorqua-t-elle en riant.

— Pitié, belle dame, n'en faites rien ! Je n'ai plus les moyens d'avoir davantage d'ennemis que je n'en ai déjà ! répondit-il sur le même ton.

Elle avança sur le petit sentier et bifurqua dans une futaie clairsemée pour regagner la clairière.

— La vie est étrange, parfois. Les ennemis d'hier peuvent se révéler les amis de demain… Et vice versa, poursuivit-elle mystérieusement.

— Certaines alliances vont au-delà du serment, Brune, et certaines inimitiés ne pourront jamais se défaire.

Ses yeux se firent noirs et son regard se perdit devant lui.

— J'aimerais tant qu'il en soit autrement ! ne put-elle s'empêcher de dire.

— Effacer le passé, ressusciter les morts… Qui n'y a pas déjà pensé ?

— On ne peut certes pas changer le passé, Conan, mais je crois fermement qu'on peut rendre le présent et le futur meilleurs, pourvu qu'on s'en donne la peine. Si je devais vous quitter sur l'heure, c'est la seule chose que je voudrais que vous reteniez de moi.

— Vous êtes jeune et idéaliste, Brune. La réalité est souvent peu reluisante.

— Peut-être que je suis idéaliste, mais aussi déterminée à vous prouver que vous avez tort.

— Et nous y voilà ! railla Conan. Toutes les femmes veulent avoir le dernier mot !

— Messire, que c'est petit de vous servir de généralités pour vous défendre ! ironisa-t-elle, devant sa mauvaise foi.

— Soit, je ne poursuivrai pas, par galanterie, j'aime trop votre sourire. Je ne veux pas être responsable de sa disparition.

Brune sourit de plus belle. Ses yeux brillaient. Il était si facile de se laisser charmer par sa voix grave et son charisme ! Elle aspirait à ce qu'elle voyait dans son regard brun profond. Une vague de chaleur la submergea un moment. Conan avait raison, ils s'étaient conduits tous deux avec légèreté, et seule la présence de Guillaume et des chasseurs non loin avait évité qu'ils se perdent.

Depuis cinq ans, elle avait vu des dizaines de seigneurs des meilleures familles du royaume, à Amboise, mais aucun ne l'avait bouleversé comme Conan… Certains étaient plus beaux, plus doux, plus galants aussi, mais il se dégageait de lui quelque chose de spécial. Une force contrôlée, renfermant un secret plus noir, qui l'inquiétait un peu, mais l'attirait, au risque qu'elle se brûle les ailes.

Était-il vraiment aussi brutal et terrible que Jacques le disait ? Conan de Ker Glenn possédait les terres sur lesquelles était ensevelie sa mère ; ses hommes et lui pillaient les fermes normandes soi-disant en représailles. On disait même qu'il avait éviscéré et pendu certains Normands. Mais peut-être les faits étaient-ils déformés…

Elle porta son regard sur ces mains fortes, bardées de lignes blanches qui attestaient de ses faits d'armes, et en prit une entre les siennes.

— Et vous, messire… commença-t-elle, avant d'être interrompue par Conan qui posa l'autre main sur sa bouche pour la faire taire.

— Conan, pas messire, lui ordonna-t-il presque, tant son ton était persuasif et impérieux. J'aime quand vous prononcez mon nom.

— Conan, répéta-t-elle dans un sourire. Et vous, Conan, comment vous dépeindriez-vous ?

Il parlait peu de lui, or le temps leur était compté. Elle devait le percer à jour avant de repartir à Pontorson.

— Eh bien, je dirais que je suis un homme loyal, je servirai notre reine jusqu'à mon dernier souffle. J'ai prêté serment au comté de Dol en la personne de notre évêque, comme mes ancêtres avant moi. Je suis un soldat qui défend son clan et les siens. J'essaie de faire ce qui est juste avant tout.

— Faire ce qui est juste… C'est une belle maxime. J'essaierai toujours de la suivre.

— Quel mal pourriez-vous faire ? Je ne détecte aucune malice en vous.

Brune rougit violemment, et ce que Conan prit sans doute pour de la modestie était de la culpabilité.

— Conan, si je viens en Bretagne un jour, accepteriez-vous de me conduire sur vos terres, à l'endroit où je vous le demanderai ?

— Étrange requête, mais vous serez toujours la bienvenue, Brune. Je serais fier de vous montrer mes terres. Hélas, cela ne se fera probablement jamais : votre frère veut vous marier et, moi, je dois épouser une femme fortunée pour sauver mes gens de la famine…, ajouta-t-il tristement, en lui caressant la joue.

— Votre situation est-elle si désespérée ?

— Il y a quatorze ans, les Normands ont pillé Dol et ses alentours. Depuis, nous peinons à restaurer les ruines de notre passé.

— Et pourquoi une veuve ? Une demoiselle fortunée ne suffirait-elle pas ?

— Quelle demoiselle fortunée voudrait d'un seigneur désargenté en premières noces ? Je n'ai même pas de titre à offrir pour compenser.

— Ce n'est pas du tout ce que je vois, quand je vous regarde.

— Et que voyez-vous ?

Leurs regards s'accrochèrent et ils restèrent silencieux un moment.

— La raison me conseille de me taire, avoua-t-elle en rougissant violemment.

Son souffle était court de nouveau, attestant de son émoi. Elle se passa la langue sur les lèvres, nerveuse, et Conan ne put résister davantage.

— Brune, vous me tuez…

Lorsqu'il reprit possession de ses lèvres, toute pensée cohérente quitta l'esprit de Brune. Dieu, qu'elle aimait ses baisers, la force de ses bras, la douceur de ses mains ! Elle fondait littéralement contre lui. Ses doigts, avides de sentir les méplats de son torse, caressèrent sa belle carrure, puis remontèrent sur sa nuque pour plonger enfin et se perdre dans sa chevelure rêche et châtaine. Tout ce qui les entourait ne comptait plus, ni le chant des oiseaux, ni le vent dans les arbres, ni les rayons du soleil qui perçaient à travers les branchages et illuminaient la clairière, dessinant sur l'herbe des flaques de lumière dorée.

L'univers entier disparaissait, il ne restait qu'eux. Dieu, qu'il allait lui manquer !

Elle répondit à ce baiser comme si c'était le dernier. Hélas, le charme de cet instant fut brisé par le crissement d'une épée sortie d'un fourreau.

— Lâchez cette femme immédiatement ! fit la voix trop familière d'Arthus.

Brune sursauta. D'un geste ample et prompt, Conan la fit pivoter derrière lui, puis sortit son épée à son tour pour faire face à son assaillant.

— Restez derrière moi, Brune, lui ordonna-t-il, faisant bouclier de son propre corps. Encore vous ? dit-il en reconnaissant son rival.

— Comment osez-vous poser les mains sur cette demoiselle ?

— Si j'en crois ladite demoiselle, elle ne vous appartient pas. Alors, passez votre chemin.

Arthus balaya les alentours du regard avant de fixer son regard sur Brune.

— Je suis tombé sur votre servante. Elle n'a pas été longue à me dire par où vous étiez partie. Êtes-vous venue ici sans escorte ? demanda-t-il.

— Messire Arthus, si je voulais votre avis, vous le sauriez, répondit Brune sèchement.

— Votre frère n'appréciera certainement pas de savoir que sa sœur se roule dans la fange avec ce démon ! Si vous avez fauté, Brune, j'annule nos fiançailles.

— Étant donné qu'elles n'ont jamais été signées, il n'y a rien à annuler, répondit-elle, furieuse d'être prise à partie de façon aussi cavalière devant Conan.

— Manquez encore une seule fois de respect à cette jeune femme et je vous pourfends, c'est bien compris ? menaça son défenseur avec une agressivité qu'elle ne lui connaissait pas.

— Allez au diable, Ker Glenn ! Quant à vous, Brunhilde, je suis heureux de savoir quel genre de femme vous êtes avant de vous épouser.

Un bruit de cavalcade venant de l'ouest de la clairière attira leur attention. Bientôt, un groupe de cinq cavaliers les rejoignit. Conan vit avec dégoût Jacques de Montgomery avancer au côté du duc de La Trémoille et de trois autres grands seigneurs dont le jeune Charles de Montpensier, celui-là même dont le père avait orchestré le pillage de Dol après la guerre. Toute l'amertume et la haine de Conan étaient visibles sur son visage.

— Brune, tu vas bien ? demanda Jacques en mettant pied à terre, l'épée à la main, pour faire face à Conan.

— Oui, je vais bien et je vous saurais gré à tous les deux de rengainer vos épées. C'est une partie de chasse, pas la guerre ! s'exclama Brune, alarmée par la tournure que prenaient les événements.

— Messieurs, nous sommes chez le roi, faut-il vous le rappeler ? fit de La Trémoille.

Se battre en duel sur les terres du roi était passible de lourdes sanctions, et chacun des belligérants le savait. Qui que soit l'offenseur ou l'offensé, chacun finirait dans une geôle et n'en sortirait que contre une lourde amende.

— Vous connaissez cet homme ? demanda Conan à Brune, surpris de l'évidente familiarité qu'il y avait entre elle et son ennemi juré.

Il fut surpris de la voir baisser les yeux et rougir.

— Si elle me connaît ? répéta Jacques, méprisant. C'est à ma sœur Brunhilde que vous vous adressez, Ker Glenn.

Un silence glacé s'abattit sur la clairière.

— Vous êtes une Montgomery ? demanda Conan d'une voix blanche.

Brune rougit davantage. Le regard de Conan était devenu hostile. Toujours en garde et prêt à contre-attaquer, il la dévisageait à présent avec dégoût.

— Oui, je suis Brunhilde de Montgomery, finit-elle par admettre.

Conan se mit à ricaner en secouant la tête, comme s'il se réveillait d'un mauvais rêve. À ce moment-là, Guillaume sortit des fourrés, tenant leurs chevaux par la bride et le chevreuil en travers de sa selle. Il n'avait pas esquissé le moindre geste vers l'épée attachée à sa hanche, mais son regard belliqueux montrait à tous qu'il était prêt à en découdre, à la seconde où Conan le lui demanderait.

— Au fond, j'aurais dû m'en douter. Il n'y a qu'une Normande pour s'offrir au premier venu dans une clairière.

Jacques réagit à cette attaque et pointa son épée vers lui.

— Vous insultez ma sœur ! L'avez-vous déshonorée ? demanda-t-il, tout en examinant le nouvel arrivant, qui tenait toujours les chevaux par la bride.

— Elle n'a pas besoin de moi pour ça, elle le fait très bien elle-même ! Demandez-lui où est la suite de la reine. Vous serez surpris… Valcoudray pourra d'ailleurs le confirmer.

— Tu étais censée escorter la reine, dit Jacques à sa sœur, dont le visage était figé.

Que Conan se serve d'elle pour attaquer Jacques la blessait énormément. Tous les regards des seigneurs présents étaient rivés sur elle. Elle était sûre que, d'ici peu, les langues iraient bon train.

— Je n'ai rien fait de déshonorant ! Je voulais des réponses, se défendit-elle, et je les ai. En partie, du moins, ajouta-t-elle en acceptant les rênes que lui tendait le chevalier Le Gallays, venu à la rescousse de son ami.

— Donne-lui le chevreuil, Guillaume, la seule idée de lui devoir quelque chose me soulève le cœur, dit Conan à son ami en rengainant son épée, sans un regard pour Brune.

— Pourquoi tant de rancune, Ker Glenn ? lança le jeune

Montpensier en ricanant. Sachez que nombre de vos richesses décorent à merveille ma grande salle ! Mon père avait bon goût ; il a pris tout ce qu'il y avait d'intéressant sur le Mont. Votre duchesse a été bien avisée de se marier avec un Franc si, comme vous, les Bretons sont incapables de défendre leurs terres et leurs femmes…

— Allez pourrir en enfer, Montpensier ! cracha Conan sans le moindre respect.

Conan vit du coin de l'œil Jacques de Montgomery hisser Brunhilde en selle, puis se mettre au trot pour quitter les lieux. Elle laissait derrière elle un parfum de trahison que Conan trouvait amer.

— Ne défiez pas Montgomery, Ker Glenn…, lui conseilla le duc de La Trémoille, resté en arrière.

— Ni même chacun de nous, ajouta Charles de Montpensier, qui fanfaronnait comme à son habitude.

Conan se contenta de les regarder d'un air mauvais. Il enfourcha sa monture et, suivi de Guillaume, partit au galop dans la direction opposée.

Il avait besoin d'air, et une chevauchée en forêt lui viderait peut-être la tête, effacerait de sa mémoire les yeux d'ambre frangés de longs cils noirs qui le hantaient encore.

La traîtresse ! pensa-t-il, furieux de s'être laissé prendre au jeu de cette séduction soi-disant innocente. Mais que pouvait-on attendre d'une Montgomery ?

S'il la croisait de nouveau, il l'étranglerait avec plaisir !

Les mains crispées sur les rênes, il traversa les bois à vive allure, poursuivi par ses démons.

Chapitre 3

Brune faisait les cent pas, enfermée seule depuis deux bonnes heures dans la chambre de son frère. Jacques, vert de rage après l'incident dans la clairière, l'y avait jetée sans un mot. Elle se savait en mauvaise posture à bien des égards.

Si le comte de Montpensier ou le duc de La Trémoille se montraient bavards, elle risquait de voir sa réputation en pâtir. Et Arthus ? Arrogant comme il l'était, il demanderait sûrement réparation. Mais la traînerait-il pour autant dans la fange uniquement parce qu'elle l'avait repoussé ?

Il était à parier que Jacques allait lui servir le sermon de sa vie !

Elle soupira en passant la main sur le bord d'un tableau représentant une scène de la Bible : le bain de Suzanne. Comme elle, elle avait été convoitée et avait rejeté ceux qui l'avaient désirée. Elle avait risqué la mort, avant d'être sauvée par un enfant dont la sagesse avait ébahi plus d'un savant de son époque.

Mais qui la sauverait, *elle* ? Sûrement pas Conan ! Il était furieux de s'être laissé duper. Elle frissonna en repensant à son regard furieux, ses yeux noirs qui l'avait transpercée comme une flèche. Il la haïssait sûrement, à présent.

Malgré leur présence au château, où aucun duel ne saurait être toléré, Jacques et Conan avaient tiré l'épée. Sans l'intervention du duc, Dieu seul sait ce qui aurait pu se produire. Le roi aurait puni le vainqueur... À s'affronter chez le roi, on risquait gros. L'orgueil pouvait-il justifier ce gâchis ? Certes non !

Brune ne voulait même pas y penser. Et pourtant l'image de son frère et de Conan prêts à en découdre ne cessait de l'obséder.

La porte s'ouvrit en grand, et Brune, les bras croisés comme pour se défendre, vit Jacques entrer, plus sérieux que jamais, suivi d'Arthus et de Charles de Montpensier. Un peu surprise d'une telle compagnie, elle scruta les visages et faillit grimacer devant l'air victorieux qu'affichait son prétendant.

Elle lui trouvait le regard fourbe, tors et tout à fait discourtois. Il la détaillait avec l'arrogance d'un chat s'apprêtant à déchiqueter une souris.

— Tu mériterais que je t'envoie moisir dans un couvent, au fin fond de la chrétienté, pour ce que tu as fait ! attaqua Jacques, en la secouant comme un prunier.

C'était la première fois qu'il la malmenait et elle tenta de se dégager de sa poigne de fer. En vain.

— Lâche-moi, Jacques, tu me fais mal ! prétendit-elle, furieuse d'être prise à partie devant des étrangers à sa famille.

— Tu n'es qu'une idiote ! Comment as-tu pu te compromettre avec cette racaille de Ker Glenn ?

— Je ne me suis pas compromise !

— Je vous ai vue l'embrasser, alors à d'autres ! rétorqua Arthus avec un calme qui n'annonçait rien de bon. Que vous soyez ardente, passe encore, mais avec ce rustre ?

— Nies-tu cela ? s'enquit son frère.

Devant ses accusateurs, Brune redressa le menton et planta ses yeux d'or dans ceux de son aîné.

— Non, je ne le nie pas. Messire Conan m'a en effet embrassée, à trois reprises, même, et j'ai accepté ses baisers.

— S'est-il octroyé d'autres prérogatives sur ta personne ?

— Tu veux savoir si je suis toujours vierge, Jacques ? demanda-t-elle, plus furieuse que jamais.

Il rougit malgré lui. Elle savait qu'il considérait les femmes de sa famille comme des intouchables, presque asexuées, tenant plus de l'ange que de la femme.

— J'aimerais que tu éclaircisses ce point, en effet. De ta réponse découleront beaucoup de choses.

— Crois-tu que je me donnerais en dehors du mariage ? Tu oublies qui m'a élevée ! jeta-t-elle, en colère.

— C'est moi qui t'ai élevée ! Réponds !

— Qui m'as protégée et nourrie, en effet. Mais, la femme que je suis, je la dois à notre reine ! Elle m'a enseigné ce qui est honorable et ce qui ne l'est pas ! Alors, oui, Jacques, je suis toujours vierge. Que tu en doutes me déçoit.

Et qu'il l'expose au public ne faisait qu'accroître cette déception.

— C'est moi qui ai à rougir de ton comportement plus que léger, reprit-il, se passant la main dans les cheveux, visiblement soulagé. Tu épousas messire Arthus dans les plus brefs délais. Malgré ton inconscience, il veut encore de toi. Le comte de Montpensier sera votre témoin, le chapelain vous attend demain.

Brune regardait son frère, incrédule, les yeux écarquillés.

— Tu oublies une chose, Jacques : la reine m'a donné le droit de choisir mon époux et…

— Tu feras ce que je te dis ! Qui voudra de toi, une fois qu'on saura que Ker Glenn t'a touchée ? Je t'interdis de l'approcher de nouveau, il serait bien capable de te déshonorer pour de bon, juste pour le plaisir de m'humilier ! Je n'ose imaginer ce qu'il raconte déjà à tout le monde !

Conan avait-il médit d'elle ? Se vantait-il de l'avoir dépucelée ou d'avoir pu goûter à ses faveurs ? Une vive rougeur colora ses joues et son cœur se serra.

La cour était un lieu clos, où l'on ne tergiversait pas sur l'honneur. Épouser Arthus paraissait une échappatoire acceptable à la honte…

— Je voudrais parler à votre sœur, seul à seule, si vous me le permettez, Jacques, demanda Arthus sans arrêter de fixer Brune. Étant donné les circonstances, je crois que l'on peut faire fi des convenances. Je suis sûr que nous trouverons un terrain d'entente.

— Je vous attendrai dans les couloirs, Arthus. Je vous accorde dix minutes.

Quand la porte se referma, Brune s'apprêta à dire son fait à Arthus, mais il ne lui en laissa pas le temps et la gifla à toute volée.

Elle se retrouva projetée en arrière et atterrit sur son séant la bouche ouverte, sous le choc. Il la releva en lui enfonçant les doigts dans les bras, ce qui lui fit atrocement mal.

— Je vous apprendrai à me respecter, Brune, plus jamais vous ne vous jouerez de moi ! Vous ferez tout ce que je vous dirai et serez obéissante.

Elle essaya de fuir sa brutalité, mais il la maintint fermement.

— Débattez-vous autant que vous voudrez, mais j'en exige au moins autant que vous en avez donné à Ker Glenn.

Il la plaqua contre lui et l'embrassa brutalement. Ce baiser n'avait rien d'agréable, il était violent, vulgaire et insultant.

— Si vous vous comportez en catin, attendez-vous à être traitée comme telle.

Sa main rude lui pétrissait durement la poitrine, et il plaqua ses hanches contre elle pour lui faire sentir qu'il la dominerait aussi de cette façon-là.

— Vous me dégoûtez, Arthus, allez au diable ! dit-elle quand il l'eut lâchée.

Elle essuya ses lèvres meurtries. Elle se sentait souillée, humiliée.

— Vous êtes une femme trop orgueilleuse. Je prendrai plaisir à vous faire ployer et, croyez-moi, je peux avoir la main lourde, même avec mon épouse. Et maintenant j'attends que vous me présentiez vos excuses pour votre inconduite.

— Comment ? demanda-t-elle, éberluée. C'est le monde à l'envers !

— Je suis la seule personne qui puisse vous racheter, alors réfléchissez, ma chère... Il pourrait être amusant de voir ce que la cour pense de votre incartade. La réputation de votre frère ne s'en remettrait pas.

Brune pâlit sous la menace. Qu'on s'attaque à son honneur était une chose, mais que sa disgrâce s'étende à ses frères en était une autre.

— Vous ne feriez pas ça ? murmura-t-elle, dépitée. Et vous vous dites de ses amis ?

Arthus jubilait, il semblait aimer avoir le dessus. Elle le détestait. Son avenir s'annonçait sombre, et ses nuits promettaient d'être une longue suite de punitions.

— Obéissez, Brunhilde, et je serai bon pour vous, ajouta-t-il en lui caressant le visage.

Cette caresse la fit frissonner de dégoût, mais il interpréta ce frisson à sa convenance.

— Vous êtes une femme passionnée et je m'en réjouis. Vous posséder et vous faire des enfants sera très agréable.

Des enfants de lui ? Elle préférait le couvent ! Elle l'imagina une seconde au-dessus d'elle, s'appropriant son corps, sa vertu. Cette vision lui souleva le cœur, elle eut envie de vomir. Sa soudaine pâleur fit tiquer l'arrogant personnage.

— Nous reprendrons cette discussion plus tard, mais ne croyez pas vous en tirer avec un malaise. J'aurai mes excuses, vous savez ce que tout entêtement de votre part provoquera, la menaça-t-il, lui montrant la main qui l'avait giflée. Demain, vous serez mienne !

Il sortit, la laissant effondrée sur le lit de son frère. Subir cet homme jusqu'à la fin de ses jours ? Jamais ! Toutes les fibres de son corps hurlaient son indignation et rejetaient l'idée d'appartenir corps et âme à ce prétentieux. Mais comment se sortir de ce pétrin ? Refuser Arthus, c'était risquer la diffamation, et elle se doutait de la vague qui ne manquerait pas de déferler sur sa famille, s'il se vengeait d'elle.

Trouver un autre parti avant le grand dîner ? Impossible. Et puis aucun homme n'avait éveillé son intérêt à part Conan.

Elle passa la nuit dans les appartements de Jacques, enfermée à double tour, après le départ d'Arthus. Son esprit torturé n'avait pu trouver le repos et elle avait passé son temps à examiner le problème sous tous les angles possibles sans trouver d'issue. La reine saurait peut-être comment la sortir de ce guêpier ? Guêpier où elle s'était elle-même fourrée…

« Si tu n'as pas la force, alors garde la ruse. »

Les paroles de la reine lui revinrent en mémoire.

L'évidence s'imposait à elle petit à petit. Elle n'avait pas d'autre solution pour éviter le désastre. Si elle devait se marier le jour même, autant que son mariage serve une noble cause. Elle allait provoquer un nouvel esclandre, mais cette fois-ci pour de bonnes raisons.

Un page vint l'avertir que son frère avait donné des ordres pour qu'elle se prépare à rencontrer Leurs Majestés, qui les avaient convoqués. Elle fronça les sourcils et se planta devant un miroir, comme pour se parler à elle-même.

— Si je ne veux pas subir mon avenir, à moi de le prendre en main.

La reine lui avait donné une chance, elle allait donc faire d'une pierre deux coups.

Sûre de sa décision, elle se recoiffa et masqua sur son visage les traces de la nuit sans sommeil qu'elle venait de passer. Elle allait leur montrer à tous qu'une Montgomery ne se laisse pas dicter sa conduite !

Sa suivante arriva avec une robe de cour pour l'habiller, et ne reconnut pas tout de suite sa maîtresse, tant son visage semblait grave.

— Hélène, accepteras-tu de me suivre après mon mariage ? lui demanda Brune de but en blanc.

— Bien sûr, mademoiselle, vous savez que j'irai n'importe où avec vous, répondit Hélène, méfiante, en voyant la détermination dans les yeux de sa maîtresse. Messire Arthus, c'est ça ?

— Il a en effet demandé ma main à mon frère et celui-ci m'a offerte sur un plateau.

— Cela pouvait être pire, mademoiselle, il aurait pu exiger du Breton qu'il vous épouse. Cet homme est le diable de Dol, ses sbires me font une peur bleue, et pourtant je suis bretonne !

— Tu seras libre de quitter mon service quand bon te semblera, je ne t'obligerai jamais à rien, tu le sais. J'ai trop d'affection pour toi.

— Mademoiselle, allons, il y a pire que Saint James, non ? Le château de Valcoudray est peut-être très agréable… Mais laissons cela pour le moment pour vous faire belle.

Brune regarda son amie très chère et s'en voulut de lui cacher la vérité, mais elle devait se taire pour que son plan fonctionne.

Elle se laissa donc habiller et coiffer par les mains expertes d'Hélène et évalua le travail en se regardant avec satisfaction dans le miroir. Elle allait faire forte impression. Et c'était exactement ce qu'elle voulait.

***

Après la messe du matin, Brune attendait patiemment, assise sur un tabouret recouvert de velours, Hélène à ses côtés faisait quelques travaux d'aiguille. Elle-même dessinait, comme à son habitude. Il n'y avait que le dessin qui puisse lui apporter l'apaisement en cet instant. Elle laissa sa main danser sur le papier, l'air un peu absent, et posa ses yeux sur le portrait qu'elle venait d'achever.

— Miséricorde, mademoiselle, vous n'allez pas faire ça ? gémit la suivante, reconnaissant les traits de l'homme sur le papier. Cela ne se peut…

— J'essaie de faire ce qui est juste pour nous tous, Hélène.

Cette dernière secoua la tête, dépitée, mais se garda d'en dire davantage. Elle connaissait trop sa maîtresse pour ignorer qu'elle était bien décidée à mener son projet à bien.

Jacques arriva un instant après, paré comme le doit être un courtisan de haut rang.

— Nous sommes attendus chez le roi. J'en profiterai pour leur annoncer ton mariage, dit-il d'un ton sec, tout en examinant sa tenue.

— Je le ferai moi-même, mon frère, si tu le permets. Ne serait-ce que pour remercier Sa Majesté de la grâce qu'elle m'a faite.

Il leva un sourcil dubitatif devant l'air distant et déterminé qu'elle affichait.

— C'est peu protocolaire, mais je suppose que la reine en sera touchée.

— Allons-y. Qu'on en finisse.

Jacques ne sembla pas se satisfaire de cette réponse. Il l'arrêta et lui prit le visage entre les mains.

— Brune, j'essaie de faire pour le mieux. En l'occurrence, tu ne m'as pas laissé le choix.

— Ne t'inquiète pas, moi aussi, j'essaie de faire ce qui est juste pour nous et pour nos gens.

Elle baissa les yeux, consciente qu'elle profitait probablement pour la dernière fois de l'affection de son frère.

— Je t'aime, Brune.

— Je t'aime aussi, Jacques, de tout mon cœur. N'en doute jamais, quoi qu'il arrive.

Elle plaqua son visage contre la poitrine de son frère, qui la serra dans ses bras. Elle essaya d'imprimer cette bienveillance fraternelle dans son cœur, car ce qu'elle s'apprêtait à faire changerait leur vie à tout jamais. L'espace d'un instant, elle vit défiler devant ses yeux toute son enfance, protégée par Jacques, ses jeux avec Wandrille, la citadelle de Pontorson, le sourire de leur mère, le rire de leur père… Elle aurait tout donné pour avoir cinq ans à nouveau.

Dans le long couloir qui menait à la salle du trône, de nombreux courtisans attendaient d'être reçus par le roi et la reine, pour une longue liste de doléances et de réclamations que Leurs Majestés devaient gérer chaque jour. Le roi Louis avait aussi pris l'habitude de surveiller de près les grands du royaume, et les nobles venaient souvent lui rendre compte du pouvoir qu'il leur avait délégué.

Brune avançait au bras de son frère d'un pas accordé au sien, solennel sans être lent, et de nombreuses conversations se turent sur leur passage.

— Ravissante !

— Quelle allure, vous savez qui c'est ?

— C'est la petite Montgomery. Elle a été suivante à Amboise. La reine lui est très attachée, dit-on.

Jacques n'était pas peu fier de ce qu'il entendait. Le mariage de Brune et Arthus préviendrait tout ragot. Si Ker Glenn s'avisait de les traîner dans la boue, il aurait tôt fait de dire que ce n'était qu'un jaloux.

Ils se frayèrent un chemin jusqu'à la porte, face au chambellan qui donnait l'ordre de passage. Ils croisèrent Conan de Ker Glenn et Guillaume Le Gallays, qui attendaient eux aussi d'être reçus.

Jacques les ignora ouvertement, mais Brunhilde ne put s'empêcher de regarder Conan du coin de l'œil. Il avait revêtu un pourpoint de velours noir et des chausses assorties qui se perdaient dans ses bottes lustrées. Tenue sobre, bien éloignée de celle de son frère, brodée et richement décorée. Elle se rappela l'amertume de Conan, lorsqu'il lui avait parlé de l'état de ses finances, puis chercha son regard. Son cœur manqua de s'arrêter et elle déglutit péniblement. Mépris, colère, haine, rejet, dégoût, elle voyait tout cela dans ses yeux noirs. Il la lorgnait sans vergogne, ses yeux s'arrêtant volontairement sur le décolleté carré qui ne cachait rien de sa jolie gorge, ni du galbe de ses seins. Puis un rictus moqueur se figea sur cette bouche qu'elle avait tant aimé embrasser, tandis qu'il la fixait de nouveau.

Elle soutint son regard sans mot dire quelques instants. S'apprêtait-elle à commettre la plus grande folie de sa vie ?

— Sont attendus à présent messire Jacques de Montgomery, seigneur de Lorne et capitaine de Pontorson, et dame Brunhilde de Montgomery. Il plaît à Leurs Majestés d'ajouter à cette audience messire Conan de Ker Glenn, seigneur du Mont Dol, et le chevalier Guillaume Le Gallays.

— Comment ? hurla presque Jacques en s'avançant vers le chambellan.

— Messire comte, je ne fais que lire l'ordre du jour, se défendit l'homme, manifestement impressionné par la réaction de son interlocuteur.

— Jacques, je t'en prie, allons-y, et tu verras ce que Leurs Majestés veulent, l'engagea Brunhilde en le tirant par le bras.

Par ce geste, elle heurta doucement Conan, qui s'était approché à l'annonce de son nom. Il affichait un air surpris. Si partager l'audience avec les Montgomery ne devait guère l'enchanter, voir Jacques vert de rage et à deux doigts d'étrangler le chambellan semblait beaucoup l'amuser.

— Laisse passer les oiseaux de basse-cour, Guillaume, nous, pouilleux, risquerions d'éclabousser leur blanc plumage... Enfin, pour ce qui reste d'innocence sous ces jolis atours, lâcha Conan en laissant le passage aux Montgomery.

Cette pique laissa Brunhilde sans voix, et elle dut prendre sur elle pour ne pas le regarder. Elle sentait son regard posé sur ses épaules.

— C'est vrai que pour un peu on vous prendrait pour un valet, cracha Arthus, qui venait de les rejoindre. Ma mie, vous êtes superbe, je serai fier de vous présenter à mon bras, ajouta-t-il en la regardant avec convoitise.

— Je vous ferai introduire à la fin de notre audience, lui assura Jacques.

— J'ai hâte d'y être !

— Et moi donc, messire, répondit Brune en souriant avec courtoisie.

Ils entrèrent donc sous le regard curieux des courtisans, qui ne perdaient pas une miette de ces échanges acides. Brune se tint droite et avança avec grâce jusqu'au trône, où elle plongea dans une profonde révérence. Le couple royal était magnifique, dans des tenues vert et or assorties. La reine portait encore la couronne d'or du sacre. Les bruits de couloirs affirmaient que le roi lui en avait fait la demande, afin que chacun sache quel nouveau rôle la belle Anne jouait à présent. Brune ne fut pas surprise de voir dame Élise non loin de Sa Majesté la reine. En effet, la fidèle suivante l'escortait quasiment en tout lieu et tout temps, et cela depuis son premier mariage. Deux autres nobles dames l'accompagnaient : Louise de Savoie et Louise de Bourbon-Montpensier.

— Louis, vous souvenez-vous de Brunhilde ? Elle a été ma suivante à Amboise, commença la reine, en lui adressant un sourire.

— Il me semble bien vous avoir aperçue autrefois, mon enfant. Mais c'est une femme ravissante que nous sommes heureux d'accueillir aujourd'hui.

La reine fit un geste de la main pour les autoriser à se relever.

— Vos Majestés, je vous remercie pour votre accueil, répondit Brune, tandis que son frère lui tendait la main pour l'aider à se redresser.

Si le roi avait souri en la saluant, il changea de tête en avisant les hommes présents.

— Montgomery, Ker Glenn, veuillez avancer… Nous vous avons convoqués aujourd'hui, suite à de nombreuses plaintes de vos gens, dont des clercs qui vivent sur vos terres. Aussi l'audience que l'évêque a réclamée pour vous me laisse le loisir de vous demander des comptes aujourd'hui.

Le monarque semblait perplexe et furieux de ce qu'on lui avait rapporté.

— Je ne sais pas par quoi commencer, tant la liste des exactions est longue, poursuivit-il. Pillages, incendies de granges, tueries, pendaisons arbitraires et… Que lis-je ? Décapitations, éviscération de condamnés ?

Brune se signa, écœurée par ce qu'elle entendait.

Le roi lisait le parchemin que lui avait remis son secrétaire d'une voix tremblante de rage.

— Sire, je proteste ! commença Jacques.

— Votre Majesté, j'ai…

Tous deux s'étaient exprimés en même temps, et le roi leva la main pour les faire taire.

— Cette vendetta à laquelle vous vous livrez depuis la guerre doit cesser ! Il me semble que vos pères ont payé cette folie de leur vie. Il en sera de même pour vous, si vous persistez à vous attaquer mutuellement ! Si, pour cela, je dois vous retirer vos droits de péage sur le Couesnon et délimiter une zone de non-droit sur plusieurs arpents le long de cette rivière, je le ferai ! Et sans aucune hésitation !

— Dol a été saignée à blanc par Montpensier et Montgomery ! Dois-je laisser mes gens se faire dépouiller du peu de pain qui leur reste sans riposter, Votre Majesté ? demanda Conan avec une rage mal contenue.

— Un sursaut de responsabilité ? jeta Jacques, exécrable. Entrer dans Dol fut un jeu d'enfant, ma sœur aurait pu le faire à mains nues. Vous avez attaqué le premier en blessant mon père par-derrière comme un lâche !

— En combat singulier ! corrigea Conan, ulcéré par l'insulte. Votre père a perdu contre un écuyer, la honte est pour vous !

— Il suffit ! cria le roi, excédé. Je ne tolérerai pas cette guerre intestine dans mon royaume. Sachez que nul n'est irremplaçable, votre frère cadet peut être nommé comte à votre place, Montgomery ! Et vous, Ker Glenn, je peux vous envoyer en Italie dans mes armées et vous déposséder du peu qu'il vous reste !

Consternée, Brunehilde regardait les deux hommes qui se faisaient face.

La reine se leva et sa suivante l'aida à descendre de l'estrade où se trouvaient les trônes royaux. Elle s'approcha des deux rivaux. Sous son air bienveillant, elle cachait une volonté de fer et une assurance à toute épreuve.

— Ce que vous dites est juste, Louis, mais des sanctions ? Allons donc ! Peut-être une plus juste répartition des droits... Les Montgomery pourraient avoir celui de franchir le Couesnon pour se rendre sur la tombe de leur défunte mère. Le roi Charles les en avait dépouillés, en faveur de dame Katel, mère du seigneur de Ker Glenn. En retour, messire Jacques pourrait assurer une partie des réserves des granges de Dol pour cet hiver.

Brune, émue, plongea dans une révérence en guise de remerciement.

— Relevez-vous, ma chère. Il ne sera pas dit que la reine de France sépare une fille de sa mère, quand elle peut l'éviter.

Brune inspira à pleins poumons pour se donner du courage.

— Votre Majesté, je souhaiterais exposer une requête.

— Dites, l'encouragea la reine, en reprenant place sur son trône.

— Pouvez-vous faire appeler messire Arthus de Valcoudray, vicomte de Saint James ? demanda Brune. Cette requête le concerne.

— Faut-il comprendre que vous souhaitez engager votre main, ma mie ? demanda la reine, surprise de la rapidité avec laquelle sa protégée convolait. Je vous ai octroyé la possibilité de choisir votre époux. Ne m'en veuillez pas, messire Jacques, j'ai pour votre sœur une grande affection. J'espère que ce choix est mûrement réfléchi, Brune.

— Il l'est, Votre Majesté, croyez-moi, j'ai passé toute la nuit en prière.

— Si vous le permettez, je vais me retirer, intervint Conan, toujours blanc de colère.

— Messire Conan, cette requête vous concerne également, reprit Brune d'une petite voix.

Soudain, elle sentait tous les regards fixés sur elle, interrogateurs, ce qu'elle trouva affreusement oppressant.

— Intéressant…, dit le roi, intrigué. J'ai hâte d'entendre la suite.

— Et moi donc ! rétorqua Jacques, qui dévisageait sa sœur sans comprendre. À quoi joues-tu ? lui demanda-t-il à voix basse.

— Fais-moi confiance, Jacques, murmura-t-elle.

Arthus fut introduit et s'avança en vainqueur dans la salle du trône. Il salua le roi et la reine, puis se rangea du côté des Montgomery.

— Maintenant que messire Arthus nous a rejoints, reprit le roi, encourageant Brune d'un geste de la main, quelle est votre requête, demoiselle ?

— Votre Majesté avait vu juste, il s'agit bien de mariage. Je lui ai promis que je choisirais un homme qui serait son défenseur et celui du royaume, qui n'hésiterait pas à engager sa vie pour les siens et pour son roi.

Arthus pavoisait, et semblait ravi de cette avalanche de compliments. Quant à Jacques, on lisait une vague d'angoisse lui traverser le visage. Visiblement, il commençait à comprendre.

— Et votre choix s'est porté sur messire Arthus, continua logiquement le roi.

Arthus s'avança vers elle pour lui prendre la main en signe d'alliance, mais Brunhilde se tourna vers Conan en le toisant d'égal à égal.

— J'ai choisi Conan de Ker Glenn, protecteur du comté de Dol.

Un silence pesant tomba sur l'assemblée, suivi de hauts cris. Le roi dut menacer de faire enfermer tout le monde s'il n'obtenait pas le silence dans la seconde.

— Êtes-vous sous sûre de vous, demoiselle ? demanda-t-il, aussi surpris que les autres.

— Oui, sire, et je demande que ma dot soit versée en écus, afin d'alléger les peines des Dolois. Je tiens à participer activement à la reconstruction du domaine. S'il plaît à Vos Majestés, je souhaiterais obtenir comme présent de mariage un accès réservé à la chapelle du Lys. Et à vous, messires, ajouta-t-elle, s'adressant à Conan et son frère, je demande le libre passage des habitants et des marchandises sur le Couesnon, au moins pour une année.

Un autre silence suivi cette déclaration. Brune n'entendait que les battements de son cœur à ses oreilles, bourdonnement assourdissant.

— Puis-je savoir pourquoi vous m'avez fait venir ? demanda Arthus, vert de rage.

— Chacun marque comme il le peut, messire… Certains en levant la main sur une prétendue fiancée, d'autres en essayant d'apporter la paix à deux contrées hostiles depuis trop longtemps.

Elle s'étonna de la puissance de sa propre voix et de l'aplomb dont elle venait de faire preuve. Jacques jeta à Arthus un regard lourd de reproches : le vicomte de Saint James allait devoir s'expliquer.

— Vous pouvez disposer, messire Arthus, dit le roi, sans plus se soucier de lui.

Après un regard noir, Arthus salua le roi et la reine, raide comme un piquet, puis sortit de la salle.

La seule voix qu'on n'avait pas encore entendue était celle de Conan, et Brune appréhendait sa réaction.

— Messire Conan, la parole est à vous, dit le roi.

Conan planta ses prunelles noires dans les yeux dorés de

Brune, qui prit sur elle pour ne pas reculer devant son air menaçant.

— Sachez que je préférerais me marier à une lépreuse plutôt qu'à une Montgomery !

Brune fit un pas en arrière sous l'attaque, et posa la main sur son cœur en inspirant le plus calmement possible.

Une lépreuse ? Avait-elle encore moins de valeur qu'une lépreuse à ses yeux ? Conan ne lui pardonnerait jamais de lui imposer un mariage qui lui répugnait au plus haut point. C'était une folie, une pure folie !

— Méfiez-vous de ce que vous souhaitez, messire, je serais bien capable de vous prendre au mot, déclara le roi, visiblement exaspéré par leurs querelles.

— Brune, réfléchis, je t'en prie, tenta de la raisonner son frère. Tu ne sais pas à quoi tu t'exposes ! Unir ton sang à celui d'un Ker Glenn ! As-tu perdu la raison ? Notre père n'aurait jamais accepté !

— Probablement pas, en effet. Je sais à quoi je m'engage, Jacques, et si je dois me sacrifier pour servir de trait d'union entre Dol et Pontorson, alors que Dieu me vienne en aide et qu'il en soit ainsi.

Le roi semblait ravi de cette chute.

— La dot de cette demoiselle est considérable et nous y ajoutons une caisse d'or comme présent de mariage, ainsi qu'un titre de vicomté pour le Mont Dol, dit-il. Nous acceptons votre demande, demoiselle. Le mariage sera célébré demain. En attendant, vous resterez parmi les suivantes de notre reine, afin d'éviter tout fâcheux incident…

Devant l'air sombre qu'affichait le nouveau vicomte, le roi haussa un sourcil contrarié et leva la main.

— Avant de partir, sachez une chose, messire Conan : si dame Brunhilde devait se plaindre de mauvais traitements, votre tête irait sur le billot. De même, Montgomery, si vos hommes mettent un pied sur les terres de Dol, c'est la vôtre qui roulera dans le panier du bourreau. Pour satisfaire cet accord et m'assurer de son bon déroulement, je missionnerai le duc de La Trémoille et l'évêque de Dol, pour vous rendre visite en mon nom dans six mois, afin qu'ils nous fassent leur rapport. Vous les recevrez ainsi que vos frères dans votre nouvelle demeure, demoiselle.

— Il sera fait selon votre bon plaisir, Votre Majesté, répondit Brune en exécutant une dernière révérence, avant de quitter la salle du trône.

Dame Élise et les autres suivantes l'escortèrent jusqu'aux appartements de la reine. Avant de partir, Brune n'avait pas réussi à croiser le regard de Jacques ni celui de Conan. Elle avait seulement vu Guillaume Le Gallays lever les yeux au ciel. Leur visage fermé n'annonçait rien de bon. Elle se rassura en se disant que le temps jouerait en sa faveur. Elle savait qu'elle les avait surpris, et qu'elle allait à l'encontre de toute logique, mais elle voulait faire ce qu'elle croyait juste.

« Je préférerais épouser une lépreuse plutôt qu'une Montgomery. »

Où était passé le seigneur charmant qui l'avait troublée ? À croire qu'elle avait rêvé son existence. Sa prochaine confrontation avec Conan s'annonçait très dure. Que ferait-il d'elle, une fois qu'ils seraient seuls, loin de la sécurité de la cour ?

Toutes les dames entrèrent dans les appartements de la reine où une collation leur fut servie. La conversation reprit bon train. Si certaines d'entre elles comprenaient son geste, d'autres la trouvaient bien hardie de se mesurer au démon de Dol.

— Brune, je ne sais que dire…, commença Louise de Savoie. C'est très téméraire de votre part.

— C'est un homme plus connu pour son surnom de

démon et ses escarmouches avec votre frère que pour son côté chevaleresque ou sa magnanimité, confirma Louise de Bourbon-Montpensier. Charles le déteste. Mon père aussi détestait sa famille. On le dit brutal et belliqueux, même s'il faut bien avouer qu'il est très bel homme.

— La beauté du diable…, commenta Brune.

Mais sa plaisanterie ne dupa personne : elle était tendue comme la corde d'une arbalète.

— Allons, ne la troublez pas, intervint dame Élise, pour lui venir en aide. Dame Brunhilde a justement agi. Après tout, de nombreuses alliances ont été formées de la sorte. Notre reine elle-même a fait ce choix lors de son premier mariage, pour garantir la paix.

Brune soupira et s'assit dans un fauteuil. Toutes ces émotions l'avaient épuisée ; elle avait du mal à calmer le tremblement de ses mains.

Et son cher Wandrille, comprendrait-il son geste ? Jacques semblait si en colère !

Elle ne voulait pas laisser le doute fléchir sa détermination. Elle ne pouvait plus retourner en arrière et ne le voulait pas. Il y avait trop à gagner dans cette alliance.

Elle se voyait déjà aller prier sur la tombe de sa mère dont elle avait été privée si longtemps. Et puis elle espérait que les Bretons de Dol seraient comblés par les vivres et le confort qu'elle leur apporterait grâce à sa dot. Elle se doutait que sa future belle-mère ne serait pas enchantée de faire sa connaissance, car elle était la fille de l'homme qui l'avait faite veuve… Pourtant, après avoir souffert si profondément, elle aussi devait aspirer à la paix et la prospérité.

Perdue dans ses pensées au milieu des bavardages des dames, elle fut parcourue d'un grand frisson, comme si l'hiver s'abattait sur elle en un instant. Elle s'apprêtait à entrer en territoire ennemi avec, comme seule défense, sa suivante.

Qui disait qu'Hélène voudrait la suivre, d'ailleurs ? Si une Bretonne comme elle craignait les démons de Dol, ne devait-elle pas s'alarmer, elle aussi ? Pendaisons, décapitations, pillages, incendies, éviscérations… La liste des exactions lui revint aux oreilles et elle se signa discrètement pour chasser ces mauvais augures.

Elle n'aurait pas le courage d'y aller seule ; elle devait convaincre Hélène de l'accompagner. Au moins, dans la paix de ses futurs appartements, elle aurait une amie, une alliée à qui confier ses doutes et ses premiers pas de jeune mariée. Dès le lendemain, elle serait l'épouse de Conan de Ker Glenn, le « démon de Dol ».

Appelée auprès de sa maîtresse et suivie de deux pages portant en vrac les malles de celle-ci, Hélène entra dans la chambre des suivantes de la reine pour y installer Brunhilde pour la nuit.

Après une nuit courte et agitée, peuplée de cauchemars, elles se préparèrent pour une journée qui serait à marquer d'une croix dans l'histoire de la Bretagne et de la Normandie.

Silencieuse et pensive, Hélène rangeait les chemises et les robes de sa maîtresse dans la malle de voyage. Ses gestes saccadés trahissaient sa nervosité, et elle s'exhorta au calme. D'après ce que Brunhilde lui avait dit, aucun mauvais traitement n'était à craindre.

— Belles paroles pour les naïfs, maugréa-t-elle, en lissant une cape de velours bleu nuit.

Elle était au service de Brune depuis plus de cinq ans et n'avait pas à s'en plaindre. Elles s'étaient vite entendues, toutes deux, et bien qu'issues de milieux très différents elles se complétaient à merveille.

Hélène eut un soupir dépité. Elle comprenait les raisons qui avaient poussé Brune à rechercher cette alliance absurde, mais elle n'en frémissait pas moins pour elle. Et puis sa jeune dame savait si peu de chose du monde et de la vie ! Si elle était habituée à la cour et à ses turpitudes, que savait-elle de la violence des hommes ? Il y avait mille façons de blesser une femme, nul coup n'était nécessaire. La vie conjugale pouvait devenir un véritable enfer. Et si, dans la pénombre de la chambre à coucher, le démon de Dol se révélait un monstre ? Elle se jura d'aborder ce sujet avec sa maîtresse au plus vite. Brune était une jeune fille plutôt intelligente et observatrice, la proximité qu'imposait la vie à la cour lui avait sûrement ouvert les yeux sur beaucoup de choses, cependant, Hélène voulait être sûre que sa jeune amie sache à quoi s'en tenir.

— Je ne peux pas la laisser y aller seule, elle va droit à la catastrophe ! En ce cas, ma vieille Hélène, va pour la Bretagne !

À ce moment-là, Brune sortit de l'alcôve où elle prenait son bain, enroulée dans un grand drap de lin blanc. Elle était pâle comme le tissu qui recouvrait son corps, et ses yeux dorés semblaient avoir perdu leur éclat.

— Il fallait m'attendre, mademoiselle, je vous aurais aidée à sortir du bain !

— Hélène ? Tu crois que j'ai fait une bêtise ?

Hélène caressa doucement la joue de sa maîtresse. Elle voyait toute l'inquiétude du monde dans ses jolis yeux perdus, et ne voulut pas l'effrayer davantage avec ses sombres pensées.

— Je connais votre cœur, mademoiselle, et je sais que vous pensez bien faire, et même faire au mieux pour tout le monde.

Soudain, les yeux de Brune s'emplirent de larmes et elle se jeta contre sa suivante pour trouver un peu de réconfort.

— Oh ! Hélène, je t'en prie, ne m'abandonne pas ! Viens avec moi à Dol. J'ai dit que tu n'y étais pas obligée, c'est vrai, mais sans toi je sens que tout mon courage m'abandonnera !

— Là, là, doucement, mademoiselle, calmez-vous. Ne vous en faites pas… Ne savez-vous pas que je ne supporte pas de vous voir malheureuse ? répondit Hélène, au bord des larmes, elle aussi.

— Pardonne-moi, mais je devais faire quelque chose. Sa Majesté approuve, elle aussi. Hier soir, elle m'a confié qu'elle y avait pensé, sans oser me l'imposer. Ce que je fais est juste, n'est-ce pas ? demanda-t-elle, comme si elle avait besoin de l'aval de sa suivante.

— Ça l'est, mademoiselle, répondit Hélène en soupirant, à n'en pas douter. N'ayez crainte, je ne vous laisserai pas partir seule. À deux, nous tiendrons bon, ajouta-t-elle avec un pauvre sourire. Ça me fera une aventure à raconter à mes neveux !

Brune pleura encore un peu dans les bras de sa chère compagne et se laissa consoler. Hélène allait enfin rentrer dans sa patrie. Peut-être voudrait-elle rejoindre sa famille ?

— Hélène, ne voudrais-tu pas voir les tiens, quand nous serons arrivés en Bretagne ?

— Mon frère vit à Saint-Malo avec sa femme et ses enfants, et il me reste aussi une tante. Ma foi, nous verrons… L'important est de vous installer dans votre nouveau chez-vous. Dieu nous vienne en aide, je prierai pour vous et vous aiderai du mieux que je pourrai, je vous le promets !

— Peut-être vaut-il mieux que personne ne sache que je comprends le breton, dit Brune, comme pour elle-même.

— Vous avez raison. Ainsi, vous serez fixée quoi qu'il soit dit. Moi non plus, je ne dirai à personne que je viens de

Saint-Malo, sinon, ils se méfieront de moi et je ne pourrai pas vous rapporter ce que j'entends. Continuez à m'appeler Hélène et non Lénaïc, comme ça, personne ne soupçonnera rien.

— De toute façon, tu n'utilises plus la forme bretonne de ton prénom depuis que tu es arrivée à la cour d'Amboise.

— Non, madame de Beaujeu nous l'interdisait. Tout ce qui était breton était considéré comme… impropre, pour ne pas dire barbare.

« Barbare. » Brune repensa au regard noir de Conan, à sa stature guerrière. Pour une fois, elle comprenait l'ancienne tutrice de la reine. Il ressemblait plus à un guerrier celte qu'à un gentilhomme.

— Je finirai bien par le leur dire, mais avant je dois savoir certaines choses…

Hélène saisit l'aubaine pour changer de sujet et aborder ce qui la préoccupait.

— En parlant de choses à savoir…, commença-t-elle, en invitant sa maîtresse à s'asseoir un moment dans un fauteuil, devant la cheminée.

Elle prit un peigne pour lui lisser les cheveux et commença son ouvrage.

— Demain, vous serez une femme mariée, alors, peut-être est-il temps de parler de ce qui vous attend dans la chambre à coucher. Je pense que vous en avez déjà une petite idée.

— À la cour, tu sais bien que tous n'étaient pas très discrets, répondit Brune en souriant devant l'air emprunté d'Hélène.

— J'ai été mariée dix ans, aussi, s'il y a des questions que vous vous posez, je peux peut-être y répondre. Votre mère aurait sûrement fait ça mieux que moi.

— Mais ma mère n'est plus là, Hélène, et pour bien des choses tu la remplaces à merveille, dit sincèrement Brune, en posant sa main sur celle de sa servante. Je dois te paraître bien égoïste de t'obliger à venir avec moi. Peut-être aurais-tu préféré trouver une place à Saint-Malo près de ta famille…

— Mais vous êtes ma famille, mademoiselle ! Il est hors de question que je laisse une autre personne prendre soin de ma petite brunette, répondit Hélène avec un regard mi-amusé mi-courroucé. J'ai dit que je n'avais aucune envie d'aller frayer sur les routes de Dol, mais pour vous je le ferai, alors inutile d'en discuter davantage.

Brune inclina la tête pour jauger sa mine et, l'instant d'après, se laissa prendre en main par Hélène, qui continua à la coiffer à l'aide d'un peigne d'ivoire qui avait appartenu à sa mère.

— Et ces choses dont tu voulais me parler, Hélène…, reprit Brune, en rougissant un peu.

— Eh bien, disons que ça peut être terrible ou merveilleux. Si deux personnes se respectent et s'aiment, c'est la façon la plus merveilleuse de se le dire. Si, en revanche, il n'y a pas d'harmonie entre les époux, ça peut devenir… difficile, conclut Hélène en cherchant ses mots pour ne pas l'effrayer.

— Difficile ?

— Un homme peut se servir de cela pour punir ou malmener une femme. Sa femme.

— Je ne crois pas que Conan puisse faire une chose pareille et je…

— Mademoiselle, que connaissez-vous vraiment de lui ?

— En vérité, je ne sais plus rien. Un baiser peut-il mentir ? J'ai eu l'impression d'être la chose la plus précieuse au monde dans ses bras, enfin, avant qu'il sache qui j'étais…

— Je crois qu'un homme et une femme peuvent feindre et mentir de bien des façons. J'espère juste que votre première impression sur messire Conan se confirmera. Votre frère s'est déjà fait son opinion, ajouta-t-elle en grimaçant.

— Jacques… As-tu vu comme il m'a regardée ? demanda Brune tristement.

— Il était en colère et désappointé. Laissez-lui le temps et mettez-vous un peu à sa place. Vous saviez qu'il n'allait pas accepter votre décision de bon cœur.

— Il a détourné le regard, comme s'il avait honte de moi, quand je suis partie. Ce n'était pas juste de la désapprobation.

La brave Hélène essaya de réconforter sa maîtresse du mieux qu'elle put, même si elle savait que cette dernière aurait toutes les peines du monde à convaincre ses frères du bien-fondé de ce mariage.

— Ne dites pas ça, mademoiselle, c'est votre choix qu'il désapprouve, pas vous. Il vous aime tendrement.

— Je n'en suis plus si sûre. Et si Wandrille se rangeait à son avis ? J'aurais perdu mes deux frères.

— Comme vous y allez ! Peut-être, ce matin, votre frère vous parlera-t-il ? Allons, il faut vous préparer, il ne reste que peu de temps.

Hélène déplia sur le lit une chemise d'un blanc immaculé, une robe rouge aux broderies noires et dorées, ainsi qu'une paire de manches noires délicatement brodées de perles.

Brune s'habilla sans rien dire, encore songeuse de toutes les choses qu'Hélène lui avait révélées un instant plus tôt.

Avec un mariage qui ne s'annonçait pas sous les meilleurs auspices, comment savoir ? Conquérir le cœur d'un homme, le forcer au mariage et lui mettre une épée de Damoclès au-dessus de la tête n'était peut-être pas ce qu'il y avait de plus avisé.

Mais elle ne voulait pas penser à Conan en ce moment. Elle soupira en se remémorant son mépris, les paroles dures qu'il lui avait servies dans la salle du trône. Il devait la détester. Elle en voulait pour preuve l'acrimonie de leur rencontre dans le couloir et la provocation qui avait suivi : « oiseaux de basse-cour » ! La prenait-il vraiment pour une idiote, dont la seule vertu était de savoir porter une jolie robe avec élégance ?

Et que dire de l'affront qu'elle avait subi dans la clairière : « s'offrir au premier venu » ? Leur rencontre devant l'autel s'annonçait difficile.

Elle essaya de se détendre, pendant qu'Hélène nouait ses manches à la robe avec de fines aiguillettes de fil doré. Sous le regard du roi et de la reine, rien ne pouvait lui arriver de fâcheux. Mais après ?

Elle ferma les yeux et essaya de se concentrer sur le bien-fondé de sa décision, ce qui lui donna du courage.

Je sais ce que je fais et, surtout, je sais pourquoi je le fais ! se répétait-elle mentalement.

Ils avaient tous beaucoup de choses à gagner dans cette alliance. Jacques et Conan n'étaient pas idiots, ils finiraient bien par s'en rendre compte. Ses écus pour la seigneurie du Mont Dol et tous les gens qui en dépendaient devaient quand même peser comme un avantage ?

Jacques, de son côté, répondait au souhait du roi en tissant des liens avec un seigneur breton ; une famine cessait et les paysans, des deux côtés de la rivière, pourraient reprendre leurs cultures ou envoyer leurs bêtes paître, sans craindre d'être attaqués de nouveau.

Et surtout elle-même allait récupérer la chapelle du Lys et la tombe de sa mère bien-aimée. Elle se remémora le petit sanctuaire. La chapelle avait été offerte à Anne de Bretagne par le roi Charles, lors de leurs fiançailles. Un endroit de paix, au bord de cette rivière qui servait de frontière. Construite côté breton, elle était censée représenter l'asile que la duchesse aurait souhaité trouver. Certaines mauvaises langues disaient que c'était pour le roi une façon de lui dire qu'il gardait un œil sur ses biens à sa place.

Françoise de Montgomery avait fait planter une roseraie autour du sanctuaire. Brune n'avait que sept ans, mais il lui semblait que c'était hier. Elle se rappelait le fragile visage de sa mère et le parfum des roses. Et puis la mère de Conan avait réclamé le sanctuaire pour elle, en réparation du pillage de son château par les Normands. Ils lui avaient pris un mari, alors elle leur prenait une épouse et une mère.

Robert de Montgomery, affaibli par la perte de son bras et dévasté par la mort de son épouse, en avait perdu le goût de vivre et s'était laissé mourir, après qu'on lui eut enlevé la dépouille de sa bien-aimée.

Chapitre 4

Arthus de Valcoudray accepta le gobelet de vin que lui tendait son valet, puis, dans un cri de rage, jeta la coupe à travers la pièce. La vaisselle d'étain percuta les dalles du sol et fit retentir un bruit de cloche éraillée dans la pièce.

— Quelle garce ! Avec ses airs innocents, elle m'a bien humilié ! Je vais être la risée de la cour. Dégage d'ici, imbécile, et retourne dans ton trou à rat jusqu'à ce que je te sonne ! hurla-t-il en frappant son domestique.

Le malheureux se retira et, en sortant, tomba nez à nez avec le comte de Montpensier, qu'il laissa entrer, non sans l'avertir de l'humeur de son maître.

— Mon maître désire être seul, je crois, messire comte, bredouilla-t-il.

— Passe ton chemin ! Il va être ravi de me voir, au contraire, répondit le jeune comte avec un rictus mauvais.

Quand il entra dans l'appartement qu'occupait Arthus, il le vit planté devant une fenêtre, le regard noir, et fixant un point lointain.

— Je comprends que vous soyez déçu, Arthus, perdre une telle beauté et une si belle dot… Sans parler de la position privilégiée qu'elle aurait pu vous apporter auprès de la reine.

— Elle s'est bien jouée de tous… Même Montgomery semblait surpris.

— Il est probable qu'il n'en savait rien, mais peu importe, dit le comte en balayant une poussière de la main. Il aurait fait un allié de taille, dommage. Le mariage nous fermera l'accès au Couesnon par le nord…

— Nous ?

— J'ai autant à perdre que vous, avec ce satané mariage. J'avais certains projets pour le Mont Dol, et sur Ker Glenn tout particulièrement.

— Je doute que l'évêque ou Ker Glenn vous laissent poser le pied à Dol, répondit Arthus, qui savait beaucoup de choses à propos du pillage de cette ville et de sa contrée.

— Montgomery est trop chevaleresque, tant pis pour lui. J'ai bien essayé de le faire adhérer à notre cause, mais il a refusé d'aller contre la décision du roi. L'insensé ! Étant le plus proche des terres de Dol, il aurait dû y voir son intérêt. Ne passe-t-il pas son temps à se disputer granges et bétail avec ce Breton ?

— Justement, il est trop est préoccupé avec sa petite guerre intestine pour regarder plus loin, jeta Arthus, méprisant.

— Il manque d'ambition. Sa sœur, en revanche, semble voir loin, mais elle représente un obstacle entre Dol et nous. Sa ténacité nous sert cependant, car, si j'ai bien compris, Ker Glenn et Montgomery ont dû signer un pacte de non-agression mutuelle, et ce pacte s'étend à la personne de votre ancienne fiancée… Nous pourrions donc les laisser s'écharper mutuellement. L'un ou l'autre finira de toute façon la tête sur le billot et la hache au-dessus de la nuque ; ils se haïssent trop pour courber la tête.

Peut-être le comte avait-il raison, mais la patience n'était pas la vertu première d'Arthus. Il voulait que Brune paye elle aussi pour son humiliation.

— J'aimerais assez les y aider. Cette garce prise pour cible et l'un des partis éliminés, nous aurions le champ libre pour prendre possession de leurs terres. À nous le beau rôle, sauveurs de la damoiselle en détresse, mais arrivés trop tard, et exécuteurs de la justice du roi…

— Comme vous y allez, Arthus ! Mais votre perfidie me plaît… Pour l'heure, contentons-nous de leur faire peur. Qui sait, cela suffira peut-être à mettre le feu aux poudres. Si dame Brunhilde renonçait à ce mariage, Ker Glenn tomberait en disgrâce, et le roi choisirait un autre protecteur pour Dol.

— Croyez-vous qu'il vous donnera si aisément les clés de la ville ?

— Mon père en est revenu vainqueur ! Qui d'autre que son fils pourrait lui succéder ? demanda le comte, déjà sûr de sa victoire.

— Justement, la reine risquerait de désapprouver, ne serait-ce que pour protéger ses sujets de mauvais souvenirs.

Montpensier se gratta la barbe et, avançant de quelques pas, rejoignit son hôte devant la fenêtre.

— Alors je proposerai votre nom, fit le comte en haussant les épaules. L'important, c'est que l'un de nous deux ouvre une brèche en Bretagne.

— Votre père a déjà ruiné Dol et les Ker Glenn, pourquoi y revenir ? Quel intérêt réel y avez-vous ? insista Arthus, qui voyait bien que le comte de Montpensier lui cachait quelque chose.

Ce dernier tiqua, mais répondit tout de même.

— Une affaire à régler avec Katel et Conan de Ker Glenn, une vieille histoire, mais laissons cela. Nous avons besoin de quelqu'un sur place pour nous informer et intervenir si besoin.

— Une femme serait plus indiquée, elle pourrait approcher Brunhilde de près. Mais où trouver cette perle rare ? demanda Arthus, s'appuyant au mur dans une posture désinvolte.

Le visage du comte s'éclaira d'un sourire carnassier.

— J'ai ce qu'il nous faut : une de mes fidèles collaboratrices. Elle s'appelle Armelle, aussi à l'aise dans les ruelles crasseuses qu'à la cour. Perverse, méchante, une vraie catin avec un visage d'ange. Personne ne la soupçonnera. Elle tromperait le regard d'un saint. Elle n'a pas son pareil pour berner le monde : elle peut endosser n'importe quel rôle pourvu qu'on la paye. Il suffira de la faire embaucher dans la suite que la reine donnera probablement à la demoiselle de Montgomery le jour de son mariage. Avec un peu de chance, Pontorson et le Mont Dol seront bientôt nôtres…

Conan entra dans l'appartement qu'il partageait avec Guillaume et un autre seigneur breton, puis fit claquer la porte violemment derrière lui. Ledit seigneur, voyant sa mine noire, prétexta une promenade avec une dame pour déguerpir. Même chez les Bretons, Conan dégageait une odeur de soufre. Le démon de Dol. Qu'avait-il fait pour mériter ce nom, sinon protéger les siens ?

Survivant des cachots du roi Charles, il s'était offert les services des meilleurs maîtres d'armes, quel que soit le prix qu'ils demandaient. Les derniers écus du domaine y étaient passés. Il devait avoir des hommes parfaitement entraînés, s'il voulait tenir tête à ses rivaux normands. Tous les assauts de ces dernières années lui avaient donné raison. Ses hommes étaient craints ; quant à lui, il faisait régner l'ordre et la discipline sur le comté, sauf quand ils étaient la cible des attaques normandes… Auquel cas tous les coups étaient permis pour chasser les envahisseurs de ses terres.

Il n'était à la cour que pour représenter l'évêque, trop malade pour y venir lui-même et demander au roi et à la reine des renforts ou une sanction contre Montgomery et ses pillards.

Et voilà que cette peste venait de mettre à sac sa stratégie ! Il était venu à Nantes non pour son plaisir — lui qui avait les mondanités en horreur — mais pour complaire à son évêque.

Les Normands voulaient encore saborder Dol… Mais ils allaient trouver à qui parler ! Épouser une Montgomery ? Non que cette femme n'enflamme pas ses sens, mais qu'il soit damné si ses fils avaient la moindre goutte de sang normand dans les veines !

Sa mère n'allait pas s'en remettre, pensa-t-il en s'allongeant sur sa couche.

La reine savait pertinemment qu'il ne pouvait se permettre de refuser une dot aussi substantielle. Ces écus pourraient payer les toits de chaume, les murs et les remparts dont son domaine avait grandement besoin. Sans compter les vivres et les couvertures pour passer l'hiver, qui faisaient encore cruellement défaut. L'évêque les avait toujours aidés comme il avait pu, mais c'était tout le comté qui était ruiné, terre de pâtures et de forêts. Il ne lui restait de richesse à Dol que sa vue sur la mer.

Montgomery avait semblé surpris, lui aussi, à l'annonce de sa sœur. Quel comédien ! Pour mentir, il n'y avait pas plus grand maître qu'un Normand !

Et dire que Brune — Brunhilde de Montgomery, rectifia-t-il avec un rictus méprisant — lui avait plu ! Elle l'avait bien trompé : loin de la jeune femme douce et enchanteresse de leurs deux rencontres, elle s'avérait être sûre d'elle et directe.

Elle s'était imposée à lui et allait amèrement le regretter. Elle pouvait rester toujours dans le giron de la reine : Dol n'était pas Nantes, encore moins Amboise…

Il repensa à ses robes de cour, à sa mise si élégante, et ricana. Elle allait vite déchanter au Mont Dol. Qui sait, peut-être la rusticité de la vie là-bas allait-elle la faire fuir ?

Il savait qu'il pouvait compter sur sa mère pour un accueil des plus glaciaux. Quant à lui, il tiendrait cette femme le plus éloignée de lui possible. S'il voulait demander l'annulation de ce mariage, la première chose à faire était de ne pas le consommer. Personne ne s'étonnerait de le voir fuir sa couche : qui voudrait d'une Montgomery à Dol ? Les six prochains mois seraient les plus longs de sa vie. Six mois sous le même toit qu'elle, autant dire un long purgatoire : c'était comme avoir la plus délicieuse des pâtisseries et faire jeûne et abstinence, comme un vendredi saint. Peu importe, se promit-il, il était au-dessus de ses désirs et saurait maîtriser ses appétits.

Et puis il comptait bien se rembourser sur sa tête. La dot servirait à faire renaître le domaine de ses cendres, ce serait donc sans le sou qu'il la renverrait chez son frère. Il devait tenir six mois et tout faire pour décourager son « épouse ».

Il était sûr qu'elle manigançait quelque chose avec son frère. Pas de s'en prendre à sa vie, car la reine avait bien stipulé qu'aucun des partis ne devait être tué ou blessé. Que pouvait chercher Montgomery, sinon étendre son pouvoir en Bretagne ?

— Qu'ils aillent au diable ! Jamais Dol ne sera normande !

Il ferait surveiller Brune de près par Guillaume, qui lui rapporterait chacune de ses paroles, chacun de ses gestes. Il finirait bien par trouver la faille qui lui permettrait de déceler la traîtrise de cette famille.

À sa colère se superposaient les bribes de souvenirs agréables du temps passé avec elle. Il devait reconnaître qu'en plus de sa beauté exceptionnelle elle savait feindre l'innocence comme personne. Était-elle seulement tombée sur lui par hasard, au jardin ?

Il était plus probable qu'elle l'ait suivi et ait provoqué cette rencontre. Quant à la chasse, n'importe qui avait pu le voir prendre le chemin de la clairière et l'en informer. Peut-être même avait-elle payé le maître fauconnier pour l'attirer dans ses filets ? Elle était capable de tout !

Être le gibier qu'on traque ne lui plaisait pas du tout, et il jura de nouveau, maudissant le nom des Montgomery.

Il était forcé de reconnaître que cette femme avait de la suite dans les idées : alors qu'ils bavardaient et flirtaient dans les bois, messire Jacques, accompagné des grands du royaume, avait débarqué pour les découvrir sans chaperon… Admirablement orchestré !

Il était tellement en colère qu'il décida de ne rien épargner à Jacques.

Sa sœur voulait être son épouse ? Qu'à cela ne tienne ! Il allait être servi. Conan allait lui offrir un mariage dont il n'était pas près de se remettre. Cette traîtresse l'avait bien cherché ! Et dire qu'il lui avait trouvé des qualités… De nombreuses qualités. Un corps envoûtant, une voix et un regard qui lui échauffaient les sens, une conversation des plus charmantes… Et une bouche qui lui avait fait baisser sa garde comme un écuyer devant sa première conquête.

Il s'était fait berner comme un imbécile !

« Si on ne peut avoir la force, alors il faut avoir la ruse. » Ces paroles sibyllines de la demoiselle lui revenaient en mémoire.

— Quelle garce !

Lui qui avait toujours pensé que la menace viendrait d'Étienne ou de l'un de ses hommes, voilà qu'il s'était fait battre à plate couture par de jolis yeux frangés de longs cils et une bouche trop rouge pour être honnête !

La porte s'ouvrit sur Guillaume, qui revenait avec les parchemins que le roi destinait à l'évêque de Dol. Il se délesta de tout cela sur la table centrale et se tourna vers Conan avec un air étrange.

— Quoi ? demanda Conan, agacé.

— Je ne pense pas que tu sois prêt à m'écouter, alors laisse tomber.

Guillaume se tourna vers un plateau garni d'un pichet de vin et de gobelets.

— Comme si je pouvais t'empêcher de parler ! railla Conan, qui connaissait trop bien la langue déliée de son ami. Tu coasses comme une vieille mégère !

— Et chacun sait que tu écoutes mes avis avec beaucoup d'intérêt, n'est-ce pas ? se moqua Guillaume, en se servant un verre.

Cette plaisanterie n'apporta aucun amusement à Conan. Guillaume savait qu'il allait droit dans le mur, mais il persista tout de même.

— Garde ce que je vais te dire dans un coin de la tête, et tâche de ne pas en prendre ombrage.

Quoique beau parleur, Guillaume Le Gallays était peu connu pour sa diplomatie, et tant de précautions firent tiquer Conan, qui se redressa sur sa couche et lui enjoignit de poursuivre d'un geste du menton. Quelque chose lui disait qu'il n'allait pas du tout aimer ce qu'il allait entendre.

— Tu sais que tu es mon ami et que j'ai prêté serment à l'évêque et à la Bretagne avant ça. On a été emprisonnés ensemble, on s'est battu ensemble…

— Mais…, l'encouragea Conan, pour connaître la chute.

— Pas de « mais », un « et », plutôt… Ce mariage peut être une aubaine pour tous, Conan. Laisse-moi expliquer, insista-t-il, le voyant se lever pour mettre un terme à la discussion. Tu deviens intouchable en te mariant à elle, et le comté aussi. Nous voilà donc à l'abri de Montgomery. Et toi, te voilà avec une femme riche, conclut-il en levant son verre, comme si ça arrangeait tout. Piquer sa sœur à ton ennemi devrait te réjouir, non ? Ta femme te garantit qu'il se tiendra tranquille…

— *Épouse*, rectifia Conan, comme si cela avait de l'importance.

— Quelle différence ?

Conan la voyait, la différence : « épouse » renvoyait à un statut officiel, alors que « femme » impliquait une intimité qu'il venait de rejeter.

— Te voilà donc avec une riche *épouse*, poursuivit Le Gallays, et tu admettras que nous avons cruellement besoin d'argent. Au fond, la paix, la sécurité des siens et l'argent ont toujours été un bon motif pour se marier et conclure une trêve, non ?

— Une trêve ? Avec les Montgomery ? L'arme la plus fatale, dans cette histoire, c'est elle ! hurla Conan.

— Eh bien, j'aimerais que toutes les armes lui ressemblent, siffla Guillaume, en dessinant les courbes d'une femme de ses deux mains.

— Imbécile ! dit Conan en levant les yeux au ciel. Elle sera une ennemie au cœur même de mon donjon ! Ne comprends-tu pas ? Elle pourra renseigner son frère sur tout ce qui se passe au Mont et en ville, ainsi que dans toute la Bretagne !

— N'exagères-tu pas un peu ses desseins ? Et si elle avait dit vrai ? Si elle voulait juste la tombe de sa mère et la paix ? Ne veux-tu pas lui laisser le bénéfice du doute ?

Conan le fixa comme si deux têtes venaient de lui pousser sur les épaules.

— Elle t'a ensorcelé, ma parole ? Elle m'a menti dès le début en me cachant son identité ! Si elle avait joué franc-jeu dès le départ, je ne dis pas…

— Sornettes ! le coupa Guillaume en pointant sur lui un doigt accusateur. Lui aurais-tu ouvert la porte, si elle s'était présentée en te donnant son nom ? Non ! Et tu le sais très bien, tu la lui aurais plutôt claquée au nez !

— En effet, répondit Conan non sans acrimonie, et ça

m'aurait évité un tas d'ennuis ! Je ne me retrouverais pas sur le point de me faire passer la corde au cou !

Il se leva et arpenta la pièce en réfléchissant ; ses grandes jambes, contraintes à de petits pas à cause de l'étroitesse du lieu, martelaient le sol.

— Il va nous falloir redoubler de prudence. Ils mijotent un plan, tu peux me croire.

— *Nous* ? répéta Guillaume, méfiant, voyant venir son ami avec ses gros sabots. C'est ton épouse, Conan, pas la mienne ! Tu gères ton problème comme tu l'entends, je ne vois pas en quoi j'interférerais dans vos petites… rivalités conjugales, précisa-t-il avec un vague geste de la main, comme s'il cherchait le mot juste.

Le seigneur du Mont Dol se dressa face à son ami les poings sur les hanches, le dominant d'une bonne tête. Dans son regard noir, Guillaume ne voyait plus que de la détermination.

— J'ai bien dit « nous ». Tu seras attaché à sa garde personnelle et je veux tout savoir de ses faits et gestes.

— Tu me demandes d'espionner ta femme ? Fais-le toi-même !

— Je ne veux pas passer mes journées à la surveiller, je ne veux pas lui parler du tout ! Tu prendras les gardes de jour, et moi, celles de nuit, prétendit Conan, qui comptait bien laisser un garde en faction dans le couloir devant la porte de Brunhilde, chaque soir.

Lui ne mettrait pas un pied dans ses appartements : comme ça, l'affaire serait réglée en un tournemain.

— Me voilà chaperon, quelle blague ! Pierre va se payer ma tête pendant des semaines.

À l'évocation du nom de Pierre de Flouville, les traits déjà tendus du visage de Conan se crispèrent dangereusement.

— Éloigne-la de lui, il serait bien capable de faire quelque chose de stupide et je tiens à ma tête, dit Conan, qui sentait au-dessus de lui l'épée de Damoclès plus pesante que jamais. Il a plus de motifs que nous de la haïr, et le fait qu'elle soit femme ne la mettra probablement pas à l'abri de sa colère. Je m'entretiendrai avec lui à ce sujet.

— Envoie-le en mission à l'autre bout du comté *ad vitam aeternam*, ça vaudrait mieux, en effet… Qui sait, il serait peut-être partant pour la campagne d'Italie ?

— Ce serait mieux pour tout le monde, c'est vrai, lui accorda le futur marié d'un air renfrogné.

Ces six mois seraient affreusement longs ! Brune serait difficile à ignorer. Il eut un sourire mesquin en pensant qu'il pourrait peut-être l'enfermer dans une tour et jeter les clés dans le Couesnon. Il devait ménager ses intérêts et la sauvegarde de sa future épouse, s'il voulait parvenir à ses fins : épuiser sa dot, reconstruire son domaine et la rendre vierge à son frère, pieds et poings liés.

Cette dernière pensée provoqua en lui des pensées érotiques qu'il chassa aussitôt en secouant la tête. Brune nue, offerte, les poings liés…

— Hors de question ! maugréa-t-il, exhortant son corps au calme.

Le lendemain, les astres semblèrent s'acharner contre Brune : dès son réveil, elle alla de déception en déception.

Jacques avait refusé de lui adresser la parole avant le mariage. La porte de sa chambre était restée close, malgré sa tentative d'y entrer, plus tôt dans la matinée. Un page avait fini par lui dire que son frère était parti chevaucher dès l'aurore et qu'il ne reviendrait que pour la cérémonie.

À présent, elle remontait la nef de l'église, seule, aussi

solennelle et calme que possible, malgré l'étau d'angoisse et de tristesse qui lui enserrait le cœur. Elle glissa un regard en direction de son aîné, mais ne vit qu'un visage fermé qui se détournait du sien.

Le cœur lourd mais décidée, elle s'avança au-devant de Conan, dont le visage était tout aussi sinistre qu'un mur de pierre.

Aucun des deux hommes ne cachait son opposition à ce mariage, et les courtisans présents se délectaient du scandale. La rumeur de leurs noces s'était répandue comme une traînée de poudre dans tout le palais, et l'église était bondée. Certains avaient dû rester dehors.

Quand le prêtre unit leurs deux mains, elle sentit Conan se raidir. Son contact le dégoûtait visiblement. Sa mâchoire était crispée, sa posture, rigide. Il semblait plus se préparer au combat qu'à l'hymen. Un combattant prêt à en découdre, voilà qui elle était en train d'épouser, pensa-t-elle, en inspirant profondément pour ne pas fuir à toutes jambes.

Conan répéta les paroles qui l'unissaient à elle comme s'il se désintéressait complètement de ce qui se passait. Ce simulacre de mariage la blessait bien plus qu'elle ne l'aurait voulu.

À son tour, lentement et gracieusement, elle prononça les paroles sacrées d'une voix assurée et calme qui la surprit. Elle savait au fond de son cœur que ce qu'elle faisait était la seule voie envisageable pour obtenir la paix. Elle n'était pas idiote, elle se doutait que les mois à venir allaient être durs et qu'il lui faudrait plus que du courage pour encaisser les méchancetés qu'elle allait entendre.

Mais, qui sait, peut-être que, là-bas, à Dol, d'autres personnes aspiraient autant qu'elle à la paix.

Leurs Majestés avaient demandé au duc de La Trémoille et au comte de Montpensier de leur servir de témoins. La présence de ces derniers devait agacer Conan, mais il semblait les ignorer complètement.

Ils étaient donc mari et femme jusqu'à ce que la mort les sépare, conclut-elle, en voyant le prêtre bénir l'assemblée d'un signe de croix à la fin de la cérémonie.

Selon la coutume, Conan devait lui donner un baiser en signe d'affection et de protection, mais ce qui suivit la laissa sans voix. Il se trouvait face à Jacques et un duel de regards débuta. Puis, avec un rictus méprisant, il se saisit d'elle avec brusquerie et la plaqua contre lui, lui prenant les lèvres dans un baiser insultant. Ça n'avait rien d'agréable, c'était révoltant, une pure provocation.

Il la serrait contre lui, prenait ostensiblement son plaisir, ne lui laissant aucune retraite possible. Elle dut subir ce baiser sans rien pouvoir faire. Elle refusait de se débattre, de montrer qu'elle était blessée, ou qu'elle se sentait insultée. Le brouhaha des courtisans qui réagissaient au spectacle lui tordit le cœur de honte. Enfin, Conan la relâcha avec la même brusquerie et sortit de l'église, la laissant seule devant l'autel.

Jacques fulminait, la main sur le pommeau de son épée, et le regard furieux qu'il lui jeta acheva de la crucifier. Lui aussi sortit sans un mot pour elle.

Elle frissonna de froid autant que de chagrin.

Mais la horde des curieux se précipitait déjà autour d'elle, avide de scandales et de questions. Brune ne se sentait pas d'attaque pour supporter leurs ricanements ou leurs jacasseries, et s'écarta sur le côté de l'autel pour sortir par une porte latérale.

Le duc de La Trémoille vint à son secours et lui proposa son bras.

— Je comprends vos motivations profondes, belle enfant, mais je ne sais pas si je dois vous féliciter ou vous gronder. Il vous faudra un grand courage et une grande persévérance pour arriver à vos fins. Je viendrai vous voir dans six mois.

— Si je suis encore entière à ce moment-là, ajouta-t-elle avec un sourire triste.

— Soyez prudente, ne commettez aucune folie.

— Trop tard…

Elle soupira en voyant la silhouette de Jacques disparaître dans les corridors. Elle balaya du regard les alentours : aucune trace de Conan dans la cour ni le jardin.

— Vous êtes la fille et la sœur de guerriers valeureux, je crois que vous avez assez de volonté pour faire face. Messire Conan peut s'avérer… difficile, mais il n'est pas fou au point de contrarier Leurs Majestés, rassurez-vous. Courage !

— Merci, duc, j'en aurai besoin. Jacques n'est pas prêt à me pardonner, Conan non plus.

— Le temps est votre meilleur atout, mais n'ayez crainte, aucun d'eux ne se risquerait à rompre la trêve.

Un raclement de gorge les interrompit. Guillaume Le Gallays se tenait derrière eux et semblait vouloir leur délivrer un message.

— Bonjour, messire Guillaume, dit poliment Brune en saluant le nouvel arrivant.

— Madame, fit le chevalier en s'inclinant respectueusement, mon seigneur vous fait savoir que nous quitterons Nantes dans l'après-midi. Vos malles et vos familiers doivent donc se tenir prêts à partir.

— Si tôt ? demanda Brune, interdite. Les festivités du mariage de Leurs Majestés ne se terminent que dans trois jours et je pensais que nous y assisterions. Conan ne représente-t-il pas l'évêque-comte ?

Le Gallays, un peu gêné, chercha une porte de sortie.

— Des affaires pressées attendent messire Conan chez lui,

et il ne peut guère s'attarder pour des mondanités, aussi festives et agréables soient-elles.

— Bien, capitula Brune, je ferai le nécessaire. Messire Conan ne verra pas de problème à ce que j'utilise ma litière, n'est-ce pas ? Je sais que nous serons plus lents, mais je n'aime pas monter à cheval.

— Vous aurez votre litière, madame, la rassura le chevalier, et je resterai près de vous au cours de notre route. Vous ne courez aucun danger. Messire Conan a fait de moi votre garde personnel. Je garantirai votre sécurité.

— Et lui répéterez d'éventuels méfaits ! attaqua-t-elle, acide. Je ne suis plus une enfant, je n'ai pas besoin de gouvernante. Et, comme vous le voyez, j'ai déjà une suivante, dit-elle en montrant Hélène de la main.

Celle-ci se tenait à l'écart, mais ne perdait pas une miette de tous ces événements. Brune l'imaginait sans peine fronçant les sourcils, les joues rougies par la colère, outrée depuis une bonne heure déjà. Il fallait dire aussi que les dernières heures avaient été riches en déconvenues… Ce pitoyable mariage… Ce baiser, tout aussi méprisable, qui en avait marqué l'issue.

— Je ferais une piètre femme de chambre, je l'avoue, madame, et je doute que j'excellerais en travaux d'aiguille… Cependant, je suis apte à vous protéger et jure de placer mon épée à vos pieds pour défendre votre vie au péril de la mienne s'il le faut.

Son humour et sa galanterie touchèrent Brune, qui avait grandement besoin de soutien en ce moment. Elle conversa encore un peu avec le duc sous l'œil attentif de son nouveau chaperon, puis les salua tous deux avec courtoisie pour s'en retourner préparer son départ dans ses appartements, l'estomac vrillé et le cœur battant.

— Je vous accompagne, madame, lui dit le chevalier avec autant de courtoisie que de fermeté.

Voilà qu'elle avait à présent un chien de garde !

— Soit, chevalier, je vous suis et je serai docile, répondit-elle non sans aigreur.

Pour le moment…, songea-t-elle, furieuse d'être attachée à son gardien comme une fautive qu'il faut garder à l'œil.

Lorsque Guillaume Le Gallays fut parti, Hélène lui fit apporter une collation dans leur chambre. Après les émotions du matin, elle se doutait que Brune n'avait aucune envie d'aller déjeuner dans la salle à manger, pour affronter la triste mine de son frère ou de son époux, ou le regard lourd de reproches d'Arthus.

— Mangez quelque chose, madame, ou vous allez être malade pendant le voyage.

— La simple idée d'avaler quoi que ce soit me soulève le cœur, Hélène. J'ai l'estomac noué. Dépêchons-nous, je ne veux pas être en retard et donner à Conan une raison de me reprocher quoi que ce soit aujourd'hui. Je n'ai jamais assisté à un mariage plus affreux que celui-là. Et pourtant, des mariages arrangés, j'en ai vu à Amboise plus qu'il n'en faut pour toute une vie ! dit Brune, dégoûtée.

— De plus morbides, il ne doit pas y en avoir beaucoup, concéda Hélène en lui prenant le bras. Peu importe la cérémonie, il leur faudra du temps pour accepter cette nouvelle situation. Ne nous décourageons pas, mon enfant.

— *Nous* ? la taquina Brunhilde.

— Ce chevalier, ce messire Guillaume… Il me semble moins austère que le démon de… que Messire Conan, se reprit Hélène. Peut-être sera-t-il un atout pour nous.

— Je ne me fais aucune illusion, il est là pour rapporter tous nos faits et gestes à Conan.

Elle s'assit sur une banquette garnie de coussins moelleux et regarda droit devant elle d'un air morose.

— Qui sait, espéra Hélène avec optimisme, il vous fera peut-être confiance un jour ?

Brune se contenta de lever les yeux au ciel, puis se releva et commença à rassembler ses affaires. Faire ses malles l'occupait et lui permettait de ne pas penser au départ. Ce fut vite emballé, car elle n'avait apporté que sa malle de robes de cour. Le reste se trouvait à Pontorson, Jacques les lui ferait parvenir dès que possible. Peut-être viendrait-il même lui rendre visite dans les semaines à venir.

Son frère au Mont Dol ?

Aussi probable que de trouver une dent dans un bec de poule ! lui chuchota la voix de la défaite.

Elle tenta malgré tout de se raccrocher à cet espoir pour ne pas pleurer. Forte de cette pensée, elle se sentit revigorée et reprit courage. Malgré son estomac noué, elle grignota un peu de viande et de pain pour satisfaire le regard soucieux de sa suivante.

À l'heure dite, elles se trouvaient dans la cour, leurs malles à côté d'elles, ainsi qu'une servante et deux gardes royaux que le roi avait mis à la disposition de Conan, voués à la protection de Brune, aux dires de la reine. Fin prêts, ils attendaient l'arrivée de la litière.

Ce fut sous un crachin froid que Conan et Guillaume arrivèrent à leur tour dans la cour, à cheval. Conan lança des ordres à quatre hommes d'armes qui l'avaient accompagné depuis la Bretagne, et ne jeta qu'un coup d'œil désintéressé à l'escorte de son épouse.

— Chargez les malles, les tentes et les vivres à l'arrière. Tu prendras les rênes, dit-il à un homme barbu et trapu qui ressemblait à une barrique.

— Bien, messire, obtempéra le garde.

Brune regarda l'homme attacher son cheval à l'arrière du convoi et monter sur le banc de la litière, prêt au départ.

Tous s'affairaient, mais aucun d'eux n'était venu les saluer, pas plus Conan que ses hommes.

Agacée par son impolitesse, elle lui lança un « bonjour, messire mon mari », auquel il répondit par un son proche du grognement. Décourageant, pensa Brune, qui ne voyait que le dos de son mari.

D'autres personnes arrivèrent dans la cour, des courtisans curieux d'assister au départ des jeunes mariés. La jeune femme savait que son absence dans la salle à manger devait avoir suscité beaucoup de commérages. Mais elle n'était pas la seule à avoir brillé par son absence : Jacques non plus n'y avait pas mis les pieds.

Où pouvait-il être ? se demanda-t-elle, inquiète de partir sans lui avoir parlé.

Atterrée, elle vit l'attroupement des courtisans fondre sur elle comme un essaim d'abeilles sur un pot de miel.

— Sa Majesté vous a contrainte à cette union ?

— Le roi vous a-t-il imposé votre époux ?

— Une Montgomery devenir une Ker Glenn ? Quelle idée !

— On dit que c'est votre idée, est-ce vrai ?

Se sentant étouffée par cette nuée de curieux en quête de ragots à se mettre sous la dent pour l'heure du dîner, Brune prit la parole :

— Sa Majesté m'a offert le loisir de choisir mon époux et j'ai choisi messire Conan pour des raisons qui me semblent évidentes, dit-elle avec une pointe d'agacement dans la voix. Les femmes sont contraintes à des unions qu'elles ne choisissent pas toujours pour des raisons d'alliances et de paix, et cela, depuis toujours. Mon mariage relève de la même logique, sauf que, pour une fois, les rôles sont inversés !

Un éclat de rire suivit cette déclaration.

— Se faire passer la corde au cou par une jolie demoiselle, je ne demande pas mieux ! plaisanta l'un des courtisans.

— Surtout quand la dot est aussi généreuse ! poursuivit une matrone, les épaules secouées d'un gros rire.

— On le dit désargenté. Il va se servir grassement de la dot et de la belle !

Le silence se fit tout à coup, et tous s'écartèrent pour laisser passer Jacques, accompagné de Leurs Majestés. Ils se mirent à l'abri de la pluie, qui salissait déjà le bas des robes et les chaussures de ces dames.

— Nous sommes venus vous souhaiter bonne route, dit la reine en donnant sa main à baiser à Brune.

Conan arrêta ses activités et alla saluer le roi et la reine à son tour. La dot fut remise en mains propres par Jacques, sans un mot, et les caisses, chargées aussitôt dans les chariots.

— Nous allons vous laisser à vos adieux et prendrons de vos nouvelles dans six mois, mon enfant, reprit la reine affectueusement, avant de partir.

Les courtisans suivirent leur cortège et la cour se vida peu à peu. Seul Jacques restait, sous la pluie. Il regardait sa sœur, mais semblait ne pas la voir. Soudain, il se retourna et s'éloigna. Le cœur de Brune tambourinait dans sa poitrine : elle devait avoir une réponse, un signe, son pardon. Elle refusait de partir sans un vrai regard de son frère.

— Jacques ! appela-t-elle, sortant de son abri.

— Attendez, madame, fit la voix d'Hélène.

Brune se mit à courir derrière son frère, mais celui-ci ne ralentit pas pour autant. Soudain, deux bras puissants l'encerclèrent et elle pivota, essayant maladroitement de se libérer de cette emprise.

— Lâchez-moi ! cria-t-elle en essayant de se dégager des bras de son mari. Il va s'en aller ! Conan, lâchez-moi ! Jacques !

Malgré son appel, son frère poursuivit son chemin sans se retourner. Conan la garda captive jusqu'à ce que sa silhouette disparaisse dans le château. Le cœur brisé, elle laissa échapper des sanglots silencieux et courba la tête, dévoilant une nuque vulnérable et pâle.

— Ne me faites pas attendre, fit la voix autoritaire de son mari.

Le froid de la matinée n'était rien en comparaison de la glace qui lui saisit soudain le cœur.

— Venez, madame, je vous accompagne, dit Guillaume en lui proposant le bras, alors que Conan avait déjà repris son poste de commandement.

Un peu perdue, Brune se laissa guider jusqu'à la litière, où Hélène l'attendait déjà, escortée elle aussi par un homme du nouveau vicomte. Une fois qu'elle fut installée, Guillaume lui tendit un beau mouchoir de lin blanc.

— Séchez vos larmes, madame, dit-il gentiment.

— Je ne pleure pas, répondit-elle fièrement, redressant le menton. C'est seulement la pluie !

— La pluie ne rendrait pas vos yeux rouges et ne ferait pas trembler vos lèvres, reprit le chevalier, loin d'être dupe, en posant le mouchoir dans ses mains.

Brune accrocha son regard et découvrit derrière cette galante courtoisie quelque chose qui ressemblait à de la compassion. La pression de la main du jeune homme sur son bras confirma son intuition et elle se sentit un peu moins seule.

Elle s'installa confortablement sur la banquette, une fourrure sur les genoux, et Guillaume referma doucement la porte.

*
* *

Dans la charrette qui les suivait, quelqu'un avait assisté à la scène avec intérêt. Cette nouvelle mission ne manquait pas de piquant ! Quand Montpensier avait fait appel à ses services, Armelle avait pensé à une banale affaire de corruption ou d'espionnage, mais raviver la rivalité ancestrale entre les deux familles serait facile avec ce qu'elle venait de voir. Elle était prête à tous les coups bas pour mettre le feu aux poudres et s'assurer de la victoire de son maître.

La voix tonitruante de Conan ordonna le départ. Son impatience et sa hargne résonnèrent aux oreilles de tout le convoi, qui s'ébranla aussitôt sous le crépitement de la pluie et le martèlement des sabots des chevaux sur les pavés détrempés de la cour du château. Même le temps semblait s'associer à l'humeur des voyageurs : maussade, gris et froid.

Brune ne put s'empêcher de regarder par la fente d'une des petites fenêtres qui lui accordaient un peu de lumière. Elle espérait que Jacques fasse demi-tour, qu'il lui envoie un petit signe, mais rien. Hélène prit sa main dans la sienne et elle s'y agrippa comme à un rocher, perdue dans la tourmente de ses sentiments.

Quand ils passèrent le ponton qui donnait accès à la ville, elle sentit son cœur s'émietter. Ses frères avaient pris beaucoup d'importance pour elle, depuis la mort de ses parents, et voilà que Jacques la reniait ! Elle renifla, essuyant ses larmes avec le mouchoir du chevalier.

Elle ne voulait pas laisser cette situation s'installer. Elle se promit d'écrire à son frère, aussitôt installée. Elle espérait que Wandrille pourrait apaiser la colère de leur aîné et qu'il plaiderait en sa faveur.

À la cohue de la ville succédèrent les prés, les bois et les champs au repos. Seul le cliquetis du chariot et le hennissement des chevaux troublaient le silence. La nature glacée était de toute beauté, couverte d'un manteau de gouttelettes argentées où se reflétait la lumière pâle de cette journée d'hiver, mais aucun des voyageurs ne semblait s'en apercevoir.

Hélène et Brune s'assoupirent un peu, bien à l'abri du froid, bercées par les cahots de la route et la fatigue. Ils ne s'arrêtèrent qu'une quinzaine de lieues plus tard, à la nuit tombée, pour le bivouac. Conan semblait vouloir forcer la cadence et Brune se promit de ne faire aucun commentaire. Elle ne voulait pas passer pour une mauviette, ou un « oiseau de basse-cour ».

Quand Guillaume Le Gallays l'aida à descendre de la litière, elle le gratifia d'un mot amène et demanda l'autorisation de se dégourdir les jambes. La vessie de la pauvre Hélène criait grâce et Guillaume se sentit confus de ne pas avoir veillé davantage au confort de ces dames. Il les accompagna vers quelques bosquets de fougères, veillant à ne pas trop s'éloigner du campement. Conan avait dit « au plus près », se remémora le chevalier, en repensant aux paroles — aux grognements — marmonnées un instant plus tôt par son seigneur.

— Je reste à bonne distance, mesdames, et soyez rassurées, deux hommes montent la tente dans laquelle vous passerez la nuit.

— N'y a-t-il donc aucune auberge alentour ? demanda Hélène, inquiète de passer la nuit dehors. Ma maîtresse y aurait été bien mieux installée.

— Ce n'est pas ce que messire Conan a prévu. Si nous avions atteint une ville avant la nuit, peut-être, et encore…

— Seriez-vous en train d'insinuer que nous vous retardons ? Au train où nous allons ? demanda Hélène d'une voix suraiguë.

Guillaume maîtrisait à grand-peine l'agacement que ces reproches avaient fait naître, et Brune s'interposa pour éviter que la situation ne tourne au vinaigre.

— Ça sera parfait, chevalier, vraiment... Merci pour ces précisions. Je suis sûre que mon époux fera très bien les choses. Allons-y, Hélène, messire Guillaume a sûrement bien d'autres choses à faire que de veiller sur nous, ne le retardons pas davantage.

Elle prit fermement le bras de sa suivante qui ronchonnait toujours. Une fois qu'elles furent prêtes, le chevalier les raccompagna jusqu'au campement, où s'élevait déjà un grand feu autour duquel les gardes s'étaient rassemblés pour se réchauffer.

Attirée par la chaleur, Brune s'approcha et constata aussitôt que les gardes s'éloignaient pour reprendre leur tâche. Leur faisait-elle horreur à ce point, ou était-ce pour lui laisser la place ? Les regards et les quelques mots marmonnés en breton lui laissaient penser que la première hypothèse était la bonne.

Elle vit Conan, un peu plus loin, qui étrillait lui-même son cheval, pendant que son écuyer aidait les autres à monter les tentes. Elle les observait, transie, et fut presque soulagée quand Guillaume vint lui dire que sa tente était prête et qu'on allait lui apporter une bassine d'eau chaude dans peu de temps.

— Je souhaite parler à mon mari avant de vous suivre.

— Je ne sais pas si c'est une bonne idée, madame, commença le chevalier.

— Je vous remercie de votre sollicitude, mais j'y vais tout de même, répondit Brune avec hauteur, faisant fi du conseil.

— Alors, autant vous dire qu'il est d'une humeur massacrante, insista Guillaume.

— Ça tombe bien, parce que moi aussi !

Voyant les sourcils froncés et l'air hostile qu'affichait le joli visage de Brunhilde, Guillaume opta pour le charme afin de la faire renoncer.

— Vous cachez vos sentiments à merveille, alors, car vous étiez charmante, tout à l'heure.

— Disons que j'essaie de maîtriser mes humeurs.

— Espérons qu'il en fasse autant, lâcha Guillaume, pensant à voix haute. Acceptez tout de même que je vous escorte.

En la suivant, il espérait intervenir, si la situation dégénérait entre les deux belligérants.

— N'en faites rien, il serait bien capable de vous ordonner de me ramener dans ma tente séance tenante.

Guillaume ne put s'empêcher de rire devant sa perspicacité. *Étrange femme que cette Normande... Et plutôt combative, il faut le lui reconnaître,* pensa-t-il.

Elle semblait déterminée et sa langue était des plus déliées quand elle estimait être dans son bon droit. Des étincelles étaient à prévoir entre les deux époux ! Guillaume ne résista pas à l'envie d'observer la scène, mais de loin.

Brune s'approcha, la démarche souple et assurée. Conan finissait de brosser la robe de son cheval et pansait l'animal avec des gestes précis et doux. La silhouette de l'homme et celle de l'étalon, qui paissait tranquillement et se laissait faire, présentaient une belle harmonie.

— Bonsoir, messire, j'espère que nous ne vous avons pas trop retardé. Je me doute que voyager avec une litière prendra plus de temps que...

Conan lâcha la brosse et se retourna, la dominant de toute sa taille.

— Allez dans votre tente ! dit-il d'une voix autoritaire.

— Pourquoi ?

— Ne discutez pas, obéissez !

Son attitude fermée, agressive, et ses sourcils froncés ne laissaient aucune place au doute.

— Vous allez refuser toute discussion ? demanda-t-elle sans se démonter.

— Allez dans votre tente ! répéta-t-il, plus menaçant encore.

— Non !

Elle le défiait, bras croisés et sourcils froncés.

— Pas avant que nous ayons parlé !

Il se contenta de serrer les lèvres et pointa du doigt la tente, ce qui fit sortir Brune de ses gonds.

— Mais qu'est-ce que vous croyez ? explosa-t-elle. Que je vais rester là, à attendre votre bon vouloir ? Comment voulez-vous qu'on trouve un terrain d'entente, si vous ne m'adressez pas la parole ?

— Un terrain d'entente ? La seule entente qu'il peut y avoir entre votre frère et moi sera de voir sa tête fichée sur une pique, sur mes remparts !

— Mais ça n'arrivera pas ! Ou la vôtre ira sur la pique voisine. Ce qui serait hilarant, je vous l'accorde. Un Montgomery et un Ker Glenn, ennemis dans la vie, mais qui finissent rassemblés dans la mort !

Elle le provoquait délibérément, espérant lui faire abandonner cette façade agressive, mais elle allait apprendre que sa haine contre les Normands n'était en rien surfaite.

— Taisez-vous ! *Peoc'h* !

— Et vous laisser saborder la paix ? Jamais !

Conan la saisit par le cou sans ménagement et la plaqua contre l'arbre auquel était accroché le licol de sa monture.

Surpris par ce mouvement brusque, l'animal hennit et les hommes à l'entour se tournèrent vers eux.

— Je ne sais pas encore ce que votre frère et vous mijotez, mais je puis vous assurer que vous allez vous repentir de votre légèreté ! Vous pouvez pleurer, dit-il en voyant une larme couler sur sa joue. Je ferai de votre vie un enfer et vous regretterez chaque jour que Dieu vous donnera de vivre de m'avoir imposé ce mariage.

Sous la clarté bleutée du couchant, le visage de Brune était plus blanc encore, et son regard reflétait la détermination autant que la peur. Il aurait pu la briser d'une main, mais il tenait à sa tête, alors il la repoussa violemment contre l'arbre, une fois de plus, et regagna le feu de camp, où Guillaume le regardait d'un air sévère.

— Je croyais que tu étais censé ne pas lui faire de mal. À ce train-là, tu seras exécuté dans la semaine !

Conan s'accroupit sans répondre et accepta la flasque d'alcool que son écuyer lui tendit.

— Messire, vous saignez, s'inquiéta le jeune écuyer en voyant la manche blanche de son maître tachée de sang.

Conan regarda le tissu, incrédule, et remonta l'étoffe sur son avant-bras, se demandant ce qui avait bien pu le blesser. Il fut aussi surpris que les autres en découvrant sa peau indemne.

— Tu l'as blessée ? demanda Guillaume en se redressant, furieux à cette idée.

— Mais non, je l'ai juste repoussée un peu sèchement, répondit Conan, mal à l'aise, en se levant à son tour pour chercher Brune du regard.

L'un des hommes pointa la tente du menton.

— Elle a détalé comme un lapin, elle est dans ses quartiers.

Conan et Guillaume se retournèrent vers la tente et accélérèrent le pas.

*
* *

Hélène aida sa maîtresse à se débarrasser de sa robe de velours pourpre, puis délia doucement le haut de la chemise, afin d'examiner la plaie. Brune pleurait en silence, essayant de retrouver son calme. Quand Conan l'avait plaquée contre l'arbre, la fibule de sa cape s'était enfoncée dans la chair de son épaule et lui avait entaillé la peau assez profondément et sur plusieurs centimètres.

— Il faut prévenir votre frère, madame, et rompre cet accord ! Nous n'avons pas passé une journée sous sa coupe que vous voilà blessée ! J'ai peur qu'il ne vous arrive d'autres malheurs, dit Hélène en s'agitant, paniquée. Je déteste le sang, poursuivit-elle, pâle comme un linge.

Assise sur sa couche de fortune garnie de fourrures et de couvertures, Brune la laissa lui nettoyer l'épaule, puis couvrit la plaie sanguinolente d'un linge propre.

— Je vais avoir besoin d'un bandage, dit-elle, encore sous le choc.

C'était la première fois que son corps était atteint de cette façon, et elle frémissait en pensant au châtiment et aux larmes que Conan lui avait promis. Elle secoua la tête, refusant de fléchir à la première épreuve. Elle se raisonna et inspira longuement pour calmer les battements précipités de son cœur. La reine était de son côté, elle était donc hors d'atteinte, sa vie garantie sur la tête de Conan.

Elle avait six mois pour faire de leur mariage quelque chose d'à peu près harmonieux. Elle savait que cela demanderait du temps, mais elle refusait de se décourager. Ce n'était qu'un accident…

Le battant de la tente s'ouvrit à toute volée. Hélène cria de surprise et de peur quand elle reconnut l'agresseur de sa maîtresse. Elle se planta fermement devant Brune pour s'interposer. Conan lui signifia d'un geste de s'écarter de son chemin et faillit la rabrouer vertement, interrompu par la vue des linges ensanglantés et de la bassine d'eau rosée.

Il écarta la suivante, qui fut conduite en arrière par Guillaume, lequel lui imposa le silence du regard.

— Je suppose qu'en Bretagne comme ailleurs la bienséance veut que l'on se fasse connaître, avant d'entrer chez une dame.

Brune lui tournait toujours le dos. Sa fine chemise, largement ouverte sur ses épaules, ne couvrait pas grand-chose du haut de son dos.

Elle maintenait toujours le linge contre sa blessure et, de son autre main, retenait son vêtement contre sa poitrine. Conan la contourna et se planta devant elle, retirant doucement le linge pour se faire une idée de la plaie.

Brune vit sa mâchoire se contracter et ses sourcils se soulever. Il avait l'air surpris et contrarié. Cependant, quelque chose disait à Brune qu'elle n'était pas l'objet de son mécontentement : c'était un accident ; il ne l'avait pas fait exprès.

— La fibule de ma cape, lui expliqua-t-elle, lui montrant la fleur de lys à la pointe acérée qui lui avait entaillé la chair.

— Vous savez recoudre une plaie ? demanda Conan à Hélène, qui manqua de se sentir mal.

— Oh non, messire ! Recoudre la chair, quelle horreur !

Conan leva les yeux au ciel en signe d'agacement.

— Emmène-la dehors avant qu'elle ne s'effondre, grommela-t-il à l'attention de Guillaume, qui s'exécuta.

Sans attendre, il se lava les mains en silence, puis il prit un linge et le mouilla dans l'eau propre.

— Avez-vous une aiguille et du fil ?

— Dans mon coffre, ici, répondit-elle en montrant son bagage.

Elle était pâle, et sa tête penchée en avant ne faisait que dévoiler la vulnérabilité de sa nuque et de ses épaules nacrées.

Conan se sentait mal à l'aise pour bien des raisons. Tout d'abord, il l'avait blessée, or, il n'avait jamais brutalisé de femme et déroger à cette règle lui paraissait indigne d'un chevalier. D'un vicomte plus encore…

Ensuite, ses mots s'adressaient plus à son frère qu'à elle, même si elle avait bien cherché sa colère.

Il s'agenouilla devant le coffre et souleva les piles de chemises diaphanes et de bas fins. Il passa malencontreusement les doigts sur le tissu d'une jarretière et imagina aussitôt cette même jarretière enserrant la cuisse de Brune.

Vision tentante, trop tentante.

Balayant cette idée, il trouva enfin ce qu'il cherchait et se redressa. Son corps commençait à réagir à ce songe bien plaisant. Il se concentra sur l'aiguille et le fil pour effacer l'image des cuisses fuselées de son épouse.

Brune, un peu inquiète de le voir recourber l'aiguille et la passer à la flamme de la bougie, se tortilla sur sa couche.

— Avez-vous déjà fait ça ? ne put-elle s'empêcher de demander.

— Oui.

Il fit un pas vers elle, puis un autre dans le sens inverse. Il semblait ne pas savoir comment s'approcher d'elle, ou ne pas vouloir.

— Allongez-vous sur le côté et ne bougez pas.

Silencieusement, elle obtempéra.

— Je n'ai rien pour la douleur, et vous ne devriez peut-être pas regarder.

La respiration de Brune s'accéléra. Elle appréhendait ce qui allait suivre et se mit à trembler malgré elle.

— Si vous bougez comme ça, on y sera encore demain, grogna-t-il. Attendez, je reviens.

Il déposa l'aiguille et le fil sur les compresses près de la couche et sortit un instant. Brune entendit la voix criarde d'Hélène au-dehors.

— Qu'est-ce que vous avez fait ? Madame ! Madame !

— Arrête de crier, femme, tu me casses les oreilles ! lui intima Conan, avant de revenir sous la tente. Buvez ça, ça va vous aider.

Brune accepta la gourde de cuir et, suspicieuse, huma la boisson. Conan l'encouragea d'un geste du menton ; l'air dubitatif, elle la porta à ses lèvres. La première gorgée lui brûla la gorge et elle manqua de s'étouffer.

— Mais qu'est-ce que c'est que cette horreur ? demanda-t-elle, la main sur sa bouche en feu.

Conan sourit malgré lui et lui fit signe de continuer à boire.

— Production locale que certains de mes gardes distillent chez eux.

— Mais c'est interdit !

Il haussa les épaules comme si ça lui était complètement égal. Les lois étaient-elles différentes en Bretagne ? Certes non… Depuis que la Bretagne était rattachée à la France, les lois étaient les mêmes dans tout le royaume.

— Allez, encore un peu, l'encouragea Conan.

Brune avala plusieurs gorgées à toute vitesse, de peur de tout recracher.

— Doucement, fillette, le but n'est pas que vous soyez ivre, mais simplement que ça vous détende. Si vous avez la gueule de bois demain, ne venez pas vous plaindre ! lui dit-il brutalement, en la voyant boire autant.

— Je suis prête, déclara Brune, en lui redonnant la flasque.

Elle serra les poings sur sa chemise tachée de sang, et tourna la tête pour ne rien voir.

— Je vous préviendrai à chaque fois que je piquerai, lui indiqua Conan d'une voix radoucie.

— Attendez…, dit-elle en se tournant vers lui, je sais que vous ne l'avez pas fait exprès.

— Vous croyez ? demanda-t-il, haussant un sourcil sarcastique. Et si j'y avais pris plaisir, au contraire ?

— Vous êtes un mauvais menteur, Conan. Si vous aviez voulu me blesser, vous ne seriez pas là à me soigner.

— Ou peut-être mon plan est-il de vous blesser, mais de ne pas vous laisser mourir… Je tiens à ma tête.

Elle scruta son regard noir à la recherche de la vérité, et la lueur moqueuse qu'elle y vit danser la conforta dans son opinion.

— Mentez-vous à vous-même si cela vous donne l'impression de sauver la face.

— En Normandie, toutes les femmes ont-elles la langue aussi bien pendue que vous ? Ou bien leurs maris les laissent-ils porter la culotte, faute d'avoir quelque chose dedans ?

Les hommes, soupira-t-elle pour elle-même, *toujours à vouloir s'imposer.*

— Je suppose qu'en Bretagne les dames sont sœurs de l'obéissance et de la modestie… Je me fais donc une joie de rencontrer celles de votre domaine, railla-t-elle.

— Eh bien, madame, fermez votre bouche et nous verrons si vous gagnez en modestie, rétorqua Conan, en lui mettant la main sur la bouche pour qu'elle se taise. Je vais commencer, alors ne bougez plus.

Ce contact lui rappela la douceur de leurs baisers, et elle se troubla un instant. Quelque chose, sur le visage de Conan, lui apprit qu'il pensait à la même chose. Mais son regard apeuré se reposa bien vite sur l'aiguille.

Conan vit l'inquiétude se peindre de nouveau sur les jolis traits de son épouse ; il n'aima pas cela.

Elle lui fit signe qu'elle était prête et détourna le visage.

L'aiguille se planta dans sa chair et elle serra les dents pour ne pas gémir de douleur : sa fierté le lui interdisait. Seul signe de son angoisse, sa respiration, devenue rapide et hachée.

— Respirez doucement, profondément. Je pique encore.

Il enchaîna ainsi six points, puis coupa le fil avec les dents.

Le bras droit sur son visage, Brune cachait ses larmes. Pas un seul gémissement n'avait traversé ses lèvres, mais sa bouche tremblante montrait sa douleur. Faire face à cette épreuve lui avait demandé plus de force qu'elle ne l'avait pensé, et elle se sentait épuisée.

— C'est fini, je vais faire un bandage.

Conan déchira les manches de la chemise souillée, exposant un peu plus son corps, et lui banda l'épaule.

— Reposez-vous, maintenant, nous repartons à l'aube.

Sa voix semblait rauque et plus grave que d'habitude. Brune jeta un regard furtif sur ses traits crispés : il semblait batailler contre lui-même ou contre quelque chose qu'elle ne savait déterminer.

— Merci, chuchota-t-elle, et pas uniquement par politesse.

Elle avait apprécié les soins qu'il lui avait administrés et se sentait mieux, à présent. L'alcool avalé à grandes lampées ne devait pas être étranger à cette pesanteur plus que bienvenue.

— Je vous envoie votre servante.

Il s'essuya les mains et jeta les linges souillés à l'entrée de la tente avant de sortir. Brune, immobile sur sa couche, reprenait ses esprits et commençait à se détendre ; le sommeil la gagnait et lui embuait le cerveau. Elle avait été surprise par la dextérité et l'habileté des mains de Conan. Des mains habituées à manier l'épée pouvaient-elles aussi être capables de soigner ? Il n'avait eu aucun geste brusque et, si le son de sa voix était toujours aussi agressif, son regard, lui, s'était fait plus doux.

— Vous allez bien, madame ? demanda Hélène en arrivant en trombe dans la tente.

— Oui, ça va, et, par pitié, ne crie pas si fort !

Hélène s'allongea sur sa paillasse et la veilla plusieurs heures. Quand elle fut tout à fait sûre que tout allait bien, elle s'endormit, elle aussi, exténuée par cette folle journée, non sans vouer tous les hommes présents aux flammes de l'enfer et aux pires tourments.

Quand Conan revint près du feu, ses hommes l'observèrent d'un air étrange.

— Quoi ? maugréa-t-il, agacé par leur mine interrogative.

— Sa servante a dit que tu lui avais sévèrement entaillé l'épaule, commença Guillaume.

— C'est la fibule de sa cape qui l'a blessée, quand je lui ai parlé, expliqua Conan, tout en taquinant le feu avec un morceau de bois.

— Parce que tu parles avec tes mains, toi ? demanda Guillaume, mi-figue mi-raisin.

— Moi, ça m'arrive de parler avec les mains, surtout quand je m'adresse à une jolie fille avec de gros seins ! s'esclaffa un des gardes.

Ses camarades éclatèrent de rire, ajoutèrent leurs plaisanteries paillardes, et l'incident ne fut plus évoqué devant Conan.

Un peu à l'écart, une ombre avait observé la scène. Il était à parier que son maître avait raison : Montgomery et Ker Glenn finiraient sur le billot l'un comme l'autre. L'espionne du comte de Montpensier se frotta les mains en se disant que cette mission serait vite achevée, et sa récompense, vite empochée.

Chapitre 5

Le lendemain, dans la matinée, ils dépassèrent Guéméné-Penfao, où ils prirent quelques vivres supplémentaires. Conan ordonna aux femmes de rester dans la litière pour ne pas retarder le départ. Brune, dont l'épaule était encore bien douloureuse, ne comptait pas visiter la ville. Un peu avant de reprendre la route, Conan lui donna un sachet d'herbes, ainsi qu'une gourde d'eau chaude.

— L'apothicaire recommande d'en boire en tisane, autant que vous en aurez besoin.

— Merci, Conan, dit-elle en prenant le sachet.

— Au Mont Dol, il n'y a pas de guérisseur, mais j'irai faire chercher celui de Roz-Landrieux. Il vous retirera les points dans une semaine. Sinon, je le ferai.

Brune l'observait, un sourcil levé, en proie à de nombreuses questions. Était-ce son imagination ou bien son Breton de mari semblait-il vraiment désolé de ce qui s'était passé la veille ? Elle voulait s'accrocher à cette idée avec espoir et essaya de se montrer aimable.

— Je vous en prie, n'en parlons plus. Mon épaule s'en remettra et mon orgueil aussi, ajouta-t-elle en souriant.

— Il vous en faudra une sacrée dose, croyez-moi, dit-il

tout de go. Personne n'attend, ni ne souhaite, que je revienne avec une épouse normande au bras.

— Encore moins une Montgomery, fit-elle, piquée, en le toisant.

— Encore moins une Montgomery, confirma-t-il, appuyant sur son patronyme d'une façon qu'elle trouva très dissonante.

— Vous pouvez sonner le départ, nous sommes prêtes depuis l'aube, jeta-t-elle, comme si elle parlait à un simple soldat.

— Faites attention au ton que vous employez, madame ! En Bretagne, un mari peut battre sa femme sans beaucoup de prétextes, et en public s'il le veut. Je crois que mes gens apprécieraient grandement le spectacle, la menaça-t-il en fichant son regard courroucé dans ses yeux d'ambre.

— Je suis sûre que Sa Majesté aurait son mot à dire, cracha-t-elle à son tour, peu fière de se cacher derrière les jupes de la reine.

Conan, le regard noir, referma — claqua, plutôt — la porte de la litière, et la voiture se mit en branle au son tonitruant de sa voix.

Hélène, dont la tête disparaissait entre les épaules à mesure que la dispute s'envenimait, et qui s'était faite toute petite, soupira de soulagement, une fois la voiture en marche.

— Peut-être serait-il prudent de ne pas vous opposer à lui aussi vertement, madame, il ne semble pas quelqu'un de caractère conciliant.

— Eh bien, moi non plus, Hélène ! Je refuse d'être traitée en moins-que-rien. Je suis fille de comte et il me doit le respect à ce titre au moins, puisque le fait d'être une femme et son épouse ne semble pas lui inspirer la moindre once de retenue ou de courtoisie. Cet homme est un rustre et un goujat de premier ordre !

Elle fulminait. Comment osait-il menacer de la battre en public comme une vulgaire fille de ferme ?

— Et votre mari !

— Merci de me le rappeler, Hélène, au cas où je l'aurais oublié, jeta-t-elle, acide, avec un regard mauvais à sa suivante. Pardonne-moi, je ne voulais pas être désagréable, ajouta-t-elle aussitôt, contrite.

— Allons, laissez cela, madame. Ne perdons pas espoir. Malgré sa brusquerie, il a pris soin de vous et est allé chercher ces herbes chez l'apothicaire. C'est qu'il tient donc à votre santé.

— Ou à sa tête, plutôt... N'oublie pas que sa survie dépend de la mienne.

Brune soupira et but la tisane. Son goût était assez amer, mais, après dix minutes, elle dut admettre que sa blessure était nettement moins douloureuse. Elle répéta l'opération plusieurs fois dans la journée.

À la tombée de la nuit, ils firent halte de nouveau dans la nature, malgré la proximité d'une ville. Cette fois-ci, Hélène comme Brune se gardèrent de tout commentaire.

Elles attendirent patiemment que leur tente soit montée et s'y retirèrent sans parler à qui que ce soit. Une fois le dîner avalé, Hélène envoya la nouvelle servante chercher de l'eau pour permettre à sa maîtresse une rapide toilette avant son coucher.

Alors qu'elle changeait de chemise, et se retournait, afin qu'Hélène l'aide à passer son bras blessé dans la manche, Brune entendit le battant de la tente se soulever et vit entrer Conan, une cuvette d'eau dans les mains.

Il resta quelques secondes à la regarder et elle rougit violemment de cet examen. Elle retenait sa chemise contre sa poitrine pour se couvrir un peu, mais sa mise n'avait rien de décent.

— Sortez ! dit-il à Hélène, qui s'exécuta dans l'instant. Je suis venu examiner votre épaule, expliqua-t-il à Brune d'un ton péremptoire.

— Entrez, je vous en prie, lui dit-elle, grinçant des dents, pour lui signifier qu'il s'était encore introduit dans sa tente sans s'annoncer. Je vais bien, merci, ajouta-t-elle, dans l'espoir de le congédier.

— Je ne vous demande pas si vous allez bien, je vous demande de défaire votre chemise.

Brune le regarda pour être sûre d'avoir bien entendu.

— Que je retire ma chemise ? répéta-t-elle, le souffle court, et sentant son visage virer au rouge coquelicot.

Prenant conscience de ce qu'elle devait penser, Conan se hâta de la rassurer. Ou de se rassurer lui-même, car la vue de sa peau délicate le mettait dans tous ses états.

— Pour que je regarde votre épaule, ajouta-t-il précipitamment, de peur qu'elle ne se méprenne sur ses intentions.

Brune, les joues en feu, s'assit sur sa couche et abaissa le haut de sa chemise pour découvrir sa blessure. Le tissu glissa sur sa peau, la dénudant partiellement.

— Je vais refaire votre pansement, reprit Conan en se raclant la gorge.

Pense que c'est un soldat à soigner sur un champ de bataille et tout ira bien, s'exhorta-t-il pour se contrôler. *Sauf que tes soldats n'ont pas une chevelure d'ébène parfumée ni une peau d'une blancheur lumineuse. Encore moins des yeux d'or et des courbes féminines…*, lui siffla la perfide petite voix du désir.

— Que dites-vous ? demanda Brune en l'entendant grogner dans sa barbe.

— Rien. Ne bougez pas.

Avec des gestes détachés et précis, il défit le bandage et retira le cataplasme de la veille. Il étala sur la plaie une graisse qui sentait les plantes.

— Qu'est-ce que c'est ? demanda-t-elle en fronçant le nez à cause de l'odeur incommodante.

— Consoude et plantain, dans de la graisse de porc. Ça va vous aider à cicatriser. La tisane, c'était de l'écorce de saule. J'ai demandé à l'apothicaire d'y ajouter quelques gouttes de pavot, pour vous détendre. N'en abusez pas ou vous dormirez pendant des heures. Ce qui serait une bonne idée, après tout. Au moins, ça vous éviterait de me taper sur les nerfs…, persifla-t-il.

— Vous connaissez les simples ? demanda-t-elle, surprise qu'un homme de son statut soit versé en botanique.

— Oui.

— Où avez-vous appris ?

— Avec un guérisseur.

— Celui de Roz-Landrieux ?

Conan soupira comme un bœuf et fronça les sourcils.

— Arrêtez de poser des questions, c'est lassant.

Brune se redressa et leva un sourcil insolent.

— Étant donné votre peu de bonne volonté à me répondre, ça ne risque pas d'arriver… Même si ça vous tape sur les nerfs.

Il soupira de nouveau, agacé, plaça une nouvelle compresse sur la plaie et refit le bandage avec un peu plus de force qu'il n'en aurait fallu.

— Le prochain pansement, c'est votre servante qui le fera. Ça n'a rien de compliqué, déclara-t-il, abrupt, en se redressant.

— Tant mieux, ça m'évitera d'avoir l'épaule déboîtée en plus de l'avoir entaillée ! Quand arrivons-nous au Mont Dol ?

— Demain.

— Tant mieux ! répéta-t-elle.

— Ne dites pas cela trop vite…

— N'essayez pas de me décourager, messire mon mari, dormir dans un vrai lit me suffira amplement.

— Tout dépend avec qui vous le partagerez…

— Vous me laissez le choix ? attaqua-t-elle, perfide. Eh bien, il est vrai que j'ai toujours eu un faible pour les palefreniers. L'odeur du foin, sans doute, ou celle des chevaux, je ne sais pas. Bonne nuit, messire, le congédia-t-elle.

Avec un rire sarcastique, Conan sortit sans répondre, et Brune fut soulagée de voir Hélène entrer.

Cet homme la décontenançait complètement.

À quoi allait ressembler leur vie conjugale ? Était-il brutal dans l'intimité ? Le souvenir de ces deux merveilleux baisers lui paraissait si lointain ! Avait-elle rêvé leur douceur, leur magie ? Où était le Conan charmant qu'elle avait rencontré dans le secret des jardins du château de Nantes ?

Et qui était cet homme froid et rude qui la conduisait à Dol ? Tant de questions en suspens, tant de réponses à attendre, et deux facettes opposées d'un même personnage, qui l'attiraient et qui lui faisaient peur.

Le lendemain, ils arriveraient au château de Ker Glenn. Le lendemain, elle serait châtelaine du Mont Dol, et il ferait d'elle sa femme.

Le vent se leva et fit vibrer la toile de la tente. Était-ce le vent qui chassait les nuages ou celui qui souffle avant la tempête ? Une pluie battante s'abattit bientôt sur le campement, tel un mauvais présage.

Brune se coucha, songeuse, en écoutant les éléments se déchaîner au-dehors.

Le jour suivant, la routine du voyage reprit. On les réveilla aux aurores, puis ce furent les cahots de la route, qui les secouaient de plus en plus, au fur et à mesure de leur avancée. Les routes bretonnes semblaient mal entretenues.

Brune rêvait de se dégourdir les jambes à la première halte. Ce voyage n'en finissait pas ! Hélène n'était pas vaillante, et se sentait un peu nauséeuse. Brune l'avait protégée d'une couverture épaisse et la suivante, à présent endormie, ronflait comme un sonneur. Elle regarda, rassurée, le visage de son amie reprendre des couleurs. Hélène était précieuse à ses yeux ; elle se sentait plus forte avec elle à ses côtés. Elle n'aurait pas pu affronter sa nouvelle vie seule au milieu de Bretons hostiles.

Tout ira bien, je suis sûre qu'après quelques semaines ils se feront tous à moi, se dit-elle pour conjurer l'angoisse qui lui tenaillait le ventre.

Soudain, elle entendit un grand brouhaha au-dehors et la voix forte de Conan qui criait des ordres à ses soldats. La litière s'était arrêtée. Curieuse, elle ouvrit le vantail pour observer au-dehors, mais ne vit rien d'où elle se trouvait. Elle retroussa sa robe, jeta un coup d'œil à Hélène, qui dormait toujours, et descendit de sa banquette pour ouvrir la porte.

— Allons voir ce qui se passe, dit-elle à haute voix, en sortant de la voiture.

Tous les hommes étaient passés du côté droit de la route et s'étaient enfoncés dans le sous-bois.

— Conan, elle sort ! hurla la voix lointaine de Guillaume, qui lui fit signe de rester dans la litière.

Me voilà prisonnière, à présent..., pensa-t-elle, agacée de tous ces ordres qu'on lui donnait sans cesse.

— Je vais juste me dégourdir les jambes. Il fait une chaleur à mourir, là-dedans, reprit-elle, en voyant Conan fondre sur elle.

— Remontez immédiatement dans votre voiture ! cria-t-il, en lui saisissant le poignet.

— Je suis votre épouse, pas votre prisonnière, messire de

Ker Glenn, enfoncez-vous ça dans votre crâne obtus de Breton ! rétorqua-t-elle en se dégageant.

— Remontez dans la litière, c'est un ordre !

— Écoutez-le, madame, intervint alors Guillaume en lui désignant la voiture de la main.

— Obéissez ou il vous en coûtera ! la menaça Conan, hors de lui.

— Mais qu'est-ce que vous avez, à la fin ? Sommes-nous en danger ? demanda-t-elle en se pinçant le nez, l'air dégoûté. Qu'est-ce que c'est que cette odeur…

Tout en parlant, elle avait contourné la voiture, et le spectacle immonde qui s'afficha devant elle manqua de la faire hurler : quatre pendus se balançaient au bout de quatre branches, éviscérés. Leurs tripes pendaient ou reposaient sur le sol, et des corbeaux en faisaient leur pâture.

Elle voulut se détourner de cette horreur, mais son corps ne lui obéissait plus. Elle avait déjà vu des suppliciés, mais rien de semblable. C'était abject.

— Vous avez voulu voir, alors regardez, lui dit Conan à l'oreille, la maintenant contre lui.

— C'est bien ce que je compte faire pour ne pas oublier quel boucher vous êtes ! dit-elle d'une voix blanche, en retenant ses larmes.

Elle aurait voulu se débattre, hurler, mais son orgueil le lui défendait. Elle resta donc de longues secondes à regarder cette horreur, enserrée dans l'étau de fer des bras de son mari. Les soldats détachaient les corps et les entassaient les uns sur les autres. Qui étaient ces hommes pour avoir mérité une mort aussi cruelle ? Des brigands, ou bien des Normands se demanda-t-elle, horrifiée.

Conan la tira par le bras pour la reconduire à la voiture, mais Guillaume s'interposa.

— J'y vais, Conan. Et vous, apprenez à obéir aux ordres, ça vous évitera ce genre de spectacle, fit le jeune chevalier, furieux.

— Ne sortez plus de cette litière sans que je vous en aie donné l'autorisation. Est-ce clair ? reprit Conan en la menaçant du doigt.

Pleurer n'aurait servi à rien. Elle remarqua qu'Armelle, emmitouflée dans une cape de laine grise, ne semblait pas choquée. Nombreux étaient les gens qui avaient vu les horreurs de la guerre ou de la justice parfois expéditive des hommes.

— Oui messire, acquiesça-t-elle d'une voix blanche, retenant à grand-peine ses larmes.

— Allons-y, madame, dit le chevalier Le Gallays d'une voix radoucie.

Brune répondit par un signe de tête, mais n'avança pas. Elle regardait les soldats creuser la tombe où seraient jetés les restes des quatre hommes.

— Flouville ne les a pas ratés, ces quatre-là ! Ça doit dater d'hier ou d'avant-hier, mais les charognards n'en ont pas laissé grand-chose, entendit-elle, perdue dans ses pensées.

— Ils n'ont eu que ce qu'ils méritaient. Tu sais que Flouville a toujours eu la main lourde sur les Normands, répondit un autre, confirmant les soupçons de la jeune femme.

— Il y a de quoi ! J'aurais fait pareil à sa place, répondit le premier, justifiant cet acte barbare.

Brune sentit quelqu'un la guider doucement vers l'arrière du convoi. Elle se laissa faire sans un mot et sans un regard pour Conan, qui ne bougeait pas non plus et semblait ne lui prêter aucune attention.

Arrivée à la porte de la litière, elle constata avec soulagement qu'Hélène n'était pas sortie et n'avait donc rien vu.

Tant mieux, se dit-elle, *déjà qu'elle ne supporte pas la vue du sang, alors ça…* Un frisson d'horreur la secoua tout entière.

Elle se jura de taire cet épisode à sa suivante et dirait à Armelle d'en faire autant.

— Messire Guillaume, est-ce vraiment le chevalier de Flouville qui a fait ça ?

— Oui, en représailles. Pour des crimes orchestrés sur ses propres terres il y a peu.

— Rien ne peut justifier ça !

Le chevalier secoua la tête, comme s'il pensait qu'elle était incapable de comprendre.

— Sommes-nous sur ses terres ?

— Non, mais ça ne change rien au fait qu'il exécute la justice au nom de l'évêque et à celui de Conan.

— La justice ? répéta-t-elle, surprise que cette ignominie puisse porter ce nom. Le verrai-je à Ker Glenn ?

Elle était peu rassurée de rencontrer cet éventreur de Normands.

— Il y vit en effet depuis que votre frère a fait ravager ses terres et son domaine. Il a offert son bras à Conan et il en est l'exécuteur.

Brune se signa, tremblante.

— Un conseil, madame, tenez-vous éloignée de lui. Enfin, dans la mesure du possible. Évitez de lui adresser la parole.

— Dites-vous cela pour me faire peur ? Oserait-il s'attaquer à moi, malgré les ordres de la reine ?

— Non, madame, je ne pense pas. J'ai promis de vous protéger et de vous garder sauve, alors n'allez pas me compliquer la tâche avec des provocations inutiles ou des ruses de forte tête, comme vous en semblez friande.

— Je ne risque pas d'oublier la leçon d'aujourd'hui, messire Guillaume, soyez-en certain.

— C'est bien ce qui me fait peur, marmonna-t-il devant

son regard fier et déterminé, tout en la faisant monter dans la voiture.

Une fois la porte fermée, Guillaume soupira et revint vers Conan.

— On peut lui reconnaître un certain sang-froid. Tu ne peux pas t'en empêcher, hein ? Venant de toi, je trouve ça petit. Ce n'est qu'une femme et…

— Silence ! *Peoc'h !*

— Tu vaux mieux que celui qui fait trembler une femme, non ?

— Elle a du cran, c'est vrai, admit Conan à contrecœur. Je ne l'ai pas vue trembler. Mais elle n'avait qu'à obéir. Elle restera tranquille, maintenant. Tiens-la éloignée de Pierre.

— Oui, ça vaudra mieux pour tout le monde, répondit Guillaume, lugubre.

— *Gast, kaoc'h !* Putain, merde ! jura Conan en donnant un coup de pied dans une souche à côté de lui.

Qu'est-ce qui lui prenait ? Il n'était pas fier de ce qui venait de se passer. Guillaume avait raison : il voulait tenir Brunhilde éloignée de lui, pas la terroriser en lui montrant les horreurs de la guerre.

En la maintenant contre lui pour l'obliger à regarder cet horrible spectacle, il n'avait pensé qu'aux horreurs dont Jacques s'était rendu coupable sur leur comté et à la haine indéfectible qu'il lui vouait. Mais c'était elle qui avait été punie et avait subi sa violence.

Il espéra cependant que cette fâcheuse expérience la guérisse de lui et de sa compagnie. Plus vite elle resterait à sa place, mieux ça vaudrait pour elle comme pour lui.

Le château de Ker Glenn fut une surprise pour Brune. Il était en tout point semblable à son arrogant propriétaire avec ses hautes murailles et ses créneaux qui semblaient l'isoler du reste de la chrétienté. La porte d'entrée était percée à même une tour de guet d'une trentaine de pieds. Un garde en faction dans une échauguette sortit sur le chemin de ronde, se penchant par-dessus les créneaux, et cria pour qu'on lève la herse afin de laisser passage aux voyageurs. Nerveuse, s'attendant à tout y compris au pire, Brune sentit la litière passer l'ombre de la porte. Ses mains se crispèrent sur ses jupes. Elle transpirait et appréhendait le moment où elle serait présentée à tous comme l'épouse du seigneur des lieux.

Tout en se félicitant de la fin de cette calamité de voyage, elle redoutait sa première confrontation avec les gens du château et sa belle-mère, confrontation cruciale pour la suite.

Il était certain qu'ils s'attendaient à tout sauf à voir leur maître et fils revenir de Nantes, une Montgomery au bras.

Cela faisait trois jours qu'elle imaginait, ou qu'elle essayait d'imaginer, à quoi pouvait ressembler le château de Ker Glenn.

— Eh bien, te voilà renseignée…, marmonna-t-elle en ouvrant le vantail de la voiture, les yeux rivés sur ce qu'elle apercevait du donjon et de la cour.

Elle n'avait pas pu poser de questions à Conan sur le château, celui-ci la fuyant comme la peste. Quant à Guillaume, il se contentait de lui montrer une froide courtoisie.

Les gardes l'auraient volontiers égorgée, si Conan les avait laissés faire, elle en était sûre. Sa vie au Mont Dol s'annonçait difficile. L'attitude désagréable de Conan l'affectait bien plus qu'elle ne voulait se l'avouer, mais elle refusait de se laisser intimider. Elle devait faire bonne impression avant tout, et la jolie robe qu'elle portait allait l'y aider, se dit-elle pour se redonner du courage.

Lorsque tous furent entrés dans la cour boueuse du château, les habitants se précipitèrent pour saluer leur seigneur ainsi que les soldats qui formaient son escorte. Ils manifestèrent leur joie de les revoir. Un jeune homme blond au visage d'ange vint prendre la monture de Conan. *Il a déjà un écuyer,* se dit Brune, *ce doit être son palefrenier.* Elle soupira d'aise. À coup sûr, un homme accueilli à bras ouverts par ses gens ne pouvait être qu'un gentil sire à l'âme noble.

Peu à peu, l'enthousiasme des gens fit place à la curiosité, quand ils virent la litière. Cependant, ni Conan ni Guillaume ne vinrent leur ouvrir, ni les libérer de ce carcan de fer et de bois.

Une femme d'âge mûr, altière, vêtue presque comme une nonne, arriva à son tour et prit Conan dans ses bras.

— Dieu te bénisse, mon fils, sois le bienvenu chez toi ! Un repas t'attend ainsi qu'un bon bain. J'ai hâte que tu me racontes le mariage de notre reine et surtout ce que tu as pu obtenir pour nous.

— Vous n'allez pas être déçue, madame, fit Guillaume en la saluant.

— Y a-t-il un problème, Conan ? demanda la dame avec un regard inquiet.

— On peut voir ça comme ça, répondit Conan, se passant nerveusement les mains dans les cheveux.

Il semblait chercher les mots afin de ne pas heurter sa mère. Guillaume vint à son secours, en commençant par annoncer :

— Votre fils revient avec des caisses d'écus d'or et le titre de vicomte du Mont Dol, madame.

— Seigneur Jésus ! s'exclama dame Katel en se signant, nos prières ont été exaucées ! Mais pourquoi faites-vous cette tête-là ?

— La reine m'a également donné une épouse, ou plutôt mon épouse m'a demandé en mariage et Leurs Majestés ont consenti.

— Ne reste pas là ! Qu'attends-tu pour me présenter ma belle-fille ? Il était temps ! Est-elle de Rennes, de Nantes ?

— Non, mère, elle est normande.

Le dernier mot fut jeté comme si c'était la pire disgrâce qui puisse exister au monde, et Brune, déjà impatiente, maugréa. Toute aménité s'était brusquement retirée du visage de la châtelaine.

— Une Normande t'a demandé de l'épouser ? Tu te moques de moi ?

— J'aimerais moi aussi que tout cela ne soit qu'une vaste plaisanterie, mère, hélas, ce n'est pas le cas.

Agacée d'être traitée comme un colis encombrant, Brune descendit elle-même de la litière sous le regard curieux et inamical de l'assemblée.

— Mère, je vous présente Brunhilde de Montgomery.

Si Conan leur avait présenté la fille de Belzébuth en personne, leur réaction aurait probablement été la même. Certains reculèrent, d'autres se signèrent. Quant à dame Katel, elle la regarda comme on regarde un serpent ou une vermine qu'il faut écraser au plus vite.

— Chasse cette… cette créature immédiatement ! Elle ne mettra pas les pieds à Ker Glenn ! siffla la châtelaine en pointant Brune du doigt, tremblante de colère.

— Je vous souhaite également le bonjour, madame, dit Brune sans perdre son sang-froid.

Un homme d'une stature impressionnante s'avança vers elle et la toisa du regard avec dégoût : Flouville, devina-t-elle.

— Tu veux dire que cette femme, que *ta* femme est une Montgomery ? cracha le géant, méprisant.

— La benjamine de Jacques, oui, confirma Guillaume.

L'homme fit encore un pas vers elle ; ses intentions étaient claires : il allait la tuer.

Rassemblant son courage, elle redressa la tête et le fixa durement.

— N'y pensez même pas, ou c'est la tête de votre seigneur qui roulera dans le panier du bourreau en plus de la vôtre.

Elle le toisait, elle aussi, même si ses genoux tremblaient, le défiant de faire un pas de plus.

— Qu'est-ce qu'elle dit ? cracha Flouville, en regardant son seigneur.

— Pour faire court, expliqua Guillaume, Sa Majesté a consenti à cette union sous réserve d'un accord de paix des deux parties. S'il arrive malheur à cette dame ou à sa maison, Conan sera exécuté. De même, si Conan est attaqué ou tué, Montgomery sera mis à mort. Dame Brunhilde est une protégée de Sa Majesté notre reine, qui lui a laissé le libre choix de son époux. Elle a choisi Conan.

— Pour apporter la paix et clore cette énorme stupidité qu'est la rivalité qui oppose nos deux familles, renchérit Brune, qui voulait que chacun prenne la mesure de ce mariage.

Dame Katel la montra du doigt de nouveau et un rictus de colère déforma ses traits réguliers.

— La reine croit-elle vraiment mettre un terme à nos querelles avec un simple échange d'anneaux ? Votre père, qu'il brûle en enfer, a tué mon époux, espèce de sorcière !

— Je suis lasse du voyage, Conan, alors soyez aimable de demander à votre mère de m'indiquer mes appartements.

Brune se refusait à entrer dans le jeu des insultes. Une telle attitude était indigne d'une dame et n'aurait pas joué en sa faveur.

— Fais monter les affaires de dame Brunhilde dans la chambre du tambour, Guillaume, s'il te plaît. Et vous, ordonna-t-il à Brune, catégorique, restez-y jusqu'au dîner !

Voyant qu'elle allait rétorquer, il se hâta d'ajouter :

— *Roit peoc'h ha kit kuit !* puis reprit l'invective en français : Taisez-vous et allez-vous-en !

Baissant les yeux malgré elle, Brune entra dans le donjon, escortée d'Hélène, d'Armelle et d'une servante désignée par la maîtresse des lieux.

L'endroit lui parut sombre et affreusement humide. La grande salle n'était pas décorée, et la terre, juste recouverte de paille fraîche et d'herbes odorantes. Il n'y avait aucune tapisserie au mur, aucune décoration pour agrémenter la pièce dotée d'une immense cheminée. Seuls des grosses tables de chêne massif et des bancs étaient disposés en carré au milieu de la pièce. Des couches sommaires s'alignaient sur toute la longueur d'un mur, ainsi que deux grosses armoires et quelques coffres. En levant les yeux, Brune aperçut des crochets, sans doute ceux qui soutenaient d'anciennes tentures... seul vestige d'un riche passé.

« Vos richesses décorent à merveille ma grande salle» , avait raillé le comte de Montpensier.

Sur une estrade se trouvait la table des maîtres, entourée de fauteuils sculptés aux armes du comté. Elle vit la place du maître de maison au milieu de la tablée et jeta un œil au fauteuil à sa droite : sa place, dorénavant.

Elle était Brunhilde de Ker Glenn, épouse du vicomte du Mont Dol, protecteur du comté de Dol.

Elle devait prendre sa place, et ce fut la démarche altière et noble qu'elle gravit les marches d'un escalier situé dans une tour, sous le regard curieux et hargneux des gens du château.

Enfin, la servante s'arrêta et ouvrit un lourd battant de bois, la laissant entrer.

C'était une chambre vaste, totalement vide, à l'exception d'un grand lit. Là non plus, il n'y avait ni confort ni tentures de velours ou tapisseries pour réchauffer l'atmosphère.

— Vous allez attraper une fluxion de poitrine, ici ! Il y fait un froid glacial ! Vite, la fille, du feu et des couvertures, s'écria Hélène, fustigeant d'un geste la servante bretonne immobile.

— Dame Katel m'a demandé de vous conduire ici, pas de vous servir. Le bûcher est dans la cour, allez vous servir vous-même.

Par crainte d'être réprimandée ou de devoir rester plus longtemps, l'insolente s'éclipsa après un vague salut. Bouche bée, Brune et Hélène regardèrent la porte se refermer derrière l'impudente servante.

— Faudra-t-il que je monte nos malles moi-même ? gémit Hélène, qui ne voulait pas faire un pas de plus. Armelle, viens m'aider, se résigna-t-elle, sommant l'autre servante de la suivre.

— J'y vais, dit Armelle docilement, je trouverai bien des hommes dans la cour pour décharger et monter vos malles.

Elle sortit de la chambre d'un pas léger. Elle semblait s'adapter facilement à toute nouvelle situation et, en la voyant si détachée, Brune se mit à l'envier. Elle était incapable de prendre sur elle en cet instant et joua le tout pour le tout.

— Allons, je descends séance tenante réclamer ce qui m'est dû !

Elle fit le chemin inverse, Hélène sur les talons, et entra solennellement dans la grande salle. Elle avisa aussitôt Conan, assis à la table principale. Il s'entretenait avec ses proches.

— Hélène, s'il te plaît, va voir comment Armelle s'en sort, dit-elle, ne voyant pas sa nouvelle servante au donjon.

— Elle nous a devancées, madame, la rassura Hélène, et doit être dans la cour. J'y vais tout de suite.

Les conversations se turent soudain, et tous les regards se portèrent sur elle.

— Vos servantes sont-elles toutes aussi insolentes, dame

Katel, demanda Brune d'une voix assurée, ou m'avez-vous envoyé la plus impolie et la plus incapable ?

— Une déconvenue, madame ? répondit Conan, narquois.

Brune essaya de se contenir et respira calmement.

— Existe-t-il ici une servante capable de répondre avec respect à une requête simple émanant de sa châtelaine ?

Conan et sa mère se levèrent dans un ensemble parfait et lui firent face.

— Châtelaine ? Pour qui vous prenez-vous ? cracha sa belle-mère, méprisante.

— Mettons les choses au clair, Brunhilde de Montgomery : ma mère reste la maîtresse de cette maison. Vous serez sous sa dextre et respectueuse.

— Brunhilde *de Ker Glenn*, corrigea-t-elle. Je suis votre épouse, pas votre servante ni celle de votre mère, qui se réjouit certainement des larges compensations financières que j'apporte.

Elles se défiaient toutes deux du regard, l'une sûre de son droit, l'autre refusant la défaite à peine arrivée.

— Êtes-vous sourde, madame mon épouse ?

— Ni sourde ni aveugle, je vous remercie, répondit-elle en jetant un regard acide à la jeune femme blonde assise aux côtés de son mari. Je vous serais reconnaissante de veiller à ce qu'on monte mes malles et mes affaires dans mes appartements, afin que je puisse disparaître de votre vue, pour votre plus grand plaisir ainsi que pour le mien.

Elle fit volte-face et s'éloigna en direction de ses appartements.

— Il suffit !

La voix grave et froide de Conan l'arrêta et elle se retourna.

— Je ne vous ai pas donné la permission de vous retirer, il me semble. Vous êtes censée vous comporter en épouse respectueuse. Vous demandez avant d'être introduite et vous demandez avant de quitter une pièce, lui intima-t-il, en frappant du poing sur la table.

Brune le regarda, haussa les sourcils, se détourna et reprit sa route.

Un vif brouhaha suivit son départ et ce fut presque en courant qu'elle gravit les marches qui conduisaient à son refuge.

Enfin à l'abri, elle s'adossait à la porte refermée quand elle fut poussée en avant et manqua de trébucher.

Planté sur ses deux jambes, Conan la regardait, aussi furieux qu'un taureau enragé. *Un Celte arrogant, dominateur et dangereux,* pensa-t-elle, sur la défensive. Par réflexe, elle porta la main à sa blessure, ce qui n'échappa pas au maître des lieux.

— Ne vous avisez plus jamais de me manquer de respect devant mes gens ! attaqua-t-il, sans la toucher.

— Je ne fais que me défendre, c'est vous qui êtes insultant.

— Je ne fais que mettre les points sur les *i*. Qu'est-ce que vous croyez ? Que je vais vous laisser diriger cette maison ? S'il ne tenait qu'à moi, je vous enfermerais dans cette pièce jusqu'à l'été prochain !

Le souffle court et peu rassurée devant son agressivité, Brune le regardait avec méfiance, tout en reculant de quelques pas pour mettre un peu de distance entre eux, et surtout un peu d'ordre dans ses idées.

Hurler ou lui répondre ne semblait pas la bonne stratégie. Qui calmerait un fauve enragé en criant plus fort que lui ? Il avait tous les pouvoirs ici. L'enfermer ? S'il mettait sa menace à exécution ?

Elle opta donc pour une autre stratégie.

— Vous me refusez mon droit ? Soit, lui accorda-t-elle en baissant d'un ton. Vous êtes le maître, je ne puis donc que m'incliner. Je suis sûre que votre mère est une maîtresse de maison accomplie et je me flatte d'apprendre à tenir cette maison sous sa houlette.

Elle était prête à renoncer à son statut de châtelaine, pourvu que Conan la regarde autrement que comme un envahisseur indésirable. Elle ne voulait pas de son animosité ni de sa colère. Elle devait gagner son estime par la patience et une conduite irréprochable. Enfin, quand la bile ne lui tordait pas l'estomac… Il faisait vraiment tout pour la faire sortir de ses gonds !

Elle aurait volontiers giflé sa belle-mère et son arrogant époux, mais elle était venue apporter la paix, pas la guerre.

À défaut d'obtenir leur sympathie, elle devait gagner leur respect. Même si son estomac bilieux manquait de la consumer de colère contenue.

La voir passer aussi vite de la colère à la soumission éveilla les soupçons de Conan, qui la détailla, cherchant la traîtrise dans son regard.

— Comprenez ma méprise, messire… D'ordinaire, une jeune épousée se voit prendre les fonctions de maîtresse de maison dès son entrée dans sa nouvelle demeure. Mais n'ayez crainte, je me conformerai aux volontés de votre mère en ce qui concerne le bon fonctionnement de ce château.

Ne trouvant rien à ajouter à ces explications raisonnables, Conan laissa là le sujet de leur discorde. Ses yeux parcoururent alors l'appartement nu et froid et il se racla la gorge.

— Je vais faire monter vos malles. Maîtresse Morgane est la gouvernante de cette maison, elle seconde ma mère en tout point. Faites appel à elle, s'il vous faut quelque chose, elle dépêchera des servantes « capables ».

— Merci, messire, répondit humblement Brune en gardant les yeux rivés sur ses souliers.

Conan soupira, satisfait de son attitude, et ajouta avant de sortir :

— On viendra vous chercher pour le dîner. En attendant, restez ici. C'est plus… raisonnable, conclut-il.

— Bien, monseigneur, se contenta-t-elle de répondre.

Conan redescendit l'escalier, taraudé par cette Brune nouvelle, docile et effacée. À quoi jouait-elle ? Il ne savait pas comment interpréter ce changement d'attitude et se méfiait d'elle comme de la peste. Il fallait que Guillaume la surveille de près ! Quant à lui, il avait hâte de commencer les travaux que lui permettait la dot généreuse de son épouse.

Il entra dans la grande salle un sourire narquois sur les lèvres.

— Heureuse de voir que tu as remis cette péronnelle à sa place, mon fils, commença dame Katel. Et maintenant raconte-moi tout, s'il te plaît.

Conan s'installa à la table des maîtres avec ses familiers, mais, quand Gwen prit place à son côté de nouveau, la maîtresse des lieux tiqua. La jeune femme, habituée aux réprimandes silencieuses de celle-ci, préféra quitter la table.

— Tu viendras dîner ce soir, lui dit Conan, une certaine idée derrière la tête.

Loin d'être un fardeau à porter ou une plaie à dissimuler, Gwen, sa maîtresse, serait un atout précieux dans son plan d'attaque, et ce, dès ce soir. Avec une œillade appuyée, la jolie blonde quitta la pièce en roulant des hanches.

— Tu es marié, à présent, lui rappela sa mère, qui ne badinait pas avec les commandements de Dieu. Je n'ai jamais toléré cette femme à table…

— Mère, je ne vous dis pas comment tenir cette maison ni comment lacer votre chemise, alors je vous saurais gré de ne pas faire de commentaire sur ma vie conjugale.

Sa voix avait claqué comme un fouet et sa mère se raidit sur sa chaise. C'était la première fois qu'il la remettait à sa place en public et elle resta silencieuse.

— La journée a été longue, mère et, croyez-moi, j'essaie de faire au mieux de nos intérêts.

Ces explications qui sonnaient comme de fausses excuses ne trompèrent pas la châtelaine, qui excusa malgré tout la hargne de son fils. À sa demande, Conan lui raconta son séjour à Nantes et l'incroyable tournure que celui-ci avait pris, non sans lui cacher quelques détails. Après tout, sa mère n'était pas obligée de savoir qu'il avait été séduit par la mystérieuse Brune…

Il fallut deux bonnes heures à Hélène et Armelle pour donner à l'appartement un air acceptable. Elles dénichèrent de vieux meubles qu'elles nettoyèrent et passèrent à la cire, pour les lustrer et leur redonner vie. Malgré la mobilité réduite de son épaule, Brune, qui ne supportait pas l'inactivité, avait commencé à déballer et ranger son linge.

— Dieu soit béni pour ta perspicacité et ta manie de tout conserver, Hélène ! dit-elle, en sortant des fourrures d'un coffre.

De fait, Hélène avait tenu à quitter Nantes avec un maximum de choses appartenant à sa maîtresse.

— La suite de vos malles devrait arriver de Pontorson d'ici deux jours au plus tard. Nous aurons enfin des tapisseries et des tentures aux murs.

— Il est vrai que tout a l'air très… monacal, commenta Brune, souriant de l'air dépité de sa suivante.

— En attendant, je suis au moins sûre que vous dormirez dans un lit propre et chaud, cette nuit. Je veillerai à faire monter davantage de bois.

Une belle flambée brillait déjà dans la cheminée et la pièce s'était bien réchauffée. Le tirant de la cheminée était idéal et une douce chaleur avait envahi la pièce, dont les murs semblaient sains.

On frappa soudain, interrompant la conversation. Hélène se hâta d'ouvrir. Guillaume Le Gallays en personne s'inclina devant sa dame.

— Les vêpres sont finies depuis une demi-heure, madame, permettez-moi de vous escorter jusqu'à la grande salle : le dîner est servi.

Brune inspira profondément, vérifia sa mise dans le miroir accroché au-dessus d'une coiffeuse et, se jugeant prête à descendre, accepta en silence le bras du chevalier devenu son ange gardien, ou son gardien tout court, rectifia-t-elle, amère. À chaque marche, son cœur se serrait davantage. Elle avait laissé un grand raffut dans la salle, après son départ tonitruant, et se doutait que l'accueil serait des plus froids.

En entrant dans la grande salle, elle constata avec surprise que tous avaient commencé à manger sans elle. Une forte animation régnait autour de la table principale, et les hommes parlaient fort. Aucune trace de dame Katel. Avait-elle déserté la table pour ne pas la croiser ? Possible.

Mais la jeune femme blonde se trouvait là, elle.

Assise à la droite de Conan.

En d'autres termes, à sa place à elle !

L'insulte était plus que flagrante, mais elle se mordit la langue et se tint silencieuse.

Seules deux places étaient vacantes, l'une en face de Conan, place qui revenait à la châtelaine, l'autre à droite de la première. Personne ne se souciait d'elle et, lorsqu'elle s'installa modestement à cette dernière place, seul le chapelain la salua. On la servit sans un mot. Les convives parlaient breton ; ils riaient des Montgomery, les insultaient. Brune ne comprenait pas tout, son breton étant médiocre, et pour une fois s'en félicitait.

Elle manqua d'avaler de travers à maintes reprises tant sa gorge était serrée. Elle avait en face d'elle l'écœurant spectacle de son mari qui se laissait toucher à table par sa catin, dont la main se posait tantôt sur sa cuisse tantôt sur son bras. La femme s'appelait Gwen ; elle avait entendu le géant qui l'avait alpaguée dans la cour l'appeler ainsi. Un homme barbu semblait être le capitaine de la garde du château ; un autre, vêtu de noir, portait la fibule du sénéchal Verdier.

— Vous apprendrez rapidement notre langue, madame, j'en suis certain, lui dit aimablement le chapelain.

Brune lui sourit sans répondre. Elle attendait le moment propice pour se placer, et le prêtre le lui offrit sur un plateau d'argent.

— Ker Glenn doit vous sembler bien différent de Pontorson, mais je suis convaincu que vous apprécierez nos us et coutumes, ajouta-t-il pour lui faire la conversation.

— Vos us et coutumes sont en effet très différents des nôtres, mon père.

Le chapelain la regarda, surpris, et, bien que les conversations continuent, elle remarquait les regards dérobés que les autres convives cachaient bien mal. Elle souriait toujours et, plus son sourire était suave, plus Conan attendait, crispé, la pique qui allait suivre.

— Voyez-vous, continua-t-elle en savourant chacune de ses paroles, chez nous, on ne commence pas à dîner sans que les dames de la maison soient toutes présentes. De même, les putains ne sont pas admises au château, encore moins à la table du maître.

Elle avait fait mouche : tous les regards y compris celui de Conan étaient fixés sur elle. Quant à la jeune femme blonde, elle la regardait la bouche ouverte, choquée au plus haut point.

— Maîtresse Gwen n'est pas une fille de joie, madame, mais la fille d'un de nos orfèvres de Dol, répondit le prêtre, confus.

— Je ne suis pas une catin ! Comment osez-vous ? explosa Gwen en se redressant, furieuse, cherchant l'appui de Conan qui ne quittait pas son épouse du regard.

— En ce cas, ma chère, vous y penserez à deux fois, avant de reposer la main sur la... cuisse de mon mari, ajouta Brune, toujours très souriante.

Un mouvement brusque les fit sursauter : le géant s'était levé et chancelait un peu sur ses jambes. Son verre à la main, il regarda Brune avec mépris.

— En attendant, ce soir, c'est un Breton qui montera une Normande, dit Flouville d'une voix pâteuse.

Il leva son verre et le vida d'un trait, sous les rires de ses camarades.

— Qui vous dit que je ne serai pas au-dessus ? rétorqua-t-elle en breton, sans se défaire de ce sourire qui faisait bouillir Conan.

Tous se turent, stupéfaits.

Elle parlait leur langue ?

Les hommes chuchotèrent, amusés de son aplomb autant que gênés par la teneur peu glorieuse des propos qu'ils avaient échangés peu de temps auparavant. Cette dernière phrase fit sortir Conan de ses gonds et il se leva droit comme un I.

— *Peoc'h* ! Silence ! cria-t-il, furieux.

Brune ne daigna pas se rasseoir. Elle ne l'avait pas regardé un seul instant, l'ignorant complètement. Elle se comportait comme lui. Sauf que lui en avait le droit, il avait été obligé à un mariage qui lui répugnait, lui, le maître du château, lui, son mari !

— *Yec'hed mat ! Noz vat.* À votre santé ! Bonsoir, conclut-elle en vidant son verre d'une traite.

Une clameur hésitant entre amusement et désapprobation retentit dans la grande salle.

Conan frappa du poing sur la table et tous se turent. Brune quitta la table avec grâce, en jetant :

— Oui, je sais, je ne vous en ai pas demandé la permission.

Sur ce, elle gravit furieusement les escaliers jusqu'à sa chambre.

Quel rustre ! Quel animal ! Lui refuser son statut de châtelaine était une chose, mais l'humilier en prenant sa maîtresse à table et à sa droite !

Elle frappa le bois du lit à trois reprises pour se passer les nerfs. Hélène la regardait sans mot dire, terriblement inquiète.

— Je vais vous aider à vous préparer pour le coucher.

— Où est ton lit ? demanda Brune, en ne voyant pas la paillasse de sa suivante.

— Dame Katel dit que toutes les servantes doivent dormir dans la tour des dames. Et puis cette nuit est un peu votre nuit de noces.

Brune l'avait complètement oublié… Sa colère lui gonfla le cœur d'une vague de soufre.

— C'est une porte fermée qu'il trouvera ! Croit-il qu'il peut se rouler dans la luxure avec cette truie et venir m'honorer ensuite ?

— C'est votre époux, madame, vous rejoindre est son droit, la prévint Hélène en espérant qu'elle se calme.

— Moi aussi, j'ai des droits, et ce soir ils ont tous été bafoués. Il m'ignore ? Parfait ! Je l'ignorerai également !

Brune se glissa sous les couvertures avec des gestes saccadés qui montraient bien sa fureur et tourna le dos avec un bref « bonsoir, Hélène ».

— Bonne nuit, madame, répondit tristement la suivante en sortant de la chambre.

On va voir s'il ose franchir cette porte ! pesta-t-elle intérieurement. *Et cet homme si agressif, si vulgaire, ce seigneur de Flouville… Qu'il soit maudit ! Qu'ils aillent tous au diable ! Maintenant, ils savent que je comprends le breton, tant pis.*

Elle n'avait pas gardé son secret bien longtemps, mais elle était contente d'avoir fait son petit effet. Ils tiendraient peut-être leur langue à l'avenir. Quant à Conan, il pouvait se comporter comme un rustre, elle ne faillirait pas. Elle ignorerait toutes ses viles manœuvres et resterait fidèle à la conduite qu'elle s'était fixée. Elle devait tenir bon et faire face.

Sans me faire marcher sur les pieds pour autant par ceux qui me doivent respect, ajouta-t-elle *in petto*, avec une bouffée d'orgueil.

Elle ferma les yeux et essaya de trouver le sommeil, mais sa rancœur l'empêcha de s'endormir. Devant ses yeux défilaient toutes les horribles journées qu'elle avait traversées bravement depuis son mariage. Jacques avait-il raison ? N'y avait-il aucune paix possible entre Ker Glenn et Montgomery ? Avait-elle été trop vaniteuse en pensant qu'elle pouvait atténuer cette haine familiale ?

Non ! Elle se raccrochait à l'idée que même si sa vie devenait un enfer, au moins, les petites gens n'auraient plus à souffrir de la faim et du froid, qu'ils soient bretons ou normands.

Le chapelain n'avait pas l'air hostile… Peut-être pourrait-il lui donner quelques conseils et éclaircissements au sujet de Conan et des siens. Il devait savoir beaucoup de choses. Dame Katel était visiblement très pieuse et très à cheval sur les principes de la religion. Elle s'habillait avec beaucoup de modestie, et éveillait sa curiosité. Des bruits lui parvinrent encore longtemps de la grande salle, puis le silence se fit peu à peu sur le château.

Conan ne donnait pas signe de vie. Avait-il renoncé à son droit sur elle ? Ou attendait-il le milieu de la nuit pour faire valoir ce droit ? Toutes ces questions se bousculaient dans sa tête. Les heures passaient, mais toujours pas de Conan…

Fatiguée d'attendre son bon vouloir, elle se leva et sortit de sa chambre en chemise, drapée dans une fourrure.

Elle avisa un garde, en bas de l'escalier, près du jardin.

— Où sont les appartements de ton maître ?

Surpris par sa tenue, le garde la détailla d'un air interrogateur.

— Les appartements de ton maître, insista-t-elle, tout en se disant qu'elle aurait dû mettre quelque chose de plus décent.

— Par ici, madame… Vous prenez ce corridor et c'est la porte à gauche, mais…

— Merci, tu peux retourner à ta ronde, le coupa-t-elle en prenant le chemin indiqué.

Le garde la regarda partir en se disant qu'après tout ce n'étaient pas ses affaires, et, puisque son seigneur la tenait en mauvaise estime, il pouvait bien faire de même. *Elle va avoir une drôle de surprise, la Normande,* songea-t-il en riant. *La blonde contre la brune… La brune, en voilà, un sobriquet : Dukardez !*

À la lumière des torches de suif, Brune avançait à pas feutrés. Elle ne tenait pas à s'expliquer, elle venait juste savoir si, oui ou non, elle pouvait dormir. La moindre des courtoisies aurait été que Conan l'informe de ses intentions à son égard. On ne laisse pas sa femme attendre toute la nuit ! Il fallait bien qu'ils le consomment, ce mariage ! Bien sûr, les premières nuits, sous la tente, avec son épaule blessée, il avait dû lui laisser un peu de répit. Mais, à présent, ils avaient des appartements et un grand lit…

Arrivée devant la porte, elle souleva le loquet, inquiète qu'il l'envoie au diable sans avoir entendu sa requête.

Peut-être dormait-il déjà ?

Elle poussa la porte, entra dans un petit vestibule, puis s'avança vers une deuxième porte, entrouverte. La cheminée éclairait la chambre d'une lumière rouge et noire, et ce qu'elle vit lui fit l'effet d'un coup en plein cœur.

Son mari, seulement vêtu d'une chemise, chevauchait sa maîtresse avec rudesse. Il était puissant, massif, et elle s'enroulait autour de lui comme un serpent. Ses jambes se nouaient autour de sa taille, ses bras lui encerclaient la nuque, et ses gémissements lui heurtaient les tympans.

Fuis !

Pars !

Ces ordres que lui criait son cerveau n'avaient aucun pouvoir sur ses jambes, qui restaient comme plantées dans le sol. Ses yeux n'arrivaient pas à se défaire de ce spectacle primaire.

Incrédulité, stupeur, curiosité, effarement, elle passait par toutes les formes de sentiment et inspira fortement se rendant compte qu'elle retenait son souffle depuis de longues secondes.

Gwen gémissait de plaisir et appelait Conan, encore et encore.

Glacée et frissonnante, Brune réussit enfin à mettre un pied devant l'autre, et fit chemin inverse. Perdue dans d'horribles pensées, elle gravit l'escalier, mais arrivée aux dernières marches elle trébucha sur sa chemise et bascula en arrière, dévalant les marches jusqu'en bas.

Humiliée de la pire des façons, blessée, le visage écorché, le poignet très douloureux, elle se laissa aller au chagrin et, se recroquevillant sur elle-même, se mit à pleurer, se cachant le visage de ses mains. Tout n'était qu'un horrible échec…

C'est dans cette position que le garde en faction la trouva au retour de sa ronde, une dizaine de minutes plus tard.

— Madame ? Oh, mon Dieu ! dit-il en découvrant son visage tuméfié. Jamais je n'aurais pensé qu'il oserait vous faire ça, je suis désolé ! Je me doutais bien qu'elle était avec lui, mais… Laissez-moi vous aider à remonter dans votre chambre. Je vais appeler notre bonne dame ou le guérisseur.

— Surtout pas ! rétorqua Brune, en acceptant son aide malgré tout.

— Je regrette, madame… Il n'a jamais levé la main sur une femme, alors je ne pensais pas que…

Utilisant cette méprise à son avantage, Brune planta son regard dans le sien.

— Si vous voulez vous faire pardonner, alors taisez-vous, dit-elle, en sachant qu'il n'en ferait rien. Que nul ne sache que cette femme a partagé son lit cette nuit et qu'il…

Laissant volontairement sa phrase en suspens pour qu'il en tire ses propres conclusions, elle gravit péniblement les marches en tenant sa chemise de sa main valide.

— Si c'est ce que vous voulez, madame.

Il l'aida à s'asseoir sur son lit, puis à l'aide d'un foulard lui mit le bras en écharpe.

— Les gars ont dit qu'il vous avait blessée avec une lame au bivouac. Moi, je ne les ai pas crus. Je ne comprends pas. Je ne comprends plus.

Brune ne répondit pas, se sentant un peu coupable d'embrouiller la cervelle du garde et de ne pas le contredire au sujet de sa blessure. Mais elle allait se servir de lui contre Conan.

Il était hors de question qu'il s'en tire comme cela après la nuit qu'elle avait passée ! Épuisée et le corps douloureux, elle ne put trouver le sommeil que peu avant l'aube, poursuivie par ce qu'elle avait vu. Mille questions la tenaillaient et elle avait honte de s'avouer qu'elle aurait payé cher pour être à la place de cette impudente de Gwen. Cette dernière ne perdait rien pour attendre ! Elle allait quitter le château et vite, Brune dût-elle faire appel à l'évêque de Dol en personne, pour apprendre à son mari à respecter le serment du mariage !

Chapitre 6

— Vous direz à votre maîtresse que j'attends de chacun qu'il se rende à la messe tous les matins, déclara dame Katel en avisant Hélène dans l'office, alors qu'elle venait de quitter la chapelle.

— Ma maîtresse a également cette habitude, madame, la reine a toujours tenu à assister à la sainte messe avec ses suivantes, et ce, tous les jours. Cependant, je l'ai volontairement laissée dormir, elle est épuisée du voyage et sa blessure à l'épaule la fait probablement encore souffrir.

— Quelle blessure ?

— Monte-lui le baquet pour sa toilette, Armelle, s'il te plaît, demanda Hélène à sa seconde avant de poursuivre.

— Bien sûr, obtempéra cette dernière humblement.

— Votre fils… Messire Conan et ma maîtresse ont eu quelques difficultés… Une conversation qui a dégénéré.

Hélène essayait d'y mettre les formes, malgré son agacement, mais comment parler avec courtoisie de coups et blessures ?

— Conan n'a jamais blessé une femme, c'est ridicule ! Il doit s'agir d'un accident, protesta la châtelaine, choquée au plus haut point par le discours de la dame de compagnie de sa belle-fille.

— Certainement, madame… De quoi d'autre pourrait-il s'agir ?

Hélène ne cachait pas son hostilité, même si elle prenait garde à ne pas dépasser les bornes.

— Veuillez me pardonner, mais il est l'heure du déjeuner et je dois aider dame Brune à se préparer.

— Dites à votre maîtresse que j'irai la voir dans une dizaine de minutes. Je dois tout d'abord m'entretenir avec ma gouvernante pour la fabrication des bougies : notre réserve s'épuise.

— Bien, madame.

Hélène, les bras chargés de linges propres, passa son chemin et monta à l'étage, afin de voir comment allait sa maîtresse. Ouvrant doucement la porte, elle déposa la pile de draps sur la coiffeuse, à côté du broc d'eau, et plia une serviette. De l'autre côté du lit, Armelle lui faisait de grands gestes et des grimaces dont elle ne comprenait pas la signification.

— Mais qu'as-tu, à la fin ?

Armelle alla ouvrir les volets sur la pointe des pieds, et fit signe à Hélène de s'approcher en silence. Au même moment, Brune se retourna, réveillée par la lueur du jour, et se défit de ses couvertures.

— Bonjour, madame, il fait beau ce matin et… Ah ! Miséricorde ! Par tous les saints, que s'est-il passé ? cria la suivante en voyant le visage de sa maîtresse.

Les cris d'Hélène avaient attiré la châtelaine, qui venait, selon l'usage, s'assurer que l'union avait bien été consommée et surtout que la mariée s'était présentée vierge à son mari.

— Pourquoi hurlez-vous ? Êtes-vous devenue complètement…

La fin de la phrase resta bloquée dans sa gorge.

— Seigneur Jésus ! Mais qu'avez-vous donc fait pour qu'il…

Son visage avait pâli si violemment qu'Hélène craignit qu'elle ne s'évanouisse. Dame Katel reprit lentement le contrôle de ses émotions et se tint plus droite que jamais, les traits sévères et tendus.

— Préparez un plateau ! Je suppose que dame Brunhilde ne veut pas paraître ainsi dans la grande salle.

Brune sortit de son lit et, malgré son apparence plus que négligée, elle semblait tout à fait maîtresse d'elle-même. Toutes deux se mesurèrent du regard, et la châtelaine détourna le regard la première, visiblement secouée.

— Vous supposez beaucoup, madame. Mais je n'ai rien à cacher dont je puisse avoir honte. Maintenant, veuillez sortir afin que je me lave. Je ne voudrais pas faire attendre qui que ce soit.

Congédiée et affreusement mal à l'aise devant les blessures de sa belle-fille, dame Katel sortit de la chambre en silence. Elle arriva dans la grande salle alors que les hommes sortaient à leur tour de l'église et, sans un regard pour son fils, donna ses ordres aux servantes.

— Bonjour, mère, la salua Conan, dont le visage était sombre.

— Ça n'en est pas un, répondit-elle d'une voix blanche. J'ai honte de ce que tu as fait !

Se méprenant sur la raison de sa colère, Conan bredouilla quelques excuses.

— Gwen s'en va, je lui ai demandé de partir ce matin. Elle ne remettra pas les pieds au château. Ça n'était pas censé vous blesser, mais la blesser, *elle*, fit-il, agacé, avec un geste vague.

— Après ce que tu lui as fait cette nuit, il est plus que probable qu'elle se tienne à distance, lâcha sa mère en faisant rebondir une écuelle d'un coup sec sur la table. Non ! Ne me touche pas ! dit-elle sèchement, quand Conan voulut lui prendre le bras pour la conduire à sa place.

— Je peux savoir ce qui me vaut ces reproches ? Je viens de vous dire que Gwen ne remettrait plus les pieds ici.

Une rumeur enfla soudain comme une vague derrière lui, suivie d'un grand silence, et il devina que son épouse était arrivée.

— Par le sang du Christ, est-ce que quelqu'un va me dire ce qui…, tempêta-t-il avant de voir Brune et d'en perdre le fil de ses idées.

Toute la partie droite de son visage était éraflée, son arcade et son œil, enflés, et sa joue, bleu violacé. Elle portait le bras droit en écharpe.

— Bonjour, messire, se contenta-t-elle de dire, avec beaucoup moins d'assurance qu'elle ne l'aurait voulu. Je me suis pris les pieds dans ma chemise. On y voyait très mal, et… Mais peu importe.

Conan la regardait sans comprendre, les traits tirés.

Si quelqu'un s'était avisé de lever la main sur elle, il l'enfermerait dans les cachots du donjon pour le restant de ses jours ! Le vif sentiment de colère qui lui enfla le cœur le surprit lui-même. Personne n'aurait osé la brutaliser, c'était évident, alors que s'était-il passé ?

Tous les regards se posaient sur Brune, les uns après les autres. Certaines femmes s'étaient mis la main sur la bouche, choquées.

— J'ai glissé dans les escaliers, inutile d'en faire un drame, ajouta-t-elle à la cantonade.

— Glissé dans les escaliers ? répéta Conan, qui se voyait déjà accusé du pire à travers le regard de tous ces gens.

Il lui tendit le bras pour l'accompagner à table et elle y posa la main très lentement. Il fit un geste pour retirer une mèche de cheveux qui risquait de se coller à une plaie et elle sursauta vivement, levant devant elle son bras valide en manière de protection.

— Tu vois, elle a peur ! Il l'a battue, chuchota quelqu'un près d'eux.

Le brouhaha s'intensifia et Conan sortit de ses gonds.

— Qu'il soit bien dit que je n'ai jamais…

Sa phrase resta en suspens devant le regard narquois que lui lançait Brune. Il l'avait blessée avec sa fibule, en la brusquant, au campement. Il ne voulait pas mentir et se reprit donc :

— Je n'ai jamais blessé une femme intentionnellement.

La rumeur enfla de nouveau. Chacun chuchotait quelque chose à son voisin ; les groupes formés s'interpellaient, sûrement pour chercher des témoins, présents le soir où elle avait été blessée.

Brune jeta un regard à Conan, qui semblait sur le point d'exploser. Il avait manifestement du mal à supporter les accusations sous-entendues.

— Peut-être pourrions-nous déjeuner, messire mon mari, intervint Brune, se portant malgré elle à son secours. Je meurs de faim.

Ce qui était faux. La simple vue des mets sur la table lui donnait la nausée, mais elle avait très soif et le bol de bouillon qu'on lui servit fut une bénédiction.

Elle sentait les regards des convives sur elle et en était un peu gênée. Conan, quant à lui, semblait perdu dans ses pensées, et elle aurait payé cher pour en connaître le contenu. Elle balaya l'assistance du regard comme pour lui dire de lorgner ailleurs. Même Pierre de Flouville fronçait les sourcils.

— Dois-je monter la garde devant votre porte, madame ? lui demanda Guillaume, quand il eut fini son repas.

Conan manqua de s'étouffer avec son pain. Rêvait-il ou Guillaume prenait-il fait et cause pour son épouse ?

— Non, messire. Les incidents arrivent et il est inutile de vous inquiéter. Cependant, je vous remercie de votre sollicitude.

À l'autre bout de la table, le géant les regardait, l'air dubitatif. Son regard perçant se posait tour à tour sur Conan et elle. Elle le vit marmonner quelque chose d'incompréhensible avant qu'il ne saisisse son verre de bière, qu'il vida d'une seule traite, et qu'il ne sorte de table.

— Cet homme, là-bas, celui qui me regarde, que dit-il ? chuchota-t-elle au chevalier.

— Ils vous regardent tous, madame.

— N'ont-ils pas peur de faire des cauchemars ? railla-t-elle.

— Une femme blessée qui garde le sens de l'humour, j'apprécie… C'est Pierre de Flouville, mais je suppose que vous vous en doutiez.

— Je ne vous demande pas son nom, mais ce qu'il a dit.

— Je ne suis pas sûr que vous vouliez vraiment l'entendre, dit Guillaume en rougissant. Il ne vous fera pas de mal, mais tenez-vous loin de lui.

— Je sais qu'il éviscère les Normands, mais que fait-il aux Normandes ? En voilà, une belle équipe, que celle de Ker Glenn…

Elle se sentait d'humeur acide et ce Pierre de Flouville lui tapait sur les nerfs. Elle se promit de s'occuper de son cas très bientôt. Cependant, elle ne voulait pas que Guillaume Le Gallays pâtisse de sa mauvaise humeur.

— Désolée, je ne voulais pas être venimeuse, mais je crains d'être de méchante humeur, aujourd'hui.

Conan se leva de table et se tourna vers elle.

— Peut-être voudriez-vous faire le tour du château, afin que nous parlions des travaux ? suggéra-t-il.

Brune le regarda, surprise : le seigneur arrogant faisait place à un compagnon poli. Il lui tendit le bras et elle le laissa cette fois replacer une mèche rebelle derrière son oreille, sans sursauter, ni reculer.

— J'en serais ravie, vraiment.

— Accompagne-nous, Guillaume, car je vois bien que tu as peur que je la passe par-dessus la muraille, lança Conan, sarcastique, en voyant son ami se lever pour les suivre.

— Si vous avez besoin de votre garde, madame, je suis là.

Brune se sentit flattée par son insistance et lui sourit.

— Je sais, répondit-elle, en quittant la table. Conan vous a bien choisi.

Elle descendit de l'estrade accompagnée de son mari, sous le regard attentif des autres convives.

— Une dernière chose, messire Guillaume, ajouta-t-elle avant d'emboîter le pas à son mari, je suis vraiment tombée dans l'escalier.

Elle voulait blanchir Conan ; elle n'était pas fière de son mensonge par omission. Et, pour être tout à fait honnête, elle était satisfaite de la lueur de compassion qu'elle voyait briller dans le regard de son mari. Mais cette lueur fut vite remplacée par une autre, plus connue : le sarcasme.

— Une chose me tracasse, madame : que faisiez-vous au milieu de la nuit en chemise, dans cet escalier ?

Décontenancée, Brune le fixa, bouche ouverte.

— J'avais… J'avais besoin de ma suivante, mais dans le noir je crains de ne pas avoir trouvé la tour des dames, prétendit-elle.

Son visage s'empourpra et elle se mordit les lèvres, tout en détournant la tête, comme à chaque fois qu'elle mentait.

Conan ne fut pas dupe.

— La prochaine fois que vous vous « perdrez », demandez aux gardes en faction de vous accompagner.

Lui-même avait passé une nuit affreuse : non seulement il avait renvoyé une maîtresse qui lui convenait très bien, mais la culpabilité lui rongeait l'estomac. Il était, ou avait été, un homme de parole toute sa vie, sauf avec son épouse. Il n'était pas fier de lui et, pourtant, sa décision restait inchangée : il obtiendrait l'annulation de ce mariage.

Mais que tous ses gens le croient capable de défigurer une femme lui mettait les nerfs à vif. Il était un chevalier qui avait prêté serment, pas un mercenaire dévoyé ! Cependant, il devait avouer qu'entre sa nuit de noces passée dans les bras d'une autre femme et l'incident de la fibule chacun pouvait croire à juste titre qu'il avait perdu tout esprit chevaleresque. Il se promit donc d'obtenir gain de cause, mais noblement. Sans compter qu'un combat à la loyale avec Brune n'était pas pour lui déplaire. Il était sûr de gagner. Le temps allait jouer pour lui. Elle se lasserait avant lui, c'était évident.

Il la dévisagea de nouveau et eut pitié d'elle. Les éraflures avaient été nettoyées, mais elles demeuraient rouges et inflammatoires. Il se rappela que la suivante de son épouse paniquait à la vue du sang, Brune avait donc dû se débrouiller seule pour se soigner. Et, avec un poignet en écharpe, la mission avait dû s'avérer complexe.

— Je ferai venir le guérisseur si vous le souhaitez. En attendant, allons dans mes appartements. Il doit me rester de la graisse cicatrisante et de quoi soulager votre poignet. Tu peux nous attendre ici, ajouta-il pour son second.

— Je suis sûr que vous ferez cela très bien, répondit gentiment Brune, qui connaissait déjà ses dons de guérisseur.

Si les pièces du château étaient peu aménagées, la chambre du maître l'était encore moins.

Un lit, un coffre, une table.

Voilà tout ce qui occupait cette pièce.

Cherchant sa sacoche de simples et d'onguents, Conan remarqua que Brune fixait le lit, un sourcil levé et les yeux perdus dans le vague. Il l'imagina un court instant allongée sur ce lit en chemise défaite, les épaules dénudées, les cheveux libres comme sous la tente, quand il recousait sa blessure. À ce souvenir, il se sentit de nouveau fiévreux. Son corps réclamait trop ce que sa tête lui refusait.

— Déshabillez-vous ! ordonna-t-il d'une voix rauque.

— Je crains de ne pas être en état de..., bredouilla-t-elle en le regardant, les joues en feu.

— Non, ce que je veux dire, c'est dégagez votre épaule... Pour que je voie les fils, vous savez... la fibule.

Voilà qu'il bredouillait lui aussi comme un écuyer devant sa première conquête, c'était ridicule ! Elle était belle, intimidée, vulnérable. Une association bien trop tentante pour qu'ils restent seuls dans cette chambre plus longtemps que nécessaire. Mais oui, elle était là, la solution : ne jamais être seul en sa présence pour que ce désir coupable ne le taraude plus ! Seulement, en cet instant, il mourait d'envie de la prendre dans ses bras. *Concentre-toi sur ce que tu as à faire !* rouspéta-t-il, furieux d'être aussi sensible à ses charmes.

— Je croyais que vous vouliez..., reprit Brune, toujours confuse, le nez pointé vers ses souliers.

Conan soupira comme un bœuf et la regarda fixement avant de répondre.

— Je ne veux pas de vous, c'est vrai, mais je n'avais pas le droit de vous imposer Gwen. J'ai manqué à ma parole et cela n'arrivera plus. Pour le dîner, hier soir... Je voulais... Sachez qu'elle a quitté le château aux aurores, ce matin.

Incapable de formuler une phrase complète sans bégayer, il préféra se taire. Il sentait déjà trop le regard réprobateur de son épouse sur lui.

Brune le fixait sans rien dire, tout simplement parce qu'elle ne savait pas quoi dire. Avait-elle seulement une chance ?

Le feu lui monta de nouveau aux joues tandis qu'elle repensait à ce qu'elle avait vu la veille. Ici, dans cette chambre, dans ce lit, une autre tenait sa place… Tout comme dans le cœur de Conan, probablement. Cela n'arriverait plus, disait-il ? Comment le croire, après ce qu'elle avait vu…

Elle se dévêtit un peu et le laissa ausculter son poignet, son épaule et son visage. Une fois de plus, elle fit l'expérience de cette infinie douceur qu'il avait dans les mains. Comment des mains si larges et si puissantes, faites pour le combat, pouvaient-elles être aussi douces, aussi apaisantes ?

— Vous seriez mieux installée sur le lit, proposa-t-il, en la voyant peiner un peu.

— Non, pas le lit ! répondit-elle un peu trop rapidement. Je peux rester debout, ça va.

S'il fut surpris par la vivacité de sa réaction, il ne lui demanda pas d'explication. Il lui soigna le poignet et regarda ses doigts : ils étaient un peu tachés de noir et de brun.

— Je dessine au fusain et à la sanguine. Ça tache, c'est l'inconvénient, expliqua-t-elle, passant ses doigts sur sa langue, puis prenant son mouchoir afin de frotter les traces, sans succès.

— Une toilette de chat ne suffira pas, c'est une brosse dont vous avez besoin.

— Probablement, concéda-t-elle en regardant le bandage fini. Conan, où avez-vous appris à faire ça ?

Il dut admettre à contrecœur qu'il aimait le son de sa voix et tout particulièrement la douceur avec laquelle elle prononçait son prénom.

— En prison, avoua-t-il en se détournant, comme pour chasser de mauvais souvenirs.

Brune repensa alors au peu de chose qu'elle savait de lui. Elle avait appris qu'un bon nombre de nobles bretons avaient été emprisonnés, après la Guerre folle. Conan faisait-il partie de ces hommes ? Par quelles épreuves était-il passé ? Elle avait entendu parler du sac de la ville de Dol et de la razzia de Montpensier, à laquelle Jacques avait participé.

— Je suis désolée, dit-elle, émue.

Que connaissait-elle de leur vie, de leurs souffrances, elle qui avait grandi aux châteaux de Blois et d'Amboise ? Elle partageait certaines d'entre elles néanmoins : la mort de son père, sa disgrâce, la perte de sa mère, dont on lui refusait l'accès à la sépulture. Une fois rétablie, elle se promit d'aller prier à la chapelle du Lys.

— Je vais commencer par votre visage, ne bougez pas.

Il étala la pommade avec des gestes très doux. Elle papillonna des cils, troublée par ce contact.

— Je vous fais mal ? demanda-t-il, interprétant mal sa réaction.

— Non, je crois que ça me fera du bien, au contraire : cet onguent est miraculeux... Mon épaule cicatrise bien, regardez.

Elle défit le haut de sa chemise et dévoila une épaule nacrée barrée d'une ligne mince et encore rougeâtre, mais propre.

— Oui, en effet, dit-il en se grattant la gorge, mal à l'aise.

Une abstinence de six mois aurait été plus facile si elle avait ressemblé à autre chose qu'à une nymphe. Malgré sa blessure, elle était très belle, et il se souvenait trop bien du goût de ses lèvres et de son joli corps pressé contre le sien.

Il se perdit dans ses pensées.

— Conan ?

La voix de Brune le tira de sa rêverie.

— Oui ?

— Ne devriez-vous pas me refaire un bandage ? Ou peut-être faut-il laisser à l'air, maintenant ?

— Non, pas encore, dans deux jours. Dites à votre servante

de vous en passer tous les deux jours, dit-il un peu sèchement, en lui posant l'onguent dans la main.

— Vous savez qu'Hélène a horreur du sang.

— Oui, je me souviens.

— Elle est livide chaque fois qu'elle regarde mes éraflures. Heureusement qu'elle n'est pas descendue de la litière, l'autre jour…

Au souvenir des hommes éviscérés qu'elle avait vus, Brune inspira à pleins poumons pour chasser la nausée qui lui tordait l'estomac.

— Désolé que vous ayez vu ça.

La réponse, mécanique et dénuée de sincérité, la fit tiquer. Elle préférait encore sa hargne à son hypocrisie.

— Non, vous ne l'êtes pas, c'était au contraire délibéré de votre part.

Il n'y avait aucune agressivité dans sa voix, seulement une grande tristesse et une grande lassitude.

— Oui, c'est vrai, avoua Conan en la regardant droit dans les yeux, j'ai voulu vous blesser et vous faire taire.

— Et vous pouvez vous vanter d'avoir réussi. Je ne risque pas d'oublier ce que j'ai vu. Jamais !

Il ne savait pas quoi lui répondre, il se sentait désolé — et sincèrement, cette fois-ci.

— Il y a pourtant une façon simple de tout arranger, poursuivit-il en reprenant sa besogne d'un air détaché.

Ses doigts habiles repositionnaient les compresses propres et le bandage avec dextérité. Une fois les soins terminés, Brune se recouvrit doucement, encore peu à l'aise avec son bras blessé.

— Dites, messire… Je ferai n'importe quoi pour changer cette situation, l'encouragea-t-elle, vibrante d'espoir.

— Vous êtes encore vierge, notre union n'ayant pas été

consommée, vous êtes libre d'annuler ce satané mariage. Et nous en resterons là.

— Mais j'ai…

— Je promets de ne pas passer le Couesnon si votre frère en fait autant et je vous laisse un libre accès à la tombe de votre mère. C'est honnête, non ?

Brune en était estomaquée. Il lui proposait la paix, s'ils se séparaient : le monde à l'envers !

Elle l'avait épousé pour la même raison ! Qu'y avait-il de plus important que de garantir la paix ? Seulement, une voix intérieure lui disait que quelque chose sonnait douloureusement faux.

— C'est pour cela que vous avez gardé votre maîtresse, le premier soir ? Pour que cela me revienne aux oreilles ? Pensiez-vous vraiment me faire fuir, avec ces piètres stratagèmes ? Blessez mon orgueil autant que vous voudrez, Conan, ça m'est bien égal. J'ai fait serment devant la reine, et ne me dédirai pas ! J'ai le sens de la parole donnée, moi !

L'insulte était blessante, mais justifiée, ce qui n'empêcha pas Conan de s'impatienter devant son entêtement.

— Il n'y a pas une personne qui ne souhaite votre mort ici, alors qu'y gagnez-vous ?

Effrayée par sa brusquerie, elle recula.

— Inutile d'espérer un changement, je ne veux pas de vous ! Je ne vous toucherai jamais et ne consommerai jamais cette union.

Sa fierté féminine en prit un coup et elle se rebiffa.

— Suis-je donc si repoussante ? demanda-t-elle, insolente.

— Vous n'avez rien qui puisse me séduire, lâcha-t-il, la détaillant de la tête aux pieds d'un regard dur.

Ces paroles la vexèrent, mais elle savait qu'il mentait.

N'avait-il pas fait montre de son désir lors de leurs baisers échangés à Nantes ?

— Bien… À votre guise, dit elle, faisant mine de capituler. La reine attend de nous un héritier qui sera un trait d'union entre nos deux familles. Vous voulez vivre comme un moine, soit ! Grand bien vous fasse ! Je m'arrangerai autrement, c'est tout. Les beaux Bretons ne manquent pas et la seule promesse que j'ai faite à la reine est de m'unir à un Breton…

Conan se jeta sur elle comme un fauve sur sa proie et Brune ne put retenir un cri de frayeur. Il se mit à la secouer comme un prunier.

— Ne me poussez pas à bout ou vous le regretteriez !

— Qu'allez-vous faire, me tuer ? Saluez le bourreau de ma part. Au fait, votre palefrenier est vraiment charmant, un très beau garçon. J'ai toujours adoré l'odeur du foin, vous vous souvenez ?

— Allez au diable ! cria-t-il en la repoussant, comme brûlé par son contact.

— J'y suis déjà ! rétorqua-t-elle en quittant la pièce et en faisant claquer la porte.

Conan resta immobile, médusé de cette altercation. Il devait reconnaître que cette femme n'avait pas froid aux yeux et qu'elle n'avait rien d'une jouvencelle effarouchée. Un palefrenier ? Elle devait se moquer ! S'abaisserait-elle à se faire engrosser par le premier venu ? Qu'un bâtard hérite du Mont, jamais ! Il devait trouver le moyen de la tenir à l'écart de tous les hommes du comté. Jolie comme elle l'était, elle n'aurait aucune difficulté à se trouver un amant…

Il l'imagina un court instant dans les bras d'un autre homme et rugit comme un lion avant de sortir de la chambre, en claquant la porte également.

Guillaume allait la suivre à chaque heure du jour et elle finirait bien par renoncer à son projet. Il aurait le dernier mot, quoi qu'il en coûte.

En attendant, il allait devoir subir la présence de son épouse le temps d'établir avec elle la liste des travaux à faire.

Seulement, Brune semblait avoir disparu de la surface de la terre pour le reste de la journée. Agacé par son absence, il fit seul le tour du chemin de ronde, relevant une à une les améliorations à apporter : à l'est, face à la rivière, une tour de guet plus massive et plus haute que celle déjà existante, une autre face à la mer. Il fallait également épaissir les murailles extérieures, paver la cour, creuser les évacuations pour les eaux usées, édifier une nouvelle porte…

Les vêpres avaient sonné depuis peu qu'il listait toujours ce qu'il devait entreprendre. Seulement, voilà, il allait devoir négocier chaque point avec cette péronnelle.

Brune arriva joliment parée et fraîchement lavée pour le dîner. Mais ce fut une critique de dame Katel qui l'accueillit à l'entrée de la grande salle.

— Je vous saurais gré de vous accoutrer avec plus de modestie. Vous faites étalage de votre corps et, ici, la bienséance est de mise.

— Cette robe m'a été offerte par la reine. Toutes ses dames de compagnie en ont une semblable, se défendit Brune.

— Si la reine s'est laissé pervertir par les Francs, ce n'est pas mon problème, rétorqua la châtelaine avec hauteur.

— Le roi apprécie sa mise féminine.

— Tous les hommes « apprécient », mais dans cette maison

c'est moi qui commande. Demain, vous enfilerez quelque chose de plus décent.

Loin de se démonter, Brune se planta devant sa belle-mère pour lui bloquer le passage jusqu'à la table.

— Va-t-il falloir que je porte moi aussi l'habit des nonnes ? demanda-t-elle insolemment.

— Du moment que cela nous épargne le spectacle de votre chair… Nonne ou paysanne, cela m'est bien égal, jeta la douairière avec mépris.

Puis elle se dégagea après un regard tors et prit place à table. Brune fit de même et s'installa à sa droite, malgré la place, dorénavant libre, à la droite de Conan. Ce qui lui permettait de le regarder ou de l'ignorer à sa guise, puisqu'elle se trouvait en face de lui.

Celui-ci l'observa longuement avant de poursuivre son repas sans plus lui prêter attention.

— C'est à la droite de mon fils que…

— Je suis son épouse, pas sa maîtresse, et, si l'une ou l'autre de vos femmes veut prendre cette place, peu me chaut. Quel repas merveilleux, je meurs de faim ! Cette journée a été riche de surprises, très bonnes, d'ailleurs.

— Je suis bien aise de vous voir de bonne humeur, madame, dit le chapelain en arrivant à son tour.

— Je suis toujours de bonne humeur, monsieur l'abbé. Il me faut plus qu'un crachin breton pour briser mon allant !

Dame Katel soupira, exaspérée.

— Dieu vous entende, madame ! dit Guillaume en éclatant de rire.

Nombre de ses compagnons ne savaient quelle attitude adopter, car malgré sa déclaration Conan restait muet.

— Et qu'avez-vous découvert ou visité aujourd'hui ? continua le chapelain pour faire la conversation.

— Eh bien, j'ai visité le château, la cour, la basse-cour et les commodités. Même les écuries, ajouta-t-elle, sibylline, en fixant son mari. Votre personnel est extrêmement dévoué et tout à fait qualifié, quelle que soit la tâche qu'on lui demande. De quoi me satisfaire grandement, messire.

Ces paroles à double sens finirent par faire sortir Conan de ses gonds.

— Je croyais que vous aviez faim, grogna-t-il en lui désignant son bol du menton, pour qu'elle mange et se taise.

— En effet, messire, l'exercice creuse l'appétit. Et je ne voudrais pas manquer de force pour ce que j'ai à faire…

Conan manqua de s'étouffer avec un morceau de mie de pain qui s'était coincé dans sa gorge.

— Je plaisantais, mon cher, je ne suis pas aussi prompte que vous dans certaines besognes, ajouta-t-elle avec ce sourire dont Conan avait horreur.

— Brune, ça suffit ! cria-t-il en frappant du poing sur la table.

Il la fixait de ses yeux noirs qui viraient à l'orage avec une rapidité surprenante, mais elle avait changé d'attitude. Elle le regardait, surprise à son tour. Pas de « madame mon épouse » ou de « dame Brunhilde ». Il l'avait appelée Brune. Juste Brune. En pestant comme un chat sauvage, mais quand même…

— Pardonnez-moi mes propos déplacés et irrespectueux, Conan, surtout face à nos convives, qui ne comprennent pas nos petits sous-entendus.

La voilà qui joue maintenant la carte de la modestie ! Qui croit-elle donc tromper ! se demanda-t-il, méfiant, en regardant ses longs cils sagement baissés sur ses joues roses.

Elle se leva de table avant de s'expliquer :

— Ne craignez rien, monseigneur, je ne quitte pas la table sans votre permission. Je vais juste prendre ceci, dit-elle en récupérant une feuille de parchemin des mains de sa suivante.

Merci, Hélène... Comme je vous l'ai dit, je me suis promenée dans le château et j'ai relevé nombre de choses à restaurer ou construire. J'en ai dressé la liste, aussi pourrons-nous en discuter. Quand vous serez disponible, bien entendu, précisa-t-elle, un brin piquante.

— Votre avis n'est que consultatif, c'est à moi de décider ce qu'il convient de faire.

Comme il ne semblait pas vouloir trouver un terrain d'entente, Brune se cacha de nouveau derrière les jupes de la reine.

— Mon cher, rien ne se fera sans mon accord, vous le savez. À vous de vous montrer convaincant si vous avez des projets particuliers à me soumettre.

Conan leva les yeux au ciel, sachant pertinemment qu'il n'aurait pas gain de cause, Leurs Majestés avaient été on ne peut plus claires à ce sujet.

— Nous verrons ça dans mes appartements, plus tard, trancha-t-il d'un ton sec, pour ne pas lui fournir une autre occasion de se donner en spectacle.

— Nenni, messire. Je pense que l'avis de tous peut être éclairant. Messire Le Gallays et messire de Flouville ont sûrement de nombreuses idées à proposer, vos soldats aussi, puisqu'ils travaillent dans cette forteresse. Et n'oublions pas votre mère... Le logis a grand besoin de travaux également et je gage qu'elle a sa propre liste depuis bien longtemps. Nous pourrions nous réunir dans la grande salle demain ou le jour de la semaine qui vous plaira, afin de conjuguer nos forces, argumenta-t-elle en lui donnant sa liste.

Conan s'en saisit, puis son regard balaya la grande salle. Son épouse semblait avoir rallié toute l'assemblée à sa cause, car tous acquiesçaient déjà.

— Dame Brunhilde n'a pas tort, Conan, intervint Guillaume, qui avait du mal à cacher son amusement. Pierre a fait de judicieuses remarques quant à l'enceinte extérieure, et dame Katel a son mot à dire sur le donjon, ne crois-tu pas ?

Conan leur répondit par un « oui » qui parut lui arracher la bouche, non sans plonger le regard dans les prunelles dorées de son épouse. Celle-ci le regardait avec un air bien féminin qui disait : « Vous savez que j'ai raison. »

À la fin du dîner, Brune demanda respectueusement à se retirer et Conan le lui accorda.

— Bonne nuit, messire, puisse-t-elle vous porter conseil. À demain.

Elle le salua d'une gracieuse révérence et s'éclipsa avec sa suivante.

— À demain ? Est-ce qu'elle te congédie ? demanda la châtelaine à voix basse. Tu la laisses te parler comme…

— Mère ! la coupa Conan en levant les yeux au ciel.

— Je sais, je dois me mêler de mes affaires, répondit-elle en levant les yeux au ciel, elle aussi. Mais je… Ah et puis rien ! lança-t-elle finalement. Si tu dis savoir ce que tu fais, bonne nuit, mon fils.

— Oui, je sais ce que je fais. Bonne nuit, mère, conclut-il d'un ton péremptoire.

Il leur fallut plus d'une semaine pour décider de l'ordre de priorité des travaux à entreprendre. À la grande surprise générale, la liste de Conan ressemblait à celle de Brune. Celle-ci, ne voulant pas écorcher l'orgueil de son mari, le laissait prendre les grandes décisions, le soutenait dans ses choix : au fond, ils allaient dans le même sens. C'était nouveau pour elle et très agréable qu'ils soient d'accord sur certaines choses.

Les semaines qui suivirent furent consacrées à la construction des échafaudages. Puis on s'attaqua au plus urgent.

En premier lieu, on pava la cour, et de petits fossés furent creusés pour l'écoulement des eaux usées. Brune était enthousiaste et n'hésitait pas à aider chacun quand elle le pouvait. Les gens du château, bien que toujours méfiants, semblaient se faire peu à peu à sa présence, même s'ils l'évitaient toujours en public. En privé, cependant, certains lui adressaient gentiment la parole.

— Maîtresse Morgane, pourrions-nous servir du pain, du fromage, ainsi qu'un peu de bière à ces maçons ? Ils travaillent depuis l'aube.

— Mais bien sûr, madame, je vais chercher quelques servantes.

— Inutile, l'arrêta Brune en lui prenant le bras pour l'entraîner vers les cuisines, elles sont aussi au travail, ne les dérangez pas. Hélène et moi proposons nos bras.

— Mais, madame, je n'oserai… Et vous êtes encore toute blessée ! la gronda la gouvernante en constatant tout de même que les éraflures avaient bien cicatrisé et que son œil n'était plus ombré que d'une trace oscillant entre le jaune et le violet.

— C'est moi qui vous le demande. Si votre maîtresse pousse les hauts cris, vous n'aurez qu'à dire que j'ai menacé de vous couper en morceaux, ou de vous empoisonner, ou je ne sais quoi encore… Tout le monde vous croira, ajouta-t-elle avec un clin d'œil complice.

La gouvernante éclata de rire devant son air dramatique autant que comique.

— Allons-y, Hélène, ces braves meurent de faim, déclara Brune quelques minutes plus tard, les bras chargés de paniers de pain et de fromage. Il y a de la bière dans le tonnelet et de l'eau dans ces deux seaux, cria-t-elle à la cantonade. Vous avez bien mérité un peu de repos.

Son arrivée fut accueillie par des sourires. Les hommes avaient faim et soif, alors peu importait la main qui donnait le pain.

— Et vous, madame, ne boirez-vous pas de bière bretonne ? la provoqua un petit homme au visage ridé.

— Trop forte pour une Normande ! plaisanta un jeune homme à ses côtés.

— Me jetez-vous un défi, ami maçon ? Pardieu, je ne saurais m'y soustraire ! répondit-elle en se servant un verre.

Le parfum de l'alcool lui chatouilla les narines et, à l'odeur, elle devinait que la boisson n'était pas aussi légère que cela. Avait-elle été trop téméraire ?

— *Degemer mat !* lança le vieux maçon d'un air jovial, en vidant son verre cul sec pour lui montrer ce qu'ils attendaient d'elle.

Ses compagnons firent de même, avec des bruits de satisfaction.

— Ça veut dire « bienvenue », lui chuchota Hélène en riant.

— *Trugarez.* Merci, répondit-elle avant de boire son verre d'une seule traite sous les hourras des hommes.

Elle dut chercher ensuite sa respiration.

— Seigneur Jésus ! Ce n'est pas une boisson d'enfant, c'est sûr ! dit-elle, sentant ses joues s'enflammer et se raclant la gorge.

Elle toussa et posa son verre sur la charrette où étaient disposées nourriture et boissons.

Les hommes riaient et trinquèrent encore une fois.

— Bien joué, Dukardez ! cria une voix au fond de la cour.

Brune se tourna vers le maçon, à côté d'elle, cherchant à comprendre.

— Ça veut dire « Brune ». On a entendu messire Conan vous appeler comme ça, l'autre soir.

— Il est très observateur, c'est certain, railla-t-elle, ce qui déclencha l'hilarité une fois de plus. Va pour *Dukardez* alors, et maintenant reprenons le travail !

Rassasiés et de bonne humeur, les hommes se remirent à la tâche avec entrain.

Guillaume, qui avait observé la scène depuis les remparts, souriait à pleines dents quand Conan sortit d'une des échauguettes en restauration.

— C'est quoi, ce raffut ? Et pourquoi souris-tu comme un imbécile ?

— Ta femme boit comme un pilier de taverne et a réussi à séduire tous les ouvriers présents à coups de pain et de fromage ! Ils lui ont même dégoté un joli surnom : Dukardez, car ils t'ont entendu l'appeler Brune, tu sais, ce petit surnom affectueux que tu lui as trouvé à Nantes…

— *Serr da veg !* Ferme ta gueule ! grogna Conan, agacé par l'air goguenard de son ami.

Glissant sa tête entre deux créneaux, il vit Brune passer des uns aux autres, encourageant ceux qui travaillaient. Elle semblait de bonne humeur et cela l'énerva.

— *Kaer eo.* Elle est belle !

— *Ser da…*

— Je ne fais qu'énoncer un fait ! se défendit Guillaume. Quitte à épouser une Normande, autant avoir celle-ci dans son lit, non ? Allez, Conan, ris un peu ! Ton château va devenir une citadelle imprenable et tes nuits sont enchantées grâce à cette beauté !

Guillaume se mit à rire à pleins poumons devant son air horrifié. Fallait-il que ce godelureau prenne toujours tout à la légère ?

Il se mit à ricaner à son tour en voyant sa mère, suivie d'Armelle, arriver comme une furie auprès de son épouse. Il pouvait compter sur elle pour défaire d'une parole les illusions de Brune. D'où il était, il assisterait à une altercation des plus intéressantes…

— Pour qui vous prenez-vous, pour vider ainsi la cuisine ? attaqua la châtelaine, furieuse.

— Je n'ai pas vidé la cuisine, j'ai juste donné du pain et à boire à ces travailleurs.

— De quoi vous mêlez-vous ? J'allais leur préparer un déjeuner digne de ce nom !

— Eh bien, soyez heureuse, chère mère, ironisa Brune en lui donnant le titre qu'une bru devait habituellement conférer à sa belle-mère, je vous ai épargné cette peine. Ils ont été plus que satisfaits de cette petite collation.

— Vous n'avez aucune prérogative, ici ! Vous devriez avoir honte de vous ! Vous rejetez mon fils et vous vous pavanez comme une catin dans la cour avec cette robe décolletée !

Brune accusa le coup en sentant tous les regards se tourner vers elles. Puis une idée lui vint à l'esprit.

— En effet, madame, je n'ai pas changé ma façon de me vêtir et en cela je vous ai désobéi. Je vais donc y remédier.

Brune s'inclina et rejoignit ses appartements, non sans remarquer que personne n'avait rien perdu de leur conversation et que Conan l'observait depuis les remparts.

De toute façon, depuis la fin de la réunion au sujet des travaux, il m'évite. Il a obtenu ce qu'il voulait : mon consentement pour dépenser ma dot, songea-t-elle, amère, en arrivant dans sa chambre.

Il voulait donc la prendre pour une idiote ? Parfait !

Ce soir, au dîner, qui serait le plus gêné ?

Elle fit appeler la gouvernante et lui demanda de lui apporter trois ou quatre tenues que portaient habituellement les femmes au village ou celles qui travaillaient au château.

— Je suis désolée, madame, mais dame Katel a demandé où étaient passées ses réserves, et j'ai dû lui dire pour le pain et la bière.

— Laissez, Morgane, vous êtes dévouée à ma belle-mère et je ne peux que vous en féliciter.

La gouvernante revint une dizaine de minutes plus tard, les bras chargés d'étoffes simples mais de bonne qualité. Elle avait pris soin de choisir des costumes de fête, afin de présenter de jolies robes brodées à la jeune femme, espérant égayer un peu la conversation et sa journée.

Elle déposa robes et châles sur la courtepointe du lit, de façon à ce que Brune puisse faire son choix.

— Vous voulez vous en inspirer pour créer quelques nouvelles robes ? demanda-t-elle, curieuse.

— Quelque chose comme cela, en effet, répondit Brune, évasive.

— Ma maîtresse porte encore une guimpe, bien que la mode ait changé, mais elle est veuve.

On sentait une note de regret dans sa voix. Peut-être aurait-elle aimé avoir de jolies robes à présenter à sa maîtresse ou de jolies coiffures à lui faire ? Était-ce de la nostalgie ? Dame Katel avait-elle été coquette en son temps ? Encore des questions qui resteraient probablement sans réponse. Brune ne voulut pas se montrer indiscrète et ne lui demanda rien.

— Je ne veux pas me vêtir comme une religieuse, si c'est là votre crainte.

— Tant mieux ! fit la gouvernante, soulagée. Faites attention, dame Katel n'est pas femme à contrarier. Et pourtant, si vous la connaissiez mieux, je suis sûre que vous l'apprécieriez.

— Croyez-moi, maîtresse Morgane, je ne demanderais pas mieux, répondit Brune un peu tristement.

Après le départ de la gouvernante, elle soupira. Elle allait devoir s'armer de patience pour arriver à ses fins, mais elle se ferait une place au château, à défaut de s'en faire une dans le cœur de Conan.

Elle obtiendrait le respect qui lui était dû, et pour cela elle était prête à tout, même à mordre.

— Il est encore tôt, madame, nous ne dînerons pas avant deux heures. Voulez-vous broder un peu proposa Hélène en lui montrant son ouvrage, qui n'avait guère avancé depuis son arrivée au château.

— Non, Hélène, je n'ai pas le cœur à broder, je préfère dessiner. Ça me videra la tête et j'en ai grandement besoin !

— Bien, madame, je vous laisse, alors.

Hélène savait qu'il lui fallait du silence et du calme pour dessiner.

— Je ne te chasse pas, tu peux rester ici et broder un peu, si tu veux.

— Si ça ne vous fait rien, j'aime autant. Où que je m'installe, dame Katel me fait comprendre que je dérange.

— Brode sur le toit, la prochaine fois !

Elles rirent de bon cœur avant de se consacrer à leur art. Hélas, l'inspiration semblait avoir quitté Brune. Forêt, rivière, aurore, coucher de soleil sur la mer… Elle essaya tout, mais chaque image plaisante était aussitôt balayée par ce visage désiré autant que maudit, et une fois de plus son mari fut son modèle.

Elle avait déjà croqué son portrait en maintes situations : à cheval, à l'entraînement, trônant dans la grande salle, défiant Jacques à l'épée, mais le dessin qu'elle tenait caché au fond de son coffret était celui qui la blessait le plus.

Elle n'arrivait toujours pas à se défaire de l'image obsédante de Conan dans les bras de Gwen, leurs corps ondulant l'un contre l'autre, le visage de la jeune femme, ses soupirs, les bras musclés de Conan et la façon si primaire dont il la faisait sienne.

Elle reprit une fois de plus le fameux dessin entre ses mains et soupira, puis, de peur qu'Hélène ne s'aperçoive de quoi que ce soit, elle classa ses ouvrages et rangea son écritoire. Elle observa un moment le soleil qui déclinait, puis alla se laver les mains à l'aide d'une brosse, comme le lui avait conseillé son mari.

— Nous allons descendre, Hélène. Aide-moi à m'habiller, s'il te plaît.

— Vous êtes très bien comme cela… Voulez-vous vraiment changer de robe ?

— Non, laisse le coffre, l'arrêta Brune avec un sourire espiègle, voilà ce que je vais mettre…

Elle pointa une robe et une chemise étalées sur le lit.

— Comment ? Mais vous êtes de haut lignage !

— Inutile de discuter, Hélène, j'ai choisi ma tenue « décente ».

— Oh ! je vois… Mais est-ce vraiment bien raisonnable de les provoquer ainsi ?

— Crois-tu que ce soit raisonnable de leur part de me provoquer ainsi ?

Hélène l'aida à enfiler la courte chemise blanche bordée de rouge, ainsi que la jupe noire et ample, puis le tablier rouge brodé de noir qui allait avec. Pour finir, elle lui tressa les cheveux en couronne et posa sur le sommet de sa tête une petite coiffe blanche amidonnée.

— Vous semblez avoir quinze ans, ainsi, s'esclaffa Hélène malgré elle.

— Pourquoi dis-tu cela ? Ai-je l'air d'une vieille mégère, d'habitude ?

— Non, madame, mais les robes de cour vous rendent plus… plus solennelle. Ainsi vêtue, vous êtes plus familière, vous ressemblez à mes amies de jeunesse !

— Une vraie Bretonne, en somme ?

— Oui ! s'écria Hélène, amusée par l'étincelle qu'elle voyait briller dans les yeux de sa maîtresse.

— Si seulement l'habit pouvait faire le moine ! soupira Brune. Allons-y, je me flatte d'être ponctuelle. Avec la pluie de reproches qui va sûrement s'abattre sur ma tête, je veux au moins éviter celui-ci.

— Vous la cherchez bien, cette pluie de reproches…

— Que dois-je faire ? Me laisser traiter de catin indécente en public sans rien faire ?

— Certes non, madame, j'engage ma vie sur votre vertu ! cria presque Hélène, choquée.

— Je me défends avec les armes que je possède. Je n'ai ni musculature impressionnante ni épée, mais j'ai ma fierté, ma langue et ma créativité, conclut-elle, heureuse de ce dernier mot.

Elle allait se faire une joie de moucher sa belle-mère, et tant pis si c'était en public. Après tout, cette dernière ne l'avait pas épargnée depuis son arrivée. Sorcière, catin, mauvaise épouse, elle avait tout entendu ! Quant à Conan, il allait sûrement faire la sourde oreille et l'ignorer. Remarquerait-il seulement sa mise ? Pas sûr…

Conan s'allongea de tout son long sur son lit, sans prendre le temps de se déshabiller. Il était épuisé.

Il avait travaillé toute la journée sur le chantier, comme tous les hommes aptes à le faire sur le domaine.

Et le dîner avait représenté la cerise sur le gâteau…

Cerise dont le noyau lui restait coincé dans la gorge, d'ailleurs.

Brune, Brune et encore Brune !

Ne se lasserait-elle donc jamais de le provoquer ? Il avait failli l'étrangler quand elle était entrée vêtue comme une paysanne. Toute la salle en était restée muette, puis avait éclaté de rire. Même ses gens l'encourageaient dans ses pitreries avec leurs rires… C'était insupportable ! Guillaume lui avait lancé un regard dont il avait le secret, moitié « je ne voudrais pas être à ta place », moitié « bien fait pour toi, tu l'as bien cherché ».

Quant à la cause de son irritation, elle l'avait ostensiblement ignorée pendant tout le dîner.

Sa mère avait quitté la table, ne cachant pas sa désapprobation. L'ambiance avait tourné au vinaigre et il avait fui la grande salle aussitôt qu'il l'avait pu, se réfugiant dans sa chambre, après avoir demandé qu'on lui monte un pichet de cidre.

Il s'endormit ainsi, le sommeil perturbé par l'alcool et l'image de Brune lui souriant tout en le mettant au défi.

Chapitre 7

Pour le moment, c'était parfait… Tout allait pour le mieux, se félicitait Armelle, se faufilant derrière une tenture. Elle avait suivi maîtresse Morgane, qui devisait maintenant avec dame Katel, et il était facile de deviner le sujet qui les préoccupait.

— Sa présence en ces lieux me lève le cœur ! Je ne trouve plus le sommeil, se lamentait la châtelaine.

— Que pouvez-vous y faire, madame ? Notre maître lui-même a dû se plier à la volonté de Sa Majesté.

— La reine se rend-elle compte du danger auquel elle nous expose ?

Dame Katel dut s'asseoir sur un petit banc : elle tremblait de tous ses membres.

— J'ai peur, Morgane, pour mon fils et pour le comté.

— Sans doute un peu pour vous aussi, madame ? Pourtant, personne ne viendra vous faire de mal ici. Montpensier est mort depuis longtemps.

— Morgane, je t'en prie, tais-toi ! N'en parle plus jamais. Personne ne doit savoir, surtout pas Conan. S'il apprenait pour l'enfant…

La voix de la châtelaine se brisa.

— Rassurez-vous, madame, je suis là pour vous, vous le savez. Tout ira bien.

Quel était donc ce secret, ce lourd secret, que les deux femmes cachaient ? Un secret qui s'assortissait sans doute de chantage et d'argent, songea Armelle. Restait à découvrir de quel enfant il s'agissait, et qui, de la mère ou du fils, était prêt à payer le plus pour que son existence reste secrète. Peut-être le jeune Montpensier lui achèterait-il ce secret ? Décidément, ce séjour au Mont Dol se révélait très intéressant ; son maître serait content de son travail.

— Comment trouverons-nous la paix ? se lamentait dame Katel. As-tu des nouvelles de ma petite ?

Une fille, nota Armelle, de plus en plus attentive.

— N'y pensez plus, madame, elle est bien là où elle est. Je l'ai confiée à de braves gens, vous le savez. Elle est hors de danger et, Dieu soit béni, le comte de Montpensier a toujours ignoré son existence…

— Je suis lasse, Morgane. Et si j'avais fait une erreur en l'éloignant de moi ? Elle n'est qu'une victime innocente dans cette histoire…

Il ne fallut pas longtemps à Armelle pour remettre les morceaux de l'histoire en place.

Hélène faisait quelques retouches sur un jupon dans la chambre ensoleillée et Brune, rêveuse, regardait par la fenêtre. La cour fourmillait de monde. Elle avait déjà appris le nom de la plupart de ceux qui s'activaient là. Finiraient-ils par s'habituer à sa présence ? Elle en avait eu bon espoir, mais elle entendait toujours chuchoter sur son passage. Certains disaient même à haute voix ce que la plupart pensaient tout bas. Comment le leur reprocher ? Conan lui-même ne donnait pas le bon exemple. Un seigneur était censé honorer sa dame, la tenir en estime et défendre son honneur.

Au lieu de cela, elle n'avait droit qu'à son mépris et son indifférence. Elle le préférait même en colère. Au moins arrêtait-il de l'ignorer, même s'il était comme un chien prêt à mordre à la gorge. Cependant, il ne l'avait jamais malmenée physiquement, et les craintes d'agressions conjugales émises par Hélène à Nantes ne s'étaient jamais réalisées.

Rien ne se produisait, en fait.

Conan était aussi absent de sa vie le jour que la nuit. Resterait-elle vierge jusqu'à sa mort ? Ça en devenait franchement ridicule ! Une nuit, elle avait même pensé à l'attacher et à réclamer son dû. Idée plus que saugrenue, quand elle pensait à taille de son époux et à la sienne…

— Il faut que je vous parle de la Saint-Samson, madame, fit Hélène en la sortant de ses étranges pensées. C'est une grande fête et, ici, les gens ont pour habitude d'organiser un grand pardon.

— Qu'est-ce que c'est ? demanda Brune, heureuse de trouver un sujet qui l'éloigne de ses tristes réflexions conjugales.

— Un pèlerinage au Champ Dolent, si j'ai bien compris. On y célébrera la messe, puis il y aura une fête. Ces cérémonies sont très populaires. Les gens se mélangent et on y festoie sans considération de rang ou de nom. Vous verrez, c'est très sympathique !

— J'espère juste que je ne finirai pas à la broche ou coupée en petits morceaux ! dit Brune pour la taquiner.

— Voyons, madame, rétorqua Hélène, qui aimait l'humour de sa maîtresse. On ne mange pas les Normands, ils sont indigestes !

Brune éclata de rire et demanda plus d'informations sur la fête à venir.

Le jour du grand pardon arriva, et tous les habitants du château et des environs partirent à cheval, en charrette ou à pied pour le menhir du Champ Dolent.

Brune, escortée par l'infatigable Guillaume, était curieuse d'en savoir plus sur cette tradition.

— Qu'a-t-il de si particulier, ce menhir ? N'est-ce pas une célébration païenne ?

— En effet, madame. Nous, Bretons, aimons mélanger à loisir les mythes et les légendes. Ce menhir a plusieurs histoires, chaque village créant la sienne.

— Dites-m'en plus, chevalier…

— Notre grand roi chrétien saint Samson entreprit de construire une cathédrale à la gloire de Dieu, une cathédrale si grande que chacun pourrait la voir à des centaines de lieues à la ronde. Le démon, orgueilleux, voulut dresser un monument plus grand encore à sa propre gloire et chercha pour ce faire les plus grosses pierres. Il découvrit celle-ci et choisit le « champ de la douleur » pour y dresser sa propre cathédrale. Mais, trébuchant sur un trou, il s'étala de tout son long et la pierre se ficha droite dans le sol, provoquant l'hilarité des paysans qui se rendaient chez le roi. Vexé, le diable repartit en enfer. Depuis, chaque année, nous allons prier pour nos souverains en espérant que Dieu mette des saints sur le trône de Bretagne.

— C'est une belle histoire, messire, vraiment. Mais pourquoi un grand pardon ? Est-ce que les gens vont se confesser à tour de rôle ?

— Non, pas du tout, mais c'est l'occasion de partager quelque chose de joyeux entre voisins, d'oublier les querelles de clocher. Et surtout c'est un bon moment pour rire, boire et manger, car chez nous tout est motif à faire la fête.

Brune sentit une sueur froide dans son dos.

— Grâce à votre dot, tous ces pauvres gens auront de quoi

se nourrir, cette année, jeta Pierre de Flouville en passant à leur hauteur, avant de les dépasser sans un regard.

Brune le suivit des yeux et le découragement l'envahit. De tous ceux qui habitaient le Mont, celui-là était probablement le plus entêté de tous.

— Seule sa mauvaise humeur est à craindre, madame, il ne vous fera jamais aucun mal, ne serait-ce que par fidélité à Conan : il lui doit la vie. En prison, Pierre a servi de défouloir à nos geôliers parce que sa stature attirait les regards malgré son jeune âge. Nous étions tous trop jeunes… Sans Conan pour nous soigner, jour après jour, nous serions morts. Beaucoup d'hommes seraient devenus fous après de tels traitements, mais Conan était là pour nous malgré ses propres blessures. Nous nous accrochions à lui, il nous a tous sauvés.

Brune se tenait silencieuse devant la gravité du regard de son compagnon. À en juger par son âge, Guillaume devait être bien jeune, en effet, à l'époque de cette guerre. De pauvres adolescents jetés dans l'enfer des combats, comme nombre d'écuyers trop vite devenus adultes.

Elle comprenait mieux à présent la solidarité qui unissait ces trois hommes, mais elle ne voulait pas imaginer les privations et les sévices qu'ils avaient pu endurer.

— Mais je ne voudrais pas entacher cette belle journée par ces affreux souvenirs, reprit Guillaume, voyant les sourcils froncés de son interlocutrice.

— Non, bien sûr, répondit Brune, qui se doutait qu'il y avait bien plus à dire. Parlez-moi du comté, plutôt, je ne le connais pas du tout…

— Dol est une ancienne ville, fortifiée mais pas imprenable. Nos gens l'ont appris à leurs dépens, à la fin de la guerre. La cathédrale vaut le déplacement, c'est Jean sans Terre qui l'a détruite en essayant d'envahir la Bretagne, il y a bien longtemps, Bretagne d'où il s'est fait chasser à grands coups de pied au…

— Je vois ce que vous voulez dire, messire, s'esclaffa Brune, mettant la main sur la bouche.

— Il en a payé la reconstruction de peur d'être excommunié. Que dire d'autre ? Ah oui, notre ancien évêque, Mgr Thomas James, a fait imprimer les premiers missels du diocèse il y a peu. Nous avons de grands marais salants, au nord. Si vous voyez une mare bordée de roseaux, c'est que l'eau est douce. C'est bon à savoir pour éviter une indigestion à son cheval, ajouta-t-il avec un clin d'œil. Nous pourrions sûrement devenir les premiers producteurs de sel du royaume, mais ne toucherions aucun dividende de la gabelle payée en France…

— Je me moque de ces détails. Racontez-moi encore vos légendes.

— Je vous taquinais, madame… Une légende, donc ? Seriez-vous friande de nos coutumes païennes ?

— Oui, je l'avoue. Allez-y, s'il vous plaît ! quémanda-t-elle en riant, gagnée par la bonne humeur de son compagnon.

— Nous parlons beaucoup du combat du bien contre le mal, ou du mal contre le bien, chacun choisit son camp ! Chez moi, au manoir de Chanteloup…

— Vous n'habitez donc pas toujours à Ker Glenn ? le coupa Brune, curieuse.

— Non. Le père de Conan a donné cette motte au mien bien avant la guerre. J'y ai un régisseur et une gouvernante qui le tiennent très bien. Mes hommes sont pour l'heure à la disposition de Conan.

— Messire Pierre a-t-il aussi une demeure ?

— Pourquoi ? Vous souhaitez l'y renvoyer ? demanda Guillaume insolemment.

— Oui, avoua-t-elle, non sans rougir. Il est si froid, si hostile ! Alors, a-t-il un endroit où aller ?

— Il en avait un, répondit seulement Guillaume.

Brune se doutait que les mésaventures de messire Pierre ne plaideraient probablement pas en la faveur des Normands et renonça à poser des questions à ce sujet.

— Où en étais-je ? reprit Guillaume avec légèreté. Ah oui, une légende ! Saint Michel était au pied du mont Dol et semait des graines dans la terre. Lucifer arriva et déclara qu'il voulait une part de la récolte. Saint Michel lui dit alors : « J'aurai ce qui poussera vers le ciel étoilé, et toi, ce qui poussera vers les profondeurs de la terre. » « Parfait », conclut l'ange déchu.

Arrivé à la saison des moissons, saint Michel récolta le blé doré et en fit présent aux hommes pour qu'ils fabriquent du pain. Lucifer se retrouva avec les racines. Furieux comme le beau diable qu'il était, il prit une poignée de graines dans la sacoche de saint Michel, les planta à son tour, et dit : « Cette fois, c'est toi qui auras ce qui poussera dans les profondeurs de la terre, et moi, ce qui se dressera vers le ciel ! »

« Très bien », concéda saint Michel.

Le diable partit satisfait, mais ce qu'il ne savait pas, c'est qu'il venait de planter des carottes.

Brune éclata de rire. Il lui semblait qu'elle n'avait pas ri ainsi depuis une éternité. D'autres rires attirèrent son attention. Certains se joignaient-ils à la plaisanterie ?

Hélas, toute joie quitta son cœur quand elle vit Conan échanger quelques paroles avec Gwen. Il semblait se dégager d'eux une grande complicité. L'aiguillon de la jalousie lui blessa le cœur bien cruellement. Elle détourna le regard quand elle vit sa rivale chuchoter quelque chose à l'oreille de son mari, et celui-ci rire à nouveau.

— N'y prêtez pas attention, madame, elle n'est qu'un pis-aller, un passe-temps dont on se lasse vite.

Elle ne répondit rien et se renferma dans son silence.

Quand ils arrivèrent au Champ Dolent, une foule les attendait déjà, et on commença les festivités par une grand-messe en plein air pour confier tous les habitants du comté à la protection de saint Samson.

Brune eut du mal à réciter avec ferveur son Pater Noster, notamment « que votre volonté soit faite », et pourtant elle trouva bien de la consolation à écouter les religieuses chanter. Elle enviait leur confiance en la Providence et voulait s'accrocher à l'espoir que Dieu avait aussi un plan pour elle.

De grandes tables avaient été dressées, et des cochons, saignés pour être mis à la broche. La musique s'élevait déjà et de petits groupes dansaient çà et là.

— C'est une gavotte, ma préférée, dit Hélène en lui apportant un verre de cidre. Là-bas, ils dansent un passe-pied.

— On dirait que leurs pas ne font qu'un, s'émerveilla Brune en regardant les danseurs. Et cette musique est si différente, si stimulante !

— Madame, méfiez-vous, qui s'adonne aux binious et au tambour ne s'en remet jamais !

La bonne humeur de sa suivante pansait un peu son cœur meurtri.

Conan et sa suite furent placés à la table d'honneur. Le maître de cérémonie, qui n'était autre que le bourgmestre de Dol, accompagna Brune jusqu'à la table de son époux. C'était la première fois qu'elle prenait place à sa droite, place qui lui revenait de droit. Son regard se posa malgré elle sur la table voisine, où Gwen paradait comme la reine de Saba, vêtue d'une robe richement décorée, agrémentée de bijoux cossus. Brune pensa, non sans jalousie, que Conan les lui avait peut-être offerts avec sa propre dot, puis elle se rappela que le père de la jeune femme était joaillier. Cette dernière la regardait fixement, l'air insolent, et Brune détourna le regard comme si elle l'ignorait, attitude plus que surfaite, car son cœur battait la chamade et elle était atrocement nerveuse. Venant de Gwen, elle s'attendait à tous les coups bas.

Les invités qui partageaient leur table la regardaient avec curiosité, mais sans animosité. Quand ils commencèrent à parler de la reine, tous voulurent connaître son opinion, car ils savaient qu'elle avait été l'une de ses dames de compagnie pendant des années. Parler de la reine lui était facile et Brune répondit patiemment à chacune des questions.

— On dit que son premier mariage ne fut pas heureux. Le roi Charles ne lui aurait même pas alloué de logis personnel, à Amboise. Est-ce vrai ? demanda une bourgeoise élancée comme un roseau.

— C'est vrai, les appartements royaux ont été aménagés selon le plaisir du roi. Ils avaient chacun une chambre à laquelle était accolée une garde-robe, mais pas de logis particulier.

— Il devait être pressé qu'elle lui donne des fils, déclara en riant un homme qui avait un peu trop bu.

— Ceci relève de leur vie privée, mais une des suivantes de la reine m'a dit que le roi Louis garderait cette disposition et ferait de même à Blois. Mais pour des raisons différentes : il est amoureux de notre reine et veut la garder près de lui le plus possible. Il voit en elle bien plus qu'un ventre de souveraineté. Elle est sa compagne, son amante, sa confidente. Pour les avoir vus ensemble, je puis vous assurer que votre… que notre duchesse, se reprit-elle, reine de nouveau, ne pouvait pas souhaiter meilleur époux.

Chacun commenta cette phrase à sa façon, mais, quand Conan leva la main pour prendre la parole, tous se turent.

— Eh bien, mes amis, après cette description enflammée de mon épouse sur le lit de la reine…

— Puisse-t-elle s'enflammer aussi sur le vôtre, messire ! cria quelqu'un dans la foule.

Un grand éclat de rire secoua l'assistance et Brune, une fois de plus, se retrouva exposée.

— Je lève mon verre à notre duchesse, reine de nouveau, comme le dit si bien mon épouse. Puisse Dieu lui accorder longue vie et descendance. Que Dieu bénisse la Bretagne !

— Dieu bénisse la Bretagne ! reprirent les convives.

Brune quitta la table dès qu'elle le put. Elle avait besoin de respirer et de s'éloigner au plus vite de Conan et de ses sarcasmes. Son mari l'ignorait complètement et tout le monde semblait trouver cela normal.

Elle fit le tour de la foire en marchant lentement, appréciant le beau temps printanier et la joie des tablées qu'elle contournait. Tous semblaient passer un bon moment, tous sauf elle. En levant le nez, elle vit un boiteux qui avait laissé tomber sa béquille et qui essayait de la ramasser, sans trouver de point d'appui. Brune se hâta de le rejoindre, mais le vieil homme chuta de tout son long dans l'herbe.

— Vous avez mal quelque part ? s'inquiéta-t-elle, en l'aidant à se remettre debout.

— Laissez ! Je m'en occupe, intervint sèchement une femme d'un âge avancé.

— Je voulais juste aider, se défendit Brune, en voyant un petit attroupement se former autour d'eux.

— La paix, femme ! ordonna le vieillard à son épouse. Ce n'est pas elle qui m'a rendu boiteux !

— Mais un de ces Normands de malheur, alors c'est tout comme !

— Et moi, ce sont des Bretons qui m'ont volé mes parents,

répondit Brune tristement. Vous accuser tous de leur mort ne me les rendra pas.

Elle redonna sa béquille au vieil homme. Alors qu'elle allait partir, il lui prit la main et la baisa.

Le silence se fit autour d'eux et Brune ne sut que dire. Ce geste de respect la touchait énormément.

— Elle est plus agréable à embrasser que toi, dit encore l'homme, avec un regard fripon pour son épouse.

La vieille femme éclata de rire et, après avoir salué Brune comme il seyait, emmena son mari jusqu'à leur table.

Le son du biniou reprit soudain. Brune vit que Conan et Gwen dansaient avec d'autres convives dans une ronde. Le pas était rapide, et la musique, très entraînante. Les danseurs changeaient de partenaire à chaque tour, avant de revenir à leur place initiale.

— Une danse gaillarde… Vous devriez essayer, c'est très amusant, commenta une voix derrière elle.

Brune se retourna et reconnut le jeune palefrenier. Il était accompagné d'une jeune femme avec deux enfants accrochés à ses jupes.

— C'est votre femme ? demanda gentiment Brune.

— Non, ma sœur Amélie. Elle est mariée au forgeron Jagu, celui du château.

— Je vis au village en bas du Mont, c'est pour ça que vous ne m'avez pas encore vue, madame, expliqua la jeune femme avec un sourire. Mon nigaud de frère jumeau est fiancé à Nolwenn, une bergère des marais, expliqua Amélie, ravie de voir son frère rougir. Que pensez-vous de la fête ?

— Je découvre, je ne connais pas grand-chose des traditions populaires bretonnes.

— Elles sont assez simples : comme vous le voyez, nous dansons, chantons, buvons — raisonnablement, bien entendu, plaisanta la jeune femme en voyant deux hommes se tenir bras dessus bras dessous, hilares et visiblement éméchés. Nous nous lançons des défis aux jeux qui se trouvent là-bas : boules, cerceaux, lancer de couteau, portage de tonneaux, etc. Voulez-vous nous accompagner ?

— Allons-y, dit Brune, heureuse de leur compagnie.

Un large cercle s'était formé autour de deux grands gaillards qui s'affrontaient au bras de fer, et chacun avait ses supporters. L'un d'eux était le mari d'Amélie, Jagu. Comme tous les forgerons, il était plutôt bien bâti, et son adversaire fut rapidement battu. Les gens parlaient vite et Brune ne comprenait pas tout, mais elle arrivait malgré tout à suivre les conversations. Le vainqueur fut acclamé et le perdant eut droit à une bolée de cidre.

— Il n'y a jamais vraiment de perdant chez nous, dit Amélie en riant. Je vais confier les enfants à ma belle-mère, je reviens très vite. Erwan, sois gentil de rester avec madame.

— Bien sûr, répondit le palefrenier.

Un drôle de bruit s'échappa de la sacoche du jeune homme et Brune s'approcha.

— Ce sont deux chatons pas encore sevrés. Leur mère est morte attaquée par un chien, je crois, alors je les nourris et les emmène partout, jusqu'à ce qu'ils soient assez forts pour se débrouiller tout seuls.

Il semblait timide et peu à l'aise. Il devait sûrement craindre de l'ennuyer avec son bavardage.

— J'aime énormément les chats, Erwan. Si vous m'en trouvez un adulte, j'en serais ravie, dit Brune avec enthousiasme.

— Ça peut se faire, madame, certains viennent se cacher dans le foin de l'écurie.

Elle le remercia, très heureuse à l'idée d'avoir bientôt un petit compagnon.

Le bourgmestre fit alors taire tout le monde.

— Cette année, pour le défi du lancer de cerceaux, nous mettons un gage de qualité !

Une jeune truie à la peau pâle, râlant et couinant, fut amenée devant l'assemblée. Le gage avait du prix et pourrait nourrir une famille durant l'hiver, grâce aux porcelets qu'elle aurait sûrement au printemps, si on lui trouvait un mâle.

— On va tirer au sort le nom du premier participant… Une main innocente pour tirer un nom dans mon chapeau ? Allez, mon petit, à toi de jouer, dit le bourgmestre en tendant son chapeau à un petit garçon roux qui souriait comme un ange. Celle ou celui qui sera tiré au sort affrontera l'adversaire de son choix !

Dans le brouhaha ambiant, difficile d'entendre quelque chose, tous voulaient participer. Un roulement de tambour imposa le silence, et le bourgmestre, avec des airs de conspirateur qui fit rire les enfants, lut le nom tiré par le petit garçon.

— Nous avons une participante : Gwen, fille de maître Léon, joaillier de Dol.

La jeune femme parada de plus belle et se saisit des cerceaux.

— Choisis-moi, Gwen ! demanda une jeune fille.

— Non, moi ! cria une autre.

— Je choisis…, commença Gwen sans se presser, pour faire durer le plaisir de les voir tous à sa merci, dame Brunhilde ! Sauf si vous jugez nos jeux bretons indignes d'une Normande.

Brune lui aurait volontiers arraché les yeux, mais elle se contenta d'afficher un sourire de façade, comme à son habitude.

— Vous êtes de noble lignage, madame, et libre de refuser ce jeu, la rassura le bourgmestre.

Et m'aplatir devant cette garce ? songea Brune. Jamais !

— Je relève le défi, annonça-t-elle calmement, avec un sourire courtois pour sa rivale.

Les cris d'encouragement allèrent majoritairement à la

Bretonne, mais Brune perçut des voix qui la soutenaient dans l'assemblée.

Hélène, Amélie et Erwan l'applaudissaient.

— Madame, montrez-leur ce que vous savez faire ! dit Erwan d'un ton enjoué.

Brune s'avança et s'adressa au bourgmestre.

— Est-il possible d'augmenter la gageure ?

— Ma foi, cela dépend, nous n'avons pas d'objet de valeur à mettre en lice, réfléchit le gros homme, en se grattant la barbe.

— Je ne pensais à rien de cela, maître. Gwen approche... Que diriez-vous d'agrémenter notre jeu d'un baiser ? Celle qui remportera le duel aura le droit d'embrasser l'homme de son choix.

Une clameur et des applaudissements s'élevèrent aussitôt.

— N'importe lequel ? s'enquit Gwen, en se voyant déjà dans les bras de Conan.

— Oui, celui que tu voudras.

— Bien, j'accepte. Vous l'aurez voulu, ajouta-t-elle à voix basse, un sourire mauvais sur les lèvres.

— Messire Conan arrive pour arbitrer la partie, cria le maître des jeux.

Alerté par Guillaume au sujet de ce duel très spécial, Conan était arrivé à grands pas pour éviter un combat de coqs... Ou plutôt de poules. Debout sur l'estrade, à côté du bourgmestre, il écumait.

Un baiser à celle qui gagnait ? Que connaissait-elle aux jeux bretons ? Elle cherchait l'humiliation ou quoi ? Tant pis pour elle, après tout, il y avait plus désagréable que d'embrasser Gwen.

Les deux adversaires se placèrent devant les piquets de bois de tailles différentes, fichés sur une planche. Elles devaient placer huit cerceaux sur dix pour gagner. Ce jeu nécessitait de l'adresse et de l'entraînement. Un grand silence se fit.

Tout le monde savait que Gwen était la maîtresse de Conan, elle ne s'en cachait pas. Elle avait même dit à qui voulait l'entendre qu'il finirait par l'épouser, car sa dot était rondelette. Mais c'était compter sans les souhaits de la reine. Gwen voyait donc en cette partie une occasion offerte sur un plateau d'argent d'humilier sa rivale et de reconquérir sa place dans le lit de Conan.

— Que la première joueuse s'avance.

Gwen s'approcha, sûre de sa victoire, et commença à jouer : elle avait tout à gagner. Les quatre premiers cerceaux furent placés sous les applaudissements, le cinquième chuta, les trois derniers, placés de nouveau. Ainsi qu'un neuvième. Par provocation, elle jeta le dernier, ce qui fit rire la foule.

— Bravo, Gwen ! Une Bretonne championne ! cria une jeune fille.

— Vous allez un peu vite en besogne, répondit le maître des jeux, calmant la foule d'un geste de la main. Dame Brunhilde, si vous le voulez bien, c'est à vous.

Brune s'avança gracieusement à son tour et s'arrêta devant la jolie bourgeoise qui fanfaronnait toujours.

— Quand on n'a pas la force, Gwen, il faut avoir la ruse. N'oublie jamais cela avant de provoquer quelqu'un.

Elle plaça les cinq premiers cerceaux sous le regard ahuri des gens présents. Puis le sixième, le septième et le huitième.

— Quel dommage que tu n'aies pas un cerceau en réserve, dit-elle à Gwen, qui la fixait, la bouche ouverte comme un poisson hors de l'eau.

— Allez-y, madame ! cria Erwan, qui était monté sur l'estrade, de façon à ne pas perdre une miette du spectacle. Mouchez-la !

— Madame, encore un coup ! renchérit Amélie en applaudissant.

— La brune va-t-elle détrôner la blonde ? s'exclama quelqu'un à sa droite.

Brune plaça le neuvième cerceau puis le dixième et se retourna vers l'assistance en faisant une petite révérence, un grand sourire sur le visage.

— Bravo !

— Quelle adresse, c'est incroyable !

— Mais où avez-vous appris à jouer ?

— Notre reine est bretonne, non ? À quoi croyez-vous que nous jouions, au château d'Amboise ? La reine nous a même appris à danser la gavotte, mais je vous réserve ça pour une autre fois, répondit Brune en riant.

— La truie est à vous, madame. Maintenant, il va falloir lui donner un nom ! conclut le bourgmestre, encore éberlué par la prestation de la vicomtesse.

— Excellente idée, n'est-ce pas, Conan ? Aidez-moi, voulez-vous… Comment peut-on nommer une truie couinante et pâle, prête à être saillie ?

Elle vit avec satisfaction le visage de Gwen se décomposer. Toute l'assistance riait aux éclats ; certains montraient même la jeune veuve du doigt. Mais Brune eut soudain honte ; elle refusait de s'abaisser à cela. Elle savait trop ce que c'était d'être montrée du doigt.

— Nous pourrions l'appeler Rillette… Après tout, c'est probablement ainsi qu'elle finira.

La foule éclata de rire, puis applaudit la gagnante encore une fois.

— Vous aviez l'occasion de l'écraser, madame, pourquoi ne l'avez-vous pas fait ? demanda une matrone, les mains sur les hanches. Tout le monde sait qui elle est…

— Les insultes faites à Brunhilde de Montgomery, Brunhilde de Ker Glenn ne les venge pas.

Les derniers restés applaudirent et réclamèrent le baiser mis en gage.

— Messire Conan vous a tous les jours, c'est nous qui devrions avoir ce baiser ! plaisanta un berger.

— Pas toi, tu pues comme un bouc ! Non, madame, embrassez-moi ! fit son voisin

— Ta femme arrive, méfie-toi, le prévint la matrone.

— Tout le monde sait qui porte la culotte chez toi, renchérit le premier.

Brune monta sur l'estrade en souriant et en regardant Conan. Il attendait, nerveux, un peu comme un trophée exposé avant que son vainqueur ne vienne le réclamer.

— Conan, pourriez-vous vous pousser, s'il vous plaît, vous êtes sur mon chemin, fit Brune suavement en l'écartant du bras pour aller poser un baiser sonore sur la bouche d'Erwan.

Un « oh » de surprise et d'amusement monta de l'assistance, et le palefrenier, n'osant plus bouger ni respirer, reçut le baiser.

— Madame..., bégaya-t-il, rouge comme une pivoine. Messire, je...

— Allons, Erwan, ris donc ! Après tout, ça n'est qu'un jeu. N'est-ce pas, Conan ?

Celui-ci ne put s'empêcher de rire. Elle l'avait bien eu ! Il fallait reconnaître qu'elle ne manquait ni d'aplomb ni d'imagination. De plus, elle s'était montrée noble et courtoise vis-à-vis d'une femme qui n'avait pas hésité à l'humilier. Il la regardait sourire, savourant sa victoire. Elle était diablement attirante avec ses joues rosies par la fierté d'avoir gagné et l'étincelle espiègle qui rendait ses yeux fauves encore plus dorés. Lui, aurait-il accepté le baiser de Gwen ? Soudain, il n'en était plus très sûr.

— Remettez la truie en jeu, bourgmestre, d'autres en ont bien plus besoin que moi.

Elle descendit de l'estrade d'un pas léger et regarda un

instant les joueurs se remettre en lice pour une nouvelle partie de lancer. Puis elle se tourna vers Conan, mais celui-ci avait déjà disparu. Était-il allé consoler Gwen et lui donner le baiser qu'elle avait voulu ? Elle secouait la tête pour chasser ces pensées, quand Hélène la rejoignit, la félicitant de sa prouesse. La coopérative des dentellières lui proposa alors de partager une part de gâteau et quelques bolées de cidre.

— Accepteriez-vous de danser la gavotte des dentellières avec nous, madame ? Nous en serions très honorées, demanda une jeune femme.

— Nous voulons tous voir ça, ajouta Guillaume Le Gallays, une chope de bière à la main. Et, pour l'occasion, que chacune se choisisse un cavalier !

— Mais cette chanson parle de dentelle, messire ! se moqua l'une des petites dentellières.

— Et alors ? Quand il s'agit de danser avec une jolie femme, tous les hommes veulent bien parler chiffons, plaisanta-t-il.

Brune, de bonne humeur, glissa alors son bras sous le sien.

— En ce cas, soyez mon cavalier, messire.

— Pourquoi moi ? demanda Guillaume, vous avez peur de le lui demander ?

Il tourna le visage en direction de Conan.

— Pour qu'il me le refuse publiquement ? Non, merci ! Il ressemble trait pour trait aux porcs-épics que notre roi a pris pour emblème.

— Le pauvre, ses oreilles doivent siffler ! dit en riant Guillaume, l'entraînant vers le groupe.

— Je suis sans pitié quand je gagne, répondit-elle d'un air faussement agressif.

— Ce n'est pas vrai, et vous l'avez prouvé. Je serais honoré d'être votre cavalier, reprit Guillaume en s'inclinant respectueusement sous l'œil admiratif des dentellières.

La ronde partit en cadence vers la droite, rythmée par les pas et les voix des femmes qui narraient les mésaventures d'une jeune bourgeoise qui n'avait d'autre consolation que sa dentelle.

Brune chantait la rengaine ; elle se sentait rajeunir. Elle riait et sautait en cadence avec les autres. En cet instant, rien n'avait d'importance, n'était la joie d'être acceptée, même par une seule poignée d'entre eux.

Dans l'après-midi, elle refit une partie de lancer avec un jeune homme qui lui demandait conseil sur sa technique, quand Amélie accourut vers elle, un peu embarrassée.

— Pardonnez-moi, madame, mais Erwan vous supplie d'intervenir : Nolwenn veut rompre les fiançailles.

— Mais pourquoi, grand Dieu ? Oh ! fit-elle, comprenant enfin, à cause du baiser ?

— Hélas, je crois que oui.

Brune se sentit atrocement coupable d'avoir pu mettre le bonheur d'Erwan en péril à cause de son orgueil.

— Conduis-moi.

Elles arrivèrent derrière une tente où une jeune fille rousse pleurait, assise à même le sol.

— Dame Brunhilde vient te parler, Nolwenn, dit Amélie en tendant la main à la petite bergère pour qu'elle se relève.

La jeune fille se mit debout et regarda l'objet de son courroux. Son regard hostile en disait long !

— Je me sens affreusement honteuse, commença Brune. Si j'ai embrassé Erwan, c'était pour provoquer messire Conan avec qui j'ai… quelques difficultés à m'accorder.

— Il préfère Gwen.

Cette phrase, lancée sèchement par la bergère, résumait bien la situation, hélas.

— Il semblerait que ce ne soit un secret pour personne. J'ai eu l'occasion de lui rendre la monnaie de sa pièce et je n'ai pas pu résister. C'était mesquin, je te l'accorde. D'autant plus que je savais qu'Erwan et toi étiez fiancés. Ne lui en veux pas, il était surpris et ne savait rien.

— Mais il n'a pas dit non ! reprit la jeune fille en larmes. J'ai tout vu ! Il est resté là, comme un imbécile ! Et rouge comme une pivoine !

— Nolwenn, essaie de comprendre, je suis sa châtelaine, comment pouvait-il me repousser ?

— La belle affaire ! Vous êtes la châtelaine, et alors ? Si vous voulez plus, il doit se laisser faire ?

Ses pleurs redoublèrent et Brune ne savait plus que dire. Elle suivit son instinct et la prit dans ses bras pour la consoler.

— Tu dois beaucoup l'aimer pour être si blessée. Je t'envie. Tu as beaucoup de chance, c'est un jeune homme honnête et travailleur. Je me suis servie de lui pour en atteindre un autre et je le regrette. Si tu dois être en colère contre quelqu'un, alors sois-le contre moi. Erwan n'a rien à voir avec cette histoire, je te le promets.

Nolwenn essuya ses beaux yeux rougis, espérant que la dame était sincère.

— Et puis on ne peut pas vraiment appeler ça un baiser, fit une voix grave derrière elles.

Elles sursautèrent. C'était Conan.

— Ce genre de baiser ne compte pas. Regarde…

Il se pencha et déposa un baiser sonore sur la bouche de Nolwenn dont les yeux devinrent aussi grands que des écuelles.

— Ça, en revanche, c'est un baiser.

Il se saisit de Brune et lui fit basculer la tête en arrière, avant de lui dévorer les lèvres avec ardeur, tout en glissant sa main de ses épaules à ses hanches. Stupéfaite et dans un autre monde, Brune se sentit fondre sous ce baiser, bien qu'il ne soit qu'une démonstration publique de virilité.

— Va rejoindre ton amoureux, maintenant, Nolwenn, reprit Conan en relâchant doucement Brune. Et épouse-le vite, avant qu'une autre n'ait la même idée.

— Oui, messire, bredouilla la bergère, qui n'en revenait toujours pas.

Amélie riait sous cape. Elle emmena sa future belle-sœur rejoindre le fiancé malheureux. Elle avait une belle histoire à raconter et n'allait pas s'en priver.

— Merci, Conan, je ne voulais pas la blesser.

— Elle non, mais moi, oui, n'est-ce pas ?

Brune releva la tête et le fixa.

— Ai-je réussi ?

Conan se contenta de rire.

Était-elle seulement de taille à lutter contre lui ?

— Retournons aux festivités avant que Guillaume ne fasse sonner la garde, pensant que je vous ai tuée. Bravo pour votre adresse au lancer, au fait. Épatant, vraiment !

— Épatant venant d'une Normande, vous voulez dire ? demanda-t-elle en souriant.

— Mais non, ma chère, venant d'une femme tout court ! répondit-il.

— Goujat ! le tança-t-elle, amusée.

Le cerveau de Conan lui lançait une alerte : il avait aimé ce baiser, beaucoup trop, même. Ils bavardaient et riaient ensemble comme un couple ordinaire : il fallait arrêter cette complicité et tuer ce sourire dans l'œuf.

— Que pouvez-vous attendre du démon de Dol, madame ?

Brune fixait son mari, dont les traits s'étaient rembrunis, et sa joie la quitta de nouveau. Elle ne riait plus du tout. Dès qu'une certaine harmonie, une complicité semblait possible, il se débrouillait toujours pour tout gâcher. Deux facettes troublantes d'un même personnage.

Et dire qu'elle l'avait dessiné en archange, à Nantes... Elle lui aurait volontiers mis des ailes de dragon, une queue fourchue ou des cornes, en cet instant !

— Conan, attendez ! dit-elle en s'élançant à sa suite. Pourquoi appelle-t-on cette cérémonie le grand pardon ?

— Tradition locale...

— Je veux dire, pourquoi l'appeler « pardon », alors que vous semblez incapables de pardonner, ou d'aller de l'avant ?

— Pardonner ? Je pensais pouvoir oublier, quand le sang de votre frère aurait rougi ma lame, mais, même ça, vous me l'avez volé.

— Vous n'essayez même pas ! l'accusa-t-elle.

— Avec les Montgomery ? Jamais ! jeta-t-il avant de la laisser plantée là une fois de plus.

Brune soupira, dépitée, mais pas découragée pour autant. *Cet homme est vraiment une tête de mule ! J'essaie de rester gracieuse et clémente, alors que je déborde de colère contenue avec toutes ces piques et ces méchancetés ! Il ne me reconnaît aucune valeur !*

Mais quel acteur, il fallait lui reconnaître ça... Ce baiser allait faire jaser et ce serait elle qui passerait pour une femme froide, frigide, même, qu'il tenait loin de sa couche. Et pourtant il aurait suffi de si peu de chose pour qu'ils œuvrent ensemble pour la paix !

En remontant vers le menhir, elle aperçut un petit attroupement de femmes et d'hommes qui entouraient quelqu'un.

— Oh oui, s'il vous plaît, chantez-nous une chanson ! s'écria une petite fille.

— Celle de la fiancée de saint Michel ! demanda une autre.

Au centre de ce cercle s'éleva alors une voix grave et harmonieuse. Attirée par la musique au rythme enlevé et par la voix suave, Brune avança de quelques pas, observant les enfants et les jeunes gens taper des mains en reprenant le refrain.

Au pied du Mont Dol
Au pas de l'archange
Elle était venue, espérance folle
Au pied du Mont Dol
Au pas de l'archange
Glisser une promesse, une obole
Oh grand saint Michel
Je suis demoiselle
Par Notre-Dame et Jésus-Christ
Oh grand saint Michel
Je suis demoiselle
Voudriez-vous être mon mari ?
Elle y déposa des gerbes de fleurs
Et offrit chaque jour son cœur
Vous êtes grand et plein de douceur
Elle y déposa des gerbes de fleurs
Et offrit chaque jour son cœur
Vous êtes loyal et protecteur
Le bel archange entouré de nuées
Vint près d'elle tout désolé
Je suis archange et point être de chair
Le bel archange entouré de nuées
Vint près d'elle tout désolé
À ton vœu je ne puis complaire
Oh bon saint Michel accordez-moi
Un mari honnête, au cœur droit
Je te l'accorde, mais ne connais pas son nom
Oh bon saint Michel accordez-moi
Un mari honnête au cœur droit
Mais je te jure qu'il sera breton

Le chanteur applaudi se leva pour saluer son auditoire, et Brune eut la surprise de reconnaître Pierre de Flouville.

Il souriait et pinça la joue d'une petite fille qu'il prit dans ses bras, afin de lui faire toucher sa harpe. Brune observa ce géant qu'elle craignait tant, entouré d'une nuée de jeunes femmes, de mères, d'enfants et d'hommes chantant et jouant de la harpe celtique. Il avait une voix envoûtante qui se mariait à merveille à son instrument. Et il semblait si bien à sa place au milieu des siens ! Qui aurait pu dire que cet homme si effrayant pouvait jouer de la harpe ?

Il dut sentir son regard sur lui, car l'enchantement prit aussitôt fin et il la fixa à son tour de ses yeux gris. Intimidée et se sentant de trop, une fois de plus, elle s'en alla. Il y avait tant de choses qu'elle voulait savoir, tant de questions sans réponse. Mais où trouver le courage de les affronter tous ? Malgré tous ses efforts, elle restait l'indésirable, l'étrangère, la Normande.

Chapitre 8

Les carriers apportaient chaque jour des charrettes de granit qui viendrait renforcer les murailles et les défenses du château. Conan regardait avec satisfaction les premiers résultats : la cour était pavée, et les rigoles emportaient les eaux usées et les eaux de pluie en contrebas de la falaise. C'en était fini des souliers et des bottes éternellement crottées, et de l'odeur immonde qui s'élevait des fosses. Guillaume l'accompagnait, heureux de se soustraire à son rôle de gardien quelques instants. Conan alla prêter main-forte aux charpentiers qui rénovaient des poutrelles, deux bras qui furent les bienvenus.

De son côté, Guillaume aidait les serfs venus faire leur part de travail au château de leur seigneur. Pour une fois qu'il en avait l'occasion… Soudain, un mouvement attira son attention. Une femme traversait la cour en soulevant ses jupes, dévoilant ainsi de jolies chevilles. Elle faisait des signes de la main à des couvreurs qui se dirigeaient vers les métairies. Guillaume pesta en reconnaissant Brunhilde : son travail de garde-chiourme allait reprendre.

Accoutrée en paysanne, elle dirigeait les travaux comme un maître d'œuvre, et elle se montrait assez qualifiée, il fallait le reconnaître. Le problème n'était pas tant sa présence sur le chantier que celle d'une jeune et jolie femme au milieu de troupeaux de mâles tout en muscles. Prévoyant encore un « incident », il descendit la rampe installée sur l'échafaudage et se précipita vers elle, les nerfs en pelote en voyant le regard plus qu'appréciateur du couvreur qui la reluquait sans vergogne.

— Vous devriez commencer par le donjon, c'est le plus urgent, toute la toiture est à refaire ! Attention, ne gênez pas les maçons qui travaillent aux murailles… Installez-vous près de la basse-cour, lui dit Brune, autoritaire, en pointant du doigt ladite basse-cour.

— C'est qu'il y a beaucoup de matériel, ma jolie ! s'exclama un grand gaillard en lui tapotant le bout du nez. Tu travailles au château, la belle ? ajouta-t-il avec un clin d'œil fripon.

Tous les maçons arrêtèrent aussitôt de travailler et éclatèrent de rire. Certains secouaient la tête, amusés, d'autres attendaient la réaction du chevalier, qui ne tarda pas à arriver.

— Imbécile ! C'est à la femme de ton seigneur que tu t'adresses ! s'écria Guillaume en poussant l'entreprenant couvreur.

Les rires reprirent de plus belle.

— On ne s'ennuie pas, ici, plaisanta un maçon en donnant un coup de coude dans les côtes du couvreur. As-tu déjà vu ça, mon gars ? Une dame qui joue les paysannes !

— Que reprochez-vous à ma robe ? demanda Brune en souriant.

— Oh, rien, madame, personnellement, je vous trouve ravissante avec ! s'enhardit le maçon, en passant la main sur le tablier brodé.

— Au travail ! hurla Guillaume, excédé. Surveille ta langue, maçon, ajouta-t-il pour celui qui continuait à regarder Brune en souriant, repose une seule fois les mains sur dame Brunhilde et je te les coupe !

Depuis qu'elle s'était mis en tête de se vêtir comme les simples du château, nombre d'incidents de ce genre s'étaient produits.

Loin de s'en formaliser, Brune en riait. Le plus souvent, elle n'en tenait pas rigueur aux malheureux, qui ne pouvaient pas se douter un seul instant qu'ils s'adressaient à une noble dame.

— Je prends cela pour un compliment, ami maçon. Je n'en ai pas reçu beaucoup, vêtue comme une dame, mais il semblerait qu'il en pleuve, depuis que je porte ceci, dit-elle en montrant la jolie robe bleue et le tablier noir bordé de boutons d'or d'un vieux jaune doré.

Elle fit même un tour sur elle-même, guillerette, pour montrer sa tenue, dont elle était très fière.

Les couvreurs applaudirent en riant et la saluèrent.

— Eh bien, quand je vais dire ça à ma Madeleine ! s'exclama un jeune homme avec un air ahuri.

— Allons, allons, reprit Brune plus sérieusement. Vous trouverez des crochets le long du donjon et quelques vestiges de poutres pour accrocher vos échafaudages. Prenez votre temps, nous avons déjà eu un accident avec les maçons la semaine passée, alors, par pitié, veillez à bien préparer votre ascension.

Guillaume fit bouclier entre elle et les artisans qui auraient volontiers continué à papoter avec leur dame. Son air agressif les fit renoncer et ils reprirent leurs tâches. Brunhilde souriait de cette réaction protectrice un peu exagérée. Le chevalier lui offrit galamment son bras pour l'aider à enjamber les premiers pieux et madriers de bois qu'ils déversaient déjà côté basse-cour.

— Voudriez-vous faire une promenade à cheval, madame ? L'après-midi semble claire, lui proposa-t-il, pour la soustraire à ses admirateurs.

— Messire Guillaume, vous n'y pensez pas ! Il y a une montagne de choses à faire cette semaine encore. Où trouverais-je le temps de bavasser et de me divertir, alors qu'il ne manque pas de travail céans ?

— Si vous ne le faites pas pour vous, faites-le pour moi, je m'ennuie à mourir à attendre après vous, soupira le chevalier d'un air déconfit. Attaché à votre sécurité, je n'ai pas vraiment le droit de participer aux travaux, et vous regarder vous agiter m'épuise !

— Je ne vous ai pas demandé de rester collé à mes chaussures, messire, et j'ai du travail ! répondit-elle, de mauvaise humeur.

— À quoi servent les maîtres d'œuvre, alors ?

— J'aime bien être au courant de ce qui se passe, et je crois que les ouvriers… — elle chercha ses mots — apprécient ma présence ! conclut-elle en relevant le nez insolemment.

Elle ne put s'empêcher de jeter un coup d'œil à son mari, qui faisait mine de ne pas la voir et qui surveillait les travaux des murailles.

Chaque mur d'enceinte avait été doublé d'un parement, et entre les deux murs on tassait des cailloux, du sable et de la chaux imbibée d'eau. Brune se concentrait sur les travaux du donjon, car la vue de Conan, la chemise relevée sur ses avant-bras musclés, chemise qui ne cachait rien de son impressionnante musculature et qui lui collait à la peau à cause de la sueur, était une torture. Après tout, l'idée de Guillaume n'était peut-être pas si mauvaise. Les joues en feu, elle se détourna de cette vision troublante.

— Allons, madame, par pitié ! Au fait, je crois qu'Erwan a un cadeau pour vous. Il m'a demandé de vous passer le message.

— Un cadeau ? Erwan ? Merveilleux !

Elle traversa la cour presque au pas de course, suivie de son ombre, trop heureuse de quitter cet endroit. Mais une voix tonitruante, provenant du haut des remparts, l'arrêta.

— Guillaume !

Le chevalier leva les yeux vers son seigneur.

— Où allez-vous ? demanda Conan d'une voix presque agressive.

— J'ai réussi à convaincre ton épouse de délaisser le chantier une heure ou deux. Nous partons en promenade ; sa jument dépérit dans l'écurie, et moi aussi ! Combien de temps vais-je encore devoir jouer les chaperons ? Vous avez besoin de bras là-haut, alors laisse-moi vous rejoindre !

À sa voix, Conan comprit que son ami en avait assez d'être immobilisé non pas à la sécurité de sa femme, mais à surveiller ses faits et gestes, et surtout de servir de rapporteur. Il bondit en entendant le mot « écurie ».

— À l'écurie ? Seule ? Qu'est-ce que tu attends pour la rattraper ? vociféra-t-il comme un diable. Non, attends ! J'arrive !

Guillaume le vit alors dévaler un échafaudage et glisser le long d'une corde plutôt que d'emprunter la rampe d'accès.

— Voudrais-tu rencontrer ton créateur avant l'heure ? lui demanda-t-il, ébahi par son comportement.

— Que va-t-elle faire à l'écurie ?

— Je viens de te le dire, nous partons en promenade, répéta Guillaume, vraiment dérouté.

— Je ne veux pas qu'elle y aille toute seule !

— Et pourquoi ? Ce ne sont pas les chevaux qui vont l'occire, je te signale ! Quant à Erwan et à ses apprentis, ils la vénèrent trop pour lui faire le moindre mal. Je dirais même qu'elle est plus qu'en sécurité à l'écurie !

— Je refuse qu'elle sorte sans escorte dans cette tenue !

— À ce propos, quand comptes-tu réagir ?

— Elle attend justement que je réagisse, répondit Conan en accélérant le pas, et je ne lui ferai pas ce plaisir. Elle peut s'habiller comme elle veut, cela m'est bien égal.

Menteur…, pensa Guillaume.

— Ta mère n'a pas apprécié l'impertinence, mais nos gens, eux, apprécient. Les hommes, surtout, un peu trop, d'ailleurs. L'un des couvreurs l'a appelée « ma jolie » il n'y a pas cinq minutes. Et voici deux jours l'un des forgerons, un peu trop enjoué, l'a prise par la taille.

— Je vois ça d'ici. Elle a dû crier au scandale ! lança Conan, sarcastique.

— Du tout ! Elle rit avec les ouvriers, leur offre de la bière, et tous semblent sous son charme. Il est vrai qu'elle est ravissante en petite paysanne, conclut Guillaume, en jouant des sourcils.

— Sous le charme, hein ? Même toi ?

— Eh bien, je dois avouer qu'elle est d'une compagnie très agréable. Vive, instruite, amusante, et qui ne se laisse pas désarçonner facilement. Elle semble attentive à chacun, ici, sauf avec Pierre, qu'elle fuit comme la peste, ta mère et… toi. Beaucoup de bruits circulent au château. On dit qu'elle se refuse à toi, c'est vrai ?

Cette question, posée à brûle-pourpoint, laissa Conan sans voix quelques secondes, puis il partit dans une diatribe que son ami se pressa d'interrompre.

— Du calme ! Je sais que ça ne me regarde pas, mais une épouse a des devoirs, dont celui d'engendrer des héritiers. Je sais que vos rapports sont tendus depuis le début, mais ne me dis pas que tu n'es pas capable de la séduire…

— Dieu seul sait pourquoi elle a voulu ce satané mariage, éluda Conan.

L'arrêtant par le bras, Guillaume se planta devant lui.

— Ça n'a aucun sens, voyons ! Elle complote pour t'épouser, et ce, avec l'accord de la reine, et elle te refuserait ensuite une descendance et tes droits d'époux ?

— Je n'ai aucune confiance en elle, elle est retorse et sème le chaos partout où elle passe. Ma mère est à deux doigts de devenir folle ! Elle disparaît pendant des heures, puis réapparaît comme par enchantement. Je suis sûr qu'elle mijote quelque chose de louche avec son frère.

Il affichait une posture impatiente. Il regarda l'écurie en reprenant sa marche, toujours suivi de Guillaume.

— M'accuses-tu de mal faire mon travail ? Je la suis chaque minute de la journée ! Ses seuls moments de solitude sont ceux qu'elle passe dans sa chambre. Voudrais-tu que je force sa porte pour voir ce qu'elle y fait ?

Conan était nerveux et serrait les mâchoires. Le comportement de Brune l'agaçait au plus haut point. Mais ce qui l'énervait le plus était l'apparente facilité avec laquelle elle avait conquis la plupart de ses gens. Si tous s'étaient méfiés au début, nombreux étaient ceux qui devisaient gaiement avec elle aujourd'hui.

— Ils sont tous là, à baver devant, maugréa-t-il.

— Quel homme ne sourirait pas à la vue d'une jolie femme portant un pichet de bière et du pain frais ? Elle s'intéresse à eux, ils se sentent flattés, c'est humain, non ?

— Jusqu'à ce qu'elle leur plante une dague dans le dos, marmonna Conan en levant les yeux au ciel.

— Tu y vas un peu fort ! A-t-elle déjà levé la main contre l'un des nôtres ? C'est une femme, voyons…

— Une femme suffisamment habile pour avoir réussi à s'arroger les faveurs de la reine et à obtenir ce qu'elle voulait !

— Et si elle était sincère ? Si elle voulait vraiment servir de trait d'union entre Montgomery et toi ?

Par les cornes de Belzébuth, elle a vraiment réussi à l'attirer dans ses filets ! se dit-il, éberlué.

— En m'obligeant à ce mariage ? Quel homme veut se voir forcer la main ?

— Regarde autour de toi ! Tu es gagnant sur toute la ligne. Tu auras bientôt une des milices les mieux armées de Bretagne ; les comtes de Vannes et de Rennes vont en faire une jaunisse ! Ton château sera une citadelle imprenable, dotée de tout le confort, et tu as une femme… Une *épouse,* pardon, se moqua Guillaume, belle comme le jour !

— Elle t'a tourné la tête, ma parole ! Mais il est vrai qu'elle chante tes louanges à qui veut l'entendre, d'après Pierre…

Ça ressemble bigrement à de la jalousie, pensa le chevalier, qui ne put s'empêcher d'en sourire. *Tu peux toujours jouer les indifférents, je sais bien comment tu la regardes. Tu meurs d'envie de la faire tienne, et qu'elle te rejette ne doit qu'attiser ton désir…*

— Elle en ferait sûrement de même pour toi, si tu t'intéressais un peu à elle. C'est peut-être pour ça qu'elle ne te laisse pas franchir le seuil de sa porte. Tu as manifestement besoin de conseils en matière de séduction !

La seule réponse qu'il obtint fut un grognement.

Ils arrivèrent devant la porte de l'écurie, qui était grande ouverte. De l'intérieur leur parvenaient le rire cristallin de Brunhilde et celui du palefrenier.

— Que tu es douce, ma belle, disait le jeune homme. Douce et charmeuse. Tu cherches les caresses. Je vais te donner ce que tu me demandes… C'est bon, n'est-ce pas ?

— Pas si vite, oui, comme ça, c'est mieux, fit Brune.

Ces paroles, prononcées avec douceur, firent bouillir le sang de Conan qui se précipita dans l'écurie comme un diable, persuadé de trouver son épouse en flagrant délit d'adultère.

L'ombre géante surgie sur le mur fit sursauter Brune, qui tenait un chat noir dans les bras. La bête, affolée, lui griffa la main en se débattant pour s'enfuir.

— Aïe ! cria-t-elle, en se frottant la main. Conan ? Mais qu'est-ce que vous faites ici ?

— Et vous ? attaqua-t-il, de mauvaise foi. Et toi ? cria-t-il au palefrenier, qui tenait une écuelle pleine de lait. Je ne te paye pas pour bayer aux corneilles ou pour faire la conversation avec mon épouse.

— Inutile de vous en prendre à Erwan, et vous avez terrifié cette pauvre bête en entrant ici comme un fou, ajouta-t-elle, contrariée, en montrant le chemin par lequel le chat s'était enfui.

— Vous êtes censée être escortée par Guillaume partout où vous vous rendez, je vous rappelle.

— Est-ce ma faute si je marche plus vite ? minauda-t-elle pour le piquer.

— Arrêtez vos insolences immédiatement !

— J'arrêterai quand vous vous comporterez en mari et non en tortionnaire ! Je suis votre femme, pas votre chien, et j'ai droit à un minimum de respect de votre part !

Elle était furieuse, à n'en pas douter ; les étincelles qui brillaient dans ses jolis yeux dorés le prouvaient assez.

Dieu, qu'elle est belle ! Et agaçante ! songea-t-il.

— Du respect ? Je ne connais pas de femme plus irrespectueuse que vous.

— Allons, arrêtez donc, intervint Guillaume, dépassé par les événements, en faisant de grands gestes avec ses mains.

Les deux époux se disputaient si fort qu'un garnement de deux ans, apeuré par leurs cris, se mit à pleurer au-dehors. Aussitôt, Brune sortit et le rassura.

— Ne pleure pas, mon chéri, il fait beaucoup de bruit, mais au fond il ne mord pas, dit-elle au petit, en regardant Conan d'un air pincé.

Loin d'être rassuré, l'enfant se cacha derrière les jupes de sa mère, qui tenait un panier de pommes sur la hanche et en qui Brune reconnut Amélie, la sœur d'Erwan.

— Bonjour, madame, fit celle-ci avec un gentil sourire.

— Bonjour, Amélie. Des pommes pour les chevaux, quelle bonne idée ! Tu voudrais leur en donner une, mon amour ?

Conan sursauta, pensant un instant qu'elle s'adressait à lui. Puis il la vit prendre le petit dans ses bras et déposer un gros baiser sur sa joue. Une image qui lui tordit l'estomac : en rejetant Brune, il se refusait une descendance. Pour le moment, ajouta-t-il pour lui-même, car, une fois leur mariage annulé, il épouserait une Bretonne et lui ferait une bonne demi-douzaine de garçons ! Mais, dans son imagination, ses fils étaient bruns avec des yeux dorés…

Il soupira en voyant Guillaume sourire encore, comme si ce dernier devinait sa frustration.

— Les travaux avancent bien, monseigneur, annonça Amélie, souriante, vous pouvez être fier. Grâce à vous, madame, Ker Glenn reprend vie.

— C'est plus que satisfaisant, en effet, approuva Conan sans relever la dernière remarque. J'espère qu'il va mieux, ajouta-t-il en désignant le garçonnet dans les bras de son épouse.

— Il a été surpris, ce n'est rien. Vous semblez à l'aise avec les enfants, madame, c'est une bonne chose, n'est-ce pas, messire ? dit Amélie, en caressant les cheveux de son fils.

— C'est une bonne chose, oui, répondit Guillaume à la place de Conan, souriant de plus belle.

Rouge comme une pivoine, Brune reposa le garçon, qui se planta devant Conan en suçant son pouce.

— Ce n'est pas très brave de se cacher derrière les jupes d'une femme, le taquina Conan en lui posant le doigt sur la tête, avant qu'il ne disparaisse avec sa mère dans l'écurie.

Brune le regardait avec une lueur moqueuse dans le regard et Conan s'attendit au pire.

— Il n'a que deux ou trois ans, il a une excuse. Ce n'est pas comme certains grands gaillards de ma connaissance qui, tout armés et cuirassés qu'ils sont, ne s'en réfugient pas moins dans les jupes de leur mère dès qu'ils se sentent… menacés. Oui, je sais, se hâta-t-elle d'ajouter en le voyant froncer les sourcils, taisez-vous et allez-vous-en. Ne savez-vous donc dire que cela ? Conan, je vous parle ! cria-t-elle en le voyant s'éloigner le dos raide et la démarche nerveuse vers un groupe de soldats qui attendaient près de l'aire d'entraînement.

— Madame, vous ne devriez pas…, commença Guillaume en lui barrant la route. Ce n'est pas la bonne méthode, si vous voulez mon avis.

— Poussez-vous de mon chemin, Guillaume ! C'est à mon mari que je veux parler.

Elle dut courir quelques mètres pour le rattraper, et se planta juste devant lui. Ils étaient si près l'un de l'autre qu'elle dut lever la tête pour le regarder. Conan lui lança un regard noir de colère, un regard de plus en plus menaçant.

Il avait le cœur qui battait la chamade. Il avait vraiment cru qu'elle se vautrait dans le foin au vu et au su de ses gens avec cet imbécile d'Erwan.

Elle avait le don de lui hérisser le poil et de l'agacer prodigieusement. Elle était comme ces petits roquets qui grognent et sont prêts à mordre pour défendre leur os. Il avait beau tout faire pour l'ignorer, c'était peine perdue. Il se surprenait à l'espionner d'un coup d'œil, tandis qu'elle paradait dans la cour vêtue de ses robes de paysanne bretonne qui la rendaient si familière à tous. Bien trop familière, d'ailleurs. Elle semblait si jeune, si accessible, ainsi vêtue… Seuls son maintien et sa distinction naturelle la séparaient des femmes du peuple. Les femmes du peuple… Cette pensée l'avait taraudé bien des nuits. Si Brune n'avait été qu'une femme du peuple, quelle aurait été leur relation ? Inutile de se poser la question, tout son corps lui criait la réponse : elle serait depuis longtemps dans son lit.

— Vous ne pourrez pas vous murer derrière le silence

éternellement, dit-elle en lui frappant le torse du plat de la main. Votre attitude est pénible et insultante !

C'était la première fois qu'elle se permettait de lever la main sur lui. Elle parlait bas pour ne pas être entendue des autres, mais Conan poursuivit son chemin sous le regard amusé de ses hommes.

— Êtes-vous donc si têtu et borné que vous ne compreniez pas que ce que je souhaite le plus au monde va dans le sens de votre intérêt ? continua-t-elle en le poursuivant.

— Vos intérêts et les miens sont à l'exact opposé !

— Pourquoi tenez-vous tant à me rejeter ?

— Vous voulez que je vous fasse un dessin ? demanda-t-il en reprenant son chemin d'un pas plus décidé encore.

Brune l'arrêta de nouveau en lui prenant les bras fermement, et le toisa.

— Qu'y aurait-il de si terrible à me trouver quelques agréments ? Qu'avez-vous à perdre ?

— Écoutez, Brune, dit-il froidement, dans deux mois, l'évêque et votre frère viendront ici. Je vous laisse une dernière chance d'arrêter cette mascarade !

— Vous voulez toujours annuler notre mariage ? chuchota-t-elle, avant d'exploser devant son air buté. Je vous fais si peur que ça ?

— Vous voulez rire ? lança-t-il, la dominant de toute sa taille.

— Non, c'est exactement ça. Vous avez peur de vous attacher, peur de me garder près de vous !

Il ne répondit pas et son visage fermé ne laissait transparaître aucune émotion, n'était l'impatience.

— Vous avez aimé m'embrasser à Nantes, ne le niez pas !

— Réaction bien naturelle d'un homme à qui une femme ouvre les bras, fit-il, insultant.

— Pourquoi faut-il que vous salissiez tout ? demanda-t-elle d'une voix presque inaudible, découragée.

Il reprit sa route, la laissant plantée au milieu du chemin.

— Une chose se confirme cependant : en plus d'être un Breton buté et stupide, vous êtes un lâche ! cria-t-elle avant de partir en sens inverse sous les huées des soldats présents.

— Il devrait la battre plus souvent. Au moins, le visage tuméfié, elle ne pourrait pas lui manquer de respect ! lança un soldat furieux de voir son maître se faire remettre à sa place comme un valet.

— Tais-toi, lui intima Guillaume, laisse-les régler leurs affaires, on ne t'a pas demandé ton avis.

Il posa ses armes contre la rambarde de l'aire d'entraînement, et suivit des yeux Brunhilde qui partait en direction de la futaie, en contrebas.

— On ne peut pas accorder l'eau et le feu, Guillaume, dit Pierre en passant devant lui. Il faut cependant lui reconnaître une chose : elle ne cède pas facilement.

De la part de Flouville, cette remarque était presque un compliment, s'amusa Guillaume, en voyant que le regard de son ami était aussi posé sur la jolie silhouette qui disparaissait à travers les arbres.

— Le problème, c'est qu'ils se ressemblent trop, et j'ai peur qu'ils ne finissent par se briser l'un l'autre, reprit Guillaume, comme s'il pensait à voix haute.

— Elle lui a imposé un mariage dont il ne voulait pas, et maintenant cette bégueule se refuse à lui, alors, excuse-moi de ne pas compatir à ses petits malheurs conjugaux. *Gazheg kozh !* Mauvaise épouse !

Quelque chose disait à Guillaume que cela ne pouvait pas

être aussi simple. De toute façon, rien n'était simple entre ces deux-là depuis leur première rencontre, semblait-il. S'il avait éprouvé une certaine méfiance au début, il était prêt à jurer que la jeune femme était sincère dans son désir de paix et d'alliance. Alors, pourquoi fermait-elle sa porte à son mari ? Pour se venger de son infidélité avec Gwen ? C'était peut-être ça. Il fallait dire aussi que Conan avait exagéré, en gardant officiellement une maîtresse le jour de son retour !

Inquiet pour Brune, Guillaume renonça à l'entraînement et partit à sa recherche. Il finit par la trouver assise sur une souche, les épaules secouées de gros sanglots.

Il ne savait pas s'il devait dire quelque chose ou faire demi-tour et la laisser à son chagrin. Séduire, faire rire, il savait s'y prendre. Mais devant une femme en larmes il se sentait un peu idiot.

S'il comprenait la colère et la rancœur de son ami, pour partager les mêmes stigmates que lui, il aimait bien Brune. C'était une jeune femme idéaliste et pleine de vie qui faisait ce que son cœur lui dictait, même si, parfois, son humeur prenait le pas sur sa raison. S'attaquer à Conan ouvertement, le traiter d'imbécile et de lâche devant ses hommes, n'allait pas beaucoup l'aider !

En cet instant, elle n'avait vraiment rien d'une conspiratrice ou d'une vengeresse ; elle donnait plutôt l'image d'une femme seule, abandonnée dans un monde hostile, et le bon cœur de Guillaume fléchit devant ce triste spectacle.

— Allons, madame, ne restez pas là à pleurer.

Brune le regarda et se détourna, honteuse d'être prise en flagrant délit de faiblesse.

— Inutile de me dire de partir, je crois au contraire que vous avez besoin de compagnie.

— Qu'est-ce que ça peut vous faire ? dit-elle après s'être mouchée bruyamment.

— Aussi étonnant cela soit-il, et malgré votre sale caractère de Normande, je vous aime bien, Brunhilde. Je vous reconnais même certaines qualités au milieu de votre montagne de défauts, lui expliqua-t-il en souriant.

Brune sourit malgré elle et, le regard fixé droit devant elle, inspira à pleins poumons l'air parfumé des sous-bois pour calmer ses pleurs.

— Si j'étais allé à Pontorson, il y aurait eu une grande fête, aujourd'hui. La grande salle aurait été décorée de fougères et de fleurs séchées, on aurait dansé. J'adore danser ! Nous avons de très bons musiciens chez nous, vous savez ?

— Est-ce une fête particulière ? demanda-t-il en la voyant si nostalgique.

— Oui, c'est mon anniversaire, et le seul présent que j'aurais demandé aurait été que mes frères…

Sa voix se brisa.

— J'aurais voulu qu'ils me prennent dans leurs bras et m'assurent que tout cela n'était qu'un affreux cauchemar, que j'allais bientôt me réveiller dans ma chambre et que tout irait mieux demain. Je savais que tous me seraient hostiles, mais j'espérais qu'avec le temps…

Sa voix se brisa de nouveau et elle ne chercha même plus à cacher son chagrin, laissant ses larmes la libérer un instant.

— Je ne peux pas vous dire que tout ira mieux demain, Brune, mais je peux vous dire que vous avez un ami. Enfin, je ne suis pas votre ennemi, en tout cas. Ne vous méprenez pas, je tuerais vos frères sans hésiter si l'occasion se présentait, en un combat loyal malgré ce qu'ils nous ont fait, mais je n'ai pas de haine envers vous.

— Personne ne semble comprendre. Qu'y a-t-il de mal à

empêcher un bain de sang et des pillages ? s'emporta-t-elle, frappant son genou de son poing.

— Rien, Brune… Allez, venez… À défaut d'une fête et d'un banquet, je vous offre mes bras, dit Guillaume en la prenant contre lui.

Brune laissa ce geste amical et compatissant la calmer. Cela faisait des mois que personne ne l'avait touchée avec amitié ou affection. Tout en pleurant silencieusement, elle se laissa aller. C'était si bon de se sentir aimée un instant ! Peut-être pas aimée, mais au moins pas détestée.

Guillaume la berça contre lui quelques minutes le temps que son chagrin s'apaise tout à fait.

— Moi non plus, je ne vous déteste pas, Guillaume Le Gallays, dit-elle en reprenant son mouchoir pour essuyer ses larmes.

— Heureux de vous l'entendre dire ! Je mangerai ma pitance sans trembler de mourir empoisonné, maintenant ! la taquina-t-il.

— Idiot, dit-elle en riant de son air comique, et en lui donnant un coup de coude dans les côtes.

— Je veux bien me faire traiter d'idiot si j'arrive à faire rire une jolie femme ! lui répondit-il en faisant le pitre. Bon anniversaire, Brune, ajouta-t-il avec un baisemain respectueux.

— Merci du fond du cœur, Guillaume. Ne dites rien au sujet de mon anniversaire, je supporte déjà sa colère et son mépris, je ne veux pas de son hypocrisie.

— Comme il vous plaira, madame. Je vais vous raccompagner, maintenant.

Brune essaya de remettre un peu d'ordre dans sa tenue.

— Je dois être affreuse.

— Non, seulement triste, répondit Guillaume avec un sourire. Peut-être pourriez-vous… Enfin, si vous laissiez à

Conan le droit de partager votre couche, peut-être serait-il plus enclin à vous accorder son attention. Il a eu tort de vous imposer Gwen, mais ça n'est pas un mauvais homme, je vous l'assure. Et voilà, c'est dit ! À présent, je me sens atrocement gêné d'avoir abordé ce sujet avec vous…

Brune le regardait, incrédule et amusée ; il était devenu aussi rouge qu'un coquelicot.

— Dieu soit béni, ni Pierre ni Conan ne sont là, sinon je serais bon pour des mois de railleries !

— Moi, je vous ai vu ! le taquina Brune. Mais je vous jure que je ne dirai rien. Je vous remercie de vous soucier de mes relations avec Conan, mais c'est plus compliqué que ça.

— Pensez-y, en tout cas… Beaucoup de choses se délient grâce à…

Il termina avec un geste vague de la main qui fit de nouveau sourire Brune.

Sentir ce séducteur impénitent confus de parler des choses charnelles avec elle l'amusait beaucoup. Elle se hissa sur la pointe des pieds et lui embrassa la joue.

— Merci, Guillaume. Allons-y avant que Conan n'envoie toute la garde à notre recherche. Je suis déjà traitée de tous les noms d'oiseaux, je n'ai pas envie d'ajouter « déserteur » à la liste !

Brune rentra au donjon, espérant puiser auprès d'Hélène quelque réconfort. Quant à Guillaume, il allait prendre un tour de garde sur les remparts quand il fut alpagué par Pierre, qui fonça sur lui comme un taureau furieux et le plaqua au mur, un bras sous sa gorge.

— Serais-tu devenu fou, Pierre ? Lâche-moi !

— C'est toi qui deviens fou ! Tu peux m'expliquer ce que

tu faisais avec elle dans la futaie ? Non contente de se refuser à lui, elle compte le faire cocu avec toi ?

— Tu dis n'importe quoi ! Avant d'aller trop loin, lâche-moi !

— Je vous ai vus, collés l'un à l'autre !

— Elle pleurait, imbécile, et je n'ai rien fait d'autre que la consoler. C'est son anniversaire, aujourd'hui, et tout ce qu'elle voulait, c'était un peu de réconfort.

— Elle a un mari pour ça ! Tiens-toi à distance ou j'en informerai Conan.

— Comme si ça lui faisait quelque chose ! jeta Guillaume, écœuré par les relations détestables des deux jeunes mariés. Je ne pensais pas qu'il puisse être aussi violent et insultant avec une femme.

— Elle t'a retourné la tête ou quoi ? demanda Pierre, furieux de voir son ami de toujours tombé dans les filets de Brunhilde. As-tu si peu de mémoire ? Ton dos ne te rappelle plus rien ?

Guillaume sortit de ses gonds et le foudroya de ses yeux bruns.

— Ce n'est pas elle qui nous a enfermés comme des rats et ce n'est pas elle qui a pillé et incendié nos domaines. Ce n'est pas elle non plus qui tenait le tison quand on nous a fait ça ! cria-t-il en frappant le dos de Pierre du plat de la main. Pas elle non plus qui m'a traité moins bien qu'un animal ! cria-t-il d'une voix éraillée par la colère et la douleur.

Un long silence suivit. Désolé d'avoir troublé son ami par de mauvais souvenirs, Pierre détourna le regard et se racla la gorge.

— Elle paie déjà ce mariage suffisamment cher, alors laisse-la tranquille, soupira Guillaume en faisant deux pas vers l'escalier qui montait aux remparts. Une chose encore, avant que je prenne mon poste…, ajouta-t-il en se retournant.

Et il lui décocha un coup de poing dans la figure qui l'envoya à terre.

Le géant, éberlué, se passa les doigts sur la bouche et fixa le sang sur sa main. Il bondit sur ses jambes en jurant comme un beau diable, puis riposta d'un crochet dans l'estomac. Ils se bagarrèrent jusqu'à épuisement. L'étroitesse du passage ne leur permettait pas un combat en règle, mais aucun d'eux ne voulait laisser l'autre l'emporter. Question de fierté.

Ce fut épuisés et le visage en sang que Conan les trouva, un quart d'heure après.

— On peut savoir à quoi vous jouez ?

— Simple remise à niveau, répondit Guillaume d'une voix éraillée par la douleur, en s'appuyant contre le mur humide pour se relever.

— Un entraînement en milieu étroit, renchérit Pierre en se massant la mâchoire et la bouche, qui avait doublé de volume.

Voulant connaître le fin mot de l'histoire, Conan se tenait devant eux droit comme un I, planté sur ses jambes et les bras croisés sur sa large poitrine.

— J'attends..., dit-il.

Son regard s'assombrissait de seconde en seconde.

— Cet imbécile m'accuse de vouloir séduire ta femme !

— Mon *épouse*, corrigea Conan machinalement.

— Justement ! C'est tout le problème ! dit Pierre pour sa défense.

— Occupez-vous donc de votre cul !

— C'est plutôt le sien dont tu devrais t'occuper ! marmonna Pierre en époussetant son pourpoint d'une main nerveuse.

— Si tu veux manger avec toutes tes dents ce soir, ferme-la, Pierre ! répondit Conan en lui envoyant un coup de poing dans l'estomac.

— Mais, qu'est-ce qui ne tourne pas rond, chez elle ? s'impatienta le géant, plié en deux.

— Ce ne sont pas tes affaires.

Pierre se redressa et adopta la même posture que Conan.

— Si ! Parce qu'elles ont un impact sur tout le château, ces affaires, comme tu dis.

— Vous êtes censés donner l'exemple ? Deux lieutenants qui se battent comme des écuyers !

— Toi aussi, tu es censé donner l'exemple, alors fais en sorte que Gwen quitte le château !

— Gwen ? Ça fait des lustres qu'elle ne partage plus mon lit ! La dernière fois, c'était le jour de mon retour ici, avoua Conan en se passant nerveusement la main dans les cheveux.

Ses deux amis le dévisagèrent, perplexes.

— Tu veux dire qu'au lieu de prendre ta femme tu lui as collé une raclée et que tu es parti culbuter cette gourde ? Après, tu t'étonnes qu'elle te tienne la dragée haute ! s'écria Pierre.

— Je ne lui ai pas collé une raclée. Je n'ai jamais levé la main sur une femme et ce n'est pas aujourd'hui que…

— Va dire ça à son épaule ! le coupa Guillaume sur un ton inamical.

— C'était un accident ! cria Conan, excédé.

— Au moins, cette fois-là, tu ne l'avais pas blessée volontairement, marmonna encore Guillaume, un sourcil levé. J'en ai marre, Conan, alors, ne compte plus sur moi pour questionner ta femme ou « ton épouse », j'en ai soupé de vos querelles.

Il s'éloigna avec une démarche raide.

— Où vas-tu ? lui cria Pierre quand il arriva devant la poterne.

— Chez le coutelier, j'ai une course à faire, répondit Guillaume avec un regard noir pour Conan. Un cadeau d'anniversaire…

À défaut d'un présent féminin, un petit couteau pourrait se révéler utile. Brune avait le droit de se défendre. Et il voulait rééquilibrer un peu les forces en présence.

Chez l'artisan, il trouva exactement ce qui lui fallait : une lame qui ressemblait à un stylet, avec un manche fin et une garde en argent, facilement dissimulable dans une manche ou un manteau.

— C'est pour une dame, expliqua-t-il.

— Alors, dites-lui que cette accroche lui permettra de fixer le fourreau à sa jarretière. Étrange présent pour une dame, cela dit… Ne préférez-vous pas un service de couteaux en corne pour sa table ?

— Oh non, croyez-moi, ceci est parfait ! dit Guillaume, fier de sa trouvaille.

Chapitre 9

Quelques jours plus tard, retournant au donjon après avoir fait une ronde, Conan avisa Erwan et Amélie qui se dirigeaient vers les appartements de Brunhilde.

— Que fais-tu ici ? demanda-t-il au palefrenier d'une voix peu aimable.

— J'apporte un chat à dame Brunhilde. Amélie m'accompagne. Elle voulait saluer votre épouse et lui offrir des fleurs séchées, répondit Erwan, qui saisissait mal la raison de la mauvaise humeur de son seigneur à son encontre.

— Un chat ? répéta Conan, surpris.

— Oui, dame Brunhilde semble beaucoup les aimer, et elle préfère les noirs. J'ai trouvé une jolie femelle avec de beaux yeux topaze, alors j'ai pensé qu'elle pourrait lui plaire. Regardez, c'est elle…, ajouta-t-il en sortant le chat de sa besace et en le prenant dans ses bras pour le montrer au vicomte. Viens, ma belle. Vous l'avez déjà vue à l'écurie, l'autre jour.

— Un chat ? C'est tout ce qu'elle te voulait à l'écurie ?

— Oui, messire, répondit Erwan, surpris de cet intérêt.

Conan se sentit soudain stupide. Brune semblait lui rester fidèle malgré ses menaces de se faire engrosser par le premier venu…

— Elle m'a aussi offert un joli dessin de cheval, car elle sait que je les adore. Il a l'air presque vivant sur le papier ! Elle a vraiment un don pour le dessin, mais vous devez déjà le savoir.

Conan se rappela qu'elle lui en avait effectivement parlé le jour où il l'avait soignée dans sa chambre, suite à sa mystérieuse chute. Ce souvenir et les blessures de Brune ne firent qu'assombrir davantage son humeur.

— Elle m'a dit qu'elle envoyait des dessins de notre comté et du château à ses frères pour leur faire connaître notre Bretagne, tant elle la trouve jolie, dit fièrement Amélie.

Le frère et la sœur se turent en remarquant l'air sombre de leur maître. À croire que plus ils parlaient, plus leur maître virait au rouge.

— Montez-lui ce qu'elle attend, leur dit Conan d'un air songeur, avant de reprendre son chemin vers les appartements de sa mère, afin de savoir ce qu'elle avait appris à travers les courriers de Brunhilde.

Il allait devoir percer le mystère Brunhilde de Montgomery lui-même, maintenant que Guillaume avait refusé de continuer sa mission. Il devait découvrir à tout prix ce qu'elle tramait avec ses frères.

Il attendait impatiemment que la visite du palefrenier prenne fin pour avoir le champ libre. Elle serait probablement moins sur la défensive et donc plus facile à surprendre.

Il prit place à la table des maîtres, dans la grande salle : il avait des parchemins à étudier pour la suite des travaux. Mais son esprit s'emballa de plus belle.

Des dessins…

Faisait-elle parvenir à ses frères des plans des travaux en cours ?

L'image de Brune conversant avec l'un des maîtres d'œuvre, des plans à la main, lui revint à l'esprit. S'intéressait-elle aux travaux pour mieux trouver la faille qui permettrait une invasion ? Montgomery serait-il assez fou pour risquer sa tête en désobéissant sciemment aux ordres du roi ? Et elle, qu'avait-elle à y gagner ? Elle perdrait la confiance de la reine, serait jetée au cachot, ou pire... Quelque chose ne tournait pas rond, comme disait Pierre, et Conan ne pouvait s'empêcher d'être suspicieux.

Les rapports quotidiens de Guillaume ne lui avaient fourni aucun élément tangible. Il s'agissait à chaque fois de promenades à cheval, de prières à la chapelle, de visites aux chaumières isolées et d'inspection de villages d'où elle revenait avec une liste de rénovations supplémentaires à entreprendre. Malgré sa mauvaise humeur et l'angoisse qui lui serrait le ventre, il devait admettre que les améliorations proposées par Brune étaient justes et cohérentes. En fait, elles rejoignaient même point par point celles qu'il avait lui-même prévues : moulins, granges supplémentaires, fours à pain, lavoirs, amélioration de certaines routes...

Elle semblait penser à tout et pesait les dépenses. On ne pouvait lui reprocher d'être irréfléchie ou d'exagérer les commandes. Elle avait réussi à tirer des charpentiers un bon prix pour refaire la quasi-totalité des masures du château, qui abritaient les familles des gens qui travaillaient.

Facile de s'attirer les bonnes grâces des manants affamés avec les poches remplies des écus de mes propres caisses, puisque les Normands nous ont volés, pensa Conan, amer, en se laissant aller sur son siège, les sourcils froncés.

Balayant du regard la grande salle, il se prit à rêvasser au faste de son enfance.

Son père sur la chaise du maître, les tentures richement décorées, les nombreux mets sur la table, le sourire et l'insouciance de sa mère qui dansait lors des banquets.

Le bonheur les avait désertés depuis si longtemps ! Ils portaient tous de profonds stigmates de leur passé. Sa mère s'était emmurée de froideur, comme si elle se reprochait quelque chose, comme si elle rejetait le monde depuis la mort de son mari et l'incarcération de son fils.

Il aurait donné cher pour la revoir sourire ou danser. Elle aurait dû refaire sa vie depuis longtemps. Certains voisins l'avaient d'ailleurs demandée en mariage après la mort de son mari. Mais elle avait refusé. Elle ne parlait jamais de l'attaque et du pillage de Dol, ou du château. Elle gardait enfouis dans son cœur ses souvenirs douloureux, rongée par la tristesse.

Montpensier, Montgomery…

Que de noms honnis et maudits qui avaient ravagé leur existence !

Chacun léchait ses plaies encore ouvertes du mieux qu'il pouvait : Pierre dans la colère et la vengeance, Guillaume dans la provocation et une fausse insouciance, lui dans la rancœur et le silence.

Il n'avait jamais plus osé se montrer à qui que ce soit, pas plus que ses camarades. Il était incapable de se mettre à nu de corps comme de cœur. Qui voudrait entendre les horreurs dont ils avaient été témoins ? Qui voudrait les voir, scarifiés, brûlés, marqués d'un pentacle dans le dos ? Pentacle qui leur vaudrait sûrement le bûcher comme sorciers, si les gens savaient. Il entendait encore les rires de ses bourreaux, les cris de douleur de ses compagnons d'infortune mêlés aux siens, sentait encore l'odeur âcre de la chair brûlée qui, en cet instant, lui donnait la nausée.

Il devait protéger les siens à tout prix pour qu'aucun Breton vivant sur cette terre ne souffre plus comme ils avaient souffert. Jamais.

Or, avoir Brunhilde de Montgomery sous son toit, c'était comme faire entrer le loup dans la bergerie. Un loup retors car déguisé en une douce agnelle.

Elle possédait peut-être une apparence douce et féminine,

très agréable à regarder, mais derrière cette jolie façade se cachait une Montgomery, il ne fallait pas l'oublier.

Elle n'avait rien de doux et de fragile. Au contraire, c'était une calculatrice et une épine dans son pied depuis bientôt quatre mois.

Pourtant, il ne l'avait pas épargnée par son mépris et son indifférence ! Mais elle était coriace, preuve qu'elle mijotait quelque chose. Toute femme normale aurait fui depuis longtemps devant l'avalanche de coups bas et d'agressivité dont tous l'abreuvaient.

Tout en passant ses journées à l'espionner et à se renseigner sur ses faits et gestes, il la tenait éloignée de lui le plus possible. Toutes les lettres envoyées à ses frères étaient passées entre les mains sévères de sa mère, qui n'y avait trouvé que des banalités à pleurer et quelques esquisses en effet, mais rien qui témoigne d'un mauvais coup en préparation : elle n'en était que plus dangereuse…

Que pouvait-elle faire, enfermée des heures dans sa chambre, si ce n'était préparer un plan d'invasion ou une autre traîtrise ? Et ses mains toujours tachées de noir et d'encre, n'était-ce pas la preuve qu'elle constituait un dossier solide, permettant à ses frères de connaître tous les secrets de Ker Glenn ?

Elle partait aussi à cheval ou à pied avec Guillaume et se montrait attentive aux entraînements et aux armes des soldats. Faisait-elle l'inventaire précis de leurs munitions et de leurs forces armées pour mieux les offrir en pâture aux lames acérées des Normands ?

Bouillant sur son fauteuil et n'y tenant plus, Conan se leva d'un bond en voyant enfin Erwan et Amélie sortir du donjon, puis il se dirigea vers les appartements de son épouse.

N'avais-tu pas dit que tu n'y mettrais jamais les pieds ? fit une petite voix sarcastique dans sa tête.

La fin justifie les moyens, répondit-il à cette voix en grimpant les marches avec détermination.

Ce jour-là, la lumière était idéale pour dessiner. Brune était absorbée par son esquisse et Hélène brodait de jolis motifs sur une cape de laine, pour en valoriser les contours. Un silence apaisant régnait dans la chambre, perturbé seulement par les coups de crayon qui crissaient sur la feuille à dessin et le ronronnement du chat lové sur ses genoux. Brune espérait secrètement que ses affaires personnelles finiraient par arriver, car elle allait très bientôt manquer de papier et de fusain. Jacques avait veillé à lui faire parvenir vêtements et linge, mais pas les affaires qu'elle attendait le plus : ses livres et son matériel à dessin. Elle n'avait pas osé en demander à sa belle-mère, encore moins à Conan, qui se transformait en ours dressé sur ses pattes dès qu'elle approchait.

Aucune réponse ne lui était parvenue de Pontorson depuis quatre mois ; elle avait envoyé une vingtaine de courriers, demeurés hélas sans réponse. Jacques comptait-il rompre tout contact avec elle ?

Et Wandrille ? Son cher Wandrille lui en voulait-il lui aussi au point de l'ignorer et de la laisser seule en milieu hostile ?

Elle examina son dessin d'un œil critique et soupira. Son fusain avait tracé un cavalier sur sa monture, le regard plein d'éclairs et les cheveux courts agités par le vent, la pluie ruisselant sur les flancs de son cheval. C'était la dernière image qu'elle avait eue de son frère aîné, et elle se sentait très mélancolique.

La chatte se frotta à son bras pour réclamer une caresse. Une fois la caresse reçue, elle sauta sur la tablette à côté du chevalet.

— Descends, ma belle, tu vas tout casser… Allons, ordonna Brune au petit animal, qui ne semblait pas écouter, mais dont les yeux étaient rivés sur le dessin. Il n'est pas aussi sévère, d'habitude, expliqua-t-elle.

— Votre frère reviendra vers vous quand sa colère sera apaisée, madame, laissez-lui du temps, lui dit gentiment Hélène, pour l'exhorter à la patience.

— Quatre mois, Hélène ! N'ai-je pas été assez punie ?

— Qui connaît le cœur des hommes, madame ?

— Certainement pas moi ! Je semble même assez douée pour les éloigner.

Hélène admirait vraiment sa jeune maîtresse ; elle faisait preuve de courage, même si ce courage virait souvent à l'entêtement.

— Ce n'est peut-être pas une si mauvaise idée que cela, cette annulation, se hasarda-t-elle en espérant ne pas provoquer la colère de sa dame.

— Tu ne vas pas t'y mettre, toi aussi ! Si je pars maintenant, tout ce que j'aurai supporté n'aura servi à rien. Même si j'avoue que c'est difficile, je dois me montrer patiente, pour obtenir ce que je veux le plus au monde : sa confiance et son respect.

Et son cœur ? souffla une petite voix cruelle.

Brune rangea ses dessins dans une grande pochette de cuir qu'elle posa sur la tablette. Elle avait assez dessiné et vidé son cœur sur le papier pour aujourd'hui.

— Je serais devenue folle depuis longtemps, à votre place, avoua Hélène en posant sa broderie sur ses genoux.

— Si je ne le suis pas, c'est bien grâce à toi. Tu es toujours là pour moi.

— Vous savez que je le serai toujours, madame, même si je payerais cher pour être ailleurs !

Cet aveu toucha Brune, qui se leva et vint près d'elle.

— Merci de ne pas partir, dit-elle en prenant sa main dans la sienne.

Hélène secoua la tête et sourit. Au-dehors, les vêpres sonnaient.

— Voulez-vous vous rendre à la chapelle pour assister à l'office vespéral ?

— C'est une bonne idée, allons-y. Je vais prendre ma cape, car il fait encore un peu…

Sa phrase resta en suspens car la porte s'était ouverte, livrant passage à son mari.

— Veuillez nous laisser, ordonna Conan à Hélène, qui s'inclina et s'exécuta, une fois que sa maîtresse eut acquiescé d'un signe de tête.

Conan ferma la porte derrière la servante et attaqua sans perdre un instant.

— On m'a rapporté que vous envoyez à vos frères des plans des travaux du château, commença-t-il en écorchant volontairement la vérité pour distinguer le vrai du faux.

— Calomnies ! rétorqua Brune en essayant de rester calme.

— Niez-vous leur avoir envoyé des esquisses de Ker Glenn ?

— Nenni, messire, je n'ai pas dit cela. Je leur ai envoyé des dessins, c'est vrai, mais aucun plan de vos défenses, si c'est ce que vous voulez savoir. De *nos* défenses, corrigea-t-elle en fronçant les sourcils. Pourquoi mettrais-je en péril notre sécurité ?

— En cas d'attaque, vos frères veilleraient à ce qu'aucun mal ne vous soit fait ! répondit Conan comme si c'était l'évidence même.

— En êtes-vous si sûr ? dit-elle, fatiguée, en baissant la tête. Ils semblent m'avoir rejetée… Pas une lettre d'eux en quatre mois.

— Que voulez-vous me faire croire ? Qu'ils boudent leur sœur ? la nargua-t-il. Prenez-moi pour un imbécile, tant que vous y êtes ! Encore une preuve de votre sournoiserie. Donnez-moi vos dessins !

Aussitôt, Brune devint rouge comme une pivoine et secoua la tête nerveusement.

— Vous êtes dans mes appartements et vous surgissez en m'accusant de trahison ! Je n'ai rien fait qui puisse mériter vos allégations, je suis fidèle aux promesses que j'ai faites à Leurs Majestés !

— Fidèle ? Laissez-moi rire et choisissez mieux vos termes ! jeta Conan, de mauvaise foi.

Brune croisa les bras et fronça les sourcils, piquée par cette remarque plus que désobligeante. De qui se moquait-il ? Qui des deux entretenait une relation coupable ?

— Mais si, je vous suis fidèle, Conan. Ma vertu est toujours intacte, pour peu que ça vous intéresse.

— En mal d'amant ? Je vous avais dit que vous n'aviez rien qui puisse plaire à un Breton.

Sa remarque avait atteint sa cible, car il la vit pâlir et détourner le regard. Elle sursauta quand la chatte bondit de nouveau sur la tablette. L'animal fit tomber la pochette de cuir, d'où s'échappèrent de nombreuses esquisses.

— Non, non ! Oh, mon Dieu, cria Brune, paniquée, en s'agenouillant pour ramasser au plus vite tous ces dessins et les soustraire à la curiosité de son mari.

— Lâchez cela ! lui ordonna celui-ci, en essayant de lui prendre le paquet de feuilles qu'elle tenait serré contre elle comme si c'était le plus cher de ses trésors. Votre imposture est démasquée, donnez-moi ces plans !

Brune essaya de s'écarter, mais Conan n'y alla pas par quatre chemins : il fondit sur elle comme un rapace sur sa proie.

— Non, Conan, je vous en prie, ne regardez pas, c'est à moi ! gémit-elle, au bord des larmes, quand il se saisit de ses dessins.

Puis elle resta inerte, agenouillée et honteuse, attendant qu'il déverse sur elle sa colère et son mépris.

Les secondes qui suivirent furent les plus longues et les

plus silencieuses qu'elle ait jamais connues. Les yeux fermés, elle n'entendait que le bruit du papier et ses propres sanglots.

Soudain, son regard se posa avec effroi sur le dessin qu'elle avait fait de Gwen et Conan. Elle essaya de s'approcher discrètement du lit et posa ses jupes dessus pour le dissimuler.

Si Conan voyait celui-là, elle n'oserait plus jamais le regarder en face.

Lui, la voyant cacher quelque chose sous ses jupes, les souleva sans ménagement pour sa pudeur, exposant ainsi ses jambes fuselées jusqu'à mi-cuisses, et trouva ce qu'il pensait être la preuve qu'il cherchait.

— Voici donc…, commença-t-il, avant de s'arrêter, estomaqué.

— Ce n'est pas ce que vous croyez, dit-elle en essuyant les larmes qui coulaient sur ses joues. Je ne voulais pas regarder, je vous le jure. J'étais fatiguée, le voyage et le dîner m'avaient éprouvée. Je voulais savoir si vous alliez venir et si nous…

Elle se releva, et écarta les mèches de cheveux qui lui cachaient le visage. Elle avait perdu sa coiffe, et de longues mèches brunes s'étalaient sur ses épaules et dans son dos.

— Je vous ai attendu des heures, et puis j'en ai eu assez d'attendre et d'avoir peur, alors je suis allée vous chercher… Et je vous ai vu.

Elle ne cherchait même pas à cacher ses larmes, c'en était trop de ces perfides accusations !

— Riez si vous voulez, continuez à m'humilier autant que vous le voudrez, Conan, mais je ne m'en irai pas, je n'en ai pas le droit. J'ai fait une promesse, conclut-elle en reniflant, et, même si cela me coûte terriblement tous les jours, je la tiendrai.

Elle leva la tête et le fixa de ses yeux remplis de larmes, de doute autant que de détermination.

— Il vous reste deux mois pour comprendre que votre place n'est pas ici. Saisissez cette chance avant qu'il ne soit trop tard.

La voix de Conan n'était pas agressive, mais grave et posée. Sa tonalité rauque provoqua chez elle une série de frissons qui n'avaient rien à voir avec la peur.

Trop tard pour quoi ? se demanda-t-elle.

— Vous n'avez pas idée de ce que je suis prête à endurer ! le défia-t-elle, en venant très près de lui.

— Et vous, vous n'avez pas idée de ce dont je suis capable ! la menaça-t-il. Ne suis-je pas le démon de Dol ? Pourquoi croyez-vous qu'on m'ait donné ce surnom ? J'éventre mes ennemis après les avoir pendus, je brûle et je dévaste les hameaux normands. Si votre frère tombe entre mes mains, il regrettera d'être né et me suppliera de l'achever !

— Vous ne me faites pas peur, Conan, répondit courageusement Brune, je sais qui vous êtes. Et ces contes de vieilles femmes à dormir debout sur les démons de Dol et leurs prétendus pouvoirs sataniques ne m'effraient pas non plus ! Tout cela n'est qu'un tissu de mensonges.

— De mensonges ? Pas tant que ça, dit-il d'une voix blanche. Vous voulez voir ce que je suis, Brunhilde, vous le voulez vraiment ?

Il retira son pourpoint de cuir et sa chemise. Brune recula un peu, troublée par cet homme à demi nu qui se tenait devant elle. Elle le trouva magnifique. Elle n'avait pas peur, savait qu'il ne lui ferait jamais de mal. Pas de cette façon-là, en tout cas. Mais, au lieu de venir vers elle, il pivota et lui montra son dos.

— Seigneur Jésus ! souffla-t-elle dans un murmure effaré, en mettant les mains sur sa bouche.

*
* *

Conan sentait son regard sur lui, un regard de dégoût et d'horreur, à n'en pas douter. Mais quand il sentit deux mains fraîches se poser sur la peau scarifiée de son dos, et la douceur de ses lèvres se poser sur lui, il pivota de nouveau, comme brûlé au fer rouge.

— Comme vous avez dû souffrir, Conan ! Je suis désolée, vraiment désolée.

Il se saisit de son poignet et le garda un instant dans sa main de fer. Qui était cette femme ? Une sorcière ? Une enchanteresse venue bouleverser sa vie à peine reconstruite ? Force était de constater qu'elle n'avait pas fui.

— Qui vous a fait ça ? demanda-t-elle, craignant de connaître déjà la réponse.

— À votre avis…

— Non, pas Jacques ! Cela ne lui ressemble pas ! Il vous aurait tué en combat singulier, peut-être, mais jamais il ne se serait abaissé à torturer quelqu'un.

— Ne soyez pas si sûre de vous, Brune. Les hommes deviennent des bêtes, à la guerre, attirés comme des charognards par l'odeur du sang.

— Jurez-moi sur la Bible que c'est mon frère qui vous a fait ça !

— Non, je ne peux pas. C'est Montpensier qui était présent, mais il nous a adressé le bon souvenir des Montgomery, avant de s'amuser avec le tisonnier. Votre frère, en revanche, est venu voir ce qu'était devenu l'écuyer qui lui avait pris son père, ainsi que la décrépitude de tous mes compagnons. Il était là, le jour de notre libération.

— Est-il au courant, pour votre dos ?

— Il a saccagé Dol avec Montpensier, alors forcément ! Ce fumier n'a pas manqué de me dire que ce cadeau venait aussi de votre frère.

— Nous serons bientôt fixés. Ces deux mois passeront vite, et j'attends ses explications, à défaut d'espérer ses lettres.

— Dans vos courriers, vous restez évasive sur bien des sujets, pourquoi ?

Elle ouvrit des yeux ronds.

— Vous avez lu mes lettres ? Ces lettres sont comme les dessins, elles m'appartiennent, et vous n'avez pas le droit de les lire !

— Tout ce qui se trouve dans ces murs m'appartient, Brune.

— Non, je ne vous appartiens pas, et ce, par l'effet de votre volonté ! Ils croient tous que c'est moi qui vous rejette, amusant, non ? La parole d'une Montgomery contre celle du seigneur de Ker Glenn… Qui oserait douter ? Cependant, laissez-moi vous dire que vous vous mentez. Vous dites que je n'ai rien qui puisse vous plaire, alors pourquoi vos yeux se posent-ils sur mes lèvres quand je vous parle ? Pourquoi êtes-vous si tendu, tant sur la défensive, chaque fois que je vous effleure ?

Joignant le geste à la parole, elle dévora ses lèvres du regard et posa les mains sur son torse, le parcourant de caresses, comme elle avait imaginé le faire bien souvent.

— À quoi jouez-vous ? demanda Conan de cette même voix rauque, si troublante.

Il demeurait immobile, comme indifférent à ses caresses, mais sa respiration bloquée et ses poings crispés montraient qu'elle le déstabilisait.

— Fermez les yeux et imaginez un instant que nous soyons à Nantes… Non pas le seigneur de Ker Glenn et la dame de Montgomery… Juste Conan et Brune, chuchota-t-elle, avant de déposer un baiser sur son cœur.

À chaque parole, chaque geste, le feu qui le dévorait depuis des semaines lui embrasait un peu plus le corps.

— Je veux savoir si je me suis trompée sur vos baisers, s'ils ont menti…

Conan vit son visage s'approcher du sien, puis basculer en arrière. Les yeux mi-clos, Brune lui offrait ses lèvres. Dieu seul savait comme il la désirait ! N'y tenant plus, il l'embrassa sauvagement pour lui montrer qu'il ne fallait pas jouer avec le désir d'un homme. Mais à peine sa langue avait-elle caressé la sienne que sa colère se mua en quelque chose de bien plus viscéral.

Loin de le repousser, Brune s'accrochait à sa nuque, passant les mains dans ses cheveux, l'attirant plus près d'elle encore. Elle savourait ce baiser sans concession, comme si elle devait mourir le soir même. Son cœur lui criait qu'elle avait fait le bon choix : Conan était l'homme qui lui était destiné.

Avec un soupir de plaisir, elle sentit ses bras lui enserrer le corps, et une vive émotion lui déchira le cœur. Elle interrompit leur baiser malgré elle, et recula, bouleversée.

— Maintenant, je sais, dit-elle en prenant sa cape avant de sortir précipitamment de la chambre, laissant Conan au milieu de ses dessins, figé et silencieux, sa chemise sur le sol.

Le souffle court et les sens exacerbés, Conan se sentait démuni, comme si on lui avait retiré toute force. Il ramassa ses vêtements et, une fois vêtu, entreprit de ranger les dessins qui jonchaient le sol. Il prit le temps de les regarder un à un, constatant que la plupart le représentaient. Il était saisi par la façon dont Brune arrivait à capter une expression, un regard. Le plus ancien remontait à quelques mois ; elle l'avait fait à Nantes. Il était facile de le savoir, puisqu'elle les datait. Il y était représenté comme un archange en armure, une grande épée à la main et les ailes déployées. Sur d'autres, elle l'avait dessiné chemise ouverte, manches retroussées, éreinté comme après un entraînement. D'autres encore le montraient en colère, les yeux noirs, avec un air qui pouvait aisément passer pour démoniaque.

Trois d'entre eux attirèrent tout particulièrement son attention. Ils le montraient séduisant, les lèvres entrouvertes, le regard rieur, les cheveux en bataille, et nu. Enfin, le haut du buste dénudé seulement, car il se doutait bien qu'une pucelle ne dessinerait pas un homme en tenue d'Adam.

Lui servir de modèle ne devait pas être désagréable… Il était sûr qu'elle se transformait quand elle dessinait. Elle devait avoir l'air en extase, comme sujette à une vision. Son esprit devait se détacher du monde.

Il referma la pochette de cuir et resta songeur un instant. Le chat vint se frotter à ses jambes et il s'accroupit pour lui caresser la tête. Il se sentait gêné d'avoir fait irruption dans ses petits secrets, et surtout gêné qu'elle l'ait surpris avec Gwen. Il avait voulu qu'elle l'apprenne par les ragots ancillaires, pas qu'elle les voie en pleine action…

Une chose qui ne se reproduira plus, pensa-t-il, puisqu'il avait mis un terme à sa liaison avec la jolie veuve et que depuis quatre mois ses nuits étaient solitaires. Mais en pensée elles l'étaient beaucoup moins. Une certaine brune de sa connaissance enflammait ses rêves bien souvent. Et après ce baiser… Il en voulait davantage, même si c'était absolument hors de question. Sans abstinence, pas d'annulation, sans annulation, pas de liberté. Or, après ces années de captivité et de souffrance, il tenait plus que tout à sa liberté : plus jamais il ne serait sous le joug d'un Normand… Ou d'une Normande.

*
* *

Depuis le soir où Conan avait découvert ses dessins, Brune le fuyait à son tour, osant à peine paraître aux repas et évitant son regard. Elle avait acquis la certitude que, s'il aimait les bras et les baisers de Brune, être l'époux de Brunhilde de Montgomery représentait pour lui une croix trop lourde à porter. Elle ne pouvait guère se couper en deux. S'il voulait Brune, il allait devoir accepter Brunhilde, et s'il rejetait Brunhilde, alors il perdrait Brune.

Chapitre 10

Ce matin-là, alors que tout le château fourmillait encore d'ouvriers qui blanchissaient les murs à la chaux, Brune demanda à partir en promenade pour Roz-Landrieux, afin de continuer à dresser la liste des travaux nécessaires aux différents villages.

— Très mauvaise idée, madame, objecta Guillaume en lui proposant une autre destination.

— Ce village n'a donc pas besoin de travaux ? demanda-t-elle, tout en connaissant la réponse.

— Oh si, plus qu'un autre, même, mais…

— Donc nous irons, le coupa-t-elle en flattant l'encolure de la jument docile qu'Erwan sellait pour elle. Vous devriez être content, je croyais que vous dépérissiez à me regarder m'agiter devant les ouvriers ! ajouta-t-elle, taquine.

— Ces terres appartiennent à notre évêque, à présent, lui expliqua Guillaume en l'aidant à monter à cheval.

Brune ne comprenait pas pourquoi il semblait si tendu.

— Les travaux avancent bien ici et ma dot est conséquente, alors je veux aussi aider ces gens. On m'a dit que c'était un village très pauvre, qui avait été dévasté. Erwan et Amélie en sont originaires et m'en ont parlé… Je veux aller voir de mes propres yeux.

— Comme il vous plaira, mais ça risque de ne pas être du

goût de tout le monde…, finit par déclarer Guillaume, qui savait que s'il ne l'accompagnait pas elle trouverait un moyen d'y aller sans lui. Vos pensées rejoignent celles de Conan, car il y patrouille avec quelques hommes, aujourd'hui.

— Ah bon ?

Tu ferais mieux de changer de projet si tu ne veux pas le croiser, lui souffla la petite voix de la lâcheté.

— Il sera trop occupé pour nous accorder un peu de son temps, alors allons-y, voulez-vous ? dit-elle pourtant.

— Madame ! Puis-je vous accompagner ? demanda Amélie, son fils dans les bras. Ce sera l'occasion de vous présenter ma mère et mon village. Et vous aurez besoin d'une ambassadrice…, ajouta-t-elle en rougissant vivement.

Elle tendit son bébé à son mari, le forgeron du Mont Dol.

— Confie-le à ta mère, je serai vite rentrée, lui dit-elle, bien qu'il semble désapprouver ce voyage, lui aussi.

— Dois-je m'attendre à un accueil des plus froids ?

— Hostile serait plus juste…, confirma Jagu. Le village n'était plus qu'un tas de cendres et de sang quand les Normands sont partis. Même les enfants n'ont pas été épargnés… Vous devriez demander une escorte.

— Ta compagnie sera la bienvenue, Amélie, dit Brune en secouant la tête avec désolation.

— Je monterai avec Erwan, répondit Amélie en lui souriant.

— Jagu a raison, madame, je vais demander une escorte pour éviter tout incident, annonça Guillaume après réflexion.

— Croyez-vous vraiment que ce soit nécessaire ? s'enquit Brune, qui trouvait qu'ils prenaient tous cette visite un peu trop au sérieux. J'ai visité nombre de villages sans qu'aucun problème ne survienne.

— Pour votre sécurité, oui, répondit Guillaume, l'air sombre.

Brune en resta sans voix. Devait-elle renoncer et rester

au château ? Non, certainement pas ! Quand un abcès était douloureux, la première chose à faire était de le percer.

Quelques minutes plus tard, le chevalier Le Gallays revint avec quatre cavaliers dont Pierre de Flouville, qui paraissait plus renfrogné que d'habitude. Brune avait du mal à soutenir son regard.

— Vous avez le goût du risque, madame, pour vous rendre à Roz-Landrieux !

— Le bonjour à vous, messire de Flouville, rétorqua Brune pour lui montrer son impolitesse. Erwan et Amélie m'ont fait part de travaux urgents dont pourrait bénéficier ce village. Connaissez-vous la région ?

Un grand silence s'abattit sur le petit groupe et Brune sut qu'elle avait fait mouche. Pierre semblait lui vouer plus de haine que tous les autres réunis, pourquoi ? Elle savait déjà qu'il avait perdu un donjon. Y avait-il autre chose ?

— Allons-y, dit Guillaume en prenant la tête au côté de sa dame. Nous avancerons au pas, n'ayez crainte.

Durant tout le trajet, la troupe resta quasi silencieuse, et ce silence se fit plus écrasant encore quand ils arrivèrent au village. Un terrain bordé de pieux à moitié brûlé entourait quelques maisons et, à l'entrée du hameau, se dressaient de chaque côté de la route des croix blanches alignées les unes à côté des autres, certaines plus petites que d'autres.

— Les habitants qui ont été massacrés, lui chuchota Amélie, et les petites croix sont…

— Les sépultures des enfants, la coupa Brune, dont l'estomac manquait de se retourner.

À l'ouest se trouvait un monticule rocheux sur lequel se

dressaient, sinistres et noires dans le paysage, les ruines de ce qui avait dû être une tour de guet.

D'autres croix blanches étaient visibles, plus loin, sur la verdure, et Brune en perçut une dizaine en bas des murs.

— Qu'était-ce ? demanda-t-elle, en pointant du doigt les ruines noircies.

— La tour de Flouville, répondit Guillaume sans élever la voix.

Inspirant vivement, Brune se retourna pour chercher Pierre du regard, mais le géant la dépassa en l'ignorant, et entra dans le village, où il fut accueilli avec joie par les habitants.

— Nous avons été mandés par messire Conan pour établir la liste des travaux nécessaires à votre village, annonça-t-il.

— Dieu vous bénisse, messire, dit un homme qui boitait, en venant saluer son ancien seigneur. Quelle est votre escorte ?

— Messire Guillaume et nos soldats, Erwan et Amélie, les enfants de Louise, nous accompagnent, ainsi que l'épouse de Conan, dame Brunhilde de Montgomery.

Le silence, lourd comme une chape de plomb, s'abattit sur l'assemblée.

— Brunhilde *de Ker Glenn*, rectifia Brune.

L'agitation parcourut aussitôt le village, et ce qui n'était qu'un chuchotement se transforma vite en une vague de protestations.

— Une Normande ? Dehors ! On ne veut pas de vous ici !

— Mes fils sont morts à cause des gens de votre espèce !

— Ils ont tué ma fille après l'avoir déshonorée ! Allez-vous-en !

Brune, le cœur battant la chamade, mit pied à terre et avança vaillamment au milieu des habitants, dont certains tenaient des fourches ou des bâtons, prêts à s'en servir contre elle.

— Les Normands ont ravagé votre village, je ne dis pas le contraire, et, que vous le vouliez ou non, c'est une Normande qui vous aidera à le reconstruire. Où est votre bourgmestre ?

Un homme grisonnant à la barbe courte, taillé sur le modèle d'une barrique, avança sans la saluer.

Brune ne releva pas l'insolence et montra les toits de chaume.

— Nous commencerons par les maisons. J'en compte douze, c'est bien cela ?

— Onze seulement sont habitées, répondit l'homme.

— Alors, nous pourrons peut-être transformer l'autre en grange ou…

— Elle est à moi, cette maison ! grogna une femme rabougrie.

Intriguée, Brune tourna des yeux interrogateurs vers le bourgmestre, mais celui-ci se contenta de croiser les bras en bougonnant.

— Une des filles de notre village, Soizic, vivait dans cette maison. Elle est grosse d'un Normand, elle a été jetée dehors.

Brune foudroya du regard la vieille femme, qui releva le menton, prête à la défier.

— Peux-tu expliquer cela ? Quel genre de mère es-tu, pour rejeter ton enfant ?

— Elle nous a trahis ; je l'ai reniée. Elle s'est donnée à un Normand, bien fait pour elle, si elle s'est retrouvée enceinte d'un bâtard ! dit la vieille en crachant sur le sol.

Un homme qui lui ressemblait s'approcha : son fils, sûrement, se dit Brune.

— On lui a rendu la monnaie de sa pièce, à ce Normand, se vanta l'homme en mettant les poings sur les hanches.

— Développe ! lui ordonna Brune sans se démonter.

— Il est mort, ricana son interlocuteur.

— Tu avoues donc ton crime ? J'en informerai mon époux. Ça te vaudra sûrement la corde…

— Ce n'est pas moi ! Je dis juste qu'il l'a bien cherché !

Guillaume regarda Pierre, qui était plus que fermé. Se

pouvait-il qu'il soit responsable de la mort de l'amoureux de Soizic ?

— Non, dit Pierre, qui avait manifestement suivi ses pensées.

— Je n'ai rien dit, protesta Guillaume avec un sourire forcé.

— Alors, tu penses très fort. Je vais chercher Conan avant qu'elle se fasse tuer, marmonna-t-il en secouant la tête. De quoi elle se mêle, celle-là... Tâche d'éviter qu'elle ne déclenche une émeute.

Brune se retourna vers Amélie, qui se frottait les mains l'une contre l'autre, mal à l'aise.

— Peux-tu m'en dire plus sur ces deux jeunes gens ?

À ce moment-là, Erwan revint, une femme âgée à ses côtés. Les traits de cette dernière avaient la même douceur que celle du palefrenier, se dit Brune.

La vieille femme la salua poliment et vint embrasser sa fille.

— Ma mère l'aide un peu en lui apportant de la nourriture quand elle a des restes. Soizic est partie travailler à Nantes, puis elle est revenue, grosse d'un soldat du roi. Elle a aussitôt été rejetée. Le soldat est venu au village quelques semaines après, mais le frère de Soizic l'a chassé. Tout ce que je sais, c'est qu'on a retrouvé son corps sur la route, le lendemain.

— Et ce n'est pas moi ! Je ne dis pas que je ne l'ai pas cogné un peu, mais il était vivant quand il est parti. Il a dit qu'il reviendrait avec une armée si nécessaire, alors, si quelqu'un s'en est chargé, tant mieux !

— Tu as dû cogner très fort. Conduis-moi à cette jeune femme, dit Brune, furieuse.

— Ce ne sont pas vos affaires, alors terminons notre travail ici et retournons au château, objecta Pierre, agressif, toujours juché sur son étalon.

— Amélie, conduis-moi, ordonna Brune, ignorant complètement le chevalier.

Elle l'entendit marmonner quelque chose qu'elle préféra ne pas comprendre et partir au galop. *Bon débarras !* pensa-t-elle, soulagée.

Amélie s'engagea sur un petit sentier qui s'enfonçait dans un sous-bois, à l'ouest du village. Au bout de quelques minutes, elles arrivèrent à une cabane de branchages, d'où s'échappait une fumée blanche par le trou qui faisait office de cheminée. Depuis l'intérieur s'éleva un gémissement qui se transforma en cri de douleur, et Brune se précipita dans la cabane.

Une fille, très jeune, était allongée sur une couche de paille, les mains sur son ventre arrondi. Elle saignait.

— Soizic ?

— Le bébé vient, gémit cette dernière, terrifiée.

— Amélie, reste près d'elle, je vais chercher le guérisseur ! dit Brune en enlevant sa cape.

— Inutile, madame, maître Alain ne viendra pas. C'est l'enfant d'un Normand, un bâtard, de surcroît. Ça porte malheur.

— Tiens bon, Soizic, je vais le chercher, ce guérisseur, répéta Brune, sortant de la cabane en courant.

Elle fit aussi vite qu'elle le put ; ses vêtements simples n'entravaient pas ses mouvements. Elle arriva au village comme une furie, les joues rouges, légèrement décoiffée, les jupes remontées à mi-mollets.

Elle passa la porte de l'enclos en manquant de bousculer Guillaume.

— Le guérisseur, vite !

Une femme lui montra du doigt une masure où elle entra, Guillaume sur les talons.

— Venez vite, Soizic va accoucher !

— Qu'elle meure de son péché, ce n'est pas mon affaire ! Si Dieu veut qu'ils vivent, son bâtard et elle, alors ils vivront.

Écœurée par le mépris de la vie et la haine que lui renvoyait le rebouteux, Brune se saisit d'un tisonnier.

— Madame, je vous en prie, arrêtez ! cria le guérisseur, qui avait peur de prendre un coup.

— Tu vas m'écouter, espèce de vieux coq bavard ! Tu vas aider cette femme à mettre au monde son bébé ou je te jure que me tenir tête sera la dernière chose que tu feras ! le menaça Brune, exaspérée, lui brandissant le tisonnier au-dessus de la tête.

— Fais ce qu'elle te dit, ordonna alors Guillaume à l'homme.

Au-dehors, la foule ne perdait pas une miette de ce qui se passait.

— Aucune femme honnête ne voudra plus que je l'accouche, si je m'occupe de…

— Mais de quoi est-elle coupable, à la fin ? D'être tombée amoureuse de la mauvaise personne ?

Maître Alain observa la jeune femme armée de son tisonnier d'un air dubitatif. Loin de se laisser impressionner, elle abattit l'instrument si fort sur la table que le guérisseur fit un bond en arrière.

— Maudite Normande, grommela-t-il.

— Je comprends très bien le breton, rétorqua-t-elle dans sa langue.

Le guérisseur remonta ses manches en grognant et la suivit au-dehors, où tous attendaient.

— Avancez ! fit-elle en le poussant dans le dos à l'aide du tisonnier.

Ils remontèrent le chemin en courant, suivis par les curieux qui accouraient dans les sous-bois.

— De quoi avez-vous besoin ? demanda Guillaume, qui souhaitait se rendre utile.

— Apportez du bois pour le feu et faites quérir des linges propres et de quoi couvrir l'enfant, dit Brune.

L'arrêtant par le bras, elle ajouta tout bas :

— Merci, Guillaume.

Il s'acquitta de sa mission. Une dizaine de minutes plus tard, il rapporta dans la cabane le bois et le linge, puis ressortit. Les accouchements n'étaient pas affaire d'hommes : il attendrait à l'extérieur comme les autres.

Maître Alain examina la parturiente, conscient de la présence de la vicomtesse, toujours armée du tisonnier.

— Tu perds du sang depuis quand ?

— Hier, répondit Soizic en haletant. Au début, un peu, puis de plus en plus, et depuis ce matin ça n'arrête pas.

Au visage grave du guérisseur, Brune devina que ça n'était pas bon signe. Elle entreprit de parler pour remonter le moral de la jeune mère.

— Comment vas-tu l'appeler ?

— Robert si c'est un garçon, comme son père.

Il y avait des larmes dans ses yeux.

— Il est venu me chercher, vous savez ? Nous voulions nous marier et vivre à Nantes, où ses parents tiennent une auberge.

— Oui, je sais, Soizic. Il devait beaucoup t'aimer pour risquer la route.

— Oui, on s'aimait beaucoup. Je ne sais même pas où ils l'ont enterré, mon frère a refusé de me le dire.

Une violente contraction l'empêcha de parler et elle cria.

— Et si c'est une fille ?

— Rozenn, ça veut dire rose. Je ne sens plus le bébé bouger depuis quelques heures.

Le guérisseur lui palpa le ventre et Brune, qui tenait toujours son tisonnier, s'inquiétait de plus en plus.

— Posez donc ça… Le bébé est mal positionné, il va falloir le tourner. Mords, ça va faire mal, dit-il sèchement en plaçant un bâton entre les dents de Soizic.

Brune posa le tisonnier et vint au chevet de la jeune fille, les mains un peu tremblantes. Elle n'avait jamais assisté une femme en couches et cela l'impressionnait terriblement.

— Posez vos mains en haut de son ventre et poussez vers la droite, il faut remettre la tête du bébé en bas.

Chacun exerça des pressions répétées pour faire pivoter l'enfant et la pauvre Soizic mordait le bâton de toutes ses forces pour ne pas hurler. Après dix minutes d'acharnement, rien n'avait changé.

— Le bébé ne passera pas en siège, elle est trop jeune. Je crains que…

— Non ! On va y arriver ! Cet enfant naîtra vivant aujourd'hui ! Allez, Soizic, je sais que tu peux y arriver.

Brune repositionnait déjà ses mains sur le ventre de la jeune femme épuisée. Elle essayait de ne pas regarder le sang sur le drap et la paille de la couche, pour se concentrer sur l'essentiel. Au bout de quelques minutes, ses efforts furent récompensés.

— Maintenant, à chaque contraction, pousse aussi fort que tu peux, dit le guérisseur en appuyant sur le ventre de la jeune femme pour l'aider.

À chaque poussée, le sang coulait davantage, et Brune ne pouvait s'empêcher de penser que la pauvre Soizic allait y laisser la vie.

— Robert ! criait-elle au milieu de ses sanglots. Je n'ai pas voulu ça ! Je t'aimais si fort !

Brune pleurait elle aussi en lui tenant la main.

— Tu vas avoir un merveilleux bébé et tu l'aimeras de tout ton cœur.

— Je vois la tête, l'encouragea maître Alain, pousse encore !

Soizic cria et poussa aussi fort qu'elle le put. Enfin, le guérisseur attrapa l'enfant et le sortit du corps de sa mère.

Brune regardait, attendrie autant qu'effarée, cette petite chose bleue et sanglante dans les mains du rebouteux.

— Il est mort, dit le guérisseur en posant le petit corps sur la table. C'est peut-être mieux comme ça.

— Taisez-vous ! cria Brune, dégoûtée par son indifférence, et occupez-vous d'elle !

— Elle se vide de son sang, et lui, elle, plutôt, est morte… Que voulez-vous que je fasse ? s'écria-t-il, dépassé par les événements. Je ne suis pas Dieu !

— Si vous ne voulez rien tenter, dites-moi au moins ce que je peux faire, le supplia Brune.

— Essayez toujours de lui souffler dans le nez et la bouche, ça lui ouvrira peut-être les poumons, répondit-il en comprimant le ventre de la jeune femme, qui avait perdu connaissance.

Brune se pencha au-dessus du bébé, posa ses lèvres sur le nez et la bouche du petit être, et souffla jusqu'à voir son thorax se soulever. Elle continua, encore et encore, priant Dieu de lui rendre la vie.

— Respire ! Respire, mon ange !

Et Dieu exauça ses prières… La petite inspira à pleins poumons à plusieurs reprises, avant de crier très fort.

— Merci, mon Dieu, merci, dit Brune en enveloppant le bébé redevenu rose dans un drap puis dans une petite couverture. Ta mère a hâte de te rencontrer, ma chérie, dit-elle en riant.

Brune s'approcha de Soizic, mais le guérisseur passait la main sur son visage pour lui fermer les yeux.

— C'est mieux pour elle, croyez-moi sur parole.

— Elle était trop jeune pour mourir, souffla Brune en posant malgré tout le bébé près de sa mère. Il faut trouver une nourrice, ou cette petite va mourir, elle aussi.

— Personne n'en voudra, je vous l'ai déjà dit. Vous auriez mieux fait de la laisser mourir.

— Tout le monde n'a pas le cœur aussi sec que vous !

Brune reprit la petite créature contre elle et sortit, furieuse. Ce n'est qu'au-dehors qu'elle se rendit compte que ses manches et sa robe étaient tachés de sang.

Son arrivée tonitruante s'était répandue comme une traînée de poudre dans le village et une petite foule attendait de connaître le sort de Soizic.

— Est-ce que Soizic avait de la famille, hormis ces deux-là ? demanda Brune, en jetant un regard courroucé à la vieille femme et à son fils.

— Pas ici, répondit une jeune fille, mais à Saint-Malo elle a une tante, la sœur de sa mère.

— Soizic est morte, pour peu que ça vous intéresse, reprit Brune en serrant la petite contre elle.

Les gens se signèrent et regardèrent l'enfant.

— C'est une petite fille et elle a besoin d'une nourrice, expliqua Brune en ouvrant un peu la couverture pour que les gens voient la petite.

— Personne ne veut d'un enfant né d'un Normand, c'est un enfant du péché et du diable ! cracha la vieille femme.

— Vous la laisseriez mourir de faim ? C'est votre petite-fille !

— Ce ne sont pas vos affaires, dit maître Alain en arrivant derrière elle. La petite ne respirait pas, mais vous n'en avez fait qu'à votre tête et vous lui avez redonné le souffle. Je vous avais dit que ces Normands ne respectent rien, pas même la volonté de Dieu ! Cette enfant aurait dû mourir !

— C'est de la sorcellerie ! Seul Dieu peut ressusciter les morts, reprit la vieille femme en crachant par terre.

— *Grwac'h* ! Sorcière ! Allez-vous-en !

La foule s'approchait dangereusement d'elle et Brune serrait la petite contre elle pour la protéger de tous ces méchants. Tous les regards hostiles lui criaient de s'enfuir au plus vite. Elle accéléra alors, cherchant désespérément Guillaume du regard.

Des cris furieux la suivaient dans sa fuite ; elle entendait, terrorisée, des pas précipités derrière elle. Elle se mit à courir et percuta de plein fouet Conan arrivant en sens inverse avec Pierre.

La présence des soldats et de leur seigneur calma un peu les villageois, qui attendaient la réaction de leur maître.

— Je la ramène au château, dit Brune, haletante mais catégorique, malgré la frayeur qui l'habitait. Soizic est morte, et ce bébé va mourir aussi si personne ne s'en occupe. Conan, je vous en prie…

— Vous ne trouverez pas plus de nourrice au Mont Dol qu'ici, cria quelqu'un dans la foule.

— Et ce n'est pas vous qui risquez de la nourrir, à ce qu'on dit, railla un autre.

— Silence ! cria Conan. Matteo, ordonna-t-il au chef du village, tu enverras ton fils à Saint-Malo chez la famille de Soizic. Fais-leur dire de venir au plus vite.

— Je ne la laisserai pas ici ! Conan, pitié, murmura Brune, suppliante.

— Ta femme s'occupera de la petite jusqu'à ce que…, reprit Conan, avant d'être interrompu par la voix stridente de Brune.

— J'ai dit que je ne la laisserais pas ici ! Ils ne l'aimeront pas, ils lui feront du mal !

— Qu'elle la prenne, après tout, c'est une Normande, elle aussi, rétorqua le bourgmestre.

— Conan, je vous en prie, pitié, répéta-t-elle en serrant son trésor contre elle.

Il la dévisagea. Elle avait pleuré, s'était battue pour faire vivre un enfant qui n'était pas le sien. En cet instant, elle ressemblait à une lionne protégeant son petit, et prête à mordre si quelqu'un approchait.

— Vous ne pourrez pas la garder, vous le savez.

— Je sais. Mais en attendant elle m'a, moi, à défaut d'avoir une mère.

Elle avait prononcé cette phrase avec tant de conviction qu'elle n'avait pas prêté attention aux regards étonnés que s'échangeaient les gens.

— Vous n'avez qu'à avoir les vôtres, au lieu de voler ceux des autres ! *Gazegh kozh* ! Mauvaise épouse !

— *Grwac'h* ! Sorcière !

Et voilà qu'on l'accusait de voler une fillette dont personne ne voulait un instant plus tôt. Quoi qu'elle fasse, elle était rejetée et montrée du doigt.

— Madame, intervint Guillaume, je vais vous aider à monter.

Ainsi, il était parti chercher les chevaux, alors qu'elle avait cru un instant qu'il l'avait abandonnée aux mains des villageois.

— Vous allez bien ?

Les yeux encore rouges, elle fit « oui » d'un signe de tête. Il avait vraiment l'air inquiet et sa sollicitude la toucha. Puis elle se souvint des paroles de la mourante et se dirigea vers Pierre, qui la regarda arriver vers lui les bras croisés et l'air peu engageant.

— Messire, cet homme, là…, fit-elle en montrant le mauvais frère du doigt, il sait où a été enterré l'amoureux de Soizic. Malgré sa peine évidente et sa grossesse, il a refusé de révéler l'endroit à sa sœur. La pauvre est morte sans savoir où l'homme qu'elle aimait le plus au monde repose. Vous veillerez à ce qu'elle soit enterrée à ses côtés, n'est-ce pas ? Ils ont été séparés dans cette vie, ne les séparez pas dans l'autre…

Pierre la fixa un instant sans rien dire, puis inclina la tête en signe d'acquiescement.

— Merci, messire, merci pour *elles*, ajouta-t-elle en regardant le nourrisson qui dormait dans ses bras.

Guillaume s'approcha et lui offrit galamment le bras pour la conduire à sa monture.

— Attends, je vais la prendre en selle… Elle ne pourra pas tenir la petite et conduire sa jument en même temps, dit Conan.

Brune finit donc assise sur l'immense cheval de Conan, pressée contre le corps de son mari.

— Tenez-vous bien.

Une étrange chaleur l'envahit. C'était doux de le sentir si proche !

Conan regardait Brune porter la petite, comme si elle tenait le plus précieux des trésors. Il n'avait aucune idée de la façon dont réagirait sa mère, mais il était fier de la manière dont son épouse avait tenu tête aux superstitions populaires du village.

— Tout se passera bien, ma chérie, tu verras.

Brune embrassa le front du bébé, qui la regardait sans comprendre que celle qui la tenait l'avait ramenée à la vie.

— Qu'est-ce que ça veut dire, *grwac'h* ?

— Ne vous occupez pas de ça.

Comme à son habitude, elle ne céda pas, et Conan finit par répondre.

— Sorcière.

— Je n'ai rien fait de mal, dit-elle tristement, après avoir accusé le coup.

— Brune, vous n'êtes pas d'ici. Il y a beaucoup de superstitions autour de l'accouchement et des nourrissons. Ne les laissez pas vous perturber, vous avez bien agi. Bientôt, sa famille s'occupera d'elle.

— Oui, mais pour le moment elle est à moi, répondit Brune, qui se sentait fondre devant ce petit visage. Tu es belle et toute rose, ma chérie, ma petite Rozenn.

— Rozenn, c'est un joli prénom, commenta Conan d'un ton neutre, en se raclant la gorge.

— Oui, dit Brune, heureuse d'avoir trouvé pour une fois un terrain d'entente avec son mari.

Le chemin du retour passa presque trop vite. Elle était si bien, calée contre le torse fort et rassurant de Conan ! Une certaine torpeur s'était emparée d'elle, après toutes ces émotions, et, l'enfant niché contre elle, elle se laissait aller à cette douceur inattendue.

Lorsqu'ils arrivèrent dans la cour du château, Conan l'aida à descendre de cheval, la saisissant par la taille. Elle leva les yeux vers lui pour le remercier, mais quelque chose, dans son regard, l'en empêcha.

— Ne vous attachez pas trop à elle, elle ne restera pas longtemps.

Cette phrase lui fit l'effet d'un seau d'eau glacée qu'on lui aurait jeté sur la tête.

— Elle est trop jeune pour être sevrée d'amour, mais je doute que vous compreniez un traître mot à ce que je dis, répondit-elle froidement, avant de filer vers le donjon, où Hélène l'attendait.

Éberluée, celle-ci la regarda entrer dans la grande salle, un nourrisson dans les bras. Brune lui donna quelques consignes, et Hélène alla chercher des langes, un pichet de lait, et de quoi constituer un berceau de fortune. Une fois dans ses appartements, toutes deux essayèrent tant bien que mal de faire boire la petite à la tasse.

— Le tout est de savoir comment lui faire avaler ce lait, dit Hélène, inquiète de voir la petite affamée.

— Nous trouverons un moyen, la rassura Brune, qui ne voulait pas démissionner au premier échec.

Elle avait traversé la grande salle sous le regard étonné de tous, mais elle se souciait peu de leur opinion : dans ses bras, Rozenn ne risquait rien. Amélie s'était presque excusée de ne pas avoir assez de lait pour deux enfants. Brune l'avait rassurée en lui enjoignant d'aller retrouver son propre bébé, affirmant qu'elle s'en sortirait très bien. Elle avait peut-être été trop optimiste.

Berçant la petite dans ses bras, elle posa un gros baiser sur sa joue. Puis elle l'allongea sur l'édredon de plumes, trempa un mouchoir propre dans le lait, et le pressa doucement contre les lèvres du bébé, qui le lécha avec plaisir. Elle répéta l'opération plusieurs fois, mais au bout de quelques secondes l'enfant se remit à pleurer. Ses pleurs devinrent des cris inextinguibles et Brune ne sut plus quoi faire.

Sa jolie chatte noire s'approcha alors et renifla la petite, qui brailla de plus belle, puis elle se coucha en boule près d'elle comme pour lui tenir chaud.

Des coups retentirent soudain à la porte. Avec le vacarme que faisait Rozenn, les deux femmes les avaient à peine entendus.

— Je peux peut-être vous aider, dit dame Katel en entrant avec un objet surprenant dans les mains. La sage-femme me l'avait donné à la naissance de Conan. Il n'a pas toujours été le grand gaillard qu'il est aujourd'hui. J'ai bien cru le perdre plusieurs fois, quand il avait cet âge-là. J'étais incapable de le nourrir et la nourrice n'a pas eu plus de succès. Alors, je l'ai alimenté de cette façon…

Elle prit l'enfant dans ses bras et demanda à Brune de remplir une corne avec du lait, après avoir enfoncé dedans un petit tampon de gaze pour en ralentir le débit. La petite téta goulûment le bout de la corne et manqua de s'étouffer.

— Doucement, fillette ! s'esclaffa la châtelaine. Conan était aussi impatient… À vous, maintenant, dit-elle à sa belle-fille au bout de quelques instants. Nourrissez-la environ toutes les trois heures.

Brune prit l'enfant à son tour.

— Viens, ma belle…

Elle la cala dans ses bras et posa plusieurs baisers sur son petit front pour la rassurer. La petite trouva son rythme assez rapidement.

— Comme cela ? demanda-t-elle à dame Katel.

— Oui, vous vous en sortez très bien.

— Merci, madame, répondit-elle, touchée par l'aide inattendue de sa belle-mère.

— Les enfants ne semblent pas vous rebuter.

— Non, je les adore, au contraire. Qui n'aime pas les enfants ?

Elle sentait sur elle le regard de sa belle-mère, un regard tout nouveau, curieux, intense, et dépourvu d'animosité. La châtelaine semblait vraiment soucieuse du bien-être de l'enfant et elle était attentive à donner de justes conseils.

— N'hésitez pas à demander de l'aide, si vous en avez besoin.

— Je le ferai, mais je crois que cette petite demoiselle et moi allons bien nous entendre.

Dame Katel observa une minute encore le charmant tableau que formaient sa bru et le nourrisson. Une idée surprenante lui traversa l'esprit, qu'elle chassa aussitôt. Conan était un homme avec des besoins d'homme, et, s'il s'était tourné vers Gwen, c'était forcément que Brunhilde ne voulait pas de lui.

Un peu perplexe malgré tout, elle s'en alla, laissant sa belle-fille nourrir la petite. Ses pensées se tournèrent alors vers le véritable enfant qu'elle avait nourri de cette façon : l'enfant d'un monstre que ses seins avaient rejeté. Elle se sentait si coupable de l'avoir abandonné qu'elle se mit à pleurer…

*
* *

Cela faisait déjà deux semaines que Rozenn partageait le quotidien des habitants du donjon et chacun s'enquérait de sa santé.

— Comme elle grossit, cette petite !

— Vous faites du bon travail avec elle, madame, même notre bonne dame Katel le dit.

— Du bon lait et des câlins, voilà ce qu'il faut à ce petit ange !

— Elle est adorable et je ne me lasse pas de la regarder, avouait Brune à ses interlocutrices.

« Ne vous attachez pas trop à elle, elle ne restera pas. »

Les paroles de Conan lui semblaient si lointaines ! Depuis l'arrivée de Rozenn, elle prenait tous ses repas dans sa chambre et ne descendait dans la grande salle que dans l'après-midi, pour la promenade de l'enfant. Elle passait son temps à coudre des habits pour sa protégée ou à la tenir dans ses bras. Privée des joies de la maternité par l'entêtement de son mari, elle profitait de cette félicité autant qu'elle le pouvait, même si Hélène affirmait qu'elle allait en faire une petite capricieuse.

Un lundi, un serviteur vint frapper à sa porte et l'informa que son mari les attendait dans la grande salle, elle et la petite. Surprise, Brune, qui finissait de langer l'enfant, demanda :

— Je dois la nourrir, ne peut-il attendre ?

— Non, madame, il a dit tout de suite.

— Allez lui dire ça, à elle, railla Brune, car Rozenn commençait à grogner. Elle a faim !

— S'il vous plaît, madame, insista l'homme qui ne voulait pas faire attendre son maître.

— Nous arrivons ! Je ne voudrais pas que vous subissiez les foudres de messire Conan par ma faute, capitula-t-elle.

Elle enveloppa Rozenn d'une couverture et descendit dans

la grande salle où elle retrouva son mari, sa belle-mère et un couple qu'elle ne connaissait pas.

— Vous nous avez fait demander, messire ? questionna-t-elle, inquiète, voyant dame Katel se placer près d'elle comme pour la soutenir.

— Brunhilde, voici Maître Meriadec, brasseur de son état, et maîtresse Annick, son épouse. Ce sont l'oncle et la tante de Soizic.

Au nom de la jeune femme décédée, tous se signèrent, sauf Brune, qui serra plus fort la petite Rozenn contre elle.

Elle avait repoussé ce moment le plus possible, mais voilà que la réalité la rattrapait. Elle allait devoir se défaire de la seule joie qu'elle avait eue en cinq mois de présence en Bretagne. Si sa tête lui commandait de rendre l'enfant à sa famille, son cœur s'y refusait. Elle voulait avoir des garanties que la petite serait bien traitée.

— Bonjour, madame, la salua poliment la femme. J'ai un petit que je commence à sevrer. Il a deux ans et serait heureux d'avoir une petite sœur avec qui jouer.

— Et si elle ne veut pas boire ? demanda Brune sèchement.

— Ça, il n'y a pas trente-six façons de le savoir, répondit la femme en s'approchant doucement pour prendre l'enfant.

— Laissez-la essayer, Brunhilde, déclara sa belle-mère.

Avec des gestes lents, la matrone prit la petite en souriant, et déboutonna sa robe pour la mettre au sein. Rozenn attrapa le mamelon et se mit à téter comme si sa vie en dépendait. Brune regarda ce petit miracle s'opérer, les yeux pleins de larmes. Égoïstement, elle avait espéré que Rozenn refuse cette manne et reste avec elle, mais elle savait pourtant qu'elle n'avait aucun droit sur cet enfant.

— Messire Conan nous a dit à quel point Rozenn vous devait la vie. J'adorais ma nièce, vous savez… Je ne savais pas pour elle et ce Normand. Ma sœur est une vieille folle aigrie, elle aurait mieux fait de les marier au lieu de…

— De tuer l'un et de chasser l'autre ? ne put s'empêcher de finir Brune. Êtes-vous conscients que Rozenn est la bâtarde d'un Normand ?

— Oui, madame, répondit maîtresse Annick avec douceur. Qu'a-t-elle besoin de le savoir ? Si, un jour, elle me le demande, je lui dirai tout ce que vous avez fait pour elle et à quel point elle a été aimée depuis sa naissance. Que son père et sa mère l'ont conçue avec amour.

Elles se regardèrent un long moment, puis, une fois la tétée terminée, Brune demanda à prendre la petite dans ses bras.

— Tu seras bien sage avec ta tante, ma petite chérie, bien obéissante. Et tu reviendras me voir bientôt.

— Nous reviendrons à Dol pour la Chandeleur, l'an prochain, promit le brasseur, et vous verrez, elle aura doublé de volume !

Brune regarda ces braves gens qui allaient lui retirer sa petite. Elle savait que Rozenn était chanceuse de trouver d'aussi bons parents. Combien de bâtards étaient abandonnés sur les routes ou dans un panier à la porte d'une église ou d'un couvent ?

— J'y vois un avantage, dit-elle, bravache. Je vais enfin avoir des nuits complètes ! Mais n'oubliez pas votre promesse, se hâta-t-elle de leur rappeler.

Les mains tremblantes, elle remit l'enfant à sa tante après un dernier baiser.

— Elle s'appelle Rozenn. Son père, Robert. Il était soldat du roi. Ses parents tiennent une auberge à Nantes. C'est tout ce que je sais.

— Rozenn ? C'est le prénom de ma mère, dit le brasseur, satisfait du choix.

— Va pour Rozenn, sourit la bonne femme.

Le souffle court et le cœur en morceaux, Brune les suivit des yeux aussi longtemps qu'elle le put, tandis qu'ils reprenaient la route vers Saint-Malo. Elle avait froid, toute chaleur avait quitté son corps et elle se mit à grelotter. Conan s'approcha d'elle et lui posa la main sur le bras, mais elle le repoussa et courut trouver refuge dans sa chambre, où elle s'agenouilla près du berceau. Elle serra le drap du bébé contre elle et pleura à chaudes larmes.

Comme elle avait mal ! Comme elle souffrait ! L'odeur de la fillette imprégnait encore la chambre et elle ne pouvait retenir ses sanglots. Perdue dans son chagrin, elle ne se rendit pas compte que quelqu'un l'observait en silence. Dame Katel, émue, regardait sa belle-fille à qui on venait de retirer son précieux trésor. Se pouvait-il que ses soupçons soient la réalité ? Comment Conan osait-il ne pas respecter les serments du mariage, ni même le plus élémentaire bon sens naturel ? Elle qui avait pensé tant de mal de sa belle-fille se sentait honteuse à présent. Elle se reconnaissait tant dans cette douleur ! Elle aussi avait une plaie béante qui saignait toujours, et elle aussi avait dû faire passer le bien d'un enfant avant le sien.

Chapitre 11

Trois longues semaines étaient passées depuis le départ de Rozenn et, ce matin-là, Brune, qui ne supportait plus d'être enfermée dans sa chambre à broyer du noir, sortit dans la cour à la recherche de Guillaume. À cette heure, il devait être à la messe. Elle fuyait Conan comme la peste depuis le départ de la petite. Il avait essayé de lui parler à deux reprises, de la raisonner, mais son cœur était trop douloureux pour entendre quoi que ce soit venant de sa bouche. Elle avait beau savoir que la petite revenait à sa famille, elle ne pouvait s'empêcher d'en vouloir à Conan : plus que toutes les autres attaques, celle-ci avait laissé une plaie profonde dans son âme.

Elle avait besoin d'air et songea qu'une marche en forêt lui ferait le plus grand bien. Elle n'aspirait qu'au calme et à la verdure. Chaque pierre de Ker Glenn lui criait de partir, de rentrer à Pontorson, et, ce jour-là, elle était très tentée d'écouter la petite voix qui lui disait de rentrer chez elle et de laisser tomber tout ce qu'elle avait érigé, depuis qu'elle avait forcé le destin.

Mais elle se refusait à baisser les bras. Car depuis cinq mois pas une vie bretonne ou normande n'avait été fauchée par l'épée, pas une grange n'avait brûlé, aucun paysan ne s'était vu retirer le fruit de son labeur. Elle devait donc poursuivre son œuvre, quoi qu'il lui en coûte.

Dans la cour d'honneur qui desservait la chapelle et la tour des dames, elle trouva sa belle-mère qui parlait avec Pierre de Flouville et fut tentée de faire demi-tour.

— Bonjour, madame, dit-elle à la douairière. Chevalier, ajouta-t-elle pour faire bonne mesure.

— Madame, lui répondit Flouville sèchement.

— Conan est parti récolter les fermages avec quatre hommes. Il ne sera pas de retour avant demain au plus tôt, lui apprit dame Katel.

— C'est Guillaume que je cherche.

— Le chevalier Le Gallays est avec Conan.

— Dommage… Je vais demander à un garde de me servir d'escorte, en ce cas.

— Nenni, ma fille, Pierre vous accompagnera dans votre promenade. Il a toute la confiance de Conan.

Mais pas la mienne, se dit Brune.

— Je suis plus utile à tenir cette place qu'à servir de nourrice à dame Brunhilde, s'emporta le chevalier.

— Conan serait fâché d'apprendre que son épouse est sortie sans une escorte digne de ce nom. Vous n'êtes pas sans savoir que seuls les chevaliers de notre maisonnée sont habilités à l'escorter. Guillaume étant absent, ce privilège vous revient.

Le mot « privilège » fut prononcé sur un ton qui laissait supposer un certain amusement de la part de la maîtresse des lieux.

— Je ne voudrais pas détourner messire Pierre de ses occupations. Je peux fort bien demander un…

— Et désobéir ainsi à votre mari ?

— Non, bien sûr que non, madame, répondit précipitamment Brune, qui ne voulait surtout pas avoir affaire à Conan à son retour.

— Peut-être pensez-vous que messire Pierre est incapable de vous défendre ?

— Oh non, je me doute qu'il se débrouille très bien à l'épée pour l'avoir vu à l'œuvre, à l'entraînement, notamment.

Ou pour avoir vu les cadavres mutilés qu'il laisse derrière lui, ajouta-t-elle *in petto.*

— Vous ne recherchez pas ma compagnie, madame, ni moi la vôtre. Plus vite nous partirons, plus vite…

— Vous serez débarrassé de cette corvée ?

— Vous lisez dans mes pensées !

Brune voulut renoncer à sa promenade, mais quelque chose, dans les yeux de sa belle-mère, l'en empêcha. Était-ce un encouragement ?

Celle-ci leur souhaita bonne promenade, riant sous cape.

Ce fut donc aussi fermé et hostile que les remparts de Ker Glenn que Pierre de Flouville suivit Brune. Elle pouvait sentir son hostilité et son regard dur à travers ses épaules. Elle se tenait droite, les mains crispées sur ses jupes. Elle aurait mille fois préféré rester cloîtrée dans sa chambre, mais refuser l'escorte du chevalier, c'était montrer à tous qu'elle en avait peur et son orgueil s'y était refusé. Malgré la hargne dont il la gratifiait, elle voulait imposer sa volonté et le peu de liberté qui lui était octroyé.

Son pied se posa au bord d'une racine qu'elle n'avait pas vue et elle manqua de perdre l'équilibre.

— Être désarçonnée devient une habitude, on dirait, ironisa-t-il.

— Gardez votre mauvaise humeur pour vous, Flouville, vous ne m'impressionnez pas du tout, répondit Brune, en rougissant malgré elle.

L'allusion à sa première nuit à Ker Glenn était volontaire, à n'en pas douter. De toute façon, il ne lui épargnait aucune remarque ni attaque, et personne, au château, ne la protégeait de son agressivité.

— Que je cherche à vous impressionner, vous vous flattez ! Décidément, les Montgomery sont d'un orgueil qui n'a d'égal que la noirceur de leur âme.

— Allez au diable ! Qu'est-ce que j'ai bien pu vous faire, pour que vous me haïssiez à ce point ? Allez, parlez ! D'habitude, vous ne pouvez pas vous empêcher de l'ouvrir !

Son attitude et sa façon de s'exprimer étaient tout sauf celles qu'une dame se devait d'utiliser, mais elle n'en avait cure. Elle était furieuse de cette colère dont il faisait montre en permanence vis-à-vis d'elle et, seule avec lui, elle se sentait toutes les audaces.

— Ce que j'ai à vous reprocher ? Soyez sûre d'une chose : votre survie, vous la devez à la reine ! Je voudrais vous tuer et vous faire subir exactement ce que votre frère a fait à ma fiancée et à ma mère !

Il s'approcha dangereusement de Brune, qui lui faisait face aussi courageusement qu'elle le pouvait, malgré ses genoux qui menaçaient de flancher.

— Mais de quoi parlez-vous ?

— Ma tour a été attaquée, il y a deux ans, par les Normands. Conan m'avait envoyé à Dol pour servir de courrier à l'évêque, qui voulait s'entretenir avec le seigneur de Saint-Malo. Quand je suis revenu... Tout était dévasté.

— Je suis désolé, Pierre, mais je n'en suis pas responsable, et je suis sûre que Jacques n'a rien à voir avec ça !

— Rien à voir ? Son étendard était planté à côté de la tête de ma fiancée qu'il venait d'égorger ! Elle et tous nos gens. Dans les décombres encore fumants, j'ai trouvé cinq autres corps dont celui de ma mère.

— Non ! C'est impossible ! Mon frère n'aurait jamais fait ça ! Il ne s'attaquerait pas à une femme.

Elle se boucha les oreilles et secoua frénétiquement la tête. Elle en avait la nausée. Pierre la saisit par les épaules au risque de lui broyer les os et la secoua comme un prunier, puis la repoussa aussi loin que possible.

Elle tomba de tout son long dans l'herbe épaisse où des mottes de terre molles amortirent sa chute. Les mains couvertes de terre fraîche et sa robe salie, elle se redressa et essaya de reprendre contenance.

— Qu'est-ce que vous croyez ? Que me maltraiter et vous venger sur moi les fera revenir ? Ou qu'elles approuveraient ce comportement abject dont je fais les frais ?

— Vous semez le chaos autour de vous, vous et votre race, *grwac'h ha gazheg kozh* ! Maudite sorcière et mauvaise épouse !

— Vous avez l'insulte facile, c'est tout ce que je vois. Je ne suis pas une sorcière et je ne suis pas non plus une mauvaise épouse, se défendit-elle, au bord des larmes. Quoi que je fasse, je ne trouve grâce aux yeux de personne.

— Conan aurait dû vous prendre par la force, puisque vous lui revenez de droit ! Après tout, vos charognards de soldats ne se sont pas gênés avec nos femmes !

Il la détailla sans vergogne, s'attardant volontairement sur son décolleté.

— Il mérite mieux qu'une Normande frigide !

Brune baissa le regard et rougit violemment. Elle connaissait trop les bruits qui couraient sur son mariage.

— Alors, c'est vrai, ce qu'on dit ? Vous lui refusez de votre lit ?

Au bord des larmes, elle se détourna, mais Pierre la saisit par les épaules et la fit pivoter face à lui.

— Répondez !

— Ça ne vous regarde pas, rétorqua-t-elle, furieuse, en essayant de se dégager.

— Ce sont les marques sur son dos qui vous dégoûtent ? Eh bien, sachez que c'est votre frère qui lui a fait ça !

— Vous êtes complètement fou et vous mentez ! Seul Montpensier était présent, je le sais, Conan me l'a dit.

— J'ai été fait prisonnier en même temps que Conan et Guillaume. Votre frère et Montpensier nous ont fait marquer comme des animaux. Je n'oublierai jamais ce que ce sale chien nous a jeté à la figure : « Avec le bon souvenir de Montgomery. »

— Vous dites n'importe quoi ! Jacques était en Angleterre comme envoyé du roi durant tout ce temps, le duc de La Trémoille pourra le confirmer, puisqu'il l'accompagnait.

— Que voyez-vous, quand vous regardez le dos de votre époux ? cria-t-il en la malmenant de nouveau.

— Lâchez-moi, vous me faites mal !

— Oh non, croyez-moi, vous ignorez ce qu'est la douleur, mais je me ferai une joie de vous l'apprendre.

Il la rejeta de nouveau et commença à délacer son pourpoint de cuir. Effrayée à l'idée qu'il mette sa menace à exécution, Brune fit quelques pas en arrière.

Il ne ferait pas ça, se dit-elle, essayant de se rassurer.

Elle le vit retirer sa chemise et se mit à courir aussi vite qu'elle le pouvait à travers les arbres. Les branches basses la fouettaient au passage, mais elle n'en avait cure, il lui fallait fuir et vite ! Pierre la rattrapa et la plaqua contre un arbre.

— Pierre, je vous en prie… Conan ! hurla-t-elle pour appeler à l'aide.

Il était là, immense, comme une bête à l'affût. Elle sentait son souffle sur son visage et les battements de son cœur tambourinaient à ses tympans. Elle était si terrifiée qu'elle n'osait plus bouger.

Il allait la tuer.

Mais au lieu de se jeter sur elle il lui tourna le dos. Elle vit alors pour la deuxième fois cet horrible spectacle.

Sur toute la largeur du dos, Pierre portait les mêmes scarifications que Conan : un cercle à l'intérieur duquel s'inscrivait un pentacle inversé. Symbole de magie noire. Une telle marque était plus infamante que n'importe quel symbole. Les démons de Dol… Non pas une superstition populaire colportée par de vieilles femmes dérangées qui se plaisaient à faire peur aux enfants faibles et crédules, mais la réalité de la guerre et toute son horreur.

Ce qu'elle avait devant les yeux la cloua de nouveau sur place. C'était sûrement pour cela que Conan gardait sa chemise, quand il était au lit avec sa maîtresse. Des larmes de rage et d'impuissance inondèrent ses yeux. Comme ils devaient tous la détester…

— Ce n'est pas moi qui ai brûlé votre tour, ni moi qui ai fait du mal à votre fiancée. Jamais mon bras ne s'est armé contre vous, jamais je n'aurais osé faire cela…

Elle tomba à genoux, épuisée de se battre contre des murs trop grands et trop solides pour elle, et cacha son visage dans ses mains. Maintenant qu'elle voyait tout cela de ses propres yeux, rien ne comptait davantage que de savoir la vérité. Dans moins d'un mois, l'évêque de Dol, le duc de La Trémoille et Jacques viendraient à Ker Glenn, et elle exigerait des réponses. Son cœur lui criait que son frère était incapable de ces atrocités, mais Pierre avait l'air si sûr de lui… Pourquoi mentirait-il ?

— Je ne peux pas m'empêcher de vous haïr, avoua le chevalier d'une voix lasse, si lasse que Brune sentit son chagrin comme si elle le portait elle-même.

Elle savait ce que c'était que de perdre des êtres chers, mais cet homme avait tout perdu.

— Peut-être que vous me haïrez toujours, et j'en suis désolée, mais vous devez comprendre que j'ai épousé votre seigneur pour empêcher que de pareilles horreurs se reproduisent. Cela peut-il trouver grâce à vos yeux ?

— Et vous, vous devez comprendre que ce n'est pas en lui refusant votre lit que vous y arriverez ! Que cherchez-vous, à part le faire tuer ?

Brune détourna le regard de nouveau. Elle avait envie de crier, de se défendre, mais qui la croirait ?

— Ne parlez pas de ce que vous ignorez. Il est facile de jeter la pierre à une étrangère, n'est-ce pas ? C'est forcément elle qui apporte le malheur, une Normande, une femme aux cheveux noirs, une sorcière qui redonne la vie quand Dieu l'avait prise ? C'est tellement facile ! Ne vous gênez pas, je commence à avoir l'habitude.

Elle se releva et secoua ses jupes d'une main tremblante.

— Je veux rentrer, dit-elle.

Pierre fit demi-tour et revint près des affaires qu'ils avaient laissées choir dans leur folle poursuite. Il enfila sa chemise sans un mot et fourra son pourpoint dans le sac. Il la fixait d'une manière étrange, et elle avait du mal à soutenir son regard. Elle essuya ses larmes et partit d'un pas rapide vers le château. Elle laissait le vent défaire ses cheveux et l'air froid lui rafraîchir le visage. Elle prenait toute la mesure du ressentiment de Pierre, de la méfiance de Guillaume, de la colère de Conan. Comment apporter la paix, quand vous êtes considéré comme le diable en personne ?

Elle entra en trombe dans la cour du château. Elle voulait mettre le plus de distance possible entre Pierre et elle et ne s'assura pas une seule fois qu'il l'avait suivie.

— Madame, tout va bien ? lui cria Erwan en venant à sa rencontre, effaré de la voir dépenaillée et sale.

Elle ne lui répondit pas et courut jusqu'au donjon, soulevant ses jupes comme si elle avait le diable à ses trousses. Pierre arriva à sa suite ; son regard noir ne quitta pas la jeune femme jusqu'à ce qu'elle disparaisse dans le château.

— Qu'est-ce que tu as fait ? attaqua Erwan en prenant son courage à deux mains.

— Ferme-la ! Être le cousin de Maïwenn ne te met pas à l'abri de mes poings.

— Elle aurait honte de toi ! Il n'y avait pas femme plus douce au monde. Regarde-toi ! Regarde ce que tu es devenu !

— La ferme !

— Non, toi, la ferme ! Tu n'es pas digne d'être chevalier ! Attaquer une femme, c'est pitoyable, tu devrais avoir honte. Elle ne mérite pas ce que vous lui faites subir.

— Ah oui ? Et qu'est-ce qu'elle te donne, pour que tu prennes sa défense ? Laisse-moi deviner…

Le poing d'Erwan lui atterrit en pleine figure dans un craquement sinistre. Pierre, le nez en sang, fixa alors le jeune palefrenier, ayant peine à croire qu'il l'avait frappé.

— Va pleurer dans les jupes de messire Conan, si tu veux, je me moque bien de quelques jours de cachot.

Pierre se releva et constata que tous s'étaient arrêtés de travailler et regardaient, ahuris, ce qui venait de se passer. Il savait qu'Erwan disait vrai, mais trop de colère lui empoisonnait le cœur pour qu'il puisse pardonner et avancer. Seule la mort des coupables pouvait alléger sa peine. Puisque Gilbert de Montpensier était mort, il devait tuer Jacques de Montgomery.

Quant à Brunhilde, il ne savait plus quoi en penser. Pouvait-on feindre la tristesse à ce point ? Elle paraissait si persuadée de l'innocence de son frère. Que connaissait-elle de la noirceur des hommes et des atrocités de la guerre ? Lui ne pouvait pas oublier. Dans ses cauchemars, il voyait sa tour en flammes, entendait les hurlements de terreur de sa mère, la voix de Maïwenn qui le suppliait de la sauver.

— Pardonne-moi, mon amour, murmura-t-il pour la centième fois au moins, pensant à la merveilleuse jeune femme qu'il avait perdue.

Chapitre 12

Conan se réveilla dans un cri, livide, trempé de sueur, le crâne martelé par les hurlements des suppliciés qui hantaient ses rêves depuis des années. Le souffle court, il se rallongea et ferma les yeux quelques instants, espérant chasser les images horribles de ses compagnons torturés. Ces années de prison l'avaient marqué à vie de bien des façons, mais comment avouer ses craintes, à qui confier l'angoisse qui lui serrait la gorge, dès qu'il se retrouvait dans un espace clos ?

Il se leva et s'aspergea le visage avec l'eau glacée d'une cuvette mise à sa disposition pour sa toilette. Son dos le brûlait mais pas comme d'habitude. Il pouvait encore sentir le baiser et les larmes de Brune sur ses cicatrices. Pouvait-on feindre la compassion à ce point ?

Les femmes sont douées pour mentir et tromper, fit une voix fielleuse au fond de lui. *Et si elle était sincère, si elle te voulait vraiment, tel que tu es ?* ajouta une autre, pleine d'espérance. Comment savoir ?

Il se voyait mal lui faire confiance. Si elle voulait la mériter, elle allait devoir prouver à tous qu'elle s'attachait à la Bretagne pour toujours et faisait passer son alliance avant sa filiation.

Ces derniers jours, elle paraissait éteinte. Le départ de la petite Rozenn l'avait bouleversée, elle ne s'en cachait pas. Elle errait sans but dans le château et le jardin, plus silencieuse et fermée que jamais. Mais que pouvait-il lui dire pour apaiser son chagrin ? Il se sentait très malvenu à la consoler, pourtant, il en avait envie. Il avait essayé plusieurs fois de se montrer aimable et compatissant, mais elle l'avait rejeté. Il ne pouvait pas lui en vouloir, il avait tout fait pour qu'elle l'ait en horreur.

Si elle cédait à sa demande, elle retrouverait la liberté, épouserait un Normand et deviendrait mère. L'image de Brune dans les bras d'un autre homme s'imposa à son esprit et il détesta cela. Ce n'était pourtant pas la première fois que ses pensées s'égaraient de la sorte, mais d'ordinaire c'était lui qui l'étreignait.

Il se sentait égoïste de ne pas lui donner ce qu'elle désirait le plus au monde, et de mauvaise foi, car, au fond, il n'avait pas vraiment envie qu'elle s'en aille. Ces sentiments contradictoires se heurtaient dans sa tête, mais également dans son cœur. Le souvenir de leur dernier baiser lui troubla l'esprit quelques instants, une sorte de pesanteur lui oppressa le cœur, accusatrice, et il se mit à jurer comme un charretier, envoyant au loin, d'un geste furieux, le linge qu'il tenait à la main.

Elle était malheureuse, et lui, à fleur de peau… Rien de bon ne pouvait sortir de cette situation. Pourquoi persistait-elle ? *Et toi, pourquoi veux-tu qu'elle persiste ?* lui cria une voix douloureuse mais juste.

Des coups nerveux à la porte interrompirent le cours de ses pensées.

— Entrez ! dit-il, de mauvaise humeur.

— Eh bien, quel accueil, mon fils ! se plaignit sa mère en pénétrant dans la pièce, drapée comme à son habitude dans une robe sombre et une guimpe monacale.

— Bonjour, mère, que me vaut votre visite de si bon matin ?

— Je crains hélas que cette visite n'assombrisse encore votre humeur…

— Des mots avec mon épouse ?

— Non, du tout. Mais il s'agit bien de ton épouse. Tiens, lis plutôt, dit-elle en lui tendant un courrier.

Conan reconnut le cachet de cire de son suzerain, l'évêque-comte de Dol. Il lui annonçait sa visite et celle du duc de La Trémoille avec un peu d'avance sur la date précédemment fixée. Le duc ayant été missionné par Leurs Majestés pour une visite diplomatique à la cour d'Italie, le problème Montgomery-Ker Glenn devait être réglé au plus tôt. L'évêque poursuivait sa missive en lui transmettant les grâces du roi et de la reine, qui espéraient vivement la naissance d'un héritier dans l'année à venir, et rappelait que Brunhilde avait toute latitude pour décider du sort de cette alliance, si elle n'y trouvait pas son contentement. Le ton aigre-doux de la lettre hérissa le poil de Conan.

— Ils arrivent dans quelques jours et ton épouse ressemble à une barque qui erre sur la mer. N'importe qui pourra voir qu'elle est malheureuse comme une pierre, ce dont nous sommes tous responsables, reconnut honnêtement la châtelaine.

— Et elle tient nos vies entre ses mains, j'ai compris !

Un long silence s'ensuivit, puis Conan fixa sa mère d'un regard vide.

— Elle peut faire annuler ce mariage, si elle le veut, elle est toujours vierge.

— Seigneur Jésus ! Mais comment… Que cherches-tu ? A nous faire tuer ?

— Non, j'ai cherché une porte de sortie, quelque chose qui nous permette d'échapper à cette situation impossible.

— Cette alliance ne vaut rien sans la consommation de

ce mariage ! Seigneur ! Si Montgomery l'apprend… Crois-tu qu'elle le lui a dit ?

— Vous lisez son courrier, à vous de me l'apprendre.

— J'ai fait cela pour éviter une attaque. C'est une Montgomery. Comment pouvais-je lui faire confiance ? se défendit sa mère en se tordant les mains.

— Nous partageons donc un problème, mère, rétorqua Conan pour lui montrer que consommer le mariage n'était pas si simple pour lui. Si vous avez une idée lumineuse, je suis preneur, mais je doute qu'elle ait envie de me voir depuis le départ de sa petite protégée.

— Essaie tout de même ! J'ai perdu un enfant pendant la guerre, j'ai fait une fausse couche tardive, ton père était mort et tu étais en prison… Peut-être mon corps était-il trop vieux pour donner la vie, prétendit-elle. Qu'importe. La seule chose qui a pu me consoler, c'est de prendre des petits dans mes bras et de passer du temps avec eux.

— Soigner le mal par le mal ?

— Oui. Elle s'entend bien avec Amélie… Peut-être pourrions-nous proposer à celle-ci de passer un peu de temps au jardin avec ses enfants ? Tu devras être là, bien sûr.

— J'avais compris. Va donc pour une journée bonne d'enfants, fit-il en levant les yeux au ciel.

— Tu préfères le billot et la hache ?

Il n'y avait aucune douceur dans la voix de sa mère. Et pour cause : ils devaient tous changer de stratégie avant l'arrivée de l'évêque.

— C'est une très bonne idée, madame, le temps est clair aujourd'hui et prendre l'air vous fera le plus grand bien.

— Je ne sais pas, Hélène, répondit Brune, mélancolique.

— M'accorderez-vous cette promenade, Brune ? insista Conan en lui proposant son bras. S'il vous plaît… De plus, je dois m'entretenir avec vous et le jardin est un endroit plus agréable que cette tour pour bavarder.

— Allez-y, madame ! Vous êtes si pâle, ces derniers jours, vous ne mangez rien. Un peu de soleil vous redonnera peut-être un peu de rose aux joues, insista Hélène en posant une cape sur les épaules de Brune.

Celle-ci se laissa escorter par Conan jusqu'au jardin. Une bourrasque tiède l'accueillit et elle respira l'air printanier à pleins poumons. Elle était touchée qu'il soit venu la chercher, quand bien même elle aurait préféré se faire arracher la langue que de l'avouer.

— Vous avez une visite, dit Conan en lui montrant Amélie qui tenait d'une main le petit Yann et portait dans ses bras la petite Mai.

— Je vous remercie pour votre invitation, messire. J'en suis très honorée, dit Amélie, en faisant une petite révérence.

— J'ai pensé que vous aviez besoin de compagnie, et je me suis dit qu'Amélie et ses enfants égayeraient sûrement votre journée.

— Vous devez partir ? demanda Brune, un peu déçue.

— Non, Brune. Si ma compagnie ne vous déplaît pas trop, j'aimerais rester.

— Votre compagnie ne m'a jamais déplu, Conan, répondit-elle, plongeant ses jolis yeux tristes dans les siens.

Quelque chose se fendit encore un peu plus dans le cœur de Conan, qui avait du mal à détacher les yeux de son visage. Les cernes qui violaçaient ses grands yeux et la pâleur de ses joues le blessaient. Cette constatation le surprit ; il avait vraiment envie de voir les couleurs lui revenir et ces étincelles si vivantes éclairer de nouveau ses prunelles. Étincelles de joie, de vaillance, de colère, même, peu importe, mais ces traits défaits le terrassaient bien plus sûrement que ne l'aurait fait une arme. Il devait se rendre à l'évidence : si sa tête avait voulu éloigner cette femme, son cœur, lui, ne s'y était jamais vraiment résolu.

— Merci, Brune.

Il ne savait pas pourquoi il avait dit ça, mais c'était la seule chose qui lui était venue à l'esprit.

Merci de quoi ? De s'être battue pour un mariage en lequel lui-même ne croyait pas ? D'être restée, envers et contre tous ? Malgré tout ce qu'elle avait enduré, malgré sa peine évidente, elle était toujours là.

— Chat, chat ! babilla le petit Yann.

— Boulotte nous a suivis, on dirait, fit remarquer Hélène en prenant la chatte dans ses bras.

— Boulotte ? répéta Conan. Pourquoi ce nom ?

— Elle mange les repas de madame. Si les assiettes repartent vite vides aux cuisines, c'est à cause de ce petit monstre à quatre pattes.

— Ne la gronde pas, elle était toute maigre quand Erwan me l'a apportée. Elle est beaucoup plus belle, aujourd'hui. N'écoute pas, ma chérie, tu es magnifique, dit Brune, amusée, en gratifiant d'une caresse l'animal qui ronronnait, blotti dans les bras d'Hélène. Viens, Yann, allons nous asseoir là-bas et je poserai Boulotte sur tes genoux, si tu veux.

— Oh oui ! s'écria le petit garçon, tout heureux.

Conan observait Brune, assise sur le banc, qui prenait le temps de partager un moment de complicité avec l'enfant. Il l'imagina faisant de même avec leurs fils et trouva cette image plaisante, vraiment plaisante. Cependant, il s'était fait une promesse : lui laisser le choix d'annuler le mariage. Il ne se voyait pas lui imposer sa présence dans sa vie ni dans son lit, après tout ce qu'il lui avait fait endurer. Il n'avait plus le droit de prendre aucune décision à sa place.

Et si elle décide de partir ? demanda la petite voix qui savait si bien le blesser. *Pourquoi resterait-elle, après tout ce que tu as fait ?*

— Je vais chercher de quoi manger un peu. Nous allons faire un pique-nique, proposa Hélène, tout enjouée de voir sa maîtresse sourire de nouveau.

— Je vais vous aider, dit Amélie en posant son nourrisson dans son petit panier, près de Brune et Yann.

Aussitôt Amélie partie, le bébé se mit à pleurer. Au même instant, Yann trébucha, s'écorchant le genou. Les deux petits réclamaient leur mère et Brune se précipita vers le petit blessé qui sanglotait.

— Oh, mon petit Yann, ce n'est rien, voilà, dit-elle, en le prenant sur ses genoux.

Puis elle sortit son mouchoir et tamponna le genou à peine écorché.

Mai criait à pleins poumons et Conan ne savait pas quoi faire.

— Prenez-la, Conan, elle a juste besoin d'être rassurée.

— Mais je ne sais pas comment m'occuper d'un bébé ! Je vais mal la tenir ou la casser ou…

— Tu entends ça, ma petite ? Tu fais peur au grand monsieur, se moqua Brune en riant.

Elle délaissa Yann un instant, après lui avoir donné un gros baiser, et souleva la petite fille pour l'installer contre le torse puissant de son mari.

— Une main sous les fesses, l'autre derrière la nuque. Sa petite tête ne se tient pas encore bien. Et voilà ! Vous voyez, elle ne pleure plus.

Conan n'osait plus bouger, fixant cette petite chose blottie contre lui.

— Respirez, vous n'allez pas la lâcher !

— C'est la première fois que je tiens un bébé aussi petit, avoua-t-il, décontenancé. C'est intimidant.

— Pourquoi ?

— Eh bien, c'est si fragile, si confiant.

— Oui, c'est la plus belle chose au monde.

Ils échangèrent un regard, mais Yann redemanda bientôt l'attention de Brune.

— Gros bobo là, gémit-il en faisant la moue.

— Oui, mais tu es un petit soldat très courageux, alors tu ne vas pas pleurer, d'accord ?

— Faut souffler… Maman, elle souffle.

Il prit un air autoritaire très masculin.

— Tyran, va ! Tu es bien un homme, plaisanta Brune en s'exécutant.

Au bout de quelques secondes, le garnement se laissa chatouiller sans plus se soucier de son genou.

Conan ne la quittait pas du regard. Elle semblait douée avec les petits. Elle serait sûrement une très bonne mère. La pesanteur qu'il avait ressentie dans sa chambre quelques heures auparavant revint et il dut bouger un peu, car le bébé se mit à pleurer.

— Viens, Yann, allons sauver messire Conan de ta petite sœur.

— Je lui ai fait mal ? s'inquiéta-t-il.

— Mais non ! Les bébés ne parlent pas, alors, leur seule façon de s'exprimer, ce sont les pleurs. Je crois qu'elle a faim, regardez…

La petite tétait son poing avec rage, faisant un peu de bruit.

— Dieu soit béni, il y a les mères et les nourrices ! soupira Conan quand elle lui reprit le nourrisson.

— Tu vois, Yann, messire Conan a peur de Mai !

*
* *

Tous les trois riaient de bon cœur quand Hélène et Amélie revinrent. La jeune mère s'isola du groupe pour allaiter sa fillette, et Brune ne put s'empêcher de la regarder du coin de l'œil et de l'envier.

— C'est le plus beau spectacle du monde, madame. Allons, prenez un peu de poulet... Il y a aussi des fruits, du pain frais et du fromage.

Brune s'apprêtait à refuser, mais Conan profita de sa bouche ouverte pour y introduire un morceau de pain beurré.

— Vous m'avez eue par surprise, fit-elle, faussement fâchée.

— Mangez, Brune, s'il vous plaît.

Sa sollicitude la touchait ; elle se sentait mieux, aujourd'hui. Cette promenade au jardin, la présence des enfants, mais plus encore celle de Conan, lui plaisait beaucoup. Si seulement tous les jours qu'elle avait passés à Ker Glenn avaient pu ressembler à celui-ci !

Yann donnait à manger à Boulotte, qui ne se faisait pas prier, et tous se mirent à bavarder des travaux, qui avançaient bien. Quand Amélie se retira avec ses enfants, Conan demanda à parler à Brune seul à seule. Hélène s'éloigna donc pour aller ranger ce qui restait de leur repas.

— Je me sens mal à l'aise d'aborder le sujet, Brune, mais au risque de vous déplaire je vais vous soumettre à nouveau ma proposition d'annulation.

— Et ma réponse demeure inchangée.

Conan se passa la main dans les cheveux, nerveux. Il voulait qu'elle comprenne sa démarche, et préféra jouer la carte de l'honnêteté : il lui devait au moins ça.

— J'ai reçu un courrier de mon suzerain qui fait clairement étalage de vos prérogatives, quant à l'issue de cette alliance.

Leur visite s'annonce plus tôt que prévu, dans quelques jours, en fait. Pour être tout à fait honnête, Brune, je ne sais plus où j'en suis. Vous éloigner me semble la meilleure des solutions pour vous comme pour moi. Je ne peux pas vous demander de me pardonner mon attitude, ni mes insultes, ni celles de ma mère ou de mes gens. Je suis prêt à en assumer toutes les conséquences. Mais, si vos plaintes doivent arriver jusqu'à la reine, je vous demande grâce pour les miens. Que je sois le seul puni.

Brune lui prit les mains dans les siennes et le regarda très sérieusement.

— Conan, je ne vous ai jamais souhaité du mal. Vous m'avez blessée, certes, et de bien des façons. Mais, aussi fou que cela paraisse, j'ai foi en notre mariage, malgré tout, malgré vous.

— Si vous demandez l'annulation, personne ne vous en blâmera, et vous pourrez peut-être trouver le bonheur ailleurs, dit-il d'une voix rauque.

— Ailleurs ? Mais je ne dois pas être ailleurs ! Je ne veux pas être ailleurs ! En dépit de votre entêtement à vouloir me rejeter, je resterai ici ! Quant à la visite de l'évêque, n'ayez crainte : je me suis engagée, il y a plus de cinq mois, je ne vais pas me dédire maintenant. Cette journée était parfaite et il a fallu que vous veniez tout gâcher !

— Brune, attendez ! cria-t-il, tandis qu'elle faisait demi-tour et partait en courant.

Il la rattrapa en trois pas et l'immobilisa dans ses bras.

— Si je montais maintenant dans vos appartements et faisais valoir mon droit sur vous, je ne le ferais pas pour une bonne raison. Je ne suis pas lâche et je ne crains pas la colère du roi. Par-dessus tout, je ne supporterais pas de sentir votre mépris. Donnons-nous trois jours pour réfléchir. Si, après la visite de l'évêque, vous voulez toujours être ma femme, alors je… Alors… Nous…

— Vous me ferez l'amour ?

— Oui, je vous ferai l'amour, souffla-t-il dans un murmure, les yeux rivés sur ses lèvres.

— Bien, n'ayez crainte… Je mettrai une autre robe pour le banquet, ajouta-t-elle avant de partir.

Conan ne put que sourire à cette boutade. Il aimait bien la voir vêtue simplement, accessible, familière.

En cet instant, il aurait voulu avoir la moitié de son assurance. C'était une femme fière, courageuse… Et adorablement têtue.

Il s'assit sur le banc en soupirant, ne sachant plus s'il devait se réjouir ou non. Brune avait le champ libre, c'était à elle de décider. Les jours à venir allaient être longs. Tant de choses allaient dépendre de sa réponse, la paix, sa vie… Son bonheur ?

— J'ai l'impression de m'être vendu, avoua-t-il à sa mère venue le rejoindre au jardin.

— Non, tu as fait amende honorable, ce n'est pas du tout la même chose. Il n'y a rien de honteux à présenter ses excuses.

— Eh bien, je n'en ai pas l'habitude ! rétorqua-t-il avec orgueil.

Elle lui sourit tendrement.

— Tout le portrait de ton père : fier, orgueilleux, fort… Tu me le rappelles tellement ! Quand nous nous sommes mariés, nous étions fous l'un de l'autre. Pourtant, ça ne nous a pas empêchés de nous quereller bien souvent. Il était trop fier pour faire le premier pas après une dispute, mais si tu avais vu avec quel soulagement il m'accueillait, quand je revenais vers lui. Je n'ai jamais eu l'impression de m'humilier en cherchant la réconciliation. Je regrette sincèrement d'avoir envenimé la situation avec Brunhilde, j'étais si en colère à son arrivée. Toute notre misère et notre peine me sont revenues en plein cœur. Et aujourd'hui je risque de te perdre si elle te montre du doigt…

De grosses larmes coulaient sur ses joues.

— Je t'ai appris la dureté, la colère et la haine… Pardonne-moi.

— Non, mère, vous m'avez appris à me battre pour ce qui est juste. Nous nous sommes peut-être un peu trop endurcis, concéda-t-il, en lui faisant un baisemain.

— Conan, réponds-moi honnêtement, s'il te plaît. À votre première rencontre, qu'as-tu pensé d'elle ? Avant de savoir qui elle était, précisa-t-elle.

Il se détourna d'elle et se leva. Il fit quelques pas, puis s'adossa à un châtaignier, le regard perdu dans ses souvenirs.

— Qu'elle était la femme la plus magnifique que j'aie jamais vue. Je crois que si je n'étais pas tombé sous son charme, à Nantes, je n'aurais probablement pas été aussi cruel avec elle. Je me suis senti trahi et affreusement blessé par son subterfuge.

Sa mère savait que ces aveux lui demandaient beaucoup et elle était heureuse qu'il s'ouvre enfin à elle.

— Ne t'éloigne pas d'elle. Pour faire un juste choix, vous devez apprendre à vous connaître, en étant simplement Brune et Conan, un homme et une femme. Repose-toi sur moi pour les préparatifs du banquet, je m'occupe de tout.

— Merci, mère. Je lui ai laissé trois jours pour se décider, je ne veux pas la séduire pour de mauvaises raisons.

— Tu as peur de perdre son estime ?

— Oui, avoua-t-il.

— Je prierai pour vous, mon fils, pour qu'elle et toi trouviez la paix, quelle que soit sa décision.

— Guillaume !

Conan cherchait son ami dans tout le château depuis une heure déjà. Il voulait son conseil, car le temps lui était compté.

— Va au diable, Conan ! rugit le chevalier, qui pelotait une petite bonne peu farouche au coin d'un escalier.

— Laisse cette fille et viens ici, dit Conan en reconnaissant sans surprise Armelle : ce n'était pas la première fois qu'il la voyait dans les bras d'un homme.

Guillaume la gratifia d'une tape sur les fesses et d'un baiser, puis s'avança à la rencontre de son seigneur en soupirant comme un bœuf.

— J'espère que tu as une bonne raison de m'avoir… distrait.

— Je voudrais avoir ton opinion sur Brune.

— Mon opinion ? répéta Guillaume, surpris. Je la trouve intelligente, instruite. Elle a de l'humour, beaucoup de distinction, et fait face à l'adversité. Mais pourquoi cet interrogatoire ? Tu le sais déjà, non ?

— Continue.

— Belle à damner un saint et, hormis le fait qu'elle semble vouloir rester vierge jusqu'à sa mort, elle serait potentiellement la femme parfaite. Si tant est qu'elle existe, ajouta-t-il avec une œillade friponne.

— C'est moi qui n'ai pas voulu la toucher, lâcha Conan pour jouer franc-jeu.

Guillaume le regarda comme si une deuxième tête lui était poussée sur les épaules. Il ouvrit la bouche à plusieurs reprises et la referma aussitôt, comme s'il cherchait les paroles justes. À la place, il poussa un énorme juron.

— Je viens te demander ce que tu ferais à ma place.

— Tu veux que je te fasse un dessin ? Elle est belle, possède des courbes délicates, une bouche charmante…

— Ce n'est pas ce que je te demande, triple idiot ! Ce

que je veux savoir, c'est ce que, toi, tu ferais pour t'attirer ses bonnes grâces.

— Pour la séduire ?

— Non, pour lui faire plaisir. Une robe, un bijou ? Je cherche depuis des heures et j'ai une migraine horrible à force de me creuser la tête. Tu as l'habitude des femmes… Qu'est-ce qui leur fait plaisir ?

— Je suis bien curieux, tout à coup. Pourquoi voudrais-tu lui faire plaisir ?

— Ce ne sont pas tes oignons, contente-toi de répondre à ma question !

Guillaume leva un sourcil suspicieux, puis fit un geste de la main.

— Bien, comme tu voudras. Il faudrait trouver quelque chose qui fasse mouche, car avoue que tu as beaucoup à te faire pardonner.

— Ce sont des idées dont j'ai besoin, pas des reproches ! grommela Conan, qui ne voulait pas d'un sermon.

— Robes, bijoux, non. Brune est élégante, mais pas coquette. Et, pour lui faire un enfant, il faudrait neuf mois…

— Guillaume ! fulmina Conan, qui voyait la malice briller dans les yeux de son ami.

— Laisse-moi savourer ta capitulation. Même Pierre rirait, s'il voyait ta déconfiture en ce moment. Bon, sérieusement, je crois que du matériel pour dessiner serait le bienvenu, elle m'a dit qu'il ne lui restait plus grand-chose.

— As-tu vu ses dessins ? demanda Conan, un peu gêné.

— Non, mais à voir ta tête ils doivent être extrêmement intéressants.

— Passons. Quoi d'autre ?

— Conan, c'est pourtant simple ! Passe du temps avec elle, et tu verras ce dont elle manque ou ce qui lui tient à cœur.

Armelle me disait qu'elle passait des heures en compagnie de son chat. Délicieuse, cette petite, audacieuse comme je les aime…, s'égara-t-il un instant.

— Elle a déjà un chat, et je doute qu'un deuxième soit un présent pertinent.

— Eh bien… Je dirais qu'en plus de passer du temps avec elle il faudrait que tu fasses quelque chose de personnel, qui compte pour elle. Emmène-la à la chapelle du Lys ! suggéra Guillaume en claquant des doigts.

— Ça, c'est une idée géniale, merci ! Au fait, la chapelle a-t-elle été entretenue ?

— Je n'en sais rien, mais peu importe. Si vous faites cela ensemble, pour elle, cela aura du sens.

— Pour un peu je t'embrasserais, mais j'en laisse le soin à cette fille que tu tripotais tout à l'heure.

— Je ne *tripote* pas les femmes, Conan, je leur montre à quel point elles sont belles.

Armelle avait assisté à toute la conversation, cachée dans un recoin. Il ne manquait plus que cela ! Ker Glenn cherchant à jouer le mari attentif ! Il était à prédire que Brunhilde ne demanderait pas mieux. Elle devait agir, et vite ! Tuer dans l'œuf ce désir naissant. Un sourire mauvais se dessina sur sa bouche pleine : elle venait d'avoir une idée qui ne manquait pas de piquant.

Dans la soirée, Conan monta dans les appartements de Brune, un paquet dans les bras. Il avait suivi les conseils de Guillaume et espérait que son présent serait bien reçu.

— Puis-je entrer ? demanda-t-il en ouvrant la porte doucement.

— Bien sûr, messire, je vous en prie, répondit Brune en rougissant.

— J'ai quelque chose pour vous, dit-il, cachant le cadeau derrière son dos.

— Vous semblez bien mystérieux, Conan.

— Disons qu'on m'a tiré les oreilles récemment, en me faisant remarquer que j'avais manqué votre anniversaire.

Brune vira au rouge cerise et se racla la gorge.

— Un présent ? De vous ? demanda-t-elle, surprise, avant de se mordre la langue.

— Ne vous attendez pas à la lune, c'est juste un petit quelque chose qui, j'espère, vous fera plaisir.

Brune était à présent tout à fait cramoisie. Elle avança vers lui, très heureuse de cette nouvelle attitude. Conan ne ménageait pas sa peine pour se voir accorder son pardon et elle lui en était reconnaissante.

— Pour être honnête, c'est Guillaume qui m'en a donné l'idée, et je regrette de ne pas y avoir pensé le premier.

Aux anges et impatiente, Brune accepta le paquet et le déballa sur son lit : il y avait là tout de ce dont elle avait besoin, fusain, papier, encre et plumes en belle quantité. Elle lui adressa un remerciement silencieux, mais le sourire qui lui illuminait le visage fut pour Conan une bien belle récompense.

— Merci, ça me touche beaucoup, finit-elle par dire.

Le cœur battant de joie, elle ouvrit l'armoire pour y ranger son matériel.

Conan était heureux d'avoir suivi les conseils de son ami.

Tout à coup, il la vit lâcher son cadeau, comme tétanisée, puis elle se mit à hurler en regardant l'armoire fixement.

— Brune, qu'est ce qui… Ne regardez pas, sortez !

La pauvre Boulotte avait été pendue à un crochet et éviscérée.

Enfin, le souffle revint dans la poitrine de Brune, qui se mit à pleurer. À ses cris, un soldat et des servantes accoururent et tous se figèrent devant le cadavre de l'animal.

— Sorcellerie, dit l'une des servantes.

— Dame Brune est blessée ? demanda l'autre, inquiète.

Se rapprochant, Conan prit son épouse dans ses bras et descendit l'escalier.

— Allez chercher Guillaume et Pierre immédiatement, ainsi que sa suivante ! ordonna-t-il à un garde. Personne ne vous fera du mal, Brune, personne, dit Conan en serrant son précieux fardeau contre lui.

D'un coup de pied, il ouvrit la porte de la chambre et coucha sur son lit la jeune femme, qui sanglotait toujours à fendre l'âme.

Hélène arriva en courant.

— Que se passe-t-il ? demanda-t-elle, affolée de voir sa maîtresse pleurer.

Guillaume et Pierre entrèrent à leur tour, l'épée à la main.

— Ils ont tué Boulotte, expliqua Brune entre deux sanglots.

— Mais qui ferait du mal à un chat ? demanda Hélène.

— C'est Brune qui était visée, j'en suis sûr, déclara Conan.

— Le comparatif est facile à faire. Brune a les yeux dorés, on dit partout que chat et maîtresse sont la même personne. Désolée, madame, mais il est vrai que, depuis que vous avez ressuscité la petite Rozenn, certains vous prêtent des pouvoirs maléfiques. Alors un chat noir…, expliqua Guillaume.

— Le chat a été pendu et éviscéré, expliqua Conan à voix basse à Flouville.

— Miséricorde ! s'exclama ce dernier. Le message est on ne peut plus clair. Et je te jure que je n'y suis pour rien !

— Double la garde et laisse des hommes devant cette porte.

Personne n'aura accès à cette chambre, excepté Hélène et moi-même. Et je veux savoir qui est entré chez elle depuis ce matin !

— Ça peut être n'importe qui. Madame ne ferme pas sa porte, quand elle sort, expliqua Hélène, qui tenait la main de Brune.

— Allez chercher ses affaires. Elle restera ici jusqu'à nouvel ordre, ordonna Conan.

— Bien, messire, j'y vais à l'instant, se hâta de dire la suivante.

Lorsqu'ils furent de nouveau seuls dans la pièce, Conan resta planté sur ses deux pieds à écouter Brune pleurer, sans savoir quoi faire. Puis ses paroles lui revinrent à l'esprit : « Elle a juste besoin d'être rassurée. » La petite Mai avait cessé de pleurer, quand il l'avait bercée. Que perdait-il à essayer ?

Il s'approcha d'elle et se coucha près d'elle en la prenant dans ses bras, très lentement de peur de l'effrayer. Ce geste, loin d'apaiser Brune, la fit sangloter de plus belle ; elle semblait submergée par le chagrin et incapable de se contenir.

— Vous êtes en sécurité ici, je ne laisserai personne entrer, lui répéta-t-il. Cette porte sera gardée jour et nuit, jusqu'à ce qu'on trouve le coupable.

— Elle était innocente, elle n'avait rien fait. Elle n'était même pas normande…

Conan resserra son étreinte et lui caressa les cheveux. Il était assez facile d'être désemparé par son chagrin : elle était affolée et tremblait de tous ses membres.

— Vous êtes gelée, dit-il en la bordant d'une couverture.

Se méprenant sur son geste, elle le retint.

— Ne me laissez pas seule, Conan, je vous en prie, le supplia-t-elle, s'accrochant à son pourpoint.

— Je suis là, ne vous inquiétez pas.

Il déposa un baiser sur son front et ne bougea plus, la tenant contre lui. Il sentait ses doigts crispés sur son vêtement, comme si elle s'arrimait à lui, de peur de sombrer dans la panique. Quant à lui, il expérimentait la tendresse dont il avait manqué depuis bien longtemps, heureux et perplexe de la prodiguer. C'était une sensation étrange, mais si bienfaisante qu'il aurait voulu qu'elle se prolonge à l'infini.

Quelques minutes plus tard, Hélène revint avec une malle portée par des soldats qui demeurèrent ensuite en faction devant la porte pour la suite de la journée.

— Dois-je rester, messire ? demanda Hélène, en voyant les deux époux couchés l'un contre l'autre.

— Non, Hélène, je veille sur elle pour le moment. Faites prévenir ma mère qu'on ne nous dérange pas et demandez-lui d'interroger toutes les servantes.

— Bien, messire, je n'y manquerai pas. Je suis désolée, madame, et j'ai bien du chagrin pour vous, car je sais à quel point vous aimiez la jolie Boulotte, ajouta Hélène, émue, à l'intention de sa maîtresse.

Dame Katel était dans tous ses états. On était à la veille de l'arrivée de l'évêque, et voilà que ce drame se produisait !

— Messire Conan est à ses côtés et a demandé à ne pas être dérangé.

— Bien entendu. Venez avec moi, Hélène, nous allons interroger les servantes immédiatement.

Une à une, les domestiques qui avaient accès aux appartements de Brune furent interrogées, mais aucune n'avait remarqué quoi que ce soit d'anormal, jusqu'à ce que celle-ci se mette à crier.

— Pauvre madame, dit Armelle en essuyant ses yeux humides. Elle doit avoir tant de chagrin !

Elle s'éclipsa avec un sourire en coin. Son maître serait content d'elle ; elle se voyait déjà recevoir une pleine bourse de pièces d'argent. Au moins était-elle débarrassée de ce maudit chat ! Cela faisait bien son affaire : elle en avait assez de devoir brosser les couvertures à cause des poils de ce maudit animal. Elle avait pris plaisir à le voir agoniser, gesticulant, étouffant au bout de sa corde. Cette chatte — quelle idiote ! — s'était laissé faire sans prendre garde. Une fois morte, un coup de couteau avait suffi à l'éventrer.

Fière de sa sale besogne, elle s'en retourna sans bruit à ses tâches. L'évêque et le duc de La Trémoille allaient avoir beaucoup de choses à raconter à la reine… À n'en pas douter, Brunhilde rapporterait tout à son frère à la première occasion. Armelle avait déjà dressé la liste potentielle des plaintes que pourrait lui adresser la jeune femme et cette liste venait de s'allonger grâce à elle. Elle allait enfin pouvoir regagner Nantes et la vie des cabarets et des auberges. Ses vieilles combines, ses maisons de luxure lui manquaient, les intrigues aussi. Elle avait déjà volé quelques menus objets, mais rien de grande valeur. Elle préférait délester les bourgeoises et les riches dames nantaises de quelques babioles dorées. Elle allait devoir se montrer patiente, car le jeu en valait la chandelle : sa récompense serait conséquente.

Conan s'inquiétait du lourd sommeil de son épouse. Sa mère lui avait apporté une tisane pour l'aider à s'endormir, et il espérait qu'elle n'avait pas trop forcé la dose.

Dame Katel revint dans la chambre sur la pointe des pieds, et trouva Brune dormant à poings fermés dans les bras de son fils.

— Aucune servante ni aucun garde ne semblent avoir

vu quoi que ce soit, l'informa-t-elle à voix basse. Les seules personnes qui entrent et sortent de ses appartements sont Hélène, Armelle et elle. C'est à n'y rien comprendre !

— Que savons-nous d'Armelle et d'Hélène ?

— Ma foi, elles sont arrivées avec la suite de ta femme, je n'en sais pas plus. Brunhilde semble très attachée à Hélène, je crois qu'elles se connaissent depuis longtemps. Veux-tu que je l'interroge ?

— Non, je le ferai plus tard. Quant à Armelle, elle ne me paraît pas dangereuse, mais je l'interrogerai aussi.

— Profites-en pour lui rappeler qu'elle n'est pas obligée de séduire tout ce qui porte une culotte…, ajouta-t-elle.

Le comportement désinvolte de la servante ne lui avait pas échappé.

— Guillaume semble apprécier, rétorqua Conan en se souvenant d'avoir interrompu un petit intermède entre son ami et la servante.

— Guillaume apprécie tout ce qui ne dit pas « non », répondit sa mère en levant les yeux au ciel et en se signant.

Elle réajusta son voile et sa guimpe d'un geste adroit.

— Vous étiez une très belle femme, mère… La mort de père vous a-t-elle fait renoncer à toute coquetterie ?

Elle se raidit et détourna le regard, croisant les bras comme dans un geste de protection, ce qui n'échappa pas à Conan. C'était la première fois qu'il osait critiquer la mise de sa mère et il s'en voulut.

— Vous aurais-je blessée par cette remarque ? Ça n'était pas mon intention.

— Non, mon fils. Tu es ma seule joie, ici. Je te laisse veiller sur Brunhilde, et quand elle se réveillera laisse-la pleurer si elle en ressent le besoin. Les larmes sont parfois salvatrices pour nous, femmes. Contente-toi d'être là et de l'apaiser.

— Bien, mère, je suivrai vos conseils.

Elle lui sourit et sortit dignement.

Brune se réveilla, un peu perdue. Elle était au chaud et se sentait en sécurité. Elle avait dormi si profondément ! Depuis son arrivée à Ker Glenn, son sommeil était plus que léger. L'odeur de la pièce était différente. Elle bougea un peu pour réajuster sa tête sur l'oreiller, mais celui-ci remua. Elle ouvrit les yeux, papillonna des cils, un instant gênée par la lumière. Elle était tout contre Conan, réalisa-t-elle.

— Dormez encore, Brune, si vous en ressentez le besoin.

— Vous êtes resté, constata-t-elle.

— Oui, je vous l'avais promis.

— Oui, vous l'aviez promis, répéta-t-elle, hébétée.

Puis elle fondit en larmes. Se souvenant des conseils de sa mère, Conan se contenta de resserrer son étreinte et de lui caresser le dos. Elle sanglotait comme une enfant perdue et Conan savait qu'elle pleurait bien plus que la mort atroce de la pauvre Boulotte. Il ne se sentait pas le droit de tarir ses larmes, étant donné qu'il en était en partie responsable. Grandement responsable, même.

Était-elle folle, idéaliste ou complètement crédule, pour penser un seul instant qu'une réconciliation était encore possible entre Jacques et lui ? Ou bien était-ce du courage, déraisonné, mais déterminé ?

Comme beaucoup de jeunes filles, elle devait avoir rêvé aux amours qui traversent le temps et les épreuves comme ceux d'Ulysse et Pénélope, qui, même séparés vingt ans, se retrouvèrent amoureux comme au premier jour.

Elle avait dû rêver à sa nuit de noces bien des fois, imaginant un homme bon et doux lui ravissant sa vertu et lui donnant les enfants qu'une femme était en droit d'attendre.

Il la regarda pleurer à chaudes larmes, les doigts crispés sur son pourpoint, le visage caché contre son torse.

— Je ne voulais pas pleurer, je suis désolée, dit-elle un peu après, la respiration déjà plus calme.

— Ce n'est rien, je vous en prie.

Elle regarda la porte et fronça les sourcils, inquiète. Tout le monde lui voulait probablement du mal, hors de cette pièce. *Et dans cette pièce peut-être aussi,* pensa-t-elle en levant les yeux vers son mari. Elle devait réagir et se battre ! Une bouffée d'orgueil et de rage lui enfla le cœur, elle se dégagea des bras de Conan et s'assit un instant au bord du lit avant de se lever.

— Vous êtes en sécurité, ici, je vous laisserai ma chambre pour cette nuit, si vous voulez, je placerai deux gardes à l'entrée…

— C'est inutile, Conan, dit-elle en reprenant une allure digne et froide. Si on avait vraiment voulu me tuer, on s'en serait chargé depuis longtemps. Et pourtant je suis toujours là. Je crois que l'on cherche juste à me faire peur et je dois avouer que c'est réussi.

Il la regarda. Elle se tenait debout et raide.

— Je suis désolée de vous avoir importuné avec cette histoire des plus ridicules, messire, et vais me retirer, si vous le permettez.

Ses yeux et son nez étaient encore rouges tant elle avait pleuré. Pourquoi se montrait-elle si distante, tout à coup ? Un instant plus tôt, elle était si douce, si confiante… Cette soudaine froideur le mettait très mal à l'aise. Avait-elle besoin de cela pour reprendre confiance en elle ?

— Comme il vous plaira, madame, se contenta-t-il de dire en la laissant partir à regret.

Il ne fut pas surpris de ne pas la voir au dîner, elle devait probablement commencer à faire ses malles, ou à y penser, en tout cas. Après toutes les péripéties et les déceptions qu'elle avait subies, elle devait souhaiter retourner à Pontorson dès le lendemain.

Le dos calé contre le dossier de son siège, il se laissa aller à rêvasser. Que serait sa vie sans Brune ? Une vie calme, bien rangée. Les choses rentreraient dans l'ordre, tout serait à sa place. Le Couesnon reprendrait son rôle de frontière, les Montgomery resteraient en Normandie, et lui, en Bretagne : tout serait pour le mieux.

Alors, pourquoi une petite voix lui disait-elle que sa présence allait lui manquer ? Il aurait tant voulu que les choses soient différentes ! Était-il trop tard pour eux ?

« J'ai foi en notre mariage, malgré tout, malgré vous », lui avait-elle dit, et il voulait s'accrocher à cet espoir.

Chapitre 13

Dans le silence du soir, Brune, à genoux sur un prie-Dieu, ses longs cheveux recouverts d'un grand voile noir diaphane, joignait les mains dans une prière silencieuse. Elle avait fui le dîner, fui les regards interrogateurs ou accusateurs, fui Conan dont elle ne comprenait plus l'attitude. Elle avait besoin de paix, d'être recluse, en retrait. Et, pour se cacher du monde, le silence et le recueillement d'une chapelle étaient exactement ce qu'il lui fallait.

Ses doigts fins égrainaient le chapelet d'olivier dont son frère lui avait fait cadeau. Aux dires du colporteur, il venait du jardin des Oliviers où le Christ avait commencé sa Passion. Elle cherchait une réponse à sa prière, elle avait plus que jamais besoin de certitudes.

Elle voulait aussi confesser ses craintes, ses lâchetés et ses petits manquements, alors elle chuchota le Confiteor en baissant la tête humblement, offrant sa misère et ses doutes au Tout-Puissant.

La porte s'ouvrit et quelqu'un entra, interrompant sa prière. Sur la défensive, elle se redressa pour voir qui entrait. Elle avait les nerfs à vifs et se sentait tendue. Irait-on jusqu'à lui faire du mal dans un lieu saint ?

— Pardonnez-moi cette intrusion, je ne savais pas que vous

étiez là, fit la voix grave de Conan dans la pénombre. Je vous laisse à vos prières, ajouta-t-il en faisant demi-tour.

— Non !

Elle s'étonna de sa réaction et, au regard plein d'interrogation de Conan, elle comprit que lui aussi s'en étonnait.

— Restez, si vous voulez.

Elle s'agenouilla de nouveau et reprit une posture de prière. Conan fit de même sur le prie-Dieu à sa droite.

— J'ai de nombreuses choses à confesser et…

— Alors, prions ensemble, Conan, s'il vous plaît, l'interrompit-elle en lui donnant la main.

Elle ne voulait pas le voir s'humilier ou se confondre en excuses, elle voulait qu'ils se donnent les moyens, ensemble, de réussir leur alliance. Et pour cela elle voulait placer leur mariage sous la bénédiction de Dieu.

Elle commença à réciter le Pater Noster, puis suivit un chapelet d'Ave Maria. Ils prièrent, voix et mains unies, sans savoir vraiment quelle était leur prière et quelle était celle de l'autre, mais peu importait : pour une fois, ils faisaient quelque chose ensemble.

Et si c'était la dernière fois ? cria une voix dans le cœur de Conan.

À la fin de la prière, Brune alluma un cierge au pied d'une statue. En plissant les yeux, elle vit qu'il y en avait en fait deux.

— Ce sont les premiers ermites du Mont-Saint-Michel, lui expliqua son mari en la rejoignant.

— Qui sont-ils ? demanda-t-elle, curieuse

— Nul ne le sait. Ils n'ont pas de nom, mais nous les vénérons pour leur choix de vie et leur dénuement. Quand j'étais enfant, mon père me racontait leur légende : ces deux hommes vivaient loin de tous, dans la pauvreté la plus totale, et priaient pour que nul homme ne soit jamais précipité dans les enfers. Dieu écoutait leurs prières avec une grande joie, car elles ne consistaient pas en demandes matérielles. Tout en dépérissant de froid et de faim, ils ne cessaient de chanter la gloire de Dieu et de prier pour le cœur si dur des hommes. Pris de pitié, Dieu chargea alors pour eux tous les jours un petit âne de deux paniers, l'un de victuailles, l'autre de bûches pour le feu. Un jour, un loup féroce tua le petit âne et les deux hommes eurent de nouveau froid et faim, mais, comme Job dans la Bible, ils continuèrent à prier malgré tout. Dieu ordonna à la méchante créature de servir les ermites et ce fut le loup qu'il chargea chaque jour des deux paniers. On dit que l'animal fut si touché par leur foi et leur espérance qu'il se convertit, termina Conan en souriant.

Il se souvenait encore de la voix de son père. Ils étaient tous les deux au coin du feu. Sa mère faisait de la tapisserie, une de celles qui représentaient saint Michel terrassant le dragon. Lui n'avait que dix ans ; il était insouciant, et pensait son monde indestructible.

— Vous aimiez beaucoup votre père, n'est-ce pas ? demanda Brune en le voyant si perdu dans ses souvenirs.

— Je l'admirais, comme tous les petits garçons admirent leur père, je suppose…

Elle sonda son regard et Conan baissa la garde, l'espace d'un instant.

— Oui, je l'aimais. Et ce soir, grâce à vous et à cette histoire, je me suis souvenu de son rire.

Elle sourit, touchée par cette confidence.

— Pour demain, je voulais vous dire que…

La porte de l'église s'ouvrit et le chapelain entra, suivi de deux enfants de chœur.

— Pardonnez-moi, messire Conan… Bonsoir, dame Brunhilde… Nous venons préparer la messe de demain. C'est une journée un peu spéciale qui, je l'espère, aboutira à une paix durable.

— Nous souhaitons tous la paix, mon père, répondit Conan, déçu d'avoir été dérangé au milieu de son tête-à-tête avec Brune. En fait, la journée sera… chargée, aussi allons-nous nous retirer.

Il offrit galamment son bras à son épouse, qui ne se fit pas prier : le corridor qui menait à la chapelle était moins éclairé et, à cette heure, il faisait nuit noire.

— Avez-vous dîné ?

— Oui, répondit-elle évasivement.

— Pourquoi suis-je tenté de ne pas vous croire ?

— Une habitude, sans doute ? répondit-elle, taquine. On m'a apporté un repas. Hélène veille sur moi comme une mère.

Et le plateau doit être intact, se dit Conan, qui comptait bien y remédier.

Il l'accompagna jusqu'à sa chambre, où sa suivante l'attendait pour l'aider à se mettre en chemise pour la nuit.

— Avant de vous confier votre maîtresse, Hélène, je voudrais m'assurer qu'elle se couche en ayant avalé quelque chose.

— Je vous en saurais gré, messire, vraiment ! Moi, elle ne m'écoute pas.

Brune soupira et prit place sur la chaise que lui désigna Conan. Celui-ci prépara quelques bouts de pain accompagnés de fromage et de jambon, puis lui servit un verre de cidre.

— Vous me gavez comme une oie ?

— Si vous vous montrez docile, non. Sinon, je vous attacherai peut-être et ferai venir deux ou trois gardes pour vous tenir tranquille, pendant que je vous nourrirai de force.

— Très drôle, répondit Brune en essayant d'attraper le premier morceau de pain qu'il tenait dans la main.

— *Debrit*, mangez !

Brune ouvrit la bouche et Conan sentit, non sans un agréable frisson, ses lèvres lui effleurer les doigts.

— Une autre, insista-t-il, en lui présentant une deuxième bouchée. *Evit*, buvez, dit-il ensuite, en lui tendant la coupe de cidre.

Brune se laissa faire comme une enfant. Un peu du délicieux breuvage coula à la commissure de ses lèvres et Conan effaça la goutte d'une caresse du pouce.

— Je penserai à apporter un bavoir, la prochaine fois, se moqua-t-il en souriant.

Il préférait jouer la carte de l'humour, car la sensualité de cet instant le perturbait énormément. Il déglutit difficilement et se concentra sur son rôle de mari nourricier. Il but aussi à la coupe pour se désaltérer.

— *Yec'hed mat*[1] ! le taquina Brune.

— Vous ne vous débrouillez pas mal…, la complimenta-t-il avec un sourire.

— Pour une Normande, vous voulez dire ? Désolée, ce n'est pas ce que…

Le charme se rompit aussitôt et Conan se sentit comme déplacé dans cette pièce.

— Tâchez de vous reposer et de dormir, la journée de demain sera longue.

— Oui, en effet, approuva Brune, un peu gênée et rougissante. Bonne nuit, Conan.

Il la regarda un instant et elle ne chercha pas à se détourner. Ils avaient tant de choses à se dire, mais aucun d'eux ne semblait

1. *À votre santé !*

savoir comment s'y prendre. Il la salua courtoisement d'une inclinaison du buste et sortit, après lui avoir souhaité une bonne nuit.

Le lendemain, Brune se réveilla aux aurores. Elle était impatiente de voir ses frères et redoutait ce moment tout autant. Comment se comporteraient-ils ? Seraient-ils hautains, froids, distants, voire insultants avec les habitants de Ker Glenn ? Ou, au contraire, se montreraient-ils discrets ? Et Conan ? Il devait être affreusement mal à l'aise de recevoir les Montgomery. Heureusement, la présence de l'évêque et celle du duc de La Trémoille apaiseraient un peu les rancœurs, du moins l'espérait-elle.

Elle avait décidé de parfaire sa tenue et sa coiffure. Elle choisissait ses bijoux quand Hélène revint de la cuisine, où s'affairait déjà toute la maisonnée. Dame Katel donnait les ordres pour le dressage de la table, et la cheminée était garnie de moutons entiers qui cuiraient sur des broches des heures entières.

— Ah, madame, quel remue-ménage en bas ! Dame Katel est plus que triste, ce matin. Je pense qu'elle n'a pas fermé l'œil de la nuit.

— As-tu vu mon mari ?

— Non, madame, ni messire Guillaume, pas plus que messire Pierre. Remarquez, s'il pouvait s'abstenir de venir, celui-là, j'en serais soulagée !

— Et moi donc ! lâcha Brune malgré elle.

Le chevalier de Flouville était plus qu'inamical et elle se doutait que la présence de Jacques le mettrait sur des charbons ardents. Cependant, la présence de son évêque, qui était également son suzerain, l'obligerait à faire bonne figure pendant le banquet.

— Conan et Guillaume doivent être en train de s'assurer qu'il se tiendra correctement.

— Avez-vous déjà vu cet homme fermer son clapet ? Il semble bien à l'aise pour dire à voix haute…

— Ce que les autres pensent tout bas, conclut Brune avec une moue chagrine.

— Pas tous, madame. Il y a des gens qui vous apprécient, ici. Dans la maison, tous ont vu avec quelle patience vous êtes occupée de la petite Rozenn, et puis certaines servantes étaient vraiment désolées pour Boulotte. Elles m'ont demandé de vos nouvelles, bien souvent, n'osant pas vous adresser directement la parole. Lorsque dame Katel et moi les avons interrogées, certaines ont dit que, tout cela, c'était la faute des hommes. Après tout, comme Amélie l'a fait remarquer, ce n'est pas vous qui teniez le glaive qui s'est abattu sur Dol !

— Tu es gentille de me relater tout cela, Hélène. Je vais prier encore un peu pour que tout se passe bien.

Tandis que Brune priait, Hélène prépara les affaires de sa maîtresse et la petite collation qu'elle lui avait apportée.

— Je vais communier, aujourd'hui, alors je reste à jeun.

— Pour une fois, je suis d'accord, madame, et vais faire de même.

Elles prièrent ainsi une demi-heure, puis Hélène prépara sa maîtresse : la délégation normande devait arriver à 10 heures. Elle espérait que la messe qui précéderait la rencontre officielle adoucirait les querelles et les douloureux souvenirs.

Chaque pas que faisait sa monture depuis qu'il avait passé le Couesnon rendait Jacques de Montgomery plus sombre encore. Le bavardage incessant de son jeune frère, de joyeuse humeur à l'idée de revoir Brune, lui tapait sur les nerfs. Ils étaient passés par la chapelle du Lys pour rendre hommage à leur mère et prier sur sa tombe. La chapelle avait été entretenue, ainsi que le caveau où gisaient les ossements de la défunte. Maigre consolation pour eux, qui avaient perdu leurs deux parents depuis si longtemps déjà.

— Votre sœur et messire Conan n'ont pas chômé : les travaux avancent à grands pas, à ce que j'ai pu comprendre, dit l'évêque, qui avait ouvert le vantail de sa litière, afin de pouvoir discuter avec les cavaliers.

— Je reconnais bien là l'opiniâtreté de Brune, commenta Wandrille en riant. Elle finit toujours par obtenir ce qu'elle veut !

— La force de caractère est une qualité, jeune homme, souligna le duc de La Trémoille.

— Quand elle vise à l'édification d'une juste cause, sinon, elle est bêtise et orgueil, lâcha Jacques, qui ne digérait toujours pas le choix de sa cadette.

— Je suis tout à fait d'accord avec vous, messire Jacques, reprit l'évêque. Ces querelles stupides, bien qu'humainement compréhensibles, votre sœur a su intelligemment y mettre fin. Nous ne pouvons que nous en féliciter.

Opinion classique du clergé, songea le seigneur de Lorne avec dédain, pourtant, il savait que son interlocuteur avait assisté, malheureux et impuissant, au saccage de sa ville, sans avoir le droit ni l'opportunité de prendre les armes : les rois commandent, les hommes exécutent. S'il était honnête, il devait reconnaître que malgré la douloureuse absence et la trahison de Brune ces cinq derniers mois avaient été les plus paisibles que le comté ait jamais connus depuis la guerre folle. Pas une attaque, pas une exécution abominable, pas un hameau brûlé : rien que la paix.

C'était un sentiment nouveau et agréable, mais dérangeant en même temps, car Jacques savait trop ce qui lui piquait le cœur, même s'il se serait fait arracher cent fois la langue plutôt que de l'avouer. Il voyait déjà un joli sourcil noir et moqueur, insolemment arqué au-dessus d'un œil d'ambre : tu vois, j'ai fait le bon choix.

— Tu marmonnes, mon frère ? Je n'entends rien, le taquina Wandrille, qui connaissait bien ses pensées.

— Non, je ne marmonne pas. En revanche, on n'entend que toi depuis le départ.

— Allons, Jacques, je t'en prie, tu as beau faire le mort en ne répondant pas à ses lettres, et en m'interdisant de le faire — ce que je trouve cruel et idiot —, je sais qu'elle te manque aussi.

— Ce n'est pas moi qui passais tous les jours ou presque dans ses appartements…

— Menteur ! s'esclaffa Wandrille, le pointant du doigt. Tu as conservé tous les dessins qu'elle a joints à ses lettres. J'avais un doute, alors je suis allé fouiller dans ta chambre. Ils sont dans le tiroir de gauche…

— Tu es une fripouille de la pire espèce ! Je ferais mieux de t'envoyer chez le duc de La Trémoille ; il se ferait une joie de te dresser les côtes.

Le duc sourit à la boutade, mais l'idée ne tomba pas dans l'oreille d'un sourd.

— Eh bien, j'ai quelques terres en Angleterre, et si vous faites vos preuves, mon garçon, je serai heureux de vous en nommer gardien et protecteur en mon nom, jusqu'à ce que vous gagniez les vôtres.

Wandrille rougit de fierté et se redressa sur sa monture.

— Je ne sais que dire, répondit-il. J'accepte, évidemment, se reprit-il tout de suite. Si Jacques n'y voit pas d'inconvénient, bien entendu.

— Du tout. Tu seras adoubé l'année prochaine. Si vous

acceptiez d'être présent, ce serait une très grande fierté pour ma maison, ajouta Jacques en regardant de La Trémoille.

— Alors, c'est entendu ! Cependant, n'attendez aucun traitement de faveur, jeune homme, je suis un maître juste mais très exigeant. Plus d'un écuyer a goûté à mon fouet, quelle que soit sa naissance. J'attends de chacun de vrais résultats.

— Il va de soi, messire duc. Je veux gagner mes éperons et tâcherai de vous faire honneur.

— Bien, dit l'évêque, sincèrement heureux pour lui. Le serment du chevalier n'est pas à prendre à la légère, mon fils : loyauté, abnégation, justice, compassion, humilité, obéissance, bravoure… La liste des exigences est longue.

— J'en ai conscience, monseigneur, et suis déjà sous la coupe d'un homme qui a fait ses preuves, répondit Wandrille en désignant son frère du regard.

— Oui, bien sûr, approuva l'évêque, en tiquant un peu. Évitez tout de même de mettre à sac les villes que vous gagnerez, ne put-il s'empêcher d'ajouter.

Cette pique, placée avec une pointe d'ironie, fit sourire les hommes présents.

— Wandrille obéira aux ordres du roi comme je le fais moi-même.

— Je l'espère bien, mon cher ! Cependant, prendre une place forte et la placer sous protection de la couronne est bien différent de piller, brûler, massacrer et violer…

— Je n'ai jamais déshonoré le nom que je porte ! rétorqua Jacques fièrement, je suis chevalier, pas boucher.

— Je ne vous accuse pas, mais vous apparteniez au camp des vainqueurs, ce jour-là. Et le pays de Dol s'est vu vandalisé de bien des façons.

— La guerre apporte son lot de barbaries, je ne les justifie pas, mais c'est une réalité. Les soudards sont prompts au pillage, il est vrai.

— Certains chevaliers également.

— C'est juste, et ils doivent payer plus cher que les autres pour leurs crimes, concéda le seigneur de Lorne, qui avait un grand sens de l'honneur.

— Nous sommes libres de parler comme nous l'entendons ici, mais une fois que nous serons à Ker Glenn j'attends de vous une attitude irréprochable. Leurs Majestés ont été plus que clair à ce propos, leur rappela le duc de La Trémoille.

— Je suis l'homme du roi, messire, et je m'incline devant sa volonté. Même si elle va à l'encontre de la mienne.

— Un sens du devoir qui vous honore, mon fils.

Jacques savait que le saint homme disait vrai : Dol avait bien été ravagée. Frustrés par des années de guerre où chacun avait perdu beaucoup, les Francs s'étaient jetés sur la ville après la reddition de la Bretagne comme des loups sur un troupeau d'agneaux. Une honte sourde envahit le cœur de Jacques : il avait vu nombre d'horreurs, ce jour-là. Il secoua la tête pour chasser ces noirs souvenirs. Il fallait qu'il garde la tête froide et l'esprit clair : il allait rencontrer l'ennemi devenu allié par la force. Un homme qui lui avait pris son père en le rendant impotent, châtiment pire que la mort pour tout homme qui se respecte. Mourir dans un lit était bon pour les femmes et les vieillards.

Une partie de lui hurlait à la vengeance, l'autre savait que l'écuyer avait gagné dûment le combat. La vipère… Il avait retenu le nom de cette blessure vicieuse mais fatale.

— Nous voici au pas de Saint-Michel, dit l'évêque, tandis qu'ils arrivaient au pied du mont. On dit que c'est ici que l'archange a frappé la pierre, avant de s'envoler vers les cieux. Tenez, on aperçoit déjà les nouvelles fortifications.

— En effet, admit Jacques, impressionné.

La dernière fois qu'il avait vu le château du Mont, la moitié était en feu, et l'autre, privée de toutes ses richesses.

« Nombre de vos richesses décorent à merveille ma grande salle. »

Il se remémora le propos acide de Charles de Montpensier, à Nantes. L'une des tapisseries, représentant un saint Michel terrassant le dragon, lui revint en mémoire. Le comte Gilbert disait à qui voulait l'entendre que la belle dame de Ker Glenn l'avait brodée de ses douces mains pour son époux et que, non content d'avoir dévasté le château, il la lui avait dérobée.

La tension montait au fur et à mesure qu'il gravissait le chemin menant à la forteresse de granit. Ker Glenn, massive, grise, plantée en haut de ce mont, semblait renaître de ses cendres.

— Miséricorde ! balbutia Brune en arrivant dans la grande salle.

Alignés comme deux armées prêtes à s'affronter, le clan des Montgomery et celui des Ker Glenn se faisaient face.

Conan détourna le regard en la voyant arriver, ce qui lui évita de souhaiter la bienvenue à ses hôtes indésirables. Brune avait revêtu une très jolie robe de cour, celle qu'elle portait le jour du mariage de la reine, si sa mémoire était bonne. Ses mains se souvenaient encore de la douce sensation de chaleur qu'il avait éprouvée à la tenir contre lui, dans la pénombre du jardin.

— Venez, madame mon épouse… Notre évêque suzerain se fait une joie de vous rencontrer.

— Joie partagée, monseigneur, assura Brune, plongeant dans une gracieuse révérence devant l'évêque qui lui tendit son anneau épiscopal à baiser.

— Messire duc, je vous remercie d'avoir fait ce trajet au

nom de notre reine, dit aussi Conan en saluant courtoisement de La Trémoille.

— C'est avec joie, Ker Glenn. Je ne connaissais pas votre demeure, ni votre mère, et suis enchanté, madame, d'être accueilli céans.

— Les amis de notre reine sont les bienvenus, répondit dame Katel avec courtoisie.

— Content de vous voir, Le Gallays, dit l'évêque à Guillaume qui s'avançait pour le saluer. Flouville n'est pas là ?

— Non, monseigneur, se hâta de répondre Brune. Conan l'a envoyé dans l'un de nos villages, à l'aurore. Un moulin a pris feu, avec l'orage que nous avons eu cette nuit. Il arrivera peut-être dans l'après-midi, le temps de veiller à ce que nos gens aient de quoi faire leur pain de ménage, et que les réparations du moulin soient entreprises.

Conan regarda avec étonnement son épouse qui mentait comme une arracheuse de dents, tandis que Brune, fière de sa trouvaille, lui sourit avec un petit air insolent qui le mettait au défi de dire le contraire. En fait, ce mensonge tombait à pic : Pierre avait refusé catégoriquement de partager la table de Montgomery, qu'il tenait pour responsable de ses malheurs. Conan et Guillaume avaient essayé de le raisonner, mais le géant avait menacé de tuer Jacques de Montgomery et de le servir en guise de repas. Conan avait donc renoncé, et son ami était parti à cheval pour Dieu sait où.

— Montgomery, dit Conan en guise de salutation.

— Ker Glenn, répondit Jacques.

Cet échange glacial fut interrompu par le bouillonnant Wandrille, qui se précipita vers Brune et l'embrassa sur les deux joues, avant de la serrer contre lui. Elle sourit de son impétuosité. Son petit frère espiègle ne changerait probablement jamais !

— Tu as encore grandi, dit-elle, en constatant qu'elle devait lever la tête pour le regarder.

— Le duc de La Trémoille veut me prendre sur ses terres en Angleterre, après mon adoubement.

— Je suis fière de toi, si fière ! dit-elle en le gardant dans ses bras, tout à sa joie de le retrouver. Vous m'avez tellement manqué, tous les deux !

Puis elle se détacha de son cadet et salua l'aîné respectueusement.

— Sois le bienvenu, Jacques, du fond du cœur.

La voir si jolie mais si pâle inquiéta Jacques, dont la rancœur s'envola devant les larmes contenues de sa sœur.

— Toi aussi, tu nous as manqué, Brune, beaucoup manqué.

N'écoutant que son cœur, Brune se jeta contre la poitrine de son frère et sentit avec joie ses deux bras forts se refermer sur elle. Elle aurait voulu que cette minute dure des heures. C'était comme rentrer à la maison.

— J'ai prié Dieu chaque jour pour vous et j'ai compté les heures jusqu'à votre venue.

Conan était un peu mal à l'aise devant cette scène d'amour fraternel et il voyait que sa mère l'était tout autant. Les yeux de dame Katel passaient au crible toute la personne de Jacques, ne voyant probablement en lui que le fils maudit de l'homme qui lui avait volé son mari pour l'éternité et qui avait envoyé son fils croupir dans une geôle royale.

Faisant un effort surhumain pour demeurer courtoise, elle fit appeler le chapelain, et tous se rendirent à l'église.

Sur le chemin, alors que Jacques donnait le bras à sa sœur, Conan s'interposa et lui offrit le sien. Contrarié de devoir céder la place, Jacques demanda :

— Aurai-je le plaisir de converser seul à seule avec ma sœur, après le repas ?

— Bien entendu, messire, répondit Conan, votre sœur est libre de ses faits et gestes. Venez, ajouta-t-il à l'attention de Brune, l'office va commencer.

Au cours de la messe, Brune se montra très pieuse et, lorsque le prêtre récita le Pater Noster, elle ne put s'empêcher de répéter les saintes paroles à haute voix.

« Pardonnez-nous nos offenses comme nous pardonnons à ceux qui nous ont offensés, et ne nous laissez pas succomber à la tentation, mais délivrez-nous du mal, ainsi soit-il. »

En ce jour, cette prière prenait un sens tout particulier. Conan la regarda : elle semblait respirer un peu vite, comme un oiseau affolé. Il lui prit la main dans un geste rassurant, lui faisant ainsi la promesse de ne pas attaquer le premier. Elle se sentit alors plus sereine, et lui sourit timidement.

À la fin de l'office, un grand banquet fut offert aux invités, et au moment de passer à table l'évêque, installé à la place d'honneur, s'étonna de la répartition des convives.

— Dame Brunhilde étant votre épouse, c'est à elle de présider et non à votre mère.

— Monseigneur, intervint Brune aussitôt, pour voler au secours de sa belle-mère qui s'était figée sur sa chaise. Je me flatte d'être sous la férule de dame Katel, maîtresse de maison aguerrie. Voyez-vous quelque chose qui ne soit pas comme il se doit dans cette maison ? Elle veille sur nous tous avec beaucoup de souci et de soin. J'ai encore beaucoup à apprendre sur la tenue d'une maison bretonne. Et je crains que dame Katel soit souvent trop indulgente face à mes manquements : mon breton s'améliore, mais n'est pas encore spontané. Je suis sûre que, dans quelques mois, je serai prête à la seconder, quand elle me jugera digne de prendre sa suite.

Dame Katel la regarda avec reconnaissance ; préoccupée

par la visite de son suzerain, elle avait oublié quelles devaient être la position de sa belle-fille et la sienne.

— Madame, votre belle-fille a une bien haute opinion de vous… Il est vrai que votre logis est très bien tenu. Quelques tapisseries le rendraient plus cossu. Je crois d'ailleurs que certains des chariots qui nous ont suivis contiennent une part de la dot de dame Brunhilde, dont de jolies tapisseries.

— Vous pourrez bien entendu les disposer à votre convenance, madame, assura Brune en buvant une gorgée de vin.

— Pas celle des elfes et des licornes, quand même ! Elle n'a jamais quitté ta chambre, intervint Wandrille, toujours trop bavard.

— Vous prendrez celle que vous voudrez pour vos appartements, Brunhilde, cela va de soi.

— Notre mère l'a brodée des mois durant, pendant sa grossesse, ajouta le jeune homme pour expliquer l'attachement de sa sœur à cette tapisserie.

— Je doute que ces souvenirs de famille intéressent nos convives, Wandrille, mais c'est gentil à toi, merci.

Elle se servit un petit morceau de viande qu'elle chipota, ce qui n'échappa pas à son mari, ni à son frère aîné.

— Ma présence te couperait-elle l'appétit, sœurette ? lança Jacques avec un regard amusé, voyant que ni Brune ni Conan ne mangeaient vraiment.

— Mais non, voyons ! Je mange, tu vois, répondit Brune en joignant le geste à la parole.

— Tu devrais manger plus, tu as maigri, ajouta Wandrille, qui, lui, mangeait comme quatre.

— Non, répéta-t-elle, gênée d'être le centre d'intérêt de la tablée.

Le duc de La Trémoille leur transmit les bons souvenirs du roi et de la reine, puis la discussion s'orienta peu à peu vers le

Mont-Saint-Michel, sujet brûlant entre Bretons et Normands, aussi Brune essaya-t-elle de rester le plus neutre possible.

— Le prieur du couvent ne peut que se féliciter du nombre grandissant de pèlerins qui viennent chaque année. Dommage cependant que la route pour s'y rendre soit si dangereuse.

— De quelle route parlez-vous, ma chère ? Celle côté breton ou côté normand ? ne put s'empêcher d'attaquer Conan.

— La Bretagne est-elle si mal gérée que les pèlerins doivent craindre des bandits de grand chemin ? rétorqua Jacques en posant les coudes sur la table en une posture de défi.

— Ni l'un ni l'autre ! Je parle de la baie, de ses sables et surtout de la façon affolante qu'a la mer de monter. On dirait un cheval au galop !

— Les pèlerins doivent mériter leur but, dit l'évêque, philosophe.

— Et le Couesnon dans sa folie a mis le mont en Normandie, ajouta Conan pour son épouse, avec un clin d'œil.

— Vous voyez, messire mon mari… Quand Dieu ordonne aux fleuves et aux montagnes, c'est qu'il a une bonne raison de le faire !

— Amen, conclut Jacques, content de voir sa sœur moucher son époux.

— En effet, il y a des choses troublantes qu'on a du mal à s'expliquer en ce bas monde, convint Conan, bon joueur.

Le visage blanc de Brune se teinta de rose et, une fois de plus, le cœur de Conan se serra. L'entendre rire était une bénédiction et une malédiction en même temps, car son rire lui rappelait toutes les fois où elle avait été triste à cause de lui. Brune dut sentir son changement d'humeur, car elle posa la main sur la sienne et lui sourit. Ce qui apaisa aussitôt son tourment.

Chapitre 14

La journée se déroula assez sereinement dans l'ensemble, au grand soulagement de Brune. Comme convenu, Jacques demanda à lui parler un moment, avant de reprendre la route. Ils se trouvèrent un endroit à l'écart, près du potager, et il lui prit la main.

— Brune, je voudrais être sûr que tout va bien. Je sens une certaine tension autour de toi, commença-t-il.

— Je vais bien, Jacques, mais il est vrai que nous avons besoin de temps pour nous accepter les uns les autres. J'ai conscience d'avoir bouleversé tout le monde par ce mariage : toi, Conan, dame Katel et tant d'autres.

— Il manque quelqu'un, aujourd'hui, dit Jacques en balayant la cour du regard.

— Avoue que tu es soulagé qu'il ne soit pas là, souligna Brune en souriant, sachant pertinemment de qui parlait son frère. Je crois que Conan en est soulagé aussi.

— Aurait-il du mal à se faire obéir de ses hommes ?

Le regard de Brune se fit dur et Jacques comprit qu'il était allé trop loin.

— Nous sommes seuls, mon frère, et je te poserai la question une seule fois. Est-ce toi qui as réduit en cendres Roz-Landrieux ?

— Roz-Landrieux ? Si ce village longe le Couesnon, c'est possible, répondit-il, mal à l'aise de parler de pillage avec sa sœur.

— Non, il se situe à l'ouest de Dol, dans les terres.

— Alors je n'y ai jamais mis les pieds.

— Tu veux savoir pourquoi Pierre de Flouville te hait à ce point ? Sa tour a été brûlée, son village, détruit, ses gens, assassinés sans distinction : hommes, femmes, enfants. Sa mère également, et c'était ton étendard qui flottait au vent, à côté du corps de sa fiancée !

— Brune, je te jure sur la tombe de notre mère que je n'ai jamais mis les pieds dans ce satané village ! Comment peux-tu croire que je pourrais tuer des femmes et des enfants ?

Il était choqué et furieux qu'elle l'imagine capable de telles ignominies.

— Alors j'aimerais savoir comment notre étendard a pu se retrouver là…

— Moi aussi, figure-toi ! Ce fou d'Éventreur massacre mes hommes sans preuve de notre culpabilité !

— Mets-toi à sa place ! Il a trouvé nos armes près de la femme qu'il aimait. Il a tout perdu !

— C'est impossible ! Qui se servirait de mon étendard contre moi, hormis ton mari ou l'un de ses hommes ?

— Un de tes alliés, peut-être ?

— Ridicule ! Personne n'est intervenu entre…

Il s'interrompit, son visage affichant soudain incompréhension et colère.

— La seule personne qui m'a prêté main-forte sur un raid, une fois, c'est Arthus. Nous avons vidé une grange et pris du bétail à Sains.

— *Volé* du bétail, tu veux dire…

— Hé ! De quel côté es-tu ?

— Du nôtre ! Du tien et du mien, c'est-à-dire celui de Conan !

— J'ai du mal à te suivre, là.

— Évidemment, tu réfléchis comme un homme !

— Je *suis* un homme, rétorqua son frère avec un brin d'impatience.

— Doublé d'un idiot, comme Conan ! Vous ne pensez qu'en termes d'orgueil, de conquête et je ne sais quelle autre idiotie ! Essaie de comprendre mon point de vue : je veux que cette alliance fonctionne et que plus jamais aucun village breton ou normand ne vive l'horreur qu'a connue Roz-Landrieux.

— Je te jure que je n'y suis pour rien.

— Pierre a l'air tellement sûr de lui que je devais te poser la question.

— Qu'il cherche sa vengeance ailleurs !

Une idée traversa soudain l'esprit de Brune.

— Crois-tu qu'Arthus pourrait t'avoir volé ton étendard ?

— Pour quelle raison ?

— Il ne fait pas partie des admirateurs de notre reine, et maintenant que les Beaujeu sont évincés de la cour il perd des alliés de prix.

— Tu n'as pas tort. Il semble assez proche des Bourbon-Montpensier également.

— Louise est charmante et fidèle à notre reine, mais je ne peux pas en dire autant de son frère.

— Je ne comprends toujours pas quel intérêt Arthus pourrait avoir à me faire accuser de crimes.

— Je ne sais pas, mais cette attaque a bien été menée par quelqu'un et les survivants parlent de Normands, ça, c'est certain.

— J'aiderai ton mari à obtenir justice si nous rattrapons les coupables, je t'en fais le serment.

— J'ai une autre question, Jacques…, fit Brune, hésitante.

— Parle, je t'écoute.

— Conan et ses amis ont été faits prisonniers à Saint-Aubin pendant trois ans. Malgré leur jeune âge à cette époque, ils ont été battus et torturés. Étais-tu au courant ?

— Je n'ai entendu que les rumeurs que tout le monde connaît, mais qui accorderait foi à des fadaises de vieilles femmes ?

— Et si ces fadaises n'étaient que vérité ?

Jacques perdit de nouveau son assurance.

— Tu veux dire que ton mari est un suppôt de Satan ?

— Non, bien au contraire, ce que je veux dire, c'est que Montpensier les a fait scarifier, et, d'après Conan, sur ton ordre.

— C'est faux ! se défendit-il avec vigueur. Sainte Vierge, quel homme pourrait en affubler un autre du signe de l'Infâme ?

— Je sais ta foi et ce que nos parents nous ont inculqué, mais Montpensier a cité ton nom avant de « jouer » avec le tisonnier sur le dos de mon mari.

— Je ne puis rien faire pour cela et Gilbert de Montpensier est mort. Néanmoins, je te promets de rendre justice à Flouville, s'engagea solennellement Jacques. Dis-le-lui de ma part quand tu le verras.

— J'ai confiance en toi, mon frère. Tu trouverais des amis inattendus si tu te lançais dans cette quête, tu sais…

— Pas ta belle-mère, en tout cas ! Elle aimerait bien m'écorcher vif, je crois. Mais revenons à ton mari : est-ce qu'il te traite bien ? De jour comme de nuit, je veux dire.

La conversation déviait sur un sujet un peu trop personnel au goût de Brune.

— Je n'ai pas à me plaindre de lui, il ne m'a jamais fait mal volontairement. Nous essayons de nous entendre, ajouta-t-elle en rougissant, le cœur battant la chamade.

Jacques lui posa tendrement la main sur l'épaule.

— Tu as mauvaise mine. Wandrille a dit vrai, tu as maigri. Tu sembles fatiguée… Oh ! je sais ! Tu dois être enceinte.

— Mais non ! répondit Brune, surprise de ses déductions.

— Peut-être ne le sais-tu pas encore. Après tout, c'est la première fois…

— Arrête avec ça, je te dis que je ne suis pas enceinte !

— Comment peux-tu en être si sûre ? lui demanda-t-il, surpris par la fermeté de son ton. Au début, on ne le sait pas toujours.

— J'ai… Je suis mieux placée que toi pour le savoir, non ? Changeons de sujet, maintenant, c'est gênant.

Jacques scruta son visage. Elle rougit de plus belle en tournant machinalement le regard vers Conan.

— Brune, ne me dis pas que tu l'as repoussé ?

Elle déglutit péniblement, ne sachant quelle posture adopter. La voyant agitée, son frère comprit qu'il avait vu juste.

— Es-tu folle ? C'est toi qui as voulu ce fichu mariage ! Es-tu consciente de ce que tu fais ? Si le roi l'apprenait…

— Jacques, écoute… C'est compliqué, se défendit Brune, j'ai…

Ne l'écoutant plus, Jacques fit signe à Conan de les rejoindre. Celui-ci n'hésita pas une seconde. Il trépignait depuis le début de cette conversation privée, espérant que son rival ne soutirerait pas trop d'informations à son épouse, mais en voyant la mine coquelicot de Brune et son air défait il supposa le pire.

— Je ne sais pas par où commencer…, dit Jacques en enfonçant les pouces dans son ceinturon. Brune semble peu encline aux choses de la chair, mais de là à vous refuser sa couche !

— Écoute-moi, à la fin…, reprit Brune, pour tenter de l'amadouer.

— Tais-toi, je t'en prie, tu foules aux pieds les serments du mariage ! Mariage que *tu* as voulu. Sais-tu que le roi pourrait demander une union devant témoins ?

Elle le regarda, horrifiée, et recula d'un pas.

— Non, je t'en prie ! Ne fais pas ça. Je vais tout arranger, le supplia-t-elle d'une voix blanche, où Conan percevait de la panique.

— Montgomery, ce n'est pas du tout ce que vous croyez. Votre sœur n'est en rien à blâmer. Je suis le seul responsable.

Il voulait être honnête et prendre ses responsabilités. Voir Brune trembler devant les menaces de son frère ne lui plaisait pas du tout. Il sentit, surpris, la main de son épouse presser son bras comme pour lui enjoindre de se taire, et la regarda en haussant un sourcil interrogateur.

— Ce que mon mari essaie de te dire, c'est que je me suis effarouchée, lors de notre première nuit, et de façon démesurée, j'en conviens, prétendit-elle. Je te jure d'y remédier très vite. N'en parle pas à la reine, je t'en prie.

— Effarouchée ? répéta-t-il, n'en croyant pas ses oreilles. Sur une ou deux semaines, je peux comprendre les réticences d'une vierge, mais cinq mois d'abstinence forcée, c'est du délire !

— Ne crie pas si fort, tout le monde nous regarde, supplia Brune en lui attrapant le bras.

— Brune, écoutez…, reprit Conan pour remettre les choses à plat.

— Jacques dit vrai, je me suis comportée comme une idiote, le coupa Brune. Je vous présente mes excuses, Conan, et j'espère que vous me pardonnerez.

— Mais je…

— S'il vous plaît, Conan.

Elle le priait de se taire, de faire semblant. Elle s'exposait une fois de plus pour lui éviter le courroux royal. Il en était touché, mais son honneur d'homme s'y refusait.

— Montgomery, j'ai…

Brune ne lui laissa pas le temps de finir sa phrase ; elle se hissa sur la pointe des pieds pour couvrir sa bouche de ses lèvres. Ses bras se refermèrent autour de son cou et il perdit toute notion de la réalité.

Plus de château, plus de nom, plus de Montgomery ni de Normand, juste Brune. La sentir s'accrocher à lui le bouleversait. Elle prenait beaucoup dans ce baiser, pas seulement la promesse qu'il se taise, mais tout ce qu'il lui avait si injustement refusé depuis leur mariage. C'était son baiser à elle. Sa douce revanche.

Il reprit le dessus au bout de quelques instants et approfondit ce baiser en plaquant le corps souple de son épouse contre le sien. Elle était douce comme le velours le plus délicat, fragile comme la plus arachnéenne des dentelles. Le parfum de sa peau et de ses cheveux n'était qu'envoûtement, et il sentait son corps réagir avec délice.

Un raclement de gorge les rappela à la réalité.

— Entre le feu et la glace, il y a un juste équilibre, petite sœur, conclut Jacques, malgré tout satisfait de ce que ce baiser avait démontré. Il semble évident, Ker Glenn, que ma sœur est disposée à vous circonvenir.

En partant, son frère promit à Brune de lui écrire et lui enjoignit encore une fois à voix basse d'accepter son devoir d'épouse. Son regard allait de l'un à l'autre. Quelque chose le perturbait encore : Ker Glenn n'était pas homme à se faire rejeter par une femme, ni à accepter qu'on lui coupe la parole sans cesse, même si c'était par un baiser. Quant à Brune, elle s'était montrée bien empressée de le faire taire. Ils semblaient complices de quelque entourloupe et sa sœur semblait mener la danse. Ce couple n'était pas normal, mais que pouvait-on attendre de normal dans ce genre d'alliance ? Le visage rembruni de Conan lui confirma qu'il avait vu juste : sa sœur le menait par le bout du nez, toute cette histoire n'était que supercherie, à n'en pas douter.

— Sa Majesté attend de vos nouvelles et un heureux événement serait de bon augure pour nous tous, je crois. Si rien n'advenait, elle renverrait sûrement une délégation…

— Inutile, mon frère, le problème se réglera de lui-même, j'en suis sûre. Mais je te remercie de t'en soucier, ajouta Brune, acide.

Conan rongeait son frein ; Jacques en jubila davantage.

— Ma sœur a une façon bien à elle d'imposer sa volonté, vos journées ne doivent pas être de tout repos !

Ils s'étaient parfaitement compris, le comte avait insisté sur le mot « journées » en jouant des sourcils, mettant clairement sa virilité et sa capacité à séduire Brune en question. Celle-ci intervint de nouveau avec ce sourire de circonstance que connaissaient bien son frère et son mari.

— Allez, partez avant la nuit noire, dit-elle, pressée de se débarrasser de ce frère trop curieux, de peur qu'il ne découvre leur petit secret.

Conan salua une dernière fois ses invités, jeta un regard perplexe sur son épouse, et se dirigea sans un mot de plus vers le donjon. Il avait soif. Très soif.

Brune le laissa partir. Elle savait que la journée avait été un calvaire pour sa belle-mère et lui. Elle décida donc de laisser quelques minutes de paix à Conan avant de lui réclamer son dû.

Elle réalisa avec surprise qu'elle était aussi ravie de voir ses frères partir que de les avoir vus venir. Cette constatation la fit sourire. Elle leur fit ses adieux jusqu'à ce qu'ils disparaissent dans les bois.

Elle revint alors dans la cour du château d'un pas nonchalant, la tête étonnament vide depuis bien longtemps. Le soleil de l'après-midi commençait à décliner et la lumière était d'un jaune d'or teinté d'orange. Les pierres de granit semblaient moins hostiles, moins grises.

Les chariots étaient vides, à présent, et, curieuse de voir ce que son frère avait apporté, elle entra dans le donjon. La grande salle était décorée de trois immenses tapisseries qui venaient de sa famille maternelle, angevine. Trois scènes de chasse : des cavaliers et des chiens, un cerf aux abois dans une clairière.

— Elles sont du plus bel effet ici, dit-elle, très sincèrement.

Dame Katel s'approcha d'elle, le regard plein de questions.

— Pourquoi ?

— Eh bien, c'est vous qui les avez accrochées, c'est à vous de le dire.

— Non… Pourquoi nous avoir épargnés ? Vous aviez de nombreux griefs à exposer à votre frère…, répondit la châtelaine en baissant les yeux.

Voir cette femme si maîtresse d'elle-même d'ordinaire baisser le regard émut Brune, qui s'approcha davantage. Dame Katel releva les yeux. Brune y vit du soulagement, mais aussi une lueur de tristesse qu'elle avait déjà surprise à plusieurs reprises.

Elles se mesurèrent du regard et Brune soupira, heureuse de pouvoir s'exprimer, espérant la gagner à sa cause.

— De nombreux, en effet. Trop peut-être pour risquer des morts inutiles. Voir la tête de mon frère rouler dans un panier vous apporterait peut-être du réconfort, mais ça ne ressusciterait pas votre époux, ça n'enlèverait pas la douleur enracinée dans votre cœur. Ni la peine profonde qu'on lit dans vos yeux. Faire accuser Conan réjouira peut-être mes frères, mais ça ne me rendra jamais mon père, alors que ce mariage me permet de garder les deux parties en vie dans une paix que j'espère durable. Peut-être aurai-je bientôt l'occasion d'aller à la chapelle du Lys.

— Me pardonnerez-vous un jour de vous l'avoir volée ?

Que sa belle-mère lui présente ses excuses était chose nouvelle, et Brune ne se sentit pas le cœur de la repousser.

— La douleur nous fait faire de mauvaises choses, parfois, mais je suis sûre que vous n'avez pas sciemment voulu séparer une petite fille de la tombe de sa mère.

— Non, en effet. J'étais trop en colère et j'avais tant de ressentiment. Vous savez ce qu'ils ont fait à Conan, les marques… Montpensier a ruiné ma vie et a voulu détruire mon fils. Conan est tout ce qu'il me reste.

— Je sais, dit Brune en posant la main sur le bras de sa belle-mère. Et je prie pour qu'un jour vous puissiez me regarder autrement que comme une ennemie.

— Je prierai aussi pour cela.

Le dîner se déroula dans une ambiance nouvelle, recueillie, presque, chacun perdu dans ses pensées et ses espérances.

Pierre de Flouville se présenta à la fin du repas, sombre, comme à son habitude. Son regard glacial se porta sur Brune un moment, puis Guillaume l'invita à se joindre à lui au coin du feu, un verre de vin à la main. Il lui parla à voix basse et, soudain, le géant se retourna pour la fixer de nouveau, mais cette fois-ci son expression était dénuée de rancœur.

Brune leur souhaita à tous bonne nuit et demanda à Conan de la suivre dans ses appartements.

Conan avait l'impression d'être une jeune pucelle que l'on conduisait à la chambre de son époux et il n'aimait pas du tout cela. Cette journée avait été si… étrange. Brune avait le don de tout embrouiller. Il se sentait redevable en son nom, en celui de sa mère et de tous les siens : son silence et son sourire les avaient sauvés.

Il referma la porte derrière Hélène, et tous deux se retrouvèrent seuls dans la chambre.

— Bien, Conan... Ne tournons pas autour du pot pendant trois heures : vous avez une dette envers moi. Peut-être même deux ou trois, mais je suis généreuse...

Elle le regardait droit dans les yeux, le ton ferme sans être agressif. Ses mains, qu'elle tortillait, attestaient tout de même de sa nervosité.

— On peut voir ça comme ça, bougonna-t-il, de mauvaise foi. Que dois-je faire ? M'aplatir et vous présenter des excuses publiques ?

— L'idée de vous voir pieds nus, en chemise et une corde à la taille, face à tous vos gens, m'amuserait follement..., commença-t-elle en souriant, mais ce n'est pas ce que je veux.

Elle s'approcha de lui dans un joli roulement de hanches et se fit féline.

— Alors, que voulez-vous de moi, Brune ?

Il se sentait traqué. Elle jouait avec lui comme un chat avec une souris et savourait d'avance sa victoire. Ses yeux brillaient de satisfaction. Elle croyait peut-être mener le jeu ? Il eut envie de la déstabiliser, de la voir rougir, se mordre les lèvres. Au jeu de la séduction, elle était novice, contrairement à lui, et la voir si directe l'amusait beaucoup.

— Vous voulez votre nuit de noces ? Très bien, je vais vous la donner, fit-il, l'air détaché, en commençant à se déshabiller.

Il se défit de son pourpoint, de ses bottes, puis de ses culottes.

— Il manque la corde à la taille, mais je suis en chemise et pieds nus, la nargua-t-il.

Les bras croisés et un sourcil levé, elle continuait à le provoquer.

— Ôtez votre chemise.

— Non.

Et dire qu'il avait cru la faire vaciller !

— Les femmes n'aiment pas voir…

— Les autres, peut-être. Mais je ne suis pas les autres. C'est tout entier que je vous veux.

Il voulait s'assurer d'une chose avant d'aller plus avant, et la tint à bonne distance, à bout de bras.

— Je ne me sens pas le droit de prendre votre virginité de cette façon, uniquement parce que votre frère…

— Au diable mon frère et votre satané orgueil ! explosa-t-elle. Vous êtes têtu, borné, aveugle et… breton ! conclut-elle, comme si elle avait enfin trouvé l'insulte adéquate.

Elle s'approcha de lui et posa la tête contre son torse, respirant avec délice l'odeur de sa peau, mélange de cuir et de musc.

— Ne pouvez-vous pas comprendre que c'est moi qui vous l'offre ? dit-elle d'une voix lasse. Acceptez-la comme un gage, un présent, un serment, peut-être. Est-ce donc si difficile de m'aimer un peu ?

Sa voix s'était brisée et Conan eut peur qu'elle ne fonde en larmes.

— Non, Brune, répondit-il sincèrement, en lui prenant le visage dans les mains, c'est si aisé, au contraire, que ça me terrifie.

— Je vous terrifie ? demanda-t-elle, incrédule.

— Vous n'avez pas eu tout à fait tort, le jour où vous m'avez alpagué devant tous mes hommes. Vous êtes exactement ce que je pensais vouloir détruire. Je ne sais pas pourquoi je vous ai embrassée, à Nantes, parce que… Vous étiez si belle, dans ce jardin… Ça m'a paru la chose la plus logique à faire.

— Et moi qui pensais que je n'avais rien qui puisse séduire un Breton ! Trop grande, trop mince. Si vos maîtresses ressemblent toutes à Gwen, alors oui, en effet, je suis bien différente.

— Me pardonnerez-vous aussi cela ?

— J'essaie, Conan, mais de toutes vos piques c'est celle-là qui m'a fait le plus mal.

Elle ne voulait pas l'accabler de reproches, mais pas non plus l'épargner.

— Que puis-je faire, sinon réitérer mes excuses ? demanda-t-il, plongeant son regard dans le sien.

— Me prendre dans vos bras, comme cela…, dit-elle en se plaquant à son grand corps. Cette nuit, c'est votre présence dont j'ai besoin, et peut-être que vous vous habituerez à la mienne.

Ils restèrent enlacés un moment, Conan savourant cette paix qu'il avait déjà ressentie entre ses bras. Il était bien, à sa place, et le poids des souvenirs lui sembla bien moins lourd en cet instant.

Brune se dégagea soudain et se dirigea vers la porte.

— Où allez-vous ? demanda Conan, inquiet à l'idée qu'elle s'en aille de nouveau.

— Chercher Hélène : je ne peux pas retirer ma robe toute seule.

— Laissez-la où elle est, je devrais pouvoir venir à bout de quelques lacets et aiguillettes.

Brune ne put s'empêcher de penser qu'il en avait certes l'expérience, avec Gwen et quelques femmes qui avaient traversé sa vie.

— Contrairement à ce que vous pourriez croire, elles n'ont pas été légion, dit-il après s'être raclé la gorge, comme s'il avait lu en elle.

— À cause de votre dos ?

— De mon dos et de ma réputation, je suppose.

— Faut-il être stupide pour s'arrêter à cela ! Vous n'êtes pas responsable.

— Les gens sont superstitieux, ici, et certains symboles font peur.

— Alors, il est heureux que je ne sois pas d'ici.

— Un point pour vous, Brunhilde de Montgomery ! lui accorda-t-il, beau joueur.

— Brunhilde de Ker Glenn, le corrigea-t-elle en le regardant droit dans les yeux. Je porterai votre nom bien plus longtemps que j'ai porté celui de mon père, Conan, faites-vous à cette idée.

— Et c'est moi qui suis têtu ?

— Têtu, borné, tête de bois, obtus… Et bien d'autres choses encore.

— Tête de bois ? Quel langage peu châtié pour une dame…

— Laissez la dame pour demain. Ce soir, c'est votre épouse qui a besoin de vous, répondit-elle en lui montrant le dos de sa robe.

Il la fit pivoter et dégagea sa chevelure sur le côté, exposant la fragilité de sa nuque et le haut de sa robe. Il défit les petits crochets qui la fermaient et ôta les aiguillettes qui maintenaient les larges manches à crevés.

— Merci, dit-elle, un peu rougissante, serrant ses manches contre sa poitrine pour ménager sa pudeur. Je dois vous paraître un peu gauche, mais je n'ai pas l'habitude d'avoir un homme dans ma chambre.

— Pas même un palefrenier ? Ah non, c'est vrai, vous préférez l'écurie à cause du foin ! répondit-il en souriant.

— Conan ! Vous n'y avez jamais cru, n'est-ce pas ?

— Eh bien, fit-il en tordant la bouche, un instant, j'ai vraiment pensé que vous pourriez vous venger de moi ainsi, c'est pourquoi je suis entré en trombe dans les écuries.

— Et à cause de vous Boulotte m'a griffée et a eu peur, l'accusa-t-elle.

Il devint soudain grave et plongea son regard dans le sien.

— Je ne peux pas remplacer les personnes ou les êtres chers que vous avez perdus, Brune, mais la vie vous offrira sûrement de nouveaux amis. J'aimerais être le vôtre, si vous le permettez.

— Non, Conan, je ne veux pas de vous pour ami, ou bien si, mais pas seulement. Retirez votre chemise et faites-moi confiance, s'il vous plaît.

Il s'apprêtait à faire ce qu'il s'était interdit en présence d'une femme, et ça le rendait nerveux. Il saisit malgré tout les deux pans de sa chemise et la passa au-dessus de la tête.

Sa respiration se fit plus courte, plus rapide, et, un instant, il fut tenté de détourner le regard, quand il vit une lueur d'admiration briller dans les prunelles dorées de Brune.

— Vous êtes vraiment très beau.

Elle tourna lentement autour de lui, se déplaçant sans bruit, lui caressant le buste de ses mains blanches. Elle le sentit se raidir quand elle lui effleura le dos et y posa les lèvres dans un baiser très doux, comme elle l'avait déjà fait.

— Ça n'a rien de beau, lâcha-t-il d'une voix blessée.

— Si, ça l'est, ça l'est parce que c'est vous. À l'endroit, ces symboles païens évoquent la création et la vie. Au fond, c'est un peu comme l'existence… On peut la voir comme une longue suite de larmes et de souffrances, ou bien comme un chemin de joie et d'espérance. Tout dépend de quel côté on se place.

— Devrais-je marcher sur les mains pour que le pentacle soit dans le bon sens ? la nargua-t-il par bravade.

— Vous feriez rire vos gens à défaut de les faire trembler, ce serait une bonne idée.

Elle pouffa, imaginant la scène.

— Je ne les terrifie pas du tout ! Mais il m'arrive quelquefois d'être un peu abrupt, reconnut-il.

Brune leva les yeux au ciel pour éviter d'entrer dans les détails à propos du caractère dominateur et sombre de son mari.

— Je vous ai vu sourire avec vos amis, avec moi aussi, et je préfère ce Conan-là.

— J'ai cru pendant longtemps qu'il était mort dans les cachots de Saint-Aubin.

Il lui caressa le visage et balaya ses lèvres de son pouce.

— À vous, maintenant… La chemise, précisa-t-il, alors qu'elle le regardait sans comprendre.

Il lui posa un doigt sur les lèvres, la voyant déjà ouvrir la bouche pour parler, et reprit ses propres paroles :

— Ayez confiance en moi.

Alors, elle s'exécuta, s'exposant pour la première fois à son regard. Il fit ce qu'elle avait fait, touchant son ventre de colombe du bout des doigts, puis ses hanches étroites, enfin, la cambrure de ses reins. Ses yeux ne perdaient rien du nacre de sa peau, du galbe impertinent de sa petite poitrine aux pointes roses, ou de ses fesses haut perchées. Ses cheveux noirs comme la nuit cascadaient sur ses épaules et captaient la lumière des bougies.

— J'ai pensé vous rejoindre bien des nuits, ma douce.

— Pourquoi ne pas l'avoir fait ?

— Mon orgueil, mes souvenirs.

— Laissez-les à la porte pour ce soir. Et apprenez-moi ce que je dois savoir.

Elle lui prit la main et le conduisit vers le lit. Là, elle se plaça face à lui et attendit qu'il prenne l'initiative. Il semblait se débattre avec des sentiments contraires.

— Ne vous éloignez pas de moi, Conan. Si vous désirez une femme, pourquoi ne serait-ce pas moi ? Nous sommes mariés, après tout.

Elle était si près de lui qu'il pouvait sentir la chaleur de son corps.

— Laisser mon orgueil à la porte…, dit-il seulement, avant de lui prendre les lèvres dans un baiser ardent.

Comme elle avait espéré ce contact ! Cette peau contre la sienne, ces lèvres sur sa bouche, ces bras autour de son corps… Elle avait enfin l'impression qu'il acceptait l'évidence de leur désir et son bien-fondé. Immédiatement, elle s'ouvrit à lui, renversant la tête en arrière, gémissant sous ses baisers.

Elle n'avait jamais été aussi prête qu'aujourd'hui. Cette nuit, elle ne serait pas uniquement son épouse, elle serait sa femme.

Ses caresses audacieuses enflammaient ses sens et elle sentait une délicieuse chaleur envahir son corps et le creux de son ventre. Elle parcourut les bras de Conan, puis s'attarda sur ses épaules puissantes et son torse, autant que sur son dos. Elle ne voulait pas qu'il ait peur de son dégoût ou des superstitions que les vieilles femmes répandaient sur la lande, au sujet des hommes marqués du signe de Satan. La peau de son dos, excepté au niveau des cicatrices, était douce, très douce, même, pour un homme, et elle en savoura le toucher. Elle sentait la force de sa musculature et toute sa faiblesse en ce point précis. La respiration de Conan se fit plus forte à mesure que ses caresses s'intensifiaient.

— Je n'ai pas peur de vous, souffla-t-elle en l'embrassant de nouveau, heureuse de sentir sa virilité se presser contre son ventre.

Il était envoûté par sa voix, ses gestes, attiré comme Ulysse par le chant des Sirènes. Sa sirène.

Son émoi était plus que visible, et il voulut se dégager de cette étreinte par peur de la choquer ou de perdre tout contrôle. C'était à lui de l'initier au plaisir. Il devait se montrer attentif et reprendre le dessus.

Mais Brune, qui savourait chaque seconde avec une immense fierté, ne l'entendait pas de cette oreille ; elle se plaqua davantage contre ses hanches.

Rendant les armes pour de bon, Conan l'étreignit alors fougueusement et dévora sa gorge de baisers brûlants sans qu'elle ne lui oppose la moindre résistance.

Émerveillée, elle le regardait, nu, viril, fort et fragile à la fois, tout à elle à présent.

Elle avait attendu ce moment comme on attend le soleil après l'orage. Elle avait enfin le droit de toucher cet homme qu'elle voulait plus que de raison.

— Est-ce que tu veux vraiment…

— Oui, je le veux, je te veux, Conan, de toute mon âme et de tout mon corps.

Elle reprit avidement ses lèvres ; il n'y avait plus aucune entrave entre eux, ni vêtements ni faux-semblants, juste un désir ardent qui les submergeait et les éblouissait.

Elle ne s'était jamais sentie si proche de lui. Sa main puissante s'enfonçait dans son épaisse chevelure et l'attirait plus près encore, pour qu'il savoure ses lèvres.

Il la poussa doucement afin qu'elle s'allonge sur le lit, puis s'allongea à son tour. Il lui empauma un sein, inclina la tête pour en déguster de la langue le mamelon rose et dur. Ses caresses ardentes furent bien vite récompensées par des soupirs de plaisir. N'y tenant plus, Brune lui pressa la tête contre son sein.

— Encore ! supplia-t-elle.

Elle se sentait portée par les flots. Des vagues de plaisir la berçaient, l'une après l'autre, lui faisant découvrir un monde nouveau, celui de la volupté. Elle l'attira à elle, plaqua tout son corps contre le sien. Elle l'enserra de ses bras, un peu tremblante, attendant avec joie et appréhension ce qui allait suivre.

— Je voudrais te caresser des heures, mais j'ai trop envie de toi, dit-il en se positionnant entre ses cuisses.

Lorsque son sexe érigé se retrouva à l'orée de sa féminité, Brune se crispa un instant.

— J'ai confiance en toi, lui dit-elle en le regardant dans les yeux, avant de se détendre.

Elle s'ouvrit doucement et ferma les yeux.

— Regarde-moi, Brune. J'attendrai, s'il le faut.

— Non, je t'en prie… J'ai tant envie de toi que je crois que je vais mourir !

Cet aveu naïf, fait de façon précipitée, le toucha au plus profond de son cœur et il laissa le désir prendre le pas sur ses craintes. D'un long mouvement fluide, il fit glisser son corps contre celui de Brune, qui s'enhardit et se cambra contre lui. Avec une impatience un peu maladroite, il entra en elle en gémissant de plaisir. Elle l'accueillit dans un souffle et ils restèrent soudés l'un à l'autre quelques secondes, immobiles.

— Je suis ta femme, maintenant ? demanda-t-elle avec des larmes dans les yeux.

— Pas encore, répondit-il en souriant, effaçant une larme d'un baiser.

Il se mit à bouger lentement, avec sensualité. Elle le sentait se mouvoir en elle comme la marée qui monte, plus haut, toujours plus haut. Elle était dépossédée d'elle-même et se sentait si riche en même temps : comblée d'être femme.

Haletant, Conan la prenait avec une frénésie qui le surprenait lui-même. Ces six mois d'abstinence lui avaient coûté, mais il était heureux de ne pas avoir rompu son serment et de se livrer à elle, l'esprit libre. Toute colère l'avait quitté, toute tristesse avait déserté son cœur. Il semblait à sa place dans les bras de cette femme. Il se libéra dans un cri rauque et Brune le garda contre elle. Terrassé par l'extase, il la serra contre lui, recouvrant petit à petit sa respiration.

— Maintenant, tu es ma femme, dit-il en roulant sur le côté pour ne pas la gêner. Tu as mal ? s'inquiéta-t-il en voyant ses yeux toujours brillants.

— Un peu, ça passera, le rassura-t-elle.

— Ce n'est pas très agréable la première fois pour les femmes, mais, tu verras, ce sera beaucoup mieux ensuite, poursuivit-il en lui caressant la joue.

— C'était parfait, Conan, chuchota-t-elle en déposant un baiser sur son épaule.

Ils savouraient le fait d'être assoupis l'un contre l'autre.

En cet instant, tout paraissait si irréel, leur histoire, leur souffrance, rien ne semblait exister en dehors de cette chambre.

Conan sourit dans la pénombre en repensant aux mégères qui racontaient que sa femme se transformait en chat à la nuit tombée. Brune avait bien quelque chose de magique avec sa façon d'envoûter d'un regard, et ses épaules pouvaient attester de ses griffes, mais il était heureux qu'elle garde l'apparence d'une femme au corps de liane. Dès le lendemain, il l'emmènerait à la chapelle du Lys. Cette promesse aussi, il était temps qu'il la tienne ! Et puis passer une journée seule avec elle serait des plus agréables, se dit-il avant de s'endormir, comblé.

Le chant des oiseaux et le bruit provenant de la cour réveillèrent Brune aux aurores. Elle n'avait pas aussi bien dormi depuis des lustres ! Elle repoussa doucement Conan, qui la retenait prisonnière de ses bras, et sortit du lit sans un bruit. Elle ramassa sa chemise étalée sur le sol comme un voile sur la mer et l'enfila, rêveuse. La fraîcheur du matin la faisait frissonner, mais la lumière était bien trop belle pour ne pas en profiter. Elle ouvrit sa pochette de dessins et posa une feuille vierge sur le bureau. Puis, saisissant un fusain que Conan lui avait offert, elle commença à le dessiner.

Douceur et tendresse dans un jeu d'ombre et lumière, où se mêlaient la fragilité du sommeil et la force d'un amant.

Elle contempla son modèle en espérant qu'il ne serait pas trop fâché de son audace. Mais elle ne pouvait résister, il était offert à elle dans son sommeil, sans armure, sans colère, sans passé, ni douleur.

Il était juste Conan, l'homme, le mari.

Sa main dessinait une courbe, un creux, sculptait sa silhouette alanguie. Les rayons du soleil créaient çà et là des flaques de lumière sur son torse et son ventre. Le drap blanc qui lui couvrait chastement les hanches n'altérait en rien la sensualité de ce beau corps masculin. Bras et cuisses puissants dont elle gardait au fond de son cœur la moindre ligne. Sa large poitrine se soulevait au rythme lent et régulier de sa respiration. Ses cheveux en bataille, comme la crinière d'un lion, auréolaient son visage au repos. Il paraissait jeune et accessible. Un instant parfait.

Une fois les lignes dessinées, elle s'appliqua au détail, volumes sur les méplats de son torse ou zone ombragée pour le relief du drap. Elle appréciait d'avoir le modèle sous les yeux, cette fois, au lieu de se contenter des images qui emplissaient son esprit.

Elle soupira de satisfaction en regardant son œuvre presque achevée.

— Je peux voir ?

La voix de Conan était tout près d'elle, et elle manqua de crier de surprise.

— Je ne t'ai pas entendu te lever, bredouilla-t-elle en essayant de cacher son travail.

— Trop absorbée à dessiner ? la taquina-t-il en la voyant rougir.

— Ne te fâche pas, commença-t-elle pour se défendre.

Il éclata de rire devant son air contrit et l'embrassa dans le cou. Attendrie par ses gestes d'affection, elle baissa la garde, et il en profita pour lui prendre son trésor des mains.

— Conan, non ! Il n'est pas encore terminé !

Elle attendit le verdict avec une certaine angoisse.

— Ne te moque pas, lui demanda-t-elle avec une moue boudeuse.

— Il y a beaucoup de choses qui me viennent à l'esprit, Brune, mais aucune moquerie, je te l'assure. Tu dessines très bien, je me trouve assez beau, ajouta-il, flatté.

— Tu l'es, dit-elle, sincère, enfin, je trouve, ajouta-t-elle en rougissant.

— Je suis jaloux de toi, ma douce, reprit-il en s'approchant d'elle, toujours juchée sur son tabouret.

— Jaloux ?

— Oui, tu sais donner vie à des images et les coucher sur le papier. Je voudrais en être capable aussi, comme ça, je pourrais te dessiner à mon tour. Je commencerais par ton visage, fier et délicat, puis je ferais tes lèvres.

Ses mains la dessinaient à leur façon, sculptaient et modelaient ses traits d'une caresse très douce.

— J'en tracerais les fins contours, comme quand tu soupires de plaisir. Quant à tes yeux, je les ferais mi-clos et brillant de mille feux comme quand nous…

Elle rougit violemment et déglutit avec un bruit étrange. Conan semblait fier de lui et lui souriait d'un air espiègle. Elle voulut lui rendre la monnaie de sa pièce.

— Et ensuite, messire mon mari, que dessinerais-tu ?

Voyant qu'elle se piquait au jeu, il reprit de plus belle. Il n'était pas novice aux règles de la sensualité et se mit en tête de les lui enseigner. Ses mains reprirent donc leur ballet affolant.

— Je modèlerais la ligne de ton épaule, celle de ta gorge, le creux de ton cou. J'en façonnerais les moindres détails, et les embrasserais une à une, comme ceci.

Il déposa de légers baisers sur toutes les parties citées. Brune retenait sa respiration de peur de se réveiller seule dans sa chambre. Et si elle était en train de rêver tout cela ? Mais la vision de Conan penché sur elle, torse nu, réussit à la convaincre qu'elle était tout à fait réveillée.

— Connais-tu Ovide, ma douce ?

— Non, qui est-ce ?

— Un poète latin. Dans ses *Métamorphoses*, il raconte la légende d'un sculpteur grec du nom de Pygmalion, devenu fou de passion pour son œuvre. Cet artiste sculpta dans le plus parfait des ivoires une femme au corps magnifique, et lui donna un nom : Galatée. Il caressait ses courbes tous les jours, embrassait chaque heure ses lèvres froides, et suppliait les dieux de donner vie à l'objet de son obsession.

Tout en parlant, Conan délaça le cordon qui retenait l'échancrure de la chemise et dévoila le buste de Brune à son regard et sa convoitise.

— La statue s'est-elle animée grâce à ses prières ? demanda Brune, dont le souffle s'accélérait.

La bouche de Conan parsema sa gorge et sa poitrine de baisers ardents, puis s'attarda sur un sein, pour en savourer le goût et la douceur.

— Aphrodite l'exauça pour son plus grand bonheur, et de leur amour naquirent deux fils.

— Une fin heureuse pour une légende ? Voilà qui change de l'ordinaire ! commenta Brune, en essayant de ne pas se tortiller malgré le feu qui lui brûlait déjà le ventre.

— Au diable les Romains et leurs contes, moi, j'ai une femme des plus réelles, des plus délicieuses, que je compte bien remettre au lit dans la minute.

En riant, il la souleva dans ses bras puissants et la coucha doucement sur le lit, avant de la débarrasser tout à fait de sa chemise.

— Voilà bien le seul habit que tu devrais porter ! lui dit-il en étalant ses cheveux sur ses épaules.

— Je choque déjà ta mère avec mes décolletés, mais pour le coup je la comprendrais !

Elle était heureuse de se sentir belle dans son regard.

— Tes robes sont ravissantes et tu es magnifique dedans, mais promets-moi de remettre ces jolies petites tenues de paysanne de temps à autre.

— Pourquoi ? Je pensais que tu les détestais.

— Oh que non ! Elles te donnent un air canaille, plus familier et plus…, dit-il en cherchant ses mots.

— Moins normande ? suggéra-t-elle en lui embrassant le creux de la main.

— Oui, avoua-t-il. Et ce n'est pas tout… Quand tu portes tes robes de paysanne, je ne cesse pas de penser à ce que tu as dit à propos des écuries et du foin, et des images suggestives me viennent à l'esprit…

— Fais-je de toi un pécheur ?

Ce qu'il voyait dans les yeux charmeurs de sa femme était tout sauf de la contrition.

— Je le confesse et je te supplie d'abréger mes souffrances, dit-il, impatient, plongeant enfin en elle.

Chapitre 15

Les jours qui suivirent eurent quelque chose de magique.

Le calme régnait sur le Mont, comme si chacun voulait laisser le jeune couple en dehors des soucis du quotidien. Dame Katel se fit la plus discrète possible, souhaitant s'effacer petit à petit au profit de sa belle-fille, qui prendrait ses marques un peu plus chaque jour. La maisonnée ne s'en plaindrait pas, la nouvelle châtelaine serait attentive aux opinions de tous et aurait un gentil mot pour chacun.

Brune arrangeait un bouquet de fougères et d'hortensias en fredonnant quand elle remarqua les regards entendus dont elle était la cible. Certains la taquinèrent même, tant elle semblait sur son petit nuage. Conan ne la lâchait pas, sauf quand ses obligations de seigneur le retenaient ailleurs, ce qui était, hélas, quotidien. Guillaume se montrait toujours aussi charmant. Quant à Pierre, à défaut de lui témoigner un peu d'amitié, il lui montrait du respect. Le calme après la tempête était apprécié de tous.

Une surprise attendait Brune, ce matin-là. Quand elle arriva dans la cour pour sa promenade matinale — promenade qui lui permettait de surveiller l'avancée des travaux —, elle y trouva Erwan et Conan, tenant chacun un cheval par la bride.

— Dois-tu encore partir, mon doux seigneur ? s'enquit-elle, en voyant son mari habillé de pied en cap.

— Oui, et je serais ravi que tu m'accompagnes, même si je sais que tu n'aimes pas beaucoup monter à cheval. Je comptais me rendre à la chapelle du Lys, cela te conviendrait comme destination ?

— Oh, Conan…

Elle ne put en dire davantage. Elle avait souhaité s'y rendre bien des fois, sans oser le demander, de peur d'essuyer un refus malgré les ordres de la reine à ce sujet. Elle savait que ses frères s'y étaient arrêtés en venant la voir et cela avait consolé son cœur meurtri. La chapelle se situait à plusieurs heures du château, et une telle chevauchée ne la tentait guère. Mais le jeu en valait la chandelle.

— Brune, je ne voulais pas te faire pleurer, je suis désolé, s'alarma Conan en voyant une larme couler sur sa joue. J'ai voulu organiser cette visite bien des fois, mais trop de choses nécessitaient ma présence ici ou là.

Elle se jeta dans ses bras et le serra contre elle.

— Merci du fond du cœur !

— C'est moi qui te remercie d'être restée, Brune.

Elle lui sourit à travers ses larmes, puis s'essuya les joues, un peu honteuse de se laisser aller à ses émotions devant les ouvriers, qui ne perdaient pas une miette du tendre spectacle qu'ils offraient.

— Veux-tu une escorte ? demanda Guillaume, après les avoir salués.

— On n'a toujours pas retrouvé celui qui en veut à ta femme, rappela Pierre, qui se doutait que les ennuis n'étaient pas finis.

— C'est un pèlerinage, que je dois entreprendre seul avec elle, mais sois tranquille, nous serons prudents.

— Et armés ! précisa Brune en montrant, accrochée à sa ceinture, la jolie dague que Guillaume lui avait offerte.

— Il faudra qu'on parle de ça, d'ailleurs, Guillaume, dit Conan en foudroyant son ami du regard.

— À tes ordres, monsieur le vicomte. Quand il te plaira.

L'insolent adressa un clin d'œil complice à Brune, qui pouffa.

— Ses intentions étaient bonnes, Conan, dit-elle en se faisant l'avocate de son ancien ange gardien.

— L'enfer est pavé de bonnes intentions ! rétorqua Conan.

— Tu m'ôtes les mots de la bouche ! railla Pierre.

— Flouville, les sarcasmes si tôt le matin, c'est mauvais pour la santé. Le fiel empoisonne vos humeurs et risquerait bien de vous tuer. Ce qui serait dommage, ajouta Brune, taquine, car je vous aime bien.

Sous le regard ahuri des quatre hommes présents, elle se hissa sur la pointe des pieds et déposa un baiser sonore sur la joue du géant.

— Emmène vite ta femme, Conan, avant qu'elle finisse par embrasser les ouvriers, après avoir déjà embrassé les palefreniers et les chevaliers…, jeta Pierre en haussant un sourcil moqueur.

Le joli rire cristallin de Brune suivit cette déclaration. Elle avait bien vu la lueur d'amusement que son geste familier avait allumé dans le regard de Pierre. Elle lui avait parlé depuis la visite de son frère et, si celui-ci restait sur ses positions, un doute s'était insinué dans son esprit.

Erwan l'aida à se mettre en selle et elle partit la première, bien vite rejointe par son mari. Ils avaient quatre lieues à parcourir et Conan voulait qu'ils soient revenus à Ker Glenn avant la nuit. Il savait qu'ils iraient au pas, mais peu importait.

— Si nous traînons un peu, nous dormirons à Dol, proposa Brune.

— Oui, mais j'avoue que je préférerais t'étreindre dans notre lit. Ceux de l'hôtellerie du palais épiscopal sont atrocement durs.

La grimace avec laquelle il ponctua son information la fit rire.

Elle savoura chaque seconde de leur petit voyage. Ils longèrent les bois et les champs, s'approchant un peu de la mer, et firent une petite halte à mi-parcours pour déjeuner à l'ombre d'une futaie. Rien ne semblait pouvoir perturber cette magnifique journée.

Armelle galopait à vive allure ; il fallait qu'elle atteigne le Couesnon avant eux ! Elle manqua de se rompre le cou en passant le gué et jura intérieurement. Elle éperonna son cheval de nouveau, blessant la pauvre bête, qui hennit de douleur. Elle voulait l'or qu'on lui avait promis et ferait tout pour l'obtenir. C'était l'occasion rêvée : ses proies allaient regretter leur légèreté… Elle était partie en trombe juste après avoir vu le seigneur du Mont et sa dame partir en promenade.

Rien ne s'était passé comme prévu. Pire encore, voilà que Brunhilde et Conan roucoulaient comme des colombes ! Mais elle n'avait pas dit son dernier mot.

Messire Arthus avait reçu la missive qu'elle lui avait fait parvenir après le banquet — une catastrophe pour eux. Elle lui avait donné rendez-vous afin qu'ils trouvent une solution plus radicale, et elle savait qu'il campait aux abords de la rivière depuis ce fameux jour, attendant une occasion. Les jeunes tourtereaux, par leur insouciance, venaient de leur en offrir une.

Il fallait renverser les choses et vite.

Elle avait glané beaucoup de renseignements au château du Mont, et allait les vendre très cher. Elle sourit en apercevant un homme encapuchonné, accompagné de cinq autres cavaliers. Elle s'approcha de lui.

— J'ai fait aussi vite que possible, messire Arthus, dit-elle, sans descendre de cheval.

— Vous n'avez pas été suivie ? demanda le seigneur en furetant du regard autour d'eux, pour être sûr qu'ils étaient seuls.

— J'ai dû assommer l'un des palefreniers pour voler ce cheval, alors ne comptez pas sur moi pour remettre les pieds à Ker Glenn. J'ai récupéré mes affaires et j'ai filé au plus vite.

— Êtes-vous bien certaine qu'ils ne pourront pas remonter jusqu'à nous ?

— Je ne vois pas comment, répondit-elle crânement.

— Où sont-ils ? demanda encore le seigneur de Saint James, qui rêvait depuis plusieurs mois de se venger de l'humiliation que lui avaient fait subir Brune et Conan.

— À la chapelle du Lys, sans escorte.

— Un jeu d'enfant ! Ça m'étonne de Ker Glenn, je le croyais plus prudent.

— L'amour rend aveugle, dit-on.

Le mépris qui perçait montrait à quel point Armelle avait le cœur froid.

— Je regrette de ne pas pouvoir assister à leur fin, ajouta-t-elle, réajustant sa cape.

— Où allez-vous ?

— Voir un ami commun, ce que j'ai à lui dire va le remplir de joie et de surprise !

Éperonnant son cheval, Armelle prit la direction de Nantes.

Arthus et ses cavaliers traversèrent le pont et se dirigèrent au petit trot vers la chapelle. Dans très peu temps, Conan et Brunhilde seraient morts. Quant à Jacques de Montgomery, il serait exécuté dans la semaine. Ainsi le comte Charles de Montpensier et lui-même agrandiraient leurs terres, tout en se jouant de la reine : pour d'anciens alliés des Beaujeu et de Charles le huitième, quelle délicieuse vengeance !

Quelqu'un le secouait comme un prunier… Une douleur atroce lui martelait le crâne…

— Réveille-toi, par tous les saints ! cria un homme au-dessus de lui.

Erwan se tâta prudemment la tête.

— Merde, je saigne !

Alors qu'il était déjà mal en point, on lui lança un seau d'eau glacée en pleine figure.

— Voilà qui devrait t'éclaircir les idées !

Il reconnut cette fois la voix de Pierre de Flouville.

— La servante ! dit-il, en essayant péniblement de se redresser.

— Quoi, la servante ?

— Cette fille que dame Brune a ramenée de Nantes avec sa dot…

— Armelle ?

— Oui, c'est elle qui m'a attaqué.

— Tu es encore plus sonné que je le pensais, pour dire de telles âneries ! Ce petit ange ne ferait pas de mal à une mouche, déclara Guillaume, repensant à la petite coquine avec qui il avait pris son plaisir.

— Je vous dis qu'elle m'a assommé avec ça ! insista Erwan en montrant la bûche avec laquelle cette fille avait manqué de lui fendre le crâne. Il manque la jument grise, ajouta-t-il en faisant le tour des box. Elle a dû la voler !

— C'est à dormir debout, ton histoire ! Une gueuse qui saurait monter à cheval ? demanda Pierre, sceptique. Et où serait-elle allée ? Pour faire quoi ?

— Je vous dis les choses comme elles se sont passées, s'impatienta Erwan. Elle est venue à l'écurie et a commencé à…

— À quoi ?

Le pauvre Erwan rougit et se racla la gorge.

— Ses intentions étaient très claires, même pour un novice comme moi, croyez-moi ! Je l'ai repoussée. Je suis fiancé et ce genre de catin ne me plaît pas.

— On sait tous que tu préfères embrasser les Normandes, se moqua Pierre.

— Ça ne me fait pas rire, j'ai eu un tas d'embêtements avec ça. Elle n'est pas claire, cette fille, je vous le dis.

— Elle risque la corde pour avoir volé un cheval. Mais dans quel but ?

— Je ne sais pas. Elle m'a demandé où étaient partis messire Conan et dame Brune, et…

— Dame Brunhilde, le corrigea Guillaume, agacé que tous se montrent si familiers.

— Allons prévenir dame Katel, on ne sait jamais, conclut Pierre en soutenant le blessé.

Tous trois se rendirent au donjon pour demander si quelqu'un avait vu la voleuse depuis.

— Mais que me chantes-tu là, Erwan ? demanda dame Katel, interdite.

— Pardonnez-moi, madame, mais cette fille n'appartient pas à la suite de ma maîtresse, expliqua Hélène. C'est l'un des invités qui a proposé ses services, au mariage. On ne la connaît pas plus que vous.

— Pouvez-vous nous donner le nom de ce courtisan ? demanda Guillaume, qui cherchait une piste.

— Oui, bien sûr. C'est le comte Charles de Montpensier.

— Miséricorde ! fit la châtelaine en changeant de couleur. Allons vite inspecter ses affaires dans la chambre commune.

Elles remuèrent la couche de paille et la couverture pour voir si Armelle avait laissé quelque chose, mais il ne restait plus une trace de la servante.

Frustrée de son impuissance, dame Katel donna un coup de pied dans le matelas, d'où s'échappa un morceau de papier. Elle se pencha et tira dessus. C'était une missive que la fille avait dû oublier dans sa précipitation.

Le courrier portait un blason qui lui glaça le sang. La dernière fois qu'elle avait vu ces armes, c'était sur une bannière, le jour où sa vie avait basculé dans l'horreur. Elle laissa choir la missive sur le sol. Son visage blême alerta Guillaume, qui ramassa le courrier. Il fronça les sourcils en reconnaissant le blason de Montpensier.

— Elle travaille donc pour Montpensier ? Alors, Brune et Conan sont en danger, dit-il, lugubre, prenant la mesure de la menace qui avait pesé sur leurs épaules ces derniers mois.

— Regarde, fit Pierre en parcourant le courrier, il est aussi fait mention du seigneur de Valcoudray.

— Arthus de Valcoudray ? demanda dame Katel, qui manquait de défaillir en entendant ce nom.

— Oui, Brunhilde et lui étaient quasiment fiancés, avant que notre jolie Normande ne mette le grappin sur Conan, expliqua Guillaume à la châtelaine.

— Vous voulez dire avant qu'elle ne choisisse d'épouser le vicomte pour allier deux familles et apporte la paix, le corrigea Hélène, qui n'aimait pas le ton employé par le chevalier.

— C'était une plaisanterie, Hélène, détendez-vous ! J'ai votre maîtresse en grande estime.

— Je serai détendue quand elle sera rentrée..., dit la suivante en se frottant les épaules, inquiète.

— Dire qu'ils sont partis sans escorte ! pesta Pierre.

— Pourquoi le comte Charles voudrait-il nous atteindre ? Son père n'en a-t-il pas déjà assez fait ? s'écria dame Katel, les mains tremblantes. Pour l'amour du ciel, ramenez-les sains et saufs !

Accompagnés par deux hommes d'armes, Pierre et Guillaume filèrent à vive allure jusqu'à la chapelle du Lys, priant le ciel qu'il ne soit pas trop tard.

Après avoir récité un dernier Ave Maria, Brune alluma un cierge et sortit de la chapelle. Le soleil doré continuait sa course, mais s'ils partaient maintenant ils seraient rentrés avant la nuit. Au dehors, Conan vérifiait que les chevaux étaient bien reposés et en fit approcher un de l'eau pour le faire boire.

— Je vais chercher de quoi me désaltérer, dit-il en désignant le hameau.

— Il me reste de l'eau, si tu veux, l'informa Brune en lui montrant la gourde accrochée à la selle de son cheval.

— Je pensais à quelque chose de plus corsé, rétorqua Conan avec un regard complice. Je te rapporte quelque chose ?

— Toi, ce serait parfait, lui répondit-elle avec un baiser.

— Tu joues avec le feu, femme ! Mais peut-être veux-tu faire l'amour dans l'herbe ?

À la lueur qui s'était allumée dans les yeux de son mari, Brune comprit qu'il parlait sérieusement.

— Tu n'es qu'un goujat ! Faire l'amour à côté de la chapelle où repose ma mère ? Je suis choquée…, s'exclama-t-elle.

— Je fais vite alors. Attends-moi là, j'en ai pour une seconde, répondit-il, lui volant un baiser et caressant les hanches.

Riant de son impatience à se retrouver seul avec elle, Brune le regarda s'éloigner d'un pas rapide vers le hameau en contrebas pour se faire servir un verre de bière ou de cidre.

Ensuite, ils rentreraient chez eux.

Chez eux.

Elle aimait cette idée. Dans ce château, ils deviendraient parents, si Dieu le voulait. Elle considéra son ventre, espérant le voir bientôt s'arrondir.

Le cours d'eau était translucide, il invitait à la baignade, et elle s'accroupit près du bel animal qui paissait tranquillement sur son bord. Elle caressa la robe claire de la jument du bout des doigts. Cette rivière si paisible avait constitué la frontière quasi infranchissable entre leurs deux familles. Mais aujourd'hui il y avait un pont, et ce pont, c'était elle.

Elle était heureuse et fière d'avoir réussi cette folle aventure.

Elle examina son reflet sur l'onde ; il lui parut plus mûr, plus serein aussi. Elle se souriait à elle-même, quand une ombre s'abattit sur elle. Deux mains puissantes lui enserrèrent la gorge. Dans le reflet, elle reconnut Arthus de Valcoudray.

Conan, à l'aide ! hurlait son cerveau, mais aucun son ne sortait de sa bouche. Elle se débattait avec la force du désespoir, écrasée par le poids de son assaillant, le buste dans l'eau, relevant la tête pour ne pas être noyée.

Les secondes défilaient, plus cruciales les unes que les autres, et ses forces commençaient à décroître : il était trop fort pour elle. Dans un ultime sursaut, elle réussit à se retourner, les mains sur celles de son agresseur, essayant sans succès de lui faire lâcher prise. L'eau s'insinuait déjà dans ses narines et elle manqua de s'étouffer.

— Lâche-la, sale bâtard ! cria soudain une voix derrière eux.

Dans le brouillard de son esprit, Brune reconnut la voix de Guillaume. Le combat s'engagea derrière elle, et elle demanda au ciel qu'il sauve les hommes de Ker Glenn.

Arthus la redressa, et dégagea son épée. Sur le pré, ses hommes se faisaient occire l'un après l'autre.

— Seul contre quatre, vous êtes fou ? lui demanda alors Pierre, comme si le combat était gagné d'avance.

— Silence ! vociféra Arthus, plaquant sa lame sur la gorge de Brune.

Il lui tenait la tête en arrière, en lui tirant les cheveux. Elle sentait l'acier froid contre sa peau.

— Voyez-vous ça ! Flouville, dit l'Éventreur de Normands… Toujours incapable de défendre les femmes dont vous avez la charge ? le provoqua Arthus en riant comme un dément.

Pierre le regarda d'abord sans comprendre, puis tout à coup son regard se fit mortel : il avait enfin devant les yeux le coupable qu'il cherchait depuis des mois.

— Et dire que, durant tout ce temps, vous vous acharniez sur Montgomery ! Que c'est risible ! poursuivit Arthus.

Pierre était comme tétanisé. Il lui semblait entendre autour de lui les hurlements de ses gens, les cris de douleur de sa mère brûlée vive, la terreur de sa fiancée, face à son assassin.

Sauve-la ! hurla alors une voix dans sa tête, et son esprit se concentra tout entier sur la jeune femme prise en otage.

D'un seul mouvement, Valcoudray pouvait l'égorger, elle aussi. Il avait déjà perdu Maïwenn ; il ne voulait pas que Brune connaisse le même sort.

Brune essayait de se faire comprendre de ses amis sans éveiller les soupçons d'Arthus. Si elle parlait, il ne manquerait pas de l'égorger. Elle planta son regard dans celui de Guillaume, puis le détourna vers le hameau à plusieurs reprises, afin de lui expliquer où se trouvait Conan.

Pierre fit un pas vers eux, mais, voyant Arthus plaquer un peu plus sa lame sur la gorge de Brune, lui entaillant légèrement la peau, il renonça.

— Un seul pas et je la tue !

— Vous n'êtes qu'un lâche ! Vous vous cachez derrière une femme ! jeta Pierre, dégoûté.

Brune descendit très doucement la main vers le petit poignard qu'elle portait à la ceinture.

— Je ne ferais pas ça, si j'étais vous, dit Guillaume en fixant Arthus.

Brune comprit que le message était pour elle, mais elle persista.

— Ce n'est pas une poignée de Bretons qui m'arrêtera.

Brune bougea encore, mais Arthus comprit son geste et la frappa en plein visage du pommeau de son épée. Sonnée, elle le sentit s'emparer du stylet.

— Vous voulez jouer à la plus maligne ?

Il la frappa de nouveau, un coup de poing dans l'estomac qui la plia en deux, puis la saisit fermement contre lui en lui tirant les cheveux, tout en remettant son épée sous sa gorge.

— Sale chien, je te tuerai pour ça ! hurla Pierre.

Les hennissements des chevaux et le bruit d'une bataille avaient fait sortir Conan de la maison où il venait de payer grassement une flasque d'hydromel. Saisissant tout de suite la situation, il s'approcha, puis se tapit derrière une butte, et observa la scène, le cœur empli de haine pour celui qui avait osé poser la main sur sa femme. Cet homme allait mourir de sa main ! L'assaillant de Brune pivotait sur lui-même à mesure que les hommes de Ker Glenn approchaient, ce qui donnait à Conan un peu de lest pour attaquer de sa position.

S'il sautait sur l'homme, Brune risquait d'être percée par la lame. Il fallait ruser et, tant pis pour sa fierté, attaquer de dos.

« Laissez votre orgueil à la porte », lui avait dit Brune. Il aurait certes préféré un combat d'égal à égal, mais le fait que ce rustre s'en soit lâchement pris à une femme — à *sa* femme — lui ôtait tout esprit chevaleresque.

Il dégaina silencieusement son épée et s'approcha à pas de loup. Quand il fut à la bonne distance, il frappa violemment Arthus du pommeau de son arme. Ce dernier tomba à terre, évanoui. Conan ramassa son épée, la jeta plus loin, puis s'empressa de rejoindre Brune.

— Oh, mon Dieu, j'ai eu si peur pour toi ! s'écria-t-elle en le serrant contre elle.

— Pour moi ? Quelle idée ! Ce n'est pas moi qui étais sous la menace d'une arme.

— Je craignais qu'il ne t'ait déjà tué.

Elle s'abandonna contre son torse, rassurée d'entendre son cœur battre contre son oreille. Elle devait lui dire à quel point elle tenait à lui ! Elle avait failli mourir sans lui avoir avoué son amour et ne voulait pas prendre le risque que cela se reproduise.

— Je t'ai menti le jour de notre mariage, dit-elle précipitamment. Je ne t'ai pas épousé pour faire la paix ou pour allier nos deux familles. Ce n'était pas la vraie raison.

— Ah non ? demanda-t-il en sondant son regard.

— Non. Je t'ai contraint à ce mariage parce que la seule idée d'être séparée de toi m'était insupportable. Je t'aime, Conan.

Il ne répondit rien, les yeux rivés sur les prunelles d'or bordées de larmes de son épouse. Brune baissa les yeux de peur de voir ses sentiments rejetés. Mais il la pressa contre lui.

— J'espérais que tu me dirais cela un jour, ma chérie. Je t'aime aussi.

Ils scellèrent leur amour dans un baiser doux et tendre. Un peu gênés d'assister à la scène, Guillaume et Pierre se dirigèrent vers Arthus, toujours inconscient.

— Laisse-le-moi, Conan, demanda Flouville.

Brune frémit devant le regard du géant. Si la haine portait un nom, ce jour-là, c'était celui de Flouville.

— Je le verrais bien pendu, moi, dit Guillaume en frappant du pied l'homme à terre. Coupe-le en deux, il ne mérite que ça !

— Non, Pierre, je vous en prie, ne faites pas ça !

La voix de Brune résonna dans l'air du soir.

— Vous l'avez entendu comme moi…

— Oui, j'ai entendu. Mais, si vous le torturez ou l'éviscérez, vous serez un monstre tout comme lui. Vous valez mieux, beaucoup mieux.

Elle s'approcha et posa la main sur la poitrine de Pierre.

— Maïwenn voyait de belles choses en vous. Redevenez le chevalier dont elle est tombée amoureuse.

Il se fit alors un déclic dans l'esprit du chevalier. Il plongea le regard dans le sien et elle crut voir briller des larmes dans ses prunelles grises. Elle mit la main sur sa joue pour le consoler. Il finit par acquiescer d'un signe de tête.

— Cet homme mérite la mort, mais d'abord il doit être jugé, dit-il en regardant Arthus avec dégoût. Et il est à parier qu'il a beaucoup de choses à nous apprendre. Qui l'a envoyé à Roz-Landrieux et pourquoi ? Qu'est-ce qui le lie à Armelle et à Montpensier ?

— Comment ? firent Conan et Brune en chœur.

Arthus, qui avait repris connaissance, ricana de leur surprise. Ils étaient loin de comprendre ce qui « unissait » Armelle à son maître !

— Dommage qu'on n'ait pas rattrapé la donzelle ! J'avais deux mots à lui dire, moi. Allez, debout, canaille ! ordonna Guillaume en envoyant un coup de pied dans les côtes d'Arthus.

Le prisonnier grogna et se releva doucement.

— Amenez les chevaux ! cria Pierre aux hommes qui attendaient près des montures.

Brune observait le prisonnier avec amertume et dégoût, songeant à ce qu'il avait fait à Roz-Landrieux : il avait fauché des dizaines de vies innocentes ce jour-là. Elle le vit soudain remuer les poignets, semblant fouiller son pourpoint, et comprit.

— La dague ! hurla-t-elle en le voyant fondre sur Guillaume.

Trop tard : il avait enfoncé le stylet jusqu'à la garde dans la poitrine du jeune homme.

Le cœur glacé, Conan regardait l'expression étonnée de Guillaume, dont le pourpoint se colorait de sang. La riposte de Pierre ne se fit pas attendre : il décapita le Normand d'un coup d'épée. Le corps resta un instant debout, puis s'écroula dans l'herbe et alla rejoindre la tête aux traits figés par la mort.

— Guillaume ! cria Brune.

— Dis quelque chose ! ordonna Pierre, en essayant de comprimer la blessure.

— Je vais mourir, souffla Guillaume, blême.

— Non ! Conan, aide-moi !

Tous deux entouraient Guillaume, cherchant un moyen d'endiguer l'hémorragie. Brune défit son voile et le tendit à son époux.

Une seconde avait suffi pour transformer leur victoire en échec. Elle s'agenouilla dans l'herbe et pria silencieusement.

— Je vais mourir comme un homme, n'est-ce pas ?

— Comme un chevalier, mon frère, répondit Conan en pleurant, comprenant que c'était la fin.

Pierre serra la main de Guillaume contre son cœur.

— Tu as toujours été un homme, un chevalier.

— Je ne suis pas ce qu'ils ont dit, là-bas, à Saint-Aubin…

— Non, jamais. Tu es un homme et un chevalier ! répéta Pierre de Flouville dont la voix se brisait.

Il prit son ami dans ses bras, le berçant comme un enfant, et Guillaume rendit l'âme dans un soupir.

Tous restèrent en silence un long moment.

Brune n'avait pas compris les derniers mots du mourant. Pourquoi Guillaume doutait-il de sa valeur ? Ce n'était ni le lieu ni le moment de poser des questions, l'heure était au deuil et au recueillement. Guillaume avait été son premier ami à Ker Glenn, et il était aimé de tous. Elle avait le cœur brisé de voir Pierre et Conan si malheureux. Ils ne cachaient pas leur chagrin, ni leur affection pour leur ami.

Les années de combat, d'emprisonnement et de souffrance les avaient unis d'une façon qu'elle ne pouvait sûrement pas imaginer. Ils étaient tous à genoux, priant pour que l'âme de Guillaume trouve enfin la paix.

Ils regagnèrent Ker Glenn en silence, le corps de Guillaume étendu dans une charrette, à l'avant du convoi.

Ils arrivèrent dans la pénombre des premières heures de la nuit et firent installer la dépouille de leur ami dans la grande salle, afin que chacun puisse se recueillir une dernière fois. Conan et Pierre restèrent toute la nuit en prière à le veiller.

Brune s'éclipsa à l'aurore pour aller se coucher, seule. Elle savait qu'il faudrait du temps à Conan pour accepter cette perte. Mais elle serait là pour lui, quand il le jugerait nécessaire. Quant à Pierre, elle craignait que la mort de Guillaume ne le rende plus amer encore. Qui pourrait jamais sauver cette âme tourmentée ?

Des petits coups à la porte se firent entendre.

— Entre, Hélène, ta compagnie me fera du bien.

— Ce n'est pas Hélène, dit dame Katel en ouvrant.

— Je vous en prie, ma mère, entrez, vous avez l'air bien pâle.

Brune s'avança pour accueillir sa belle-mère, qui accepta la main qu'elle lui tendait. Devant cette sollicitude, elle fondit en larmes.

— Le pauvre garçon ! Une si belle âme, si tourmentée. Je l'aimais comme un fils.

Brune accueillit son chagrin avec gentillesse et, la prenant dans ses bras, la laissa pleurer.

— Asseyez-vous sur le lit, nous serons mieux pour parler.

Brune lui raconta alors les derniers instants de Guillaume, et dame Katel redoubla de chagrin.

— J'ai toujours été d'une grande complaisance avec lui et lui ai permis bien des écarts que j'ai refusés à tous, ici. Mais pour une bonne raison, Brune : il a traversé l'enfer en prison. Il était si jeune, si vulnérable.

— Un jour, il m'a dit que, sans Conan et Pierre, il n'aurait jamais survécu.

— Alors vous ne savez pas ? demanda dame Katel en essuyant ses larmes d'un revers de main.

— Savoir quoi ? Tout ce que je sais, c'est qu'il était un homme valeureux et charmant. Il a été mon premier ami ici. Il a veillé sur moi de bien des façons. Je sais aussi qu'il aimait un peu trop les femmes, ajouta-t-elle en souriant, pour alléger la conversation.

— Oui, cet idiot cumulait les conquêtes comme un ivrogne les tonneaux de bière. Et pour la même raison, dit-elle en reniflant : pour oublier.

— Que s'est-il passé, ma mère ? Dites-le-moi.

— Guillaume n'était qu'un enfant… Il avait douze ans à peine quand il fut emprisonné avec les autres. Je sais que Pierre et Conan dormaient à ses côtés, afin de le protéger des coups qui pleuvaient, et qu'ils ne manquaient jamais de lui donner leur propre pain. Un jour, le geôlier, qui avait remarqué leur petit manège, a sorti Guillaume de la cellule. Avec d'autres, ils l'ont déshabillé devant tous, puis s'en sont servis comme…

Elle se remit à pleurer à gros sanglots.

— Seigneur Jésus, fit Brune d'une voix blanche. Les monstres !

— Ils l'ont torturé et violé des mois durant. Conan et Pierre ont essayé de le défendre, mais avec leurs chaînes que pouvaient-ils faire ? C'est à la suite d'une bagarre pour défendre Guillaume que le geôlier, sur l'ordre de Montpensier, les a fait marquer au fer rouge.

Brune pleurait en silence pour ne pas interrompre le récit de sa belle-mère. Quand celui-ci prit fin, elles restèrent sans un mot l'une près de l'autre. Tout devenait clair, à présent, l'attitude de Guillaume, l'amitié fraternelle des trois hommes, la clémence de dame Katel pour ses incartades. Armelle qui s'était sûrement servie de sa faiblesse pour obtenir des informations.

— Son sourire et son âme noble sont les seuls souvenirs que nous devons chérir. Nous devons les aider, madame. Sans nous, leur colère risque de resurgir et de retomber sur les mauvaises personnes.

— Vous avez raison, Brunhilde. Je sais que je peux compter sur vous pour soutenir Conan. Vous l'aimez, n'est-ce pas ?

— Depuis le premier jour, répondit Brune dans un triste sourire.

Elles restèrent ensemble encore un long moment à parler de cœur à cœur. Dame Katel avait trouvé dans sa bru une confidente de qualité. Elle épancha son cœur de son lourd secret et lui fit jurer de ne jamais en parler à Conan. Unies par l'amour qu'elles avaient pour lui, elles se jurèrent le silence pour épargner des vies innocentes.

*
* *

Charles de Montpensier regardait avec curiosité la femme nue allongée sur son lit. Il enfila sa chemise et ses culottes avec lenteur. Qu'Armelle s'offre à lui sans demander de rétribution le rendait soupçonneux.

— Qu'as-tu à vendre, pour te montrer si généreuse…

Elle se redressa, s'appuyant sur les coudes, riant de sa perspicacité.

— Disons qu'en plus de profiter de vos dons d'amant j'ai une petite surprise pour vous. Quelque chose qui pourrait faire taire dame Katel à jamais.

— Comment es-tu au courant ?

— C'est mon métier d'être au courant de tout.

— Qu'as-tu à vendre ? Un secret honteux ? Je la croyais vertueuse.

— Un moyen de pression, plutôt. Cette femme est la vertu incarnée, une vraie nonne, dit-elle d'un air dégoûté.

— Je t'écoute, tu m'intrigues.

Le jeune comte se servit un verre de vin et enjoignit à sa compagne à continuer son histoire.

— Bien… Vous avez conscience que, si elle parle, le secret de votre père éclaboussera toute votre famille. Ce serait la honte, la ruine, la disgrâce…

— J'ai compris, poursuis !

— Ce que votre père ignorait, c'est qu'il a laissé un petit quelque chose à dame Katel en partant… Si je vous en débarrasse, je veux quelque chose de plus que l'or que vous coûtera ce travail : je veux être reconnue, officiellement.

— En tant que quoi ?

— Mon cher frère, je vous débarrasse d'une petite sœur encombrante et vous héritez d'une autre, qui vous servira fidèlement dans vos affaires et dans votre lit.

— Tu n'es qu'une bâtarde de mon père, doublée d'une

catin. Pourquoi me donnerais-je la peine de t'accorder ce que tu demandes ?

— Parce que vous avez besoin de mes services, monseigneur, de tous mes services, ajouta-t-elle en se faisant caressante. Et puis je pourrais apprendre deux ou trois choses à Louise…

Armelle reçut un coup qui lui fendit la lèvre, et le comte lui enserra le cou de ses deux mains.

— Ne l'approche pas, sorcière, ou je te tuerai !

— Comme il vous plaira, répondit Armelle en passant une langue sensuelle sur sa lèvre écorchée.

— Ne me mets pas en colère, Armelle, reprit le comte, radouci, en lui caressant le visage. Je serais triste de devoir me passer de toi, dans mes affaires comme dans mon lit. Tu sais que tu comptes pour moi, n'est-ce pas ?

Tous deux poursuivirent leur discours malfaisant et leur relation incestueuse.

Armelle repartit deux heures après avec une bourse pleine et une nouvelle mission. Elle avait une enfant à retrouver et tuer…

Épilogue

L'automne s'installait sur la Bretagne, la recouvrant d'un parfum d'épices et de feuilles rouges et or. Les travaux du château étaient bien avancés ; il était à parier que l'enceinte et les toitures seraient achevées avant l'hiver.

Brune dessinait dans sa chambre. Son regard se posa sur la porte que Conan avait fait percer dans le mur qui séparait leurs deux appartements. Une porte qui restait toujours ouverte. Conan n'utilisait jamais sa nouvelle chambre et Brune avait demandé à conserver la sienne, car elle était très bien éclairée et idéale pour s'adonner à son art.

Elle sourit en posant la main sur son ventre. D'ici le mois de mai, sa silhouette allait grandement s'arrondir.

— Encore en train de dessiner, ma Brune ?

— Oui, répondit-elle en offrant à Conan un joli sourire dont elle avait le secret.

— Il est déjà midi, le sais-tu ?

— Si tard ? Je suis désolée, je n'ai pas vu le temps passer. Allons déjeuner, d'autant plus qu'en ce moment j'ai un appétit d'ogre. Je mange volontiers pour deux, dit-elle en battant des cils.

— À la bonne heure, tu prendras des forces pour l'hiver !

— J'ai dit que je mangeais pour deux, insista-t-elle en souriant.

— J'ai entendu, je ne suis pas…

Puis il s'interrompit, écarquillant les yeux.

— Par tous les saints du ciel, serais-tu…

— Oui, répondit-elle, heureuse, posant sa main sur son ventre.

Conan en resta sans voix, mais le sourire qui illuminait son visage en disait bien plus que le plus long des discours.

— Oh, ma chérie, je suis si heureux ! finit-il par s'écrier.

Il la prit dans ses bras et la serra contre lui.

— Je te remercie aussi, après tout, tu y es un peu pour quelque chose.

— Un peu seulement ?

Riant comme des enfants, ils se dirigèrent vers la porte, mais soudain Brune l'arrêta et se fit sérieuse.

— Conan, j'ai déjà pensé à un prénom, si c'est un garçon : Jacques. C'est joli, tu ne trouves pas ?

Il ouvrit la bouche sans qu'aucun son ne puisse en sortir, puis fronça les sourcils et croisa les bras d'un air buté.

— Je plaisantais ! dit-elle en éclatant de rire. Si tu voyais ta tête ! Il faudra que je lui raconte ça, il va adorer, c'est sûr !

— Cesse de te moquer de moi, femme !

Et, pour faire bonne mesure, il abattit sa main sur le joli postérieur de son épouse.

Brune l'embrassa et plongea dans le sien son regard plein d'amour.

— Je t'aime, roucoula-t-elle en se lovant contre lui. Allons annoncer la bonne nouvelle à ta mère, je crois qu'elle sera heureuse d'avoir un petit à pouponner, au prochain printemps.

Décidément, cette drôle de femme ne faisait rien comme tout le monde, mais il devait bien avouer qu'elle illuminait sa vie. Elle avait chamboulé tout ce qu'il tenait pour acquis, sa vie, son domaine, et lui avait apporté la paix et l'amour.

*
* *

Armelle s'était jointe aux colporteurs venus acheter du sel chez les sauniers de la baie. Elle observait une chaumière du bourg. La porte s'ouvrit et elle vit une adolescente d'environ quatorze ans en sortir en riant. Pas de doute, cette jeune fille ressemblait à Charles de Montpensier, et on retrouvait la grâce de dame Katel dans ses traits.

Il lui avait fallu des mois de recherches pour parvenir à ses fins. Dire que l'enfant était si proche de sa mère, c'en était risible ! Le reste de la maisonnée sortit également, les femmes, un panier sur la hanche, l'homme, sa pipe à la bouche.

— Ne cours pas si vite, Aelig, grommela le vieux.

— Laisse-la, père, à son âge, on a plein d'énergie, dit une jeune femme blonde à la silhouette attrayante.

— Aziliz, tu es trop faible avec cette enfant.

— Les grandes sœurs sont là pour ça, non ? Allons, viens, Aelig, allons chercher des pommes pour faire un gâteau, pendant que père sera à ses affaires, dit la jeune femme en prenant sa cadette par la main.

Il était évident que ces deux-là n'avaient aucun lien de parenté. La petite était fine, un corps de chat maigre et des boucles blond foncé. L'autre était blonde comme les blés, les formes très féminines, la démarche chaloupée.

Le tout était d'attirer la première derrière la maison et de l'enlever. Ce plan ne plaisait pas trop à Armelle, quelqu'un pouvait la voir. Soudain, un chien dévala la rue ; il courait après un rat qui couinait. Le petit rongeur à la réputation bien sombre lui donna une idée.

Il fallait que toute trace de cette naissance disparaisse, afin de laver l'honneur de Montpensier. Elle devait donc se débarrasser de toute la famille. Et, pour dame Katel et Morgane, qui croirait la fable d'une bigote à moitié folle ? Sans compter que la châtelaine serait la dernière à vouloir que son déshonneur soit exposé au grand jour.

Son plan lui parut parfait : qui verrait en une soudaine épidémie de peste l'œuvre commanditée par le comte de Montpensier ?

Une ombre menaçante venait de s'abattre sur la petite Aelig.

Sans défenseur et sans aide, ces gens allaient tous périr.

Composé et édité par HarperCollins France.

Achevé d'imprimer en août 2017.

CPI
BLACK PRINT

Barcelone

Dépôt légal : septembre 2017.

Pour limiter l'empreinte environnementale de ses livres, HarperCollins France s'engage à n'utiliser que du papier fabriqué à partir de bois provenant de forêts gérées durablement et de manière responsable.

Imprimé en Espagne.